北语学人书系

第一辑

黄卓越
思想史与批评学论文集

黄卓越 著

北京语言大学出版社
BEIJING LANGUAGE AND CULTURE UNIVERSITY PRESS

图书在版编目（CIP）数据

黄卓越思想史与批评学论文集 / 黄卓越著. -- 北京：北京语言大学出版社，2012.8

（北语学人书系. 第1辑）

ISBN 978-7-5619-3356-5

Ⅰ. ①黄… Ⅱ. ①黄… Ⅲ. ①中国文学－文学思想史－文集②中国文学－文学批评－文集 Ⅳ. ①I209-53②I206-53

中国版本图书馆CIP数据核字(2012)第196824号

书　　名：黄卓越思想史与批评学论文集

责任印制：汪学发

出版发行：北京语言大学出版社

社　　址：北京市海淀区学院路15号

邮政编码：100083

网　　址：www.blcup.com

电　　话：发行部　82303650/3591/3648

编辑部　82300116

读者服务部　82303653/3908

网上订购电话　82303668

客户服务信箱 service@blcup.com

印　　刷：保定市中画美凯印刷有限公司

经　　销：全国新华书店

版　　次：2012年8月第1版　　2012年8月第1次印刷

开　　本：787毫米×1092毫米　1/16　　印张：17.25

字　　数：278 千字

书　　号：ISBN 978-7-5619-3356-5 / H·12114

定　　价：43.00元

凡有印装质量问题，本社负责调换。电话：82303590

出版说明

北京语言大学是一所颇具特色的学校。在这里，聚集了数百名语言教学和研究人员，语言学研究队伍极为庞大。近年来，随着中国语言文学和外国语言文学两个一级学科博士点的建立，中、外语言文学已然成为北京语言大学的两大支柱学科。依托这两大学科，一批学科带头人和学术骨干脱颖而出，其中有的已成为本专业领域的领军人物。在汉语国际教育、汉语研究、外语研究、语言信息处理、中国文学研究、比较文学研究等领域，北语学人已成为一支不可或缺和不可忽视的力量。

倏忽之间，北语建校已经五十周年。五十年来，代有才人。然而，学校一直未能对北语学人积累下来的珍贵的学术财富进行系统的梳理。为弥补此缺憾，值此建校五十周年的特殊时刻，学校决定设立“北语学人书系”，收录北语优秀学人的优秀论文，每人自成一册，不定期陆续出版。因为时间仓促，本辑只约请了已退休的博士生导师和现任博士专业学科带头人，以便能赶在校庆期间见书，初步展示北语学人的学术风貌。今后，我们仍将继续组织征集优秀书稿，以“北语学人书系”的名义分辑出版，以体现北语学术的全面性和延续性。

为在短时间内完成这批高质量书稿的征集和编辑工作，校科研处做了大量的组织宣传工作，各位作者积极甄选论文、认真校对，北京语言大学出版社的领导高度重视，编辑们付出了大量辛勤的劳动，最终使第一辑书系得以如期出版。这正是北语精神的具体体现，亦当记录并彰扬。

北京语言大学

2012年6月

目 录

批评史、文论史及其他

如所周知，在目前的中国文论史（文艺理论史）表述中，像“古代文论”、“古代文艺理论”一类的概念似已成为一种统摄性话语，用以概说整个学科的历史状貌。然而，如果反观20世纪前半段的该学科研究，学界用之更为频繁的却是“中国文学批评史”的概念，最显著的例证如该领域的拓荒之作陈钟凡先生的通史，及被称为批评史研究三大家的郭绍虞、罗根泽、朱东润的奠基之作，皆以“中国文学批评史”冠其名。四家之外，有所造诣者如方孝岳、傅庚生的著述也按通例以“中国文学批评”命名。由此可以断言，“批评史”的概念是那一时代学者所通用的学科用语。

而将对这种现象的认定推而广之，那么就自然会形成一种新的描述，即在整个20世纪的“文论史”研究中，事实上至少出现过两种不同的主导性的学科命名方式。按照雷蒙·威廉斯的说法，词语的变迁不是偶然的，而是必然会映现出社会与历史的塑形过程。作为学科命名的概念更当如此，选择或换用怎样的概念来定义学科，会在其下隐藏着对整个学科定位、属性及方法论模式的一般性认识。[①]然而，正如我们所看到的，在当代的叙述中，这两种概念的区分与差异则往往是被忽略或掩遮的。“古代文论”（“古代文艺理论”）的概念多被作为一种总体性言说用以概述学科发生以来的全部事件（即将全部现象归纳到“理论史”谱系的描述中），而不曾考虑已然出现过的“批评史”概念当有的意义及由此形成的其与“文论史”概念的某种间距。此种叙述的惯力，一方面使得长时期以来曾经通用的“批评史”概念无法着落在其原来的地面上，甚至于在当代的表述系统中变成了一未有实义的剩语；在另一方面，这一曾有的概念又会固守在原有的历史位置上，“提请”人们对之的注意，它不仅是难以遽然抹去的，而且也会从更深的角落中不断地祭起它的“亡灵”，形成对总体化概说的某种质疑。如果我们同时注意到这两种情况，那么也就自然会发现存在于学科叙述中的某种话语断裂。

有基于此，本文试图返至一更长的历史序列之中，将批评史、文论史二概念的区分作为重新理解学科史范式构建与转换的重要话题。在比较确切地描绘出二概念迁移的轨迹之时，进而追寻如下的若干问题，如：批评史与文论史的概念各自是根据什么理由被提出，以致会形成二者间的区分？文论史的概念又是怎样及在何种驱力下逐渐替代批评史的概念的？鉴于文论史的概念可能面遇的一些挑战，那么更进一步的设问同样也将是不可回避的，即在当代新的学术语境中，是否已经出现了一些替代性的构想？或者也可换成更为直接的提问，在经历了“理论之后”的观念性冲刷之后，学科史重组的冲动有可能朝怎样的方向移动？如是而论，借助于此种对学科命名方式的考察，也将导致对整个 20 世纪文论学科范型变动的一种重释。

一、批评史的定位及意义

如上所述，在 20 世纪前半期，以“批评史”来命名学科已成为一种通识。虽然其他的称名方式尚有其例，但以“文学批评”作为组织历史表述的核心词语

---

① 参雷蒙·威廉斯《关键词》，刘建基译，生活·读书·新知三联书店 2005 年版，导言，页 15。

仍是当时的一种主潮，即便当时也有学者曾对该用语提出过异议，但最终还是选择以之来命说自己的研究（如罗根泽），可见“批评”一语的使用有其难以避免的历史缘由。与之同时，被选择的概念也会以其所携带的意义在一定程度上起到规范学科叙述的作用，及成为构建这一新兴学科的某种语法规则。

目前，学界一般均将陈钟凡的《中国文学批评史》（1927）看做 20 世纪文论史研究的起端。在该书的前几章中，陈氏对“批评”一词的来源作了解释，如谓：“诗文之有评论，自刘勰、钟嵘以来，为书众矣，顾或究文体之源流，或第作者之甲乙，为例各殊，莫识准的。则以对于‘批评’一词，未能确认其意义也。考远西学者言‘批评’之涵义有五：指正，一也；赞美，二也；判断，三也；比较及分类，四也；鉴赏，五也。……”[①] 意谓批评作为一种活动实为中国早已有之，但对“批评”的认识则一直并未达学理化的层次，因此需要以西方已经成熟的批评概念来观照之、明晰之，使之进入系统化的认知。[②] 这大致也可看做是学界使用西方“批评”概念来梳理中国相应对象的最初设想。陈钟凡的这一论述对后来的影响很大，举例而言，如朱自清在为郭绍虞《中国文学批评史》撰写评论时所持的意见便大致类此：“系统的自觉的文学批评著作，中国只有钟嵘的《诗品》；刘勰的《文心雕龙》，现在虽也认为是重要的批评典籍，可是他当时的用意还是在论述各体的源流利病与属文的方法，批评不过附及罢了。这两部书以外，所有的都是些零星的、片段的材料。……现在写中国文学批评史有两大困难，……第二，得让大家相信文学批评是一门独立的学问，并非不根的游谈。换句话说，得建立起一个新的系统来。……‘文学批评’一语不用说是舶来的。现在学术界的趋势，往往以西方观念（如‘文学批评’）为范围去选择中国的问题；姑无论将来是好是坏，这已经是不可避免的事实。……”[③] 与陈钟凡的想法一

---

① 陈钟凡《中国文学批评史》，上海中华书局 1927 年初版，江苏文艺出版社 2008 年重印版，页 5。

② 如其又云：“文学评论，远西希腊学者亚里斯多德以来，迄于今日，已成独立之学科矣；中国历代虽无此类专门学者，然古人对于文艺，未尝不各标所见，加以量裁……”（陈钟凡《中国文学批评史》，页 8。）

③ 朱自清《评郭绍虞〈中国文学批评史〉上卷》，《朱自清古典文学论文集》，上海古籍出版社 2009 年版，页 539~541。

样，朱自清也从中西比照的视角来阐述新学科确立的必要，即以为中国的史料尚存在着零散化等的不足，诗文评之地位较低，批评之概念不清，故而需要借助西方已经成形的批评观，整理、构建出一个系统而独立的学科类型。其他几位学者在此基本问题上的意见也大体近之，恕不作赘述。

从上节表述也可得知，在前辈批评史家处，取用“文学批评”这一源自西方的概念，不单单是挪用一称谓的问题，更重要的还是为了借此以获一种可为独立而成熟之“学问”（朱自清）或“学科”（陈钟凡）的方法。当然在这些表述中，诸人有时并不十分清楚如何将作为实践的“批评”与作为学科研究活动的“批评史”撰写区分开来，以致会显露出概念上的些许混乱。但如涉及后者，用“批评”的概念来界说一门学科，至少仍会存在着两方面的考虑，即：包含有对研究对象与范围的重估（以下仍会述及），及于学科方法上的镜鉴。在前辈史家的心目中，尽管中西批评在实践上是有异出的（一般都承认），但在学科治理模式上，却存在着方法论上的可贯通性。这固然与前代学者受及的普遍主义与科学主义理念影响有甚大的关系，为此也决定了他们会以西方现成的“文学批评”概念（而非“诗文评”等）来命说一门新学科的属性。

至于，为什么取用“批评”，而不是“文论（文学理论）”或其他的概念作为学科称名的表述？不容置疑，首先会与西方当时的学科现况直接相关。从前期各家援引的西方言说看，又几乎都来自于英美。而我们知道，20世纪上半叶于英美最为通行的是诸如实践批评（practical criticism）、道德批评（moralistic criticism）、心理批评（psychological criticism）、细读法（close reading）及稍后流行的新批评（new criticism）等，以“理论”为学说、为学术标目的风气在当时的文学研究界尚未出现。[①] 而批评最重要的特点之一，即在于它往往与对文学作

① 刘若愚在20世纪70年代撰写《中国文学理论》一书时述及美国的情况，如谓：“一般似乎都认为文学的研究，可以分为两个主要部分——文学史与文学批评——虽然有时候也分成三部分：文学理论、文学批评与文学史。后者的分法中，文学批评实际上是指实际批评，这种分类至今仍未获得普遍采纳，而许多作者仍然使用‘文学批评’一词以包括理论探讨与实际批评这两者。”（刘若愚《中国文学理论》，杜国清译，江苏教育出版社2006年版，页1。）这个分类意识有同于罗根泽处，另也可推知理论在此期于美国学术界已处上升状态。

品的评判（“裁判”）有密切之联系，此也深嵌于上述几种西方批评类型的具体展开中，重视于文本（文学史的）分析与实验性的经验，而不似理论研究更偏向于搭建抽象论辩的框架或从中引出意见，与具体的文学活动一般都维持较远的距离。与之相应，对批评与文学间关系的重视也多会表现在民国间诸批评史家的论说中。如民国时期出版的几种批评史著作都会在绪论中首先界定文学的义界，进而阐述批评与文学的关系，以示批评对文学活动的依赖与依附，对二者关系的突出强调是被作为批评、批评史能够展开的基本逻辑前提来论证的。对诸家的言说，可试举数例证之。如陈钟凡认为：“若夫批评文学，则考验文学著述作品之性质及其形式之学术也。”①方孝岳谓：“至于我们现在把一个国家古今来的文学批评，拿来作整个的研究，其目的在于使人借这些批评而认识一国文学的真面。批评和文学本身是一贯的。”②郭绍虞先生在忆述其撰写批评史的契机时谈到其最初是欲尝试写一部文学史的，后才不得已缩小范围，然却是“只想从文学批评史以印证文学史，以解决文学史的许多问题。因为这——文学批评，是与文学之演变最有密切的关系的”。③据此我们也能理解了，为什么郭先生的批评史著述是以“文学观念”的演变为主轴的。罗根泽先生对批评史的研究历程，据其自述，也是先攻历代文学，然后辑“文学批评论集”与作“文学批评史”④，这一先后顺序也反映出了其对二者间关系就近性的某种思量。

当然，诸家对“批评”内涵的理解并不完全一致，其中一点，是围绕着对传统“诗文评”的体例进行的。《四库全书总目提要》对“诗文评”的范围有一概述，并辑录如《文心雕龙》、《诗品》等专著与诗话、文话为主要篇目。从上引陈钟凡之语看，他则以为刘勰、钟嵘等的专著“对于‘批评’一词，未能确认其意义也”，因而才以远西学者所论批评的五种涵义来规正之，其实是想以范围更广一些的具体的批评等来扩充旧的观念。朱自清也以为虽然现在有人将钟嵘、刘

---

① 陈钟凡《中国文学批评史》，页5。

② 方孝岳《中国文学批评》，世界书局1934年初版，生活·读书·新知三联书店2007年重印版，页17。

③ 郭绍虞《中国文学批评史》，上海商务印书馆1934年初版，百花文艺出版社1999年新版，自序，页1。

④ 罗根泽《中国文学批评史》，上海书店出版社2003年重印版，自序，页1。

勰的著述视若批评典籍，但“批评不过附及罢了”，这表明其对“批评”的界义也另有所求，而不赞同将理论性、条说性更强的“著述”视为判说的圭臬。①又如出版较早的方孝岳的《中国文学批评》则借论总集而强调“具体的批评”之重要：“我国的文学批评学，可以说向来已经成了一个系统。我们看清《四库全书总目》，不是有‘诗文评’的专类么？但是我们如果对于‘诗文评’这一门学问，稍稍上溯他的流别，就可以知道除了评论诗文的专书而外，还有许多可以说的。自从《隋书·经籍志》立‘总集’一类，把挚虞《文章流别》、昭明《文选》、刘勰《文心雕龙》、钟嵘《诗品》这些书，都归纳在里头，我们于是知道凡是辑录诗文的总集，都应当归在批评学之内。选录诗文的人，都各人显出一种鉴别去取的眼光，这正是具体的批评之表现。”②尽管他们未必就将更为专门的著述与理论性排除在学科之外，但却都企图在拓展界义的范围之后，将具体的批评纳入到“批评”学的核心范畴中。通过对“诗文评”所确定的界限的质疑，目的也在昭示出批评与文学活动之间实出天然的依存关系，并认定“批评”是一种可直接介入“文学”的智性化活动。③

如果从强调的侧重点上看，罗根泽先生的论述或有所不同。其批评史绪论云：

> 近来的谈文学批评者，大半依据英人森次巴力（Saintsbury）的《文学批评史》（*The History of Criticism*）的说法，分为：主观的、客观的、归纳的、演绎的、科学的、判断的、历史的、考证的、比较的、道德的、印象的、赏鉴的、审美的十三种。依我看是不够的。按“文

---

① 正因如此，以批评史命名的前期几部著作如陈钟凡、郭绍虞、朱东润等批评史皆未给予刘勰《文心雕龙》以很多的篇幅，而不像后来的文论通史对之作长篇的铺陈。为此，也出现了有人曾撰文批评郭绍虞“没有一章专讲此书”，见郭绍虞《照隅室古典文学论集》（下编），上海古籍出版社 2009 年第 2 版，页 1。

② 方孝岳《中国文学批评》，页 19。

③ 另也可参考朱东润的论述，其先举《四库总目·诗文评类提要》厘定的五种类型，进而云：“举此五端以当文学批评，范围较狭，而诗话词话杂陈琐事者，尤非文学批评是正轨。然前代文人评论之作，每每散见，爬罗剔抉，始得其论点所在，正不可以诗文评之类尽之也。”（朱东润《中国文学批评史大纲》，开明书店 1944 年初版，上海古籍出版社 2001 年重印版，页 3。）

学批评”是英文 Literary Criticism 的译语。Criticism 的原来意思是裁判，后来冠以 Literary 为文学裁判，又由文学裁判引申到文学裁判的理论及文学理论。文学裁判的理论就是批评原理，或说是批评理论。所以狭义的文学批评就是文学裁判；广义的文学批评，则文学裁判之外，还有批评理论及文学理论。①

细绎罗根泽的论述，其绪论中实包含有与陈钟凡及其他先行者争辩的意识。② 所谓森次巴力对批评的十三种归类，陈钟凡著作中则称为十二种归类，但节目大体相同，应出于同一来源。郭绍虞批评史也曾述及这些分类。③ 从罗根泽的叙述看，则以为仅限于这些分类是不够的，因为有可能遮蔽批评固有的分层，尤其是前人多偏向于以狭义的批评（文学裁判）来定名学科，以致忽视理论在批评系统中的意义。为此，他明确地指出“批评理论”与“文学理论”两层意义，并将对此的展开称为是广义的批评。其后，罗先生又激辩“批评”的概念在中译时的不确，认为若改用“评论”则一是符合中国的实际情况（因为“中国的文学批评偏于文学理论”④），二是也与英文 Criticism 的原义相吻。如实而论，如果从批评与理论的关系看，陈钟凡的十二种分类确有含糊不清之处，但因陈氏曾将分

---

① 罗根泽《中国文学批评史》，页 5。

② 罗根泽 1943 年所撰自序曾言及其阅读经历：“陈钟凡、郭绍虞两先生《中国文学批评史》，方孝岳先生《中国文学批评》，日人铃木虎雄《中国古代文艺论史》，皆曾参阅；朱自清、朱东润、伍叔傥、汪辟疆……诸先生，皆曾商正。……”（罗根译《中国文学批评史》，自序，页 3。）

③ 郭著批评史章二论“南朝在文学批评史上的地位”，以为该期批评家能应用多种批评方法，并列归纳的批评、推理的批评、判断的批评、历史的批评、比较的批评、道德的批评、审美的批评、考证的批评、赏鉴的批评等。与陈钟凡所列批评的分类相当，尤前四项恰为陈氏所特列者。朱自清为此也曾言郭著“各类品牌的名称偶尔涉及”，见《朱自清古代文学论文集》，页 541。

④ 见罗根泽《中国文学批评史》，页 13。这个判断实有很大谬误，待后有时再辨。朱自清《诗文评的发展》一文评罗根泽批评史中此段言论也颇有微词，并举例曹丕、曹植等的批评，“都并不侧重理论”；“罗先生称这些为‘鉴赏论’，鉴赏不就是创作的批评或裁判么？……”见《朱自清古典文学论文集》，页 546。又通过广泛举例，以为：“……从以上所说，可见所谓的文学裁判，在中国虽然没有得着充分的发展，却也有着古久的渊源和广远的发布。这似乎是不容忽视的。”同上，页 549。

类中的归纳、推理、判断三种专门标出，并作为“一切批评之基础”[①]，因此也有与罗根泽的思想接近之处，即并未完全限于从裁判的角度定义批评。但罗氏以“狭义的批评”与“广义的批评”分疏“批评”的概念则无疑有其十分重大的意义，不仅第一次鲜明地揭示（同时也是制造出）了理论与批评两概念之间的紧张，而且也可借此理清批评概念中容易引发的一些混淆，深化对批评史学科的认识。

当然，虽然罗根泽对“批评”的译语并不满意，以为最好用“评论”一语替之，但并未将其史著改名为评论史或文论史，据其自述这是因为“批评史”的用语已经“约定俗成”。然而，如从其对批评概念的阐释来看（无论中国的实际情况如何），也还是另有成因的。如其在进一步剖析文学裁判、批评理论、文学理论三个大单位的内部组成时（见其图示），仍是将所有的内部元素都看做带有“批评”之属性的：批评理论由批评的立场、批评的方法、批评的错误、批评的批评组成；文学理论则由“批评的建设”组成等。因而，至少在其看来，批评理论或文学理论虽会前置于狭义的批评（裁判），即备有预见性的能力，但却不可能独行其道，成为一种无有功用依附的抽象言说，而是还会降落在具体批评或文学活动的层面上。这也就自然导致了他会依据于学界惯力的推移，将自己的著作仍定位在“文学批评史”的概念上。罗根泽的事例表明，尽管他已始注意到了理论在批评与批评史上的分量，但认为通过提出广义的批评的概念，却还是可以在批评史的界面上来容受理论、安排理论的，无须以此淘空批评的内涵，或以理论史来涵盖之，而使批评成为一种不在场的剩义。

限于篇幅，以上的简短回顾与分析似并未将相关的所有问题都揭示出来，但借此至少已能看出，“批评”或“批评史”概念在最初的提出与使用都有其特定的来源与所指，选择这一术语作为学科的称谓也并非随心所欲、可任意改换。在批评史的初期构架中，理论这位迟到的概念访客虽然也受到了接纳，但并不等于就能够与批评（批评史）的概念齐眉举案，同享尊容。

---

① 陈钟凡《中国文学批评史》，页7。

二、文论史的出场与范式转型

20世纪50年代以后，在中国大陆，学科的名称开始发生了一些变化，越来越多的学者开始使用理论化色彩较强的术语，如“古代文论”、“古代文艺理论”，来命名自己的学科，概说研究的对象。① 当然，情况也非简单，不仅在50年代后仍有不少学者以“批评史”来冠名自己的著作，而且直到目前，“批评史”的声音也并没有全然遁入历史景观的背后。然而从总的趋势来看，理论化的称名逐渐占据了学科的主要位置，甚至于在许多撰述中，过去曾经甚为流行的那个批评史概念已为文论史的概念及其属义所取代与整合。从某种角度看，也可以说出现了一个由以“狭义的批评”为主而向“广义的批评”中一更为抽象的展面（即理论）运行的态势。

当然，这一过程也是缓慢地进行的。如作细一些的判析，那么可以将50年代至70年代视为是一由批评史向文论史趋进的过渡时期。主要表现为因文论史声音的逐渐上升，造成了批评史与文论史的平行滑进，这既反映在学科称名的选用上，也表现在对二者关系的学术处理上。而70年代末、80年代以后，文论史的提法就开始明显地演变为超强的话语。1979年作为全国性学科协会的成立，即称为“中国古代文艺理论学会”（郭绍虞任会长），同时创刊了《古代文学理论研究》丛刊，这些命说对学科导向的折转的确起到了巨大的推进作用。② 而以“古代文论”、“古代文学理论”为名的著作、撰述在后一阶段占据了这一学科大部分的出版空间（在更细的分支学科领域则出现了大量“小说理论”、“戏剧理论”、“诗歌理论”等的著作），多种学科内的讨论几乎都是以文论的概念命义的，多种对本学科研究史的叙述也均是用文论史的概念来统合的。至此，“批评史”

---

① “古代文论”或“文论”这一概念相对比较含糊，可作数种理解：一是指针对文章（相对于诗）的批评与评论，属于体裁学的范畴，郭绍虞等在以前都曾如此用过。二是也可指“古代文学评论”。“评论”一语，罗根泽虽有专辩，但像陈钟凡等也都使用过，如综合诸人所用，其义界实较为模糊，似既指称狭义的批评，也可指称理论性较强的撰述，或将二义均包含其中。三是文论即“文艺理论”的简略语，在此种意义上的用法于20世纪50年代后最为普遍，可从各种延伸性叙述中辨明。但不一定限于文学原理，也会包含批评理论。本文主要是在第三种意义上来认定的。

② 此学会的成员主要来自原来的古代文学、古代文学批评界。20世纪90年代创立的另一全国性学会则主要吸纳来自文艺理论界的学者，冠名为“中国中外文艺理论学会”。

的话语尽管还有坚持的余地，但却已被挤压到了学科的边缘。

由批评而向文论的过渡，原因多多。其中与20世纪50年代后的学科建制变化、在中文领域“理论”或文艺理论的地位被提到指导性的高度等不无关系，与之同时，像“现实主义”、“形式主义”、“马克思主义”等词汇也都以系统性理论话语的方式被确认，并充溢于当时的学科讨论中。当然，在另一方面，这种过渡又与学科内部逻辑的延伸与转换有根深的关联，故应给予充分的关注。由此，自然仍会涉及到早期批评史研究中业已萌生的一些问题，正是这些端倪在思考与讨论中的扩展，引起了学科模式的一步步移位。

再次回到早期批评史研究中，我们似已发现，尽管“批评史”的概念获得了学界的普遍认同，但对“批评”概念中所包含的理论质素的辨析，及如何在批评这一大的框架下安排理论的位置，则各家的意见仍不一致。大约而言，在20世纪40年代以后，偏重于理论的倾向始有加强之势。上述我们已经介绍了罗根泽的情况（其“绪言”见于1944年出版的批评史），又如傅庚生，他于1947年出版了《中国文学批评通论》，在自序中对此前的批评史撰述模式始泄其不满，并称此种撰述“……研敷评论学之往迹，群智竟明夫一端；形成文学史之附庸，无缘蔚萃乎大国”。即以为过于限于对文学史的依附，而“不能予人以明确之概念与因依之准则”。[①]因此而冀望借助西方理论之烛，而探求中国批评史所呈示的一般性原理，从而表现出了一种比较强烈的理论性冲动。当然，如果从学理变化的角度看，最能代表这种转折意识的当是郭绍虞的经历。

郭绍虞于20世纪30年代结撰其一生成就最大的批评史宏构时，虽然也偶用过“文学理论”这样的词语（见“自序”），却未有任何特定或强调的意思，即便评述像《诗品》、《文心雕龙》这样一些理论化或系统化程度较高的著述，也将其视为是“文学的批评”、“批评的批评”，未以理论明确定名之。[②]检其《照隅

① 傅庚生《中国文学批评通论》，商务印书馆1947年版，自序，页3。

② 如曰："此二书之所以重要，即因足以代表当时批评家之二派。当时人所需要于批评者，不外二种作用：一、是文学作品的指导者；又一、是文学批评的指导者。文学作品品目多，则需要批评以指导，才可使览无遗功。文学批评日淆，则也需要更健全的批评以主持，才可使准的有依。所以前者是文学的批评，后者是为文学批评的批评。"（郭绍虞《中国文学批评史》，页75~76。）

室古典文学论集》，凡涉及学科用语时，早期所撰的一些论文也都是以“批评史”题名的，如《中国文学批评史上之“神”、“气”说》（1927）、《中国文学批评史上文与道的问题》（1930）、《朱子之文学批评》（1938）、《明代文学批评的特征》（1948）等，保持了他在通史中十分频繁地使用“批评”这一术语的习惯。然而至50年代以后，他对学科名称的使用却发生了变化，开始在“批评”词语旁增缀了“理论”二字，如其1957年所发表的文章《中国文学批评理论中“道”的问题》（最初的例证）、及后来在1980年发表的《关于中国古典文学理论批评研究的问题》等，使用的便是这种双词联缀法。与之同时，郭绍虞于1959年出版了根据其旧著改编的本子也定名为《中国古典文学理论批评史》，1958年始由郭绍虞、罗根泽共同主持编纂、人民文学出版社出版的大型丛书也命名为《中国古典文学理论批评专著选辑》。此后，这一双词并用的做法还见之于其他学者所撰的通史类著作，如敏泽先生的《中国文学理论批评史》（1981）、张少康先生的《中国文学理论批评发展史》（1995）等，想必都会与郭绍虞的影响有一定关系。

毫无疑问，这种变化不会是随意的，尤其当它是以有规律的方式呈现时。从某种角度（历史纵向）看，它与罗根泽、傅庚生等在批评史概念中强化理论的意识会有关联，随着这种趋势的延伸，必然也会在研究中面临来自于“理论”的压力。而郭先生首先选择的是一种折中的姿态，通过双词联缀的方式，其目的也在协调理论在强行生长过程中给批评带来的巨大冲击。[①] 这一意图应当可以看得比较清楚。当然，如果我们对双词连用命名法作更细的分析，则会发现一些使用时的差异，如一是称为“批评理论”，再一称为“理论批评”，两种联缀方式所指示的意义并不一样。1979年郭绍虞发表《中国文学批评史的分期问题》一文，对“批评理论”的概念作过一点阐释。据其所述，也就是根据一般程序，首先是在

① 罗宗强在为张毅所著《宋代文学思想史》序言中也曾解释了这一双词联缀方式的含义：“……从中国文学批评与文学理论之此种历史状况而言，文学批评史的研究对象并文学批评与文学理论而言之，当然是顺理成章的事。问题出在什么地方呢？就出在这一学科的定名上。名之为中国文学批评史，它应该只研究文学批评的历史；而中国的文学批评既与文学理论纠结在一起，那么它自然而然应该按照它的历史实际给予命名，名之为中国文学理论批评史。这样的命名，在理论研究上可能会较少疏漏，而使这一学科在理论上更趋于严密与成熟。”张毅《宋代文学思想史》，中华书局1995年版，罗序，页3。

文学发展到一定阶段后才产生文学批评，然而由于批评"很容易凭各人主观的爱好，妄加论断，因而批评变得没有准的，这就更需要批评的理论作为根据"。[①]因此，批评理论是针对批评而言的理论观照方式，等同于以前他所说的"批评的批评"，然而所用的词语却发生了变动，意在增强理论的含义。而"理论批评"这样的用语就显得有些模糊，容易产生歧义。以我之陋见，似乎各家都没有对这个词语的准确意思作过解释，因此，从表面上看，或是意指理论性的批评，或是指"理论"与"批评"两种方式的同时存在。在1957年撰写的《试论〈文心雕龙〉》一文中，郭绍虞解析《文心雕龙》这部著作的构成，似涉及到对这两个概念的处理，如其谓："《文心雕龙》分上下二编，上编论文体，以文学批评为主，兼及文学流变；下编论创作，以文学理论为主，兼及语法修辞。……他批评魏、晋以后的论文著作，……都不能把文学批评和文学理论合为一体，不能看到文学的全貌。《文心雕龙》把它分篇叙述，本末具备，细大不遗，另一方面更能根据理论作批评，利用批评证理论。"[②]此段表达很明显是将批评与理论看做两个平行的概念，也可将其视为为"理论批评"这一提法所下的一个注脚。这样的持论多少会受及罗根泽的一些影响，并隐含着对自己过去思想的一些修正。而将"理论"置于"批评"之前，则明显提高了理论的位置及突出了理论对批评的指导作用，与"批评理论"这样的联缀法所含有的意义是有看似微妙，实也不可抹杀之差别的。当然在50~80年代这一时期中，像"文学理论"、"古代文论"这几个词语被单独言说的，也能在郭氏的著作中觅得，这也说明他的思想行进步履有时并不是很整齐的。

从郭绍虞对学科称谓措用的改变中，可以看到一种过渡性的逻辑，20世纪80年代以后，这个过渡已经基本完成。80年代伊始，多数的学科著述已经有意识地以"古代文论"、"古代文学理论"冠名其著，同时也将"批评史"的话语整合、纳入到这一统合性的名称中。后一方面的例证很多，比较典型的例子，如中国人民大学古代文论资料编选组于1989年出版的《中国古代文论研究论文集》所编选的对象虽为民国期间诸家的论文，这些论文在涉及学科称名时所使用的也

① 郭绍虞《照隅室古典文学论集》（下编），页413。
② 同上，页14。

均是“文学批评”的术语，然该书的标题则以“古代文论”一语统之，“批评史”由是而失去了它的本义与自己的历史。

如果我们将观察的视野放得更宽一些，这一趋势或许并不是孤立的，即其与当年开始启动“批评”这一术语时一样，也会与国际知识体的动态有某种隐在的交涉。一个显明的例子，就是美国的华人学者刘若愚曾在70年代出版的《中国文学理论》(*Chinese Theories of Literature*)一书中述及此前的批评史研究，以为其过多地拘于事实及对之的叙述，从而使得“许多重要的批评概念与术语仍未阐明，主要的中国文学理论仍未获得适当的论述”，其中也包括郭绍虞与罗根泽的著述，均存在着同样的缺陷，因此而提出“我们需要更有系统、更完整的分析，将隐含在中国批评家著作中的文学理论提取出来”的主张。[①] 刘若愚一面仍坚持使用“批评家”一词，但却意在从对批评的阐释中提取暗含于其中的“文学理论”。从该书的表述看，也是批评与理论两种术语同时混杂使用，然毫无疑问的是，阐述的重心已经明显偏向于理论一面，甚至以某种自创的理论框架来整合所有的批评史材料。借助刘若愚这一例证，可以发现国内早期以来对批评与理论关系探讨的一种回响，及西方20世纪50年代以后积极展开的从批评向理论转换的思潮对之的影响(此似无须再赘述西方理论的情况)。这种理论的冲动一旦形成就不会轻易停下，而是会持续几十年。后期美国汉学家宇文所安的《中国文论读本》(*Reading in Chinese Literary Theory*，1992)一书从某种角度看也是按照这一路径走下来的，即将关键性的兴趣聚焦在理论话语的寻求上，呈示为一种比较标准的“文论史”叙写范型，对具体的批评或实际的批评则基本上不予关心。

通过对文论史向批评史转换过程的论述，可以再次相信，批评与理论或批评史与文论史并非一开始就享有同一个意义，两者固然均可以含有对方，但同时也存在着一种话语上的裂隙及常常会构成意义间的竞争关系。与之相关，学科称谓的转变也就不单是一个选词的问题，而是蕴涵了学术理念与思维的迁徙与转换，并切实地贯穿到了具体的研究实践中，引起该学科面貌的巨大改观。

---

① 以上引文均见刘若愚《中国文学理论》导论，页5。

三、理论之后

以“理论”旨趣为归属的文论史研究在上世纪 80~90 年代臻于全盛，并直到今天仍是一种主导性的学科话语模式，其中自然会包含有逻辑驱使上的必然性及于现象确认上的可信性。在这样一种情况下，有可能出现一种“理论之后”的景观吗？

对这一问题的回答，或许更好的方式还是始于对理论本身的反思。事实上，这种反思自 90 年代以来一直断断续续地存在于多种文本表态中，有时也会成为向新的学科范型转换的一种先声。比如，对由文论史或理论优先观念的反思，常常是与学界对试图构筑某种整体解释模式、脱离语境的范畴史研究、以西学的理论概念或框架阐释中国文论等做法的质疑相联系的。① 如有学者也指出，文论史的撰述模式会造成它与批评史、文学史的距离越趋越远，在一种孤立抽取出来的概念与概念系统中，原初发生时的具体性、相关性被清排出去了，而在下一个层次上具有决定其真实、多样意义的理解要素不再发生关联性的作用，文论史由此也就成了一种超空演绎，无法再行置入原有场景的意义序列中。② 如此等等。当然，这种歧差也不仅仅是限于方法论上的，当文论史有了自己代表性的通史、教材、读本（将某些著述确立为经典）等，即它成为一种权威语式的代名词之后，便同时具有了某种排他性与歧视性，会有意无意地排斥那些比较经验的或看来不那么有理论性的现象及其研究（而从批评史的角度看，这些又往往是更有实效性的），竟至有时理论性愈强的，越是会被看做属于精华的。对理论性的过度追求，也会通过某种规范化的提示与所谓自由选择前提下的迫动性，将相关的各种研究均纳入到一个集体赞成的模式中。

当然，这样的反思并不等于否定文论史曾有的及于未来将有的作用与价值，但也正是由于这些反思的存在，遂有可能引申出文论史之后的一些新的态度与景

---

① 在文论史理论化追求过程中，其表现方式仍有差异，当有所说明。大致而言，一是属于置入型的，即用外部的理论来解释史实；二是属于内阐性的，即由史实内部提取、概括、组合理论等。有时也会两者兼具。至于对其批评的具体论述，因涉量过大，不再于此细胪。

② 黄卓越《明永乐至嘉靖初诗文观研究》，北京师范大学出版社 2000 年版，自序，6~7 页。

观。固然，对于这些新的迹象在目前我们尚未能给出更明确的归纳，或给予更富条理化的表述，这与90年代以来本学科的多样化的发展态势有关。但通过对多种意见传递与专题研究的观察，似仍能从中发觉若干比较成形的范例，比如在此期间开始出现的文学思想史、文学观念史、文化诗学等主张与实践即含有着一些新的观念成分，由此而与单纯的文论史思维模式相区别。再者，在仍以文论史命名的著述中同样也会包含一些新的理念成分，以显示出其与以上范例交叉相似的趣旨。

要对所有这些新的范例作出解释并非本文的任务，在此，仅用有限的篇幅对其中之一的“文学思想史”的论述作一提掇，以此而窥见在文论史典型范式以外涌动的某些新变。

从最初的源起上看，用“文学思想”这一术语标示学科在民国时代尚不缺其例（也有用“文学思潮”来命名的），值得一提的是几种从日本翻译过来的相关著作也使用了这样的名称，如青木正儿所著《中国文学思想史纲》（商务印书馆，1936）、竹田复《中国文艺思想》（贵阳交通书局，1944）。郭绍虞早年的批评史也已甚为关注“思想”的问题，朱自清后来对之有专门的评述，如曰：“郭君相信‘文学批评又常与学术思想发生相互连带的关系，因此中国的文学批评，即在陈陈相因的老生常谈中，也足以看出其社会思想的背景’（一至二面），所以随时引证思想方面的事件。这已不止于取材而兼是方法了。用这个方法为基本，他建立起全书的系统来。”[①]罗宗强先生于1986年出版了以“文学思想史”命名的《隋唐五代文学思想史》，并述其写作经历是因于对范畴研究等方式的怀疑，在为1995年出版的张毅所著《宋代文学思想史》序言中，罗宗强更为详切地阐述了他对文学思想史学科的理解，以为：“文学思想史应该是一个独立的学科，它与文学批评史、文学理论史既有联系又有区别。”[②]这是因为“文学思想除了反映在文学批评与文学理论中之外，它大量的是反映在文学创作里”[③]，而三者之间往往有一贯性并可相互印证，因此文学思想史的提出则可解决学科阻隔的问题，在

① 朱自清《评郭绍虞〈中国文学批评史〉上卷》。
② 张毅《宋代文学思想史》，罗序，页2。
③ 同上，页3。

一个统一的平台上观察文学的变迁。敏泽先生于2002年发表《关于中国文学思想史问题》一文，可看做是对其时文学思想史研究迹象所作的一种反映。他也主张将其看做一独立的学科，以为它所研究的是一种“主导文学思想观念”[①]，而不是讨论具体的形式或修辞，也不涉及那些不重要的思想变化，它所关注者是“对学科的发展具有重要的意义的文学观念和文学思想意识，包括文学理论批评和文学创作的两个方面在内”[②]，因此，认为文学思想史一方面不同于文学理论与文学批评，同时又能将二者皆融括在内里。很显然，敏泽的持论也有近于罗宗强之处，即通过文学思想史的建构打通理论、批评与创作原有的沟壑，追求更为综合的效果。

尽管在郭绍虞、敏泽、罗宗强的论述中，均存在着将文学思想中的“思想”视为一般思想史的一种延伸物的认识，但在确定文学思想史的概念时，后来者（如罗宗强）的偏重还是有所不同的。由于其发生在文论史模式普行之后，因此对文学思想史的建言也就会直接与对文论史流弊的警觉有关，从而括入了反思的意识。因此，如果说前者关注的是批评史与思想史之间的链接（如是，则依然会执著于思想史的“理论”性旨趣），后者所谓的文学思想史则更偏重于一种综合还原的方法。“文学思想”这一概念的提出，其目的更在于将批评史、理论史与文学史中出现的“思想”均涵括在同一个认知模态中。以此而论，它与有学者提出的文学观念史的命题已较为接近。[③]

文论史之后出现的新的气象不限于以上所述（也不会就此而达完备），而是有更为开阔的表现。总体来看，其中最有价值，同时也对文论史模式形成最大冲击的当是场域论的思想（并受到“文化诗学”论述的积极推赏）。它不限于一些已经成型的表述，更重要的还是体现在甚为丰富的学术实践中。在20世纪90年代以来开始进入博士阶段研究经历的一代年轻学者，多数都会受到这种风气的不同程度的影响。当场域论渗入到研究的每一个环节时，无论是垂直抽取的理论，

① 敏泽《关于中国文学思想史问题》，《三峡大学学报》2002年第6期，页6。

② 同上，页8。

③ 关于“文学观念史”的内涵及其与“文学思想史”的差异，可参黄卓越《明中后期文学思想研究》[简述]，北京大学出版社2005年版。

还是水平编织的理论，都将被置于场域中加以检验，并为研究的真确性与深刻性提供了重新测检的尺度。因此，如从这一理解看，那么关键的问题并不在于理论是否有价值或晦涩与抽象到何种程度，而是理论是如何在多重大小不一、层次不均的场景要素共同作用下产生并运行的，这也等于是说意义总是处在特定的“语言网络”中的。言及于此，我们会再次联想到这一观念现象与国际知识界趋势的某种相通与遇合，从批评而至理论，再至“理论之后”[①]，中外研究界似乎走过了相近的道路，尽管这种“近似”并不一定是刻意促成的，也并未因此而能够抹杀去各自当有的自性。

原载《文化与诗学》2011 年第 1 辑
北京大学出版社

---

① “理论之后”的话题最著名者见于特里·伊格尔顿所著同名著作，该书从文化政治的角度论述了西方“文化理论”的兴衰与变化过程。虽然该书不是专论文学研究的，但基于文化理论对后期西方诸学科知识话语的重大影响，故也可将其看做是一个带有普遍性的思潮。

书写、体式与社会指令

古之散文或称之为“文”，在目前确认的中国文学四大体类中占据一独特的位置，也为用之最为广泛的一种书写形态。然就目前对其的研究来看，却一直至为后滞，并在学理上处于一种较为尴尬的状态。后滞的原因有谓是因为古代散文的表象化特征显著，不易作深入的内部研究；也有谓是目前国外提供的理论手段主要是针对诗歌与小说等的，由此而使散文研究面临“理论的贫乏”，即缺乏对其进行有效解析的工具。尴尬则是直到目前为止，学界对古代散文属性的界认依然是模糊与摇摆不定的，这直接影响到了这一领域中学理规则、研究范型的有序建立，并使得对其的研究呈现为一种散漫无归的状貌，甚至有学者为此而发问道：“我们有散文研究吗？”或许，这种尴尬也还包括了，在散文研究中总会经常遭遇来自于“非文学性”事实的挑衅，由此而构成了对在其他三大体裁中所确认的有关“文学”定性与边界的拒斥或冲击。由上可知，在中国古代散文史的研究（与纂述）中需要重新思考的问题的确很多，也在最近一个阶段中为同行的专家们所常论议。这意味着，需要在理论上对其投入更多的关注，而本论文的写作也由此而生，以望能通过解决一些内含于中的根本问题，推进共同的思考。

一、何谓“散文”？

已如上述，古代散文或“文”的研究在目前面临的困境与对“散文”概念在界义上的理解不适有关，在这界义中包括了对古代散文属性与范围的认识等问题。以故，解决困境的方法也应当首先从“正名”开始。

关于“散文”这一称谓使用的来源，即其为何不称古人所云之“古文”、“文章”，可见于当代学者的一些论述，既已相沿成习，也有事实上的依据，姑可不究其称名的变化而继续使用之。但也需要注意的是，在很多情况下，这一称谓实包蕴了一种不同于“古文”、“文章”，甚至于“文”等的一些新的含义，这与我们长期以来有所谓“狭义的散文”的说法是有密切关系的。

很显然，狭义的散文的称名，包括指义，都是有别于古代原生态的所谓“文章”与“古文”等的。对其的界义也见诸各种文学概论，以国内前一时期比较通行的一种《文学理论》中的解释为例：“狭义的散文指纯粹文学意义上的散文，是与诗歌、小说、戏剧文学等并列的文学体裁，即通常所称的文学性散文或艺术散文。”①尽管这一概念的建立也可追溯到更早的晚明小品及对传统经验的重新发掘，但在最初的倡议者如周作人等人那里却主要是作为对整体而言的传统文章学的一种革新而提出来的。就思想的来源而言，无论是刘半农所述之“亦文学的散文，而非文字的散文”，还是周作人所定名的“美文”，抑或王统照所说的“纯散文”（pure prose）等，都在很大程度上受到了西方输入的“文学”（literature）与“审美”观念（如王统照所说的纯散文“能使人阅之自生美感”②）的直接影响，而试图通过对“文学性”的不断提升来重构散文的理念，从而创造出一种有别于古代散文的新的文体③。正是在这一新的散文观的指引下，不但出现了以文学性为标榜的现代散文创作热潮，同时也改造了人们的文章观，进而在很大程度上（隐显不定地）支配了散文史研究的意识。

---

① 刘安海、孙文宪主编《文学理论》，华中师范大学出版社 2001 年版，页 156。

② 王统照《纯散文》，转自俞元桂等编《中国现代散文理论》，广西人民出版社 1984 年版，页 4。

③ 关于这一文学性的提升过程，也见刘锡庆《现代散文“理论建设”的回顾与反思》，《海南师范学院学报》2000 年第 4 期。

如果说由“五四”后发轫的这个狭义的散文定义对20世纪以来文学散文创作的勃盛产生积极的推进作用，那么以之用于对中国古代散文的观照与研究，却容易造成一种明显的错位。这个错位从逻辑上说，就是在指称与措用上造成了“部分”/“总体”的关系在解释上的失当。如有学者业已指出的，作为总体的古代散文原是一个庞杂的书写系统，无论是在批评理论还是实践意识上，均未清晰地分出哪一部分是属于文学化的或非文学学的（除了明人小品等的例子稍有例外，然至清代又有回拨）。而若以“文学性”的概念作为确定古代散文的归属性标准，则自然会人为地从一个混成的总体中攫取一部分来满足这一新的要求。这不但使古代散文总体性命名的统贯遭到破坏，而且，具体到一部著述（如《史记》、《汉书》等）或一篇文章，这种抽离法所获取的也只是被强行析离出去的要素，从而使得该文本的总体构成性无法维持；并同时而使其他被排除的部分（更大得多的部分）难以在当代的学科研究体系中容足，成为丛聚与飘荡在历史墓场并得不到命名的游魂。当然，也有一些散文史著作试图突破这一限制，即尝试以“杂文体”的特征来观照古代散文的全貌，但由于仍需兼顾已经权威化了的纯文学标准，同时事实上又很难对不同标准间的关系作清晰的条理，由此而又使得所涉及到的总体与部分的关系变得十分紊乱。这也就是当代所谓的“狭义的散文”的概念有意或无意间给散文史研究带来的窘况。当然还会存在其他许多的问题，而这些都是与对什么是散文、或准确地说什么是古典形态散文在理解上的不适有密切关系的。

要解决这一不适，或许还是要回到对总体的追溯与肯定。古代散文作为一个总体或被称为文、文章（尤其是后来），或被称为古文（并暂时不论那些边界含混的情况），是有其历史因缘与必然律的。这个话语谱系从先秦一直延伸至清末，并为留存下来的各种总集、选集、别集等的编纂及目录学理论等所证实。但为什么这个总体能被言说，被如此言说，则涉及到中国古代对“散文”基础属性的认识。

对此的论证仍然需要借助一个参照系。先来看现代以来所确立的“文学”概念或观念，它是既可从文本上、也可从行为方式上得以认证的。如从行为方式特征上来解释的话，一部文学作品的产生首先会被看做是“创作”的结果，西方为此而有等义的语词，即create（creative，creation），并在一个时期中成为对“文学”活动进行界认的专门用语。[①] 既是一种创作，那么就会有所谓“文学高于生活”、“艺术的真实不同于生活的真实”云云说法。这一行为描述固然还会包含一批同类衍生的概念，如从心理发生上讲即有“想象”、“虚构”等，从语体学角度上讲为修辞、文饰等，从阅读效果上讲所产生的即为纯粹或比较纯粹的“美感”。这些被当代文艺学看做是文学创作的诸种原理被用之于对古代诗歌、戏剧、小说的解释时一般似是没有多大问题的（尽管中国传统解释还会偏重于一些不同侧面的要素）。

但以这些概念用之于对范围更宽的古代散文的解释，就大为不然了[②]，因此需要重新找到与后者能相匹配的证明性概念，才有可能形成对其更为确准的理解，至少从理论梳理来看，这一工作是不可或缺的。这里，我希望作一初步的尝试，也就是从古代散文的行为意识来看，可将其看做是一种“书写”，而不是“创作”。关于这点，从最初对“书”的命名中也可看出，如《尚书》在最初被称为《书》，也有将《国语》、《易》与《春秋》称做《书》的，甚至于《诗》在当时也有被称为《书》的。[③] 这是因为“书”在早期是指一种广泛的书写活动，而在其下的一些更细的分类还未有效地发明时，凡各种言、事等用文字记写下来者均可称为书。后来尽管出现了诗与文、有韵之文与无韵之笔等的区分，与之同时也产生了初步的“文学性”观念，但未有将总体上的散体文章作为文学性“创作”的（一些间隙性、过渡性的情况暂不考虑）。在各体散文的生产背后起主导

---

① 关于西方这一概念的含义与变化，可参雷蒙·威廉斯《关键词：文化与社会的词汇》，生活·读书·新知三联书店 2005 年版，页 92。彼得·威德森《现代西方文学观念简史》也评述了自浪漫主义将创造力、想象等推崇为诗人的特殊才赋之后，“创造的”这一概念具有作为某人艺术天赋特征的“有想象力的原创性”、“富于想象力的写作”等的意思，北京大学出版社 2006 年版，页 99。

② 此当注意，欧洲早期的“prose”也含有杂文学的含义，比如英国维多利亚时期的散文，即含指各种政治家、神学家、自然科学家、传记家、随笔名家、文学批评家等的文本。Philip Davis 所著 *The Vitorians*（外语教学与研究出版社 2007 年引入的牛津大学英文版）一书，将这些杂体散文家置于一个很重要的位置，如述及达尔文的写作，便是将其看做 prose 的一个重要范例（其也对英国后来的游记体文学产生了示范性的作用）。

③ 参李民、王健撰《尚书译注》，上海古籍出版社 2000 年版，前言，页 2。

与控摄作用的依然是书写的意识，这也可从大量诗文之辨等的论述及一些概念表达（文章、古文等）中看出。散文往往被看做是针对实际的写作而非虚构性（甚至情感性）的，它是以叙述事实、言论、意见等而非以美感性鉴赏为目的的，因此也是广义上而言的“叙述”（非当代意义上的文学叙述或小说叙述）。书写的核心只是写出一些事和想法，以取得某种日常化、应用化的效果，而不是围绕着某种设定的中心（审美）来构造出特殊的、超于生活之上的意象场景。当然我们对书写概念的理解还不能过于狭窄，书写在更深的意识上，同时也在近来的后结构主义理论中，都是作为“创作”一语的对立面被把握与确认的，尽管这点未必会很明晰地为古人所感知，也尽管在书写与创作之间还存在过渡与僭位。与之相应，书写的成品是“文本”（text），而创作的成品往往被称为“作品”（work），由此而可进一步厘定二者之间的区分。文本在总体上而言，是不受审美中心主义的原则规定与限制的。① 而当书写的概念在后现代写作条件下再次被提升为一种主导性的趋势，文的写作被人人地扩散，并对旧的“创作”的观念形成了解构，也从一个侧面论证了这一行为模式在人类心理上的普泛性，以使我们有可能站在今天的理解水准上来返视传统的经验。

当然，将包含广泛的古代散文看做是一种非标准化或现代意义上的文学行为，并不等于说在汉语书写中就不存在文学性的表述特征，过去在这一领域的探讨中曾有的一些极端的去文学化的解释也是不符合古代散文总体的实践状况的。言其为一种书写而不是创作，这主要还是从牵引与主导行为特征的中心力量上而言的，并同样会涉及到对总体与部分关系判断的问题。如果需要作出分辨的话，那么，在散文一域，可以将文学性看做是依附于主导性书写行为而存在的一种“次状态”，也就是说它依然是会被包含在、或说是缝织在作为核心意识的书写行为中的。书写是古代汉语散文属性得以确定的一个基础性概念，它不是一种文学化（即以此为中心的）行为，但也不是去文学化的行为，相反，书写的行为总会不断地将文学性裹挟在它的行为肌理中。仅从先秦而至唐前的散文史历程

① 关于“作品”与“文本”的区分见于伊格尔顿《二十世纪西方文学理论》一书中对罗兰·巴尔特思想的阐释，北京大学出版社 2007 年版，页 136。当然，今天对这一对概念的理解，应已进一步超越了巴尔特的解释。

看，对文学效果的追求及出现的日趋增强的辞采化倾向，即萧统所谓的“踵其事而增华，变其本而加厉”①，的确是一个事实，也与受到相邻区域的诗赋创作的影响有关，并也曾导致了散文写作的骈俪化，即文学性试图通过对自己行为方式的放大而僭越书写所设定的界线。但即便是在文学性快速激增的两晋南北朝，也并没有能够在总体上改变书写作为散文写作核心功能的事实，以致使散文书写蜕化成了一种创作，各种书、论、序等仍然遵循着书写的目的与意图（叙实性与应用性的）并在一种次状态中来接纳翩然纷至的辞藻化冲动。②而在唐以后，正如我们所看到的，则又出现了一个更大规模的向早期方向上的回归。③就此而言，在散文书写领域，对文学性被缝织的情况，似更需要采用层次分析的方法，才能更好地处理文学性植入的特征及文学性与书写之间的关系，而不是脱离以书写为主导的整个散文统贯，将为总体所制约的次状态单独剥离出来，并拟构出一个“狭义的散文”的概念④，并悍然使之成为历史叙述的替代性主角。

二、散文研究研究什么

提到散文研究的对象，必然需要将关注点移向文本，学界一般也都主张散文研究的重心当在文本，这并没有什么疑问。但问题是文本的概念也是带有某种含混性的，以致使当代的古典散文研究呈示出相当庞杂、无序的面貌。既然书写是泛化的，散文也可用以称谓一切散体性的书写，那么散文研究就有可能或事实上成为一个无所不包的大箩筐，无怪乎有人要提出质疑：“我们有散文研究吗？”这意味着如果将一切都算在散文研究的头上，那么也就没有散文研究。

---

① 《文选·序》，中华书局 1977 年版。

② 有取《文选》作为散文文学性得以确认的一个实例，但一是该集所选的那些文章还只是占据了同期文章的很小一部分，二是从那些选入的书、序、论看，其写作的主要目的趋向依然是“书写性”的，主要还是在语体与修辞等层面上制造出了一些“审美”的效果。

③ 郭绍虞在论述中国文论的进程时也曾言及这一回归的趋势，但却是从全部意义上（不单是“文”）的文学观念演化的角度上论述的，或也可作为一种附证。见郭著《中国文学批评史》绪论，中华书局 1961 年版。

④ 有学者提出的散文属于“杂文学”的概念，笼统地看似有一些道理，但由于无法处理这些层次与界限的问题，因此也难以解答更为细部与复杂的理论问题，在此不论。

对于这一问题的解决，首先需要提出的是散文研究是否能有一文本种类上的限制，抑或可以包括所有的散体书写；其次是散文研究是否有自己关注的重心，以便围绕其而形成一种必要的研究规则与惯则。

关于第一个问题，可能首先要涉及的是散文研究究竟应当是“古文”研究还是“文章学”研究。这一问题乍看似有些奇特，但却是必须面对的。我们现在所称的古代散文，在古代有称为“文”、“古文”、“文章”等的，这些概念的含义其实在不同的时期与个人那里往往是不一样的，这也决定了它们所指涉的范围也是会有差异的。如果撇开历史上固有的繁复异常的蕴义，仅从后来逐步形成的相对稳定的赋义而言，“古文”往往泛称几乎所有长短不一的古代散体写作，而“文章”或建立在此基础上的“文章学”，如从近世所形成的意义上看，则是以相对确定的“篇章”为主导而建构起来的一个写作种类或范型。以先秦散文的情况看，被视为最初散文范例的《尚书》即是由许多篇章构成的一个合集。当然这些篇章的出现还带有偶然性，只是记述的内容恰好比较短少，由此而自然形成为一小型的文本框架，如将之视若篇章，其构成实际上还是比较随意的，也正因如此，该书只能代表篇章概念确立的一个很不成熟的阶段。与之同时，其后出现的各种史籍（或记事或记言），或多种子语类的编辑，在篇幅上似更无严格的规认，在叙述方式上也各有特点，由此而使“文章学”概念的出现仍为一种混沌未分的状态所笼罩。至汉以后，篇章的概念逐渐清晰起来，这一是与诏、策、章、奏、檄、册、启、书、论、赞、碑等的大量呈现有关。它们都是以单篇短章的形式构写的，由此而突破了缠绕在史籍、子书等上繁杂而漫无边际的书写观念，使之成为书写实践中的突出的范例，如章学诚所指出“两汉文章渐富，为著作之始衰”[①]，语中明确将子史类称为“著作”，而与“文章”的概念相对而称。二是与之相伴随，出现了将各体篇章合编一起的个人文集，及在分类学中将这些所谓的“文辞”篇目与经、子、史著述分列的趋向，使篇章学的概念获得了进一步的发展与巩固。[②]至南朝梁萧统所编《文选》，更为有意识地将篇章作为“文”的代表，将经、史、子著等置诸另类，其所论“子史”类著述不在辑录范围时所指出

① 《章学诚遗书》卷六《文史通义·文集》，文物出版社1985年据嘉业堂刻本影印版。

② 其简略的过程可见章学诚《章学诚遗书》卷六《文史通义·文集》。

的原因便是因其“繁博”,“而事异篇章”①。即便该书依然少量地保留了史书中一些文辞佳美者，但也是以这一“篇章”的观念来裁准的。等到四部的概念确立以后，以各体篇章的汇集为特征的集部便成了文章学的一个渊薮与表范，而子史等非篇章类的著述又有另行的对待。尤其是史类的书写，如果在早期还是为书写意识所支配的，然至后来却已形成了另外一套特定的编制模式，从而也很难再以书写意识去说明之，并更称之为“著述”。

言及于此，本文试图表明的是，古代散文虽然统含了所有的散体写作（小说等例外），但在流衍过程中却逐步形成了以篇章性的“文章”为核心、重心的一种认同标准。这个线索与事实都是十分重要的，由此也为我们今日的散文或文的研究建立了一个可资依傍的坐系。子史等类散体著述固然也在“古文”的概念中，而且实际上也与篇章之文保存着影响上的互文性关联，但却处在相对外围的位置上。明了这点是有必要的，以便可在文种上为散文史研究划定一个层次有差的界线。

关于第二个问题。长期以来，由于在理论上未及对散文的定性作很好的疏解，因此在研究实践中同样常呈示出较大的混乱。具体表现在一些散文史的撰写，及各种以散文研究之名标榜的论文写作上，大量的研究偏向于集中在对散文内容的分析，由此也造成了散文研究的庞杂无归。

散文固然都有内容，但散文的内容研究却不等于散文研究。比如诏诰的内容、庄老的思想、荀子论王制、蔡邕碑郭泰、韩愈谏佛骨，欧阳修的政论、袁宏道谈性灵等等，这些所指涉的都只是一个散文家的政治、哲学、宗教、文化等思想，而未及散文这一概念本身。散文在这种研究中只是一种被借用的名义，去除“散文研究”的概念，所得出的结论依然是一样的，由此而造成了散文研究中的一种假象，即以内容研究替代文体意义上方能确立的关于散文的研究。

这同时又涉及到究竟什么是散文的概念化属性的问题。在前一节中我们已经从行为方式上解释了这个属性，那么从文本方式上讲，其自有的属性又是什么呢？依据我的理解，散文的概念化属性就是散文的构成方式，或云是散文的体

① 《文选·序》。

式，在写出的意义上讲即是散文的表达方式。体式也就是文本的内在性，它的内在规则与惯则。分而视之，仍以散文而言，体式又包含了诸如文体（狭义而言，可以主要指结构）、篇体、语体、修辞、体貌、文类等组合性要素。其重要性在于，一篇我们所说的文，正是借助于这些而成立的，文章的内容也是其所构造出来，进而形成一定的文本外貌的，因此，可以说，不存在着没有体式的内容表达。同时我们也是借助于这些来区分这一文体与那一文体、这一文章与那一文章之间的书写差异的。体式的重要性也可从古已有之的各种文章分类学看出，这些分类绝大部分不是依据内容而是依据体式来分疏的。而对其更深的思考，则见诸刘勰《总术》一篇，世云该篇为创作论的总论，但同时也可再向前绾连于文体论，即也是对文体论的一种推进性综述（涵括了二论）。在本篇中，刘勰是在一种总体的、也更为抽象的意义上来理解“术”的，不限于一种“方法”，而庶几接近于我们所说的“体式”。“术”被看做对文章的内容与辞采都起到了内在的驾驭性作用，以故“以术驭篇，似善弈之穷数；弃术任心，如拨塞之邀遇”，又谓“若夫善弈之文，则术有恒数，按部整伍，以待情会，因时顺机，动不失正”云云[①]。至明，李梦阳所言之“规矩”与“法”（并涉及其与外部之“辞”等的关系），同样也可看做是对体式概念的某种述说，尽管李梦阳这一过于激进的观念一直未能赢得那些长期崇尚表征的时人的认可。至少，从上述举证中，可以看到古人对体式的概念已获不同程度与侧面上的认识。如果暂不考虑体式的意义，那么内容当然还是自由的，甚至于它也会影响到对体式的选择。但是体式也具有某种提前的暗示性，尤其是，当书写者一旦选择了某种体式之后，却又必然会根据体式的指引来运行材料，溢出与变化也将大致会是在特定的体式框架中进行。由上可见，文章的内容尽管也可能纳入到散文研究之中，但在这个规定的研究域中，应当关注的则是这些内容是以怎样的方式被书写、被表达、被构建的。那些离开了构成方式，单单关注于文章所表达的社会、哲学、文化、习俗等内容的研究，就还属于其他层面与领域的研究。

通过以上两层限定，古代散文研究的范围似已可大致得到限定。但还有若干相关问题需要在此作点补充解释。

---

① 《文心雕龙·总术》。

比如在当代学者的散文研究中，占据分量很大的是风格研究。风格研究之兴盛，固然因于风格本身往往突显于外，也与古代散文批评的传统有较大关系。如早期曹丕判分“四科八目”，便是从风格体貌入手的；陆机论十种体制之别，也偏重于从描绘各体所呈示出的风格特征着眼；刘勰关注的侧面很广，但其专撰《体性》一篇中，也将“八体”的特征归为八种风格，即“典雅、远奥、精约、显附、繁缛、壮丽、新奇、轻靡”，又以“体式雅郑”括之①。此后，从风格角度论体、论文的言说就更频繁了。风格可称为“体性”、“体貌”等，体性偏于内里的定性，体貌长于外显情态的捕定，而无论内外，均可看做是散文构成的要素之一。但如果还是首先从构成论上来定位散文的话，那么风格所占据的地位就不是很重要的了。罗兰·巴尔特曾在其所著《写作的零度》中讨论过这个风格的特性，他以为风格与文本的“语言结构”即内在体式是不一样的，风格更多地属于私人性的部分，产生于作家的隐秘的心灵深处，也就是说它是个人的气质、性情与经验的产物，因此也是难以精确分析的。这与刘勰对“体性”来源的解释相同，如刘勰以为风格源于个体的“才”、“气”、“学”、“习”等，总之于“莫非情性”②。而巴尔特所说的语言结构或体式则是一套共有的“规定与习惯”，为历史性的“绵延本身所揭示”。③为此，可以打个比方，按巴尔特的表述，如果将风格看做是一种垂直面的向度，而语言结构或体式就像是在一种水平面上、如地平线式展开的向度，由此，后者便是有历史惯则性与群体公共性的东西。尽管我们可以说是“语言结构的水平性与风格的垂直性共同构成了作家的一种天性”④，但在文本研究中更值得关注的是共同性的惯则，因为它更偏向于揭示出文本的内在构成法则及“史”的意义。因而，尽管也可以将风格问题置于散文的构成性要素之中，学者选择怎样的命题进行研究也会有自己的思考维度，比如是要研究个人还是一种书写与文本的惯则，如是后者，那么风格研究就应按以上的讨论法则受到必要的限制。

---

① 《文心雕龙·体性》。

② 《文心雕龙·体性》。

③ 罗兰·巴尔特《写作的零度》，中国人民大学出版社 2008 年版，页 7、9。

④ 同上，页 10。

偏重风格评述，在某种意义上或许也仍然与“狭义的散文”观的影响有些连带的关系，因为这种文学观更多地会将“创作”作为瞩目的焦点，而创作价值的认定往往是以个性的表现程度为标准的，风格的个性化已如上述，因此对风格研究的偏好实际上也意味着对某种文学观的确认。与之相应，文本的风格也常常被看做是美学化表征的一种实例，由此而导致的另外一个结果，就是容易将美感鉴赏误认为散文研究的本职，并以散文鉴赏替代散文的学理性研究，致使散文研究流于另一种浮泛。

三、不可忽略的社会指令

接下去想探讨一下汉语散文书写与泛义的思想史之间的关系。上文主要讨论体式，关注的是古代散文的内在机制，而书写活动与思想史关系的提出，想要表明的是中国古代散文体式的生成与使用并不是内部孤立的，而是与外部所提供的意义密切相关的。前一个时期以来，学界也有专门致力于“文体”研究的，这些研究一般多限定在文体本身，而不曾或少有涉及它与外部社会结构的关系及由后者所发出的意义指令。在讨论古典文体的形成时，郭英德教授在他2005年出版的著作《中国古代文体学论稿》中曾经指出：中国古代文体的定名，多是从“行为方式”入手的，“由行为方式向文本方式的变迁，文体分类的社会特征深深地蕴藏于文体的文本方式之中”①，比如诏诰誓等皆是。“行为方式”的概念作为向文本过渡的一个中介，毫无疑问是一个很有价值的提法，由此而将文本形式与人的行为、社会特征的考察连接在一起。惜受论题的限制，此说只是点到为止，未作进一步的理论展开。但这一论述揭示了一个为我们共同关注的问题，即文体或散文体式的形成是社会活动方式的一种延伸。这些活动有政治、军事、经济、日常交往等，由此而使中国古代散文的各种文类体制都紧密地与社会活动的相应特点胶着在一起。由于社会行为所发出的指令总是会以思想观念（或意识形态）的方

---

① 郭英德《中国古代文体学论稿》，北京大学出版社2005年版，前言，页3。另罗宗强教授在其新论《中国古代文体定名的若干问题》中也强调了古代文体产生与政治运作、政教有关。可见其《晚学集》所辑，南开大学出版社2007年版。

式体现，因此我们也可以将这种现象看做是散文文本体式与泛义而言的思想史之间的关系。

需要指出的是，根据上文的解释，散文研究关注的这个书写文本与社会行为、进而是思想指令之间的关系，仍然不是指文章中反映的社会思想内容，而是指汉语散文书写体制的产生与变化所受到的来自于社会方面的影响，因此它不是就"内容面"，而依然是就"表达面"上而言的，不是关注外部与外部的连接，而是关注于内部与外部的连接。

比如被视为中国古代最早的一部散文集《尚书》，从文类上看，包含有典、谟、训、诰、誓、命等体式。孔安国分其为6种，孔颖达分为10种，这些文类间当然是有区别的。它们各自的特征需要我们作深入的辨析，但也存在着一些共同点，即均为最高权力机构的官方文牍（雏形），有上对下的，也有下对上的。这些文类的内在构制（怎么写，结构与语式怎样等等）实际上是由不同的政治关系，用今天的话来讲，也就是由不同的权力关系所决定的，以此形成各种文体样式的不同特征及书写惯则。各文类在体式上的差异不仅是因于所记之事，也因于言说者或书写者所处的话语位置。在这些文类的书写惯则之中，隐藏着某种权力性话语的逻辑。这点不仅存在于功能明显的官方文类中，即便一些现在看来比较一般性的社会文类，其起源也与政治活动或权力既定模式相关，如刘勰论"书"之起始："三代政暇，文翰颇疏。春秋聘繁，书介弥盛；绕朝赠士会以策，子家与赵宣以书，巫臣之遗子反，子产之谏范宣，详观四书，辞若对面。……并述理于心，著言于翰，虽艺文之末品，而政事之先务也。"[①]论"碑"之滥觞："碑者，埤也；上古帝皇，纪号封禅，树石埤岳，故曰碑也……标序盛德，必见清风之华；昭纪鸿懿，必见俊伟之烈；此碑之制也。"[②]又如论"论"之初创："圣哲彝训曰经，述经叙理曰论。论者，伦也；伦理无爽，则圣意不坠。昔仲尼微言，门人追记，故仰其经目，称为论语；盖群论立名，始于兹矣。"[③]凡此诸类文体，几乎都始于陈政之需，并置入了社会关系赋予的指令。而作进一步的分析，就可看

---

① 《文心雕龙·书记》。

② 《文心雕龙·诔碑》。

③ 《文心雕龙·论说》。

到，述文者与受文者的身份关系，也就是“谁在写”、“谁会看”的意识在文体样式构成中起到很重要的作用。有的文类长期以来于体式上即保持不变；有的文论如书、论等至后来则因述者、受者等的社会身份改变了，而于书写体制上也渐次出现了变迁。如此而言，若从文体的发生看，几乎不存在离开权力关系（也包括平等的权力关系）的所谓纯文本、纯文体，这些都不是单从美学角度所能解释的。

从历史的进程来看，早期的散体文类写作几乎都是与皇权政治密切相关的，这也是由文在官府的社会权力形态所决定的。至春秋以后出现了相对私人化的子语类写作，即章学诚所说的“公私之交也”，但即便于此际，依然不是人人都有书写的权利，子语类写作也还属于某些特殊权力阶层，尤其是那些精神导师、思想导师的特权。布迪厄所云“统治者中的被统治者”至少在一定程度上可看做是对部分传统士人状况的概括。而借助于对这些子语类著述中所使用的语式、修辞等的分析，是可以感到某种具有身份特点的关系性位置在书写体式的构成上起的支配性作用。更为社会化的写作与社会化的文本，要到更后才出现，有许多文类如书、论等的社会化趋势则是在文本的再生产过程中通过逐渐改变原有文体规则而形成的。但是，如果从更为宽阔的历史背景上看，它同样与社会结构方式的变化是相关联的，因为出现了新的社会指令，文体的表述规则也随之而有了更替。而不同的社会指令之间是存在着权力关系上的差异的，同时也是处在意义竞争过程中的，由此，我们可以看到思想史运行对文体塑形所施加的真实影响。这些现象的如实存在，很显然会对目前普遍流行的所谓“客观主义”、“审美主义”等研究提出质疑。在客观主义的研究中，似乎文本研究、文体研究可以回避对社会关系的判断，不用继续追问蕴藏在文本组织中的社会构成原则，从而将文体研究、文本研究从社会关系安排中无限制地抽离出来。

散文书写与泛义思想史之间的关系，也体现在诸如文章编纂学、目录学、批评学，甚至于文化政策等方面，思想史总是会想方设法将一切书写“揽入”到自己的运行轨道。以批评学为例，思想史会对书写及其体式提出某种“期许”，并通过向批评观念的落实而表达出来。关于二者的关系，值得一提的是美国汉学家包弼德教授在《斯文：唐宋思想的转型》一书中所作的考察与描述，比如其中论及唐宋时期影响甚大的“古文”，包弼德未将之作为一客观主义的或限于书写本身的概念来处理，而是以为它包含有一种特殊的意义建构的特征。经过分析可见，从隋时李谔到唐时陈子昂、元结等所述之“古”，均属儒家设定的一个观念范畴，故当时所述之“‘古’都体现了天下大治的政治意义和文学意义”，“这个术语都用于一个政治计划，一个文学计划，或是两者兼而有之”[①]。从表面看来对古文的倡导被卷入到了一场骈散之争的历史争讼之中，但古文的概念从一开始提出，就不是一种形式论上的诉求，而是为了寻找与此文体、文风相联系的儒家价值观，以便更有利于述志与述政等。

同样，“古文”的概念在明中期的复古主义那里获得了再一次的彰扬，也首先是基于一种思想上的需要。从短时段上看，这一复古运动固然也牵扯到对弘治间靡丽文风的反驳，但在深层路向上却与对更为悠长的思想史传统的反思有紧密的关系。当李梦阳声称“宋儒兴而古之文废”[②]并提出“文必秦汉”的见解时，主要考虑的还是由唐宋“载道”派文论及由此引起的理学导向对书写规则的限制，以致造成长期以来社会思想的普遍贫弱，为此而主张一种“古之文，文其人，如其人”[③]，并以秦汉史家与诸子等为代表的新型文体（其中还会涉及到各种文法的）。很明显，虽然所言者均为“古文”，但植入其中的含义却是有很大区别的，如果说韩愈所倡言的古文更倾向于对儒家思想表述的认同，那么李梦阳等拈出的这个古文概念，则更多寓含了多元与开放的文化理念，对书写方式的改造，主要还是为寄托他对理学诞生以前的古典文化理想的认同。[④]由上可知，并不存在一种离开思想语境的古文学或古文体式，古文怎样被写、怎样被言说，关联到广泛的意识形态需求，社会指令也总是会在肯綮处对书写活动提出它的特殊的期许。

原载《北京大学学报》2010 年第 2 期

---

① 包弼德《斯文：唐宋思想的转型》，江苏人民出版社 2001 年版，页 26。

② 李梦阳《外编·论学》，《空同集》卷六十六，四库全书文渊阁本。

③ 同上。

④ 具体讨论见拙著《明中后期文学思想研究》章一：“明中期文章复古运动与‘文必秦汉’说”，北京大学出版社 2005 年版。

“大众”叙述的历史岔路*

——中西比较视域下的大众文学观

自上世纪 90 年代以来，随着商业社会的降临，大众文化始成为中国知识界热烈争议的话题，波回浪卷，至今犹盛。然细查这些业已刊布的言述，虽鉴于此话题的宽泛，难免会出现学理上的纰漏，但似也有必要对若干概念含糊、叙述不当之处加以分辨。此处仅言二点：一是，有些论述往往对包罗甚广的大众文化内容不作层次上、类型上的区分，如在将城市中产阶级白领文化如购物、服饰与美容等奢侈性消费当做大众文化的代表时，也就自然会忽略这些炫目的景观与更为平常化的大众文化之间的差异，或忽略作为大范畴的“大众文化”与其下更次一级范畴的“大众文学”等的意义差别。二是，虽然目前使用的“大众文化”指义一般都取自西方，但正如我们所知，比如在英美的语境中，并不存在一个统一的大众文化的概念，而是用不同的语词来表示有所差异的对象或意义取向，如用 masses（mass）表示消极的受众，用 popular 表示有所主动的受众，然在目前中国的学术词汇谱系中则仅有“大众”一词，将两种语义合并为一。这种混用在一些

* 本文为荷兰 2012 年中西文化文学国际交流研讨会提交论文。

书名的翻译上也多有体现，如将 Angela McRobbie 的 *Postmodernism and Popular Culture* 译成《后现代主义与大众文化》，将 John Fiske 的 *Understanding Popular Culture* 译为《理解大众文化》等，不一而足。而此二书题名中的 popular 一语其实取的恰是利维斯主义 / 法兰克福学派所用 masses 一语的反义，以表示对 masses 指义的不满与抵制。如按照既定的习俗（一种更为强势性的解释），既然我们已将 masses（mass）译成了汉语的"大众"，那么就很容易造致在中文语境中对之理解的困难与混乱。

以上二点，只是例说而已，然也启示我们有必要对大众文化名义下各种分疏的情况加以特殊的关注，比如如何通过对其下二级概念——"大众文学"的历史与当代状况的较为完整的扫描，以显示出后者自身演化的机制（而不是用涉义颇宽的"大众文化"的概念淹埋其相对独特的轨迹）。此外，也有必要在相对限定的界限内，考察与比较中西方大众文学及其话语之间的差异，以更清晰地反观于中国地景中呈现的大众文学的主要貌相。本文即试图围绕这一提出的问题进行。需要说明的是，为叙述的方便，我暂时仍将使用已成惯习的"大众"这一词语，当然，不是完全在现有的即消极接受的意义上称谓之，而是会根据不同的具体情况作出相应的辨析。

一、级差与区隔

既然目前中国学界所用大众文化之语义多源自西方，在比较之始，就当先明其在西方谱系中的含义。当然，"西方"也是一个笼统的范畴，为对之有所限定，现主要选择颇具代表性的英语国家的事例为主要的现象，因为无论 masses 还是 popular 的讨论最初即盛行于英国。

由英语使用的途径看，也从后来"大众"（mass，masses）语义的构成来看，即将大众视为一种带有贬义色彩的、甚至是危险与粗野的人群，可溯自工业革命的效果与法国大革命的余波。工业革命使得分散的人群被组织进一个大规模聚合的集体与机制之中，而民主革命则使这些聚合的人群有可能铤而走险，转化成颠覆性的潜能。[①] 从贵族人文主义的角度看，这也是一群没有主见，被某种情绪与潮流驱使的、野蛮的人群，因此有时也用另一个词语“暴民”（mob）代称之。正是在这种观念的驱使下，那些贫困的、为社会正义而涌入街头的民众被组合到 masses（mass）这一统合性的概念中，建构出了一个低级的异类的表征，从而也在此基础上相应地形成了一套教化与批判相结合的知识性话语。[②]

绝非出于凑巧的原因，这一批判性话语最为显著地体现在文学批评的领域。英国早期的浪漫主义批评家柯勒律治、华兹华斯、骚塞等一方面出于对法国革命的反向感受，另一方面也出于对工业与商业文明的厌恶，从而将对社会拯救的希望寄托在具有创造性、想象性的文学（艺术）的身上。为什么是文学而不是其他的方式呢？道理应当是很清楚的，因为宗教事实上已经成为人文主义的绊脚石，科学或理性与机械时代的主导观念存在着同流合污的关系，哲学则过于枯燥、远离生活。通过这些排除之后，可以看到，唯有文学（艺术）能够借助审美的阶梯将人类引向“完美”（perfection）的境地，以此对治现代性进程酿成的诸种弊端。[③] 而能够承担此类重任的绝不可能是陷入于狭窄私利与低级趣味之泥淖中的“大多数人”（majority），而是具有高尚之教养的“少数人”（smaller number）。借助这种逻辑，早期的浪漫主义批评家遂建立了一种文化上的区隔性原则，民众（“大多数人”）处于这个原则的低端，而代表少数人的智识主义（clerisy）则处于类似于救世主的优越位置上。[④] 虽然此时“大众”的概念并未流行，但从济慈、华兹华斯等将由文学市场导引下的读者称为是一群没有头脑的“公众”（public）来看[⑤]，实际上也已蕴有了后来逐渐流行开来的“文学大众”的含义。

---

① 关于“masses”一语的起源，见于 Raymond Williams, *Keywords: A Vocabulary of Culture and Society*, Revised Edition, Oxford University Press, 1983,“Masses”条 , pp.192-197.

② 而在德国，对民众运动的恐慌与敌视，精英主义的高歌猛进，则在差不多同期十分极端地表现在尼采的身上，并作为一个相对稳定的思想系脉，转换与延伸至海德格尔、法兰克福学派等。

③ Raymond Williams, *Culture and Society*, First Published by Chatto and Windus, 1958; Reprinted in Penguin Books, 1982, p.59.

④ “clerisy”这个词语出自柯勒律治的 *On the Constitution of Church and State*，见 Raymond Williams, *Culture and Society*, p.78.

⑤ 早期有关“公众”（public）的习惯性言述，可参 Raymond Williams, *Culture and Society*, p.51.

这一从人文主义 / 审美主义维度所展开的对大众社会的批判，甚至是怨恨，至 19 世纪中叶维多利亚时代的批评家马修 · 阿诺德的《文化与无政府》(*Culture and Anarchy*) 一书中达到一个新的巅峰，该书也被看做是对精英标准阐述最为完整的一部著述，由此而进一步放大了文化上的区隔。这一言说传统，至 20 世纪初又在作为政府法案的《纽伯特报告》(*Newbort Report*，1921) 及文化保守主义批评家利维斯夫妇处获得新的阐述与延伸[①]，落实到具体语境上看，则与大众传播媒介于其时的兴盛及甚至开始主导了文学的阅读空间有直接的关系，而这一问题在此之前却是并不十分明显的。

F. R. 利维斯在 20 世纪 30 年代所撰的《大众文明与少数人的文化》(*Mass Civilization and Minority Culture*) 一文，可谓讨伐大众的一篇檄文，从其书名中即可看出：一是将 "mass" 及其文化一语置于讨论的中心，从而将其纳入到了文化批判话语强光照射的一个中心；其次是突出了大众与少数人的对立，并以为这种对立已然地造成了 "文化正处于危机"[②] 中的险恶状况。从确定的意义上看，该文集中描述的 "大众" 一词也是早期浪漫主义时代的 "公众" 与阿诺德的 "无政府" 等概念的自然延伸。虽然 "大众" 这一表达在前期也已出现，但由于利维斯将之置于愈益盛行的大众传播的情景中予以定位，因此而更凸显了此概念在生产性逻辑支配下的受控性、消极性与破坏性，这些传播手段包括大众出版、电影、广播与广告等。当然，如果具体落实于对大众文学的批判，Q. D. 利维斯的著作《小说与阅读公众》(*Fiction and Reading Public*) 则是更具代表性的。该书追溯了英国从伊丽莎白时代到 20 世纪 30 年代以来小说阅读的变化，指出随着时代的推移，文学的阅读越来越受到商业出版的支配，并相应地呈现出了一种心智阅读褪化的趋向。商业主义与底层民众联合起来破坏了曾有的人文主义教育传统，为阅读世界制订了一套不可抗拒的规则，他们相互拥抱与满足共享的需求。然而起着主导作用的仍然是商品的提供者或说是支配者，民众在与之的纽带关系中则往往

① 关于 *Newbort Report* 的内容与对其的详细分析见 Brian Doyle, *English and Englishness*, London and New York, Routledge，1989, pp.41-67.

② F. R. Leavis, "Mass Civilization and Minority Culture", *Education and The University : A Sketch For an "English School"*, First Published by Chatto and Windus, 1943, p.145.

是盲从者，以此而言，也可以将这一阅读群体称为是“herd”（牧群）、“average man”（平均人）与“masses”（大众）等[①]，以此而表明这是一类无主体的人众。

由上我们可以看出“大众”（masses）概念在英语文学批评中产生与演变的轨路，及该词语所含有的显明的文化区隔性、藐视性意义。这种思想在现代主义的创作中也有广泛的表现，共同构成了一个默契的、不事掩饰的文化表述统贯[②]。而这一设定，也与英国原有的传统，即所谓的“高额”、“中额”、“低额”之间的阶层分隔秩序有密切的渊源关系，故也可视为是社会等级系统原则在文化上的一种呈现。从中可知，后来在中国学术界甚为流行的由法兰克福学派所标示的“大众”及“文化工业”等概念也只是在某种程度上步了利维斯主义的后尘而已（并推向另一种解说层次），并表明在西方世界的不同国度中也存在着这样一个借以辨识文化之区隔的观念性体系。当然，在西方也存在着另外一个支持民众的言述传统，并在60年代以“popular culture”（可恰当地译为“民众文化”）这一词语来更为清晰地，也是从正面概说源于民众的文化与文学潜能，遂使方兴未艾的“文化研究”（Cultural Studies）有了一个比较确定的解说方向。这是后话，在此暂停不表。

以之再来比较中国的传统。鉴于“大众”讨论在当代中国知识语域中的泛化，甚至是不假思索地用此概念叙述一过于宽泛的文化征象，这的确是一个需要加以澄清的问题。关于此，著名作家林语堂早年在比较中西差异时曾经有一论述，以为中国“没有‘群众’知识与科学知识之间的分别”，“中国的学者并不以知识‘大众化’为耻”[③]，这似也可以推及整体上的文化情状。在他处，林语堂曾在分析此种上下交汇的原因时首先归之于社会的构成，最重要的一点是与唐代以

① 参 Q. D. Leavis, *Fiction and The Reading Public*, London, First Published by Chatto & Windus, 1932; Second Impression, 1939.

② 关于现代主义文学与精英贵族主义之间的关系，可参见 John Carey, *The Intellectuals and the Masses: Pride and Prejudice among the Literary Intelligentsia, 1880–1939*, London, Faber and Faber Limited, 1992. 该书主要从文学家的系列中构制出了一个实存于英国（与欧洲）文学传统中的反民众的精英话语谱系，同时也载有更广泛的举证。

③ 林语堂《林语堂自传》，群言出版社 2010 年版，页 69。从其叙述语境看，当有一定的针对性，其中必然也涉及英国文学批评的言述。

来的科考制度有关。此种制度使得乡村中的甚至底层阶级的成员能够持续不断地进入到上层社会之中，中国的官宦在退休之后又返回乡村，由此而形成一种文化机体上的不断循环与文化结构上的周期再生。[①]尽管不能否认在传统中国也有高低差异的社会阶梯，但自唐以后，既没有政治上的贵族世袭制度，也没有固化不变、自成一体的贵族政治，这自然也使文化上的兼容成为某种可能。其次，中国的传统"德性"思想也并非由某一阶级所独享，而是经由如教育、文学、戏剧、谚语等势力的传导，渗透到最下层的农夫，成为一种各阶层普遍共享的理念，因此而从文化性格上看便表现为上下之间的某种类似。[②]而许多学者也都从文学运动的形式上证明了这种趋向。几乎每隔一段时期，便会出现一个向民间学习的风潮，然后是或衍化成一种批评学上的主张，或诞降为一种新的具有生命活力的文学样式，由此而使"民间"这一概念绝不是被鲜明地对峙起来加以拒绝与抵抗，而是时常会被赞为文学想象力潜能所凭借与滋发的土壤。此外，我认为在进一步的分析中，也需要更多考虑儒教与佛、道等思想教派的主张与实践，从而在普世论与教化论等的既有模式中去加深对文化兼容问题的理解。[③]

当然，这不是全部的故事，如从另一个层面看，恐怕我们依然难以否认一些级差存在的事实。仍就文学而论，高低之区分也尚不可遽然抹去，正如后来一些学者引以为证的，比如在传统的编纂史（目录史）领域即一直以来保留了一个甄别性的标准，以保证一些文本的入选，汰除另一些"不雅"的文本。据我所见，这一在文化上、特别是在文学上的级差，至少能够从两个方面获得证明。

其一，从语言习惯上看，中国一直存在着文言 / 白话之间的级差。也就是视文言为更高级别的书写，而由口语表述为据的白话文体则被视为是低层次的。关于这点，在 16 世纪时进入中国的意大利传教士利玛窦已有发现（从一个西方人的视角），他在《中国札记》中写到："他们的书面语言与日常谈话中所用的语言差别很大，没有一本书是用口语写成的。一个作家用接近口语的体裁写书，将被

① 参林语堂《吾国与吾民》，凤凰出版传媒集团 2010 年版，页 42~43。

② 同上，页 49。

③ 关于中国精英文化与大众文化的广泛融会与上下交接，美国学者的一些研究也提供了大量例据，可参 David Johnson, Andrew J. Nathan, and Evelyn S. Rawski, eds. , *Popular Culture in Late Imperial China*, Berkeley, University of California Press, 1985.

认为是他把自己和他的书置于普通老百姓的水平。”[①] 除了体制上的支持（如作为官方与科考的用语），及需要克服方言交流上的困难[②]，文言成为一种尊体，也在于其字体书写上的烦琐，因而只有经过漫长的学习历程才能掌握，将字、音、义统一起来。这不仅造成了识字教育的难以普及，而且也使文言成为少数人的专利。也正由此，用文言书写的诗与文便成了中国正统文学的代表，而用白话讲述与书写的小说则难以进入编纂史的目次之中，语言的差异在不同种类体裁的文学之间划出了一道显明的分界。

其二，从叙述的方式上看，存在着述实 / 拟构的之间的级差。述实的传统源自最初的史官记事，并在后世一直被视为是正确与可靠的书写方式，从考经、述史而扩及一般性的书写，成为中国知识理性建构的一种主导性的姿态。而各种丛谈、逸语、诙言、神怪、小说、外纪、野史之作等则因其多出自民间的拟构，因此而常被斥为“荒谬不经”之事，为有识之士所不屑。如果从述实 / 拟构的级差上来看，那么即便是用文言撰写的小说，也会被排除在规范性的认同之外。一个有趣的现象是，明清间出品的大多小说，都不署作者的真名，或者假托某某闻人，而隐去真名，可见拟构之作不仅不能为作者争得荣耀，还有可能给其带来极大的不利。这也使得后来中国的小说研究者，往往需要花费大量的笔墨去考证作者的真伪等，这种情况在欧洲的文学史上恐怕是很难觅得的。出于近似的理由，为了使虚构性小说获取某种合法性的资格，一些明清小说在出版序言中往往会为自己作一强扭性的辩解，以为虽然不能与述实的史著等量齐观，但该小说的描写则因某某原因而也可“羽翼信史”或“庶几乎史”云云的[③]，用此借口而撇清自己的“不当”动机。

有鉴于此，我想在这里指出一种语义使用上的区分，即“级差”（grade）与

---

① 何高济等译《利玛窦中国札记》，中华书局 1983 年版，页 27。

② 关于这点如美国入华传教士卫三畏（Samuel Wells Williams）在 1847 年所著 *The Middle Kingdom* 中即有发现与阐述，他认为：“习语和发音的差距如此之大，人们交谈时互相听不懂，但是书写方式不受影响，……” 可参卫三畏，陈俱译《中国总论·上》，上海古籍出版社 2005 年版，页 423。

③ 典型的例证可参蒋大器《三国志通俗演义序》、张尚德《三国志通俗演义引》，均载黄卓越主编《中华古文论释林·明代上卷》，北京大学出版社 2011 年版，页 364、367。

“区隔”（distinction）两概念的区分。[①] 就上可知，在中国文化系统中并非没有高低的级差，但是却几乎没有出现像西方社会尤其是精英话语中所呈示出的界限分明的区隔意识。在中国文化中，级差意识也会以“雅 / 俗”这样一种风格论上的区分标识出来，然其之间则仍然是可以进行意义交换，甚至意义倒置的。级差之间也始终可为大量过渡与重叠的成分所填补与充实，不易形成一种在理念上切割鲜明、一成不变的“深坎”。[②] 此外，我们也须知晓，语言上的级差主要地还是呈现在文本状态中，而在另一个更为广泛的区域即日常言谈中，所有阶级使用的仍然都是白话，这或者也可看做是上下文化之间可资沟通与相互渗透的一个理由。相对而言，民间通用的白话也是一个更富活力的场域，因此一旦白话书写流行之际，便有可能影响到文人墨客的意识。林语堂为此也举过一个比较极端的例子，以为中国文人尽管都使用文言写作，但是私下里却会偷偷地（甚至津津有味地）去阅读那些淫秽白话小说。[③] 再就是，传统中国书写活动中的这些级差主要还属于一种自然而然或无意识形成的习则，并未在此间酿成一种有意识的、对抗性的关系，更未由此发展出一套批判性的话语传统。虽然自中晚明伊始，商业化的文学运作比如对通俗读物的出版已插入到帝国的文化产生系统中，但由于知识话语有足够的自信确证自己的赓续与再生能力，因此许多当时的激进主义批评家并不是去厌恶与反对那些新的现象，而是反过来鼓励民间通俗文化的成长，期望借此而对旧的体系有所调适与改造。直至今日，无论是中国还是海外汉学界对宋明至近代以来“大众文学”研究所执定的意见，庶几近此。

---

① 关于“区隔”的解释，可参见 P. Bourdieu, *Distinction: A Social Critique of the Judgement of Taste*, Translated by R. Nice, London, Routledge & Kegan Paul, 1984. 但此处我更强化了其不可沟通的意思，及为一种冷漠的拒斥感所支配。

② 这当然也并不等于否认中国传统社会存在着政治与经济地位上的划分，但按照“文化研究”的主张，由于“文化”之不同于政治与经济的特征，因此，可以断定文化是有其自身组成规则的，也没有必要全然用政治与经济的级差去套论文化上的层次。中国的情况或尤其可作为一种典范性的事例。

③ 参林语堂《吾国与吾民》，页 211。从晚明时期开始，这些例证已经很多了。

二、“大众”主导下的中国叙述

如从历史整体上来观照中国“大众文化”的进程，可将这一漫长的经历划分为三个大的阶段。第一阶段，可以19世纪末为后限，即刚才已述的传统时期；第二阶段，从清末民初到20世纪80年代，此段及之后的情况我将在下面加以更详细的论析；第三阶级，大致从20世纪90年代至今，由于商业化运作的急剧发展，遂在此基础上重构出了一个新的大众文化的概念。根据本文已作的限定，对之的论述，仍将主要局限在文学的区域内。

由我之见，将清末民初与共和国前期贯穿为一个大的时期，主要的依据是“启蒙”话语所具有的前后的贯穿性，当然具体地看，也可将这一大的时期再作更细的辨认。为了更为清晰地对中西在大众文化上的问题有个比较，在中国20世纪开篇之后，有两个与西方文化保守主义相关的事项有必要提前关注，一是文学审美主义的展开，另一是商业化出版机制的兴盛。

无论是在英国，还是在欧陆，审美主义是与大众批判同根孪生的，即以审美为标准来判决大众所具的低劣性品格，用审美诉求的方式来超越大众文化的世俗性、功利性表征。毫无疑问，中国早期的唯美主义及“美文”说等均受到了其时引入的欧洲对“纯文学”界定的某种影响（学界已有多种论证），为此而不仅促进了文学教育在高等教育机构中的驻足，而且此观念也渗入到后来大多数的文学创作思潮中[①]。当然最重要的一点，还是重构了一个与传统不同的有关“文学”的概念，这也包括使原来处于十分边缘状态的小说被请入了新文学的殿堂之中，小说创作至20年代起替换了诗文的地位而在文学范畴中始获更高的地位。[②]但是，

---

① 其中有两点尤其值得注意：一是甚至在左翼大众文学的批评中，也不断地间入了提高“文艺性”的意见；二是这种观念也改造了传统的文章观，在原来笼统不作区分的文章学中，引申、拔举出一个与“应用文”相对的“文学文”的概念，此即后来所谓的狭义“散文”的概念。后面的论述见黄卓越《书写，体式与社会指令——对中国古代散文研究进路的思考》，《北京大学学报》2010年2期，页23~24。

② 当然这主要还是指创作的趋势，而在文学批评的领域则情况比较复杂，比如梁启超虽然在早年盛赞“小说为文学之最上乘”，而至欧陆归来之后，则反而贬小说与举诗词，但这仅是复古声浪之回响。具体分析见夏晓红《梁启超的文类概念辨析》，夏晓红、王风等著《文学语言与文章体式》，安徽教育出版社2006年版。

值得注意的是，就其时对旧的白话小说的热衷与研究而言，“被请入”不仅是一些情调高雅的品类（如《红楼梦》等），而且包含几乎所有的各体小说，可谓一时雅俗并包，这与利维斯主义在文学研究中所标榜的“甄别”（discrimination）原则（如对小说中“伟大的传统”的滤选）却是大相异趣的。与之同时，虽然审美主义会渗透到各种不同主见的文学创作思潮中，并在“五四”过后出现过一个提升人文内涵与美学趣味（包括反对白话文书写的浅显化）的意见走向，及至最后影响到80年代的文学运动，但却稀见有将审美与日常的民众生活直接隔绝与对立起来的主张。①

商业化的文学出版是伴随着“印刷资本主义”的发展带来的，因此成为欧洲文化保守主义批判工业社会与大众阅读的一个主要话题对象。按照本尼迪克特·安德森（Benedict Anderson）的意见，印刷资本主义（printing capitalism）的扩展在一定程度上又与其对语言的“方言化革命”的依赖相关，即通过生产大量非拉丁语语种的民族方言读物而争取低层次的读者，并将往时的口语打造成一种新的、有更大市场销售量的印刷语言。②就此而言，中国近代以来的白话文运动，即对白话文字与白话文学的推行，也在此意义上满足了商业化出版对广泛读者群的追求。但以中国近代以来的情况来看，拘泥于这种分析还是不够的。在出版领域中对白话文的推动尽管也与一些资本动机掺合在一起，但占据主导意识的还是出于启迪民众、开发民智的意愿，这在后来学界对其时白话报发行等的研究中也有解说。③也正因此，中国近代的所谓印刷资本主义与大众文学在一开始就是作为一种正面的力量被接纳的，未像西方话语那样视若消极之物而处以苛厉的批评。虽然大众传播的品类甚为驳杂，不宜一概而论，但很明显的一点是，中国新文学的展开尚未将之作为一种对立面而抵御之，而是与其处于平行推进的过程中，甚至常常会有意识地借助于这些传播手段去扩展自己，赖此而获得多元化的

① 最典型的例证可举当时提倡“闲适”趣味的林语堂与周作人，却同时保持着对“民间化”、“通俗化”意趣的追求。

② 本尼迪克特·安德森《想象的共同体》，吴叡人译，上海世纪出版集团2005年版，页38~39。

③ 此论近年较多，也可参刘秋阳、万丽《论清末白话报纸对下层社会的启蒙》，《中南民族大学学报》2009年4期；尤育号《启蒙大众与清末社会文化变迁的大众化趋向》，《阴山学刊》2006年3期。

成长空间。[①]

要言之，唯有明了中国近代以来启蒙话语运作的逻辑特征，才能明了中国智识阶层在自近代以降而达近百年之久的历史中，对待“大众”及其文化生产的基本态度。从更细的划分来看，近代以来，主导启蒙话语言说方向的最初是“维新”与“革命”两大派，然都将下层民众视为一种可进行正面社会动员的巨大潜能（虽然因其根深蒂固的“国民性”而携有某种瑕疵）。“五四”之后，文化政治格局经过重组，形成了自由主义与马克思主义两大主导势力的对峙，但仍然还仅仅属于在启蒙与现代性这一大的话语目标下的分歧。自由主义的情况比较复杂，有偏向于对审美趣味之追求的（并在一段与复古主义思潮相颉颃），然像胡适等却仍表现出对民间语言与文化的充沛热忱（如对白话文运动与文学民间化的鼓吹）。马克思主义者则从“庶民的胜利”之精神的鼓舞之下，发展出了一种新的革命言说，并逐渐将自己的意识形态渗透到大众文化、大众文艺的区域内。大致可以将1928年提出“普罗文学”作为其有意识介入文学的一个重要转捩，经由30年代的“大众化”讨论与毛主席的延安讲话，遂在建国以后摒却群言，将大众文学树立为覆盖一切文学书写的正统型范。

在此阶段，在概念的使用上，类同的有“群众”、“庶民”、“民众”、“人民”、“平民”等（也伴随有相关的搭配语，如“群众文艺”、“平民文学”、“人民文学”、“民众文学”等），均为代表了历史进步意义的正面概念，但最具影响力的无疑当推“大众”一词。根据黎锦熙在1934年的解释而知，“大众”一词在此时已在相关的话语谱系中占据了相当重要的位置，比如“白话”也被称为“大众语”,“白话文”被称为“大众语文”,“白话文学”被称为“大众语文学”等。[②]“大众”这一词语虽然古已有之，但唯至近代以来始获其确定的含义：“近代普通用法，则‘大众’就是众人，不但阶级、宗教种种制限都没有，并且也不必聚作一堆，就是散在的人们有时也可以叫做‘大众’。”[③] 在这段引文中，我们要注意黎

① 更详的研究读者可参陈平原、[日]山口守编《大众传播与现代文学》，新世界出版社2003年版；张天星《报刊与晚清文学现代化的发生》，凤凰出版社2011年版。

② 参黎锦熙《国语运动史纲》自序，1934年商务印书馆繁体竖排，2011年再版。

③ 同上，页7。

锦熙所言之“不必聚作一堆”的提法，这显然是参照西语中masses的含义而言的，并借此表明国人并无此特殊与明确的限定。很有意思的是，黎锦熙先生竟然还在这篇长文中以掉书袋的方式，举出了西语中在指称差不多同一对象时有 masses 与 popular 之区分，以为 masses 一词的使用盖始于 1886 年英相格兰斯顿，由于他把这个词与 The Classes（或译为“上流社会”）作相对语，遂形成了用法上的一种新趋势。[①]popular 则无此特指，仍然是一般性的泛指，基本上是一个正面的概念（如黎曰可译成“平民的”或“通俗的”)。[②]从黎锦熙的陈述中可以看出，他是不同意用西语中已定型的masses意义来对释中国目前盛行的“大众”、“大众语”（白话）与“大众文学”（大众语文学）的。因为在他看来通过大众语，是可达成一种无任何阶级、宗教等差异与级差的“统一的大众语”，即“国语”的，具有广泛的共性（上下沟通性），而不是用西语中的带有严格级差与区隔意义的 masses 可比附之的。在这个意义上，他以为自己所使用的“大众”一语，也都可以一律替改为“民众”[③]。

当然在黎锦熙这一长篇论述中，仍透露了新近对“大众”一语解释的新的动向，即依据泰西新说（主要是马克思主义）将“大众”引向一种赋有阶级性含义的解说。我们知道，此时已是“普罗文学”的概念悄然流行，左翼发动的“大众

① 句中所云 masses 与 classes 在 19 世纪末构成了一种对比关系（并由 Gladstone 所出），可证之于 Raymond Williams, *Keywords: A Vocabulary of Culture and Society*, p.194，但黎说也有表述不够确切处。实际上，阿诺德 1869 年撰 *Culture and Anarchy* 时即已塑成此义在后世的基本用法。参 Matthew Arnold, *Culture and Anarchy*, Edited By Samuel Lipman, New Haven and London, Yale University Press, 1994。然黎先生辨明此义则仅晚于 F. R. 利维斯所撰其代表性的，并对 masses 一语之流行最具推动力的著作 *Mass Civilization and Minority Culture* 仅晚了 4 年。

② 黎锦熙《国语运动史纲》，页 7。

③ 同上，页 80。据后来学者的考订，“民众”（文学）的概念是在“五四”新文化运动以后流行起来的，大约在 30 年代前后才更多地使用“大众文学”的概念，见郭国昌在《二十世纪中国文学的大众化之争》中的论述，百花洲文艺出版社 2006 年版，页 31、50。就此而言，“民众”的概念偏向于指一般启蒙意义上的笼统而言的人众，黎先生以此对释其所谓的“大众”，故与早年更多使用的“民众”的含义接近，不包含 30 年代以后由左翼在此概念中赋予的阶级意含。

文学”的讨论渐趋炙手可热之时[①]，“大众”越来越被理解为是在社会级差系统中处于底层的民众，从而将普遍性“众人”的含义排摒在了这个词语之外。就此而言，这一时期最为盛行的大众概念，既不是阿诺德主义/利维斯主义消极意义上的masses（尽管吸取了其“级差”的含义）[②]，也不是后来文化研究话语系统中对现存制度体系取包容姿态，且同时具有相对能动性的popular，而是“革命的主体”。当然就整个言述进展来看，对待大众的姿态仍然还会有进一步的修正与改变，被看做马克思主义文艺政策发言人的周扬后来在回忆中也曾描述过一种新的转折，引语如下：

> 当时提出的“大众化”的口号，确实有“化大众”的倾向。一些左翼文艺工作者以为自己已经“获得无产阶级的意识”，而大众化，就是要将这种革命意识用通俗易懂的形式灌输给大众，去改造大众的落后意识，去教化大众，而较少想到首先自己要向工农群众学习，要与革命群众结合，改造自己旧的思想与感情，在思想感情上来一个变化，首先要教育改造自己，然后才能教育改造大众，否则就很难有真正的文艺大众化。把这个问题在理论上真正解决的，是在毛泽东同志的《在延安文艺座谈会上的讲话》发表之后。《讲话》的杰出贡献，就是它用科学的世界观，正确地解决了文艺与群众的结合，与时代结合的问题，……[③]

这种转换包括为谁写、写什么、怎样写等一系列问题，显现为一种全面地改造书写方式与形态的诉求，对之的讨论从30年代一直延续下来，构成了左翼文

---

① 尤其是在“左联”内部成立了文艺大众化委员会，提出文艺为大众、写大众、大众写的口号。周扬《继承和发扬左翼文化运动的革命传统——在纪念“左联”成立五十周年大会上的发言》，《左联回忆录》，中国社会科学出版社1982年版，页17。

② 根据施蛰存的解释，当时左翼文学批评所取用的“大众“一语源自苏联：“‘大众文学’是masses literature的译语。msses这个字是苏联首先用来指社会主义政治下的公民。这个字有集体意义（‘人民’是许多个体；‘大众’或译‘群众’是一个集体），也有阶级意义（只有无产阶级才属于大众）。所谓‘大众文学’实质就是‘无产阶级人民文学’。”（施蛰存《“俗文学”及其他》，《施蛰存70年文选》，上海文艺出版社1996年版，页537。）但这个解释是有问题的，因为俄语中不可能用masses literature这一英文语词，必然是另一个俄文语词，而恐怕施蛰存也不甚清楚在英文中masses这个词语是带有严重贬义色彩的。

③ 周扬《继承和发扬左翼文化运动的革命传统》，页17~18。

学批评的主要内容。[①] 启蒙的话语为此而从一个居高者的位置上下沉到与大众、民众平等对视的地面上，尤其是，通过将原来具有级差意识的作者也改造成大众，将批评与创作拉扯到一个“齐步走”的平面上之后，也就完成了大众化的全部步骤，与整个社会改造运动相一致，在概念上泯除了所有的级差。这也是中国特有的大众文学行进时态，展现了在同是现代化冲动驱使之下而产生的与西方话语甚有差别的另一种景观。

三、没有结局的故事

“大众”及与之相关的大众文化、大众文学的语义在 20 世纪 90 年代之后有了新的变化，此种新的表述的产生与书写方式的改变有关，并通过批评话语获得更广泛的呈现。从某种意义上讲，20 年代后期始由左翼思潮构建出来的“大众”含义（特指革命话语）在此期已经基本死亡，虽然此期对大众文化与文学的叙说流向有异[②]，然可以看到，西语中与 masses 及 popular 相关的两种指义开始演化成了相关领域中被言说的主流，尽管所使用的几乎还是“大众”这一包容性很大，且语义比较模糊的汉语词汇。关于使用这两种语义而展开的早期批评可见之于 90 年代前期围绕所谓的“二王”（王朔、王蒙）等现象的论争，此后则以不同的话题与方式延续至今。

这些新的言说产生的社会语境应当是比较清楚的，即伴随着商业化逻辑的构建及其对文化领域的大规模侵入，原来隐含在作者与受众之间的“中介人”（middleman）开始突显在文化运作的前台[③]，成为导引与导演文化市场的最重要的

---

① 民国期间（主要是国统区）在左翼内部关于大众化的论争情况，可参见郭国昌《二十世纪中国文学的大众化之争》。

② 陶东风曾试图对 20 世纪 90 年代以来的有关各种大众文化的知识评说进行类型上的概括，见其《大众文化研究的三种范式》，《手握青苹果——童庆炳教授七十华诞学术纪念集》，广西师范大学出版社 2005 年版。

③ 对这个 middleman 的早期的详尽的阐述与分析见 Q. D. 利维斯的 *Fiction and The Reading Public*，pp.19–32.

主角之一，它们也是作者与读者之间颇有力量的斡旋者。从机制的意义上讲，这一中介人也就是我们一般所说的“文化工业”、“大众传播”。[①] 在这种势力的强劲推动之下，原来作为革命主体的大众，转化为了“具有购买力的民众”[②]，在过去的文学阅读中多会包含的“自我教育”的属性更多地为“文化消费”的动机所取替。虽然如上描述绝不可能是完备的，但利维斯主义 / 法兰克福语义中的“大众文化”作为一种趋势，却已然以一种强有力的姿态大步登场，裹挟了文学读写的很大一部分空间，使得文学活动的场域，至少从某种侧面看，面遇了与西方从 19 世纪后期以来的相似背景。也只有在此情形之下，方有了一个中西方可以共享的批评言说统系。

这种以 masses 为使用参照的大众批判言说之有别于中国近代以来的“大众”言说，主要表现在若干方面。一是将文化生产的视角植入话语的内部，媒介（此已不限于印刷媒介，更发展为视屏媒介与电子媒介）的作用受到前所未有的关注，其中有的说法也将媒介与受众置于同一连带机制之中，认为媒介与大众之间存在着一种相互逐利、互为黏附的关系；二是将大众文化 / 文学视为一种贱民式的消费狂欢与感官过度，并判定其与高级文化 / 文学之间是无可兼容的。以上两点均是中国前一时期的大众言说所基本未及的。从某种意义上看，此类表述也可看做是 80 年代人文主义对早年从西方引入的审美理想主义与狭义“文学”指义加以反刍的一种结果，部分表述则引入了稍晚出世的法兰克福理论。从语境上看，这种人文主义也是从抵制此前的文化专制的思想氛围中发展出来的。在另一方面，popular 语义在 90 年代批评言述中的使用尽管不完全合于英美本土的用义，但仍在相同的意义层面上，对新兴的大众文化 / 文学进行了正面的肯定，即将之

---

① “文化工业”（cultural industry）一语主要出自法兰克福，然新近中国流行的一个词语是“文化产业”，并且是在扩展市场的意义上被“正面”地提出的。需要注意的是“industry”这个词语是英国保守人文主义（尤其是利维斯）最常用的一个负面概念，也与其常用的机器（machine）一语有相同的语义，为此再次可见法兰克福学派对英国人文批评传统的效承。

② 雷蒙·威廉斯原用的这个词语是“a many headed multitude with purchasing power”，见 Raymond Williams, *Keywords: A Vocabulary of Culture and Society*, p.195. 原义当为“多头的民众”，相对于“一体的、聚合的群众”而言。

看做一种抵制的潜能（agency），以为通过市场的多元化选择及对世俗精神的回归，可消解80年代以前的文化专权与禁欲主义，因此当从乐观主义的方面对待之。人曰，90年代之后，中国知识分子阵营始有分化，在对待大众文化/文学的态度上大致可略见一斑。然进入新的千年之后，则又有了第三种意见，认为进一步发展的大众文化已日益显著地与官方话语之间达成一种共谋关系，这不仅表现在二者对市场意识形态的大力认同上，也表现在因权力、媒介、资本之间的密切媾和而引起的对大众文化的意义绑架。这种言述从某种角度看似回到了法兰克福式的论证路线，即主要是从单一化生产的视角（权力、媒介与资本）来定义"大众"与大众文化，而弃去了对文本、受众、社会生活等的具体分析，有所区别的是将前期的伦理批判转化为了一种文化政治批判。这固然基于对整个中国的经济、政治与文化语境转换的一种感受与焦虑，然也必然会使其所措用的"大众文化"概念继续向 masses 的语义倾斜，强化了这一语义在汉语语谱中的理解习惯。

通过上面的描述，我们对中西方"大众"话语始而有异、渐次趋同的过程作了一简要的勾勒与较为深入的析解，行文至此，本文的任务当已完成。需要补充指出的是，就对中国这一叙述主体而言，在前两个阶段的分析中，我们尚已结合了文学或书写活动的实际状貌，尤其在第二阶段，当"大众"的概念正式被提出，并成为时代主导性话题的时候，文学活动与批评性言说之间构成的基本上是一种不可分离的"皮"与"毛"的关系，两者通常是不可析离的。但第三个阶段的情况则有很大不同，话语层面上的言说更多地还是一种知识体系内部的絮语，与文学活动自运行的态势保持着较大的间距，这也反映出了在当下的语境下，批评与文学、理论与创作之间的隔阂正在日剧加大。就此意义上看，也可以权且将这些话语层面上的批评称为是一种"宏大叙事"，即其主要还是按照一种假象性缩略图的方式来对十分宽宏与混杂的现象大而言之而已，也无法如过去的批评那样能与文学活动之间形成一种协动关系，甚至成为后者的一种指南。这也可看做是当代知识批评话语遭遇到的一种根本性的困境。

这种困境既源于公共空间的析离，按福柯的语汇，就是用"知识"来定义"权力"的能力正在日益减弱；也源自今昔之间的另一种异差，即实际活动状貌的中国当代大众文化/文学所获得的复杂性，已经远远超过过去时代所能见到的，为此而使得概念对现实的抓捕能力日趋逼窄。可对之作一点例证式的解释：首先是大众文化的生产，在进入当代以来，随着传播技术装置的不断增多，我们所依托的不仅仅有过去那些相对比较单一的印刷装置（书籍、报刊等），又增添了电影、电视、网络等视屏与电子装置，而所有这些特定装置所带出的效果都是有差异的，很难等而视之。其次是文本的种类与样式比过去远为多样，这必然也会造成对概念边界的某种冲击。以叙事的种类而言，像近十几年来先后出现的就有职场、邪典、谍战、恐怖、情色、官场、穿越、移民、枪战、青春、赛博格等文类，加之各种新历史演绎、国家主义演绎等，不一而足，尽管我们一般会以“大众文学”的概念命说之，但情况似乎又并非如此简单。如果从传布的角度看，这些文类在大多数情况下依然还是以“群落”（小众）的方式被阅读与观看的，同时，其中的某一作品都有可能暂时被提升为大范围内流传的对象，这取决于多种多样的条件（也包括文本本身的条件）。而被传布与被冷落的都不一定是“好作品”或“坏作品”。进而，同样重要的是，受众的趣味也正在很大程度上混杂化了，坚持阅读与观看某一固定品类的受众变得越来越少，甚至知识精英与普通百姓都有可能对某一部电影或电视剧生发兴趣（最典型的有中国的“春晚”）。在这种情况下，我们或许会像雷蒙·威廉斯那样追问，谁是当代的“大众”？很显然，诸如此类的许多问题，在用“大众文化”这一概念进行笼统言说的时候，都会显得过于抽象与狭隘。更不用说将那些日常生活中的物质与符号消费都归入到这一词语之中，使其扩展为一种无所不包的箩筐，由此也必然极大地增加意义判断的艰难。提出这些质疑，并不等于已经有了潜在的答案，实际上，这些都是持续困扰我们的问题。至少，从学理研究与批评的角度来看，要想有所确定地言述“大众”，还须更为细化地进入到各种分类的活动中去，从中梳理出其被建构在这些模态中的不同意义，以此而使那个负荷了过大容量的“大众”概念能按事实的走向被分化与重新境遇化。这也许可被看作一个需要共约的规则，至于对介入言说立场的选择，则是另一个层面上可再加探讨的议题，不管是否愿意或愿意怎样，一样地也将是我们难以逃避的一种宿命。

从文论史到心灵史：一种民族性建构的途径

一

对中国文论史、批评史的研究在近十几年来受到了高度的重视，这不仅表现在因实证性技术的提高而带来的引人瞩目的成果收获上，也表现在围绕文论史、批评史的当代价值所展开的广泛讨论上。如以“古代”（20世纪以前）这一概念为分限，中国文论无论就其数量还是命题水平上看，均在世界各民族的文论史、批评史上占据一突出的地位，因此，重新发掘这批遗产的价值，激活它的潜在能量，将之驱入当代性重建与对话的渠道之中，无疑会是一件十分有意义的工作。

从前一个阶段出现的各种讨论来看，对古代文论与批评之当代价值的追求与考量，可依某种视角分为两类。第一类，其思考的范围基本上限于本土以内，因此偏重于古今之间的关系，并显示出一种因时间性上的断裂与延续而产生的焦虑，而论述的重点自然会聚集在价值的“转换”、“转化”等问题上。与此有别，第二类话题更多地关注的是中国文论于空间维度上的遭遇，及表现出因空间上的侵并或销蚀而带来不安虑，最有代表性的即有有关文论“失语”等的论述。尽管所讨论的依然是中西关系这一陈旧的命题，但因其更多地基于全球化进程的扩展及多元文化、后殖民主义理论的冲击所作的一种思考，因此而依然灌注了新的内涵，并显示出文化自觉与自我解构并存的矛盾心态。

关于国际面向上的思考，一个集中的问题在于：中国古代文论在主导性的西方话语影响下究竟还有没有“自主性”？作为一种否定性的回答，是因为其逻辑建立在这样一种设论上，因我们所使用的“话语”主要源自西方，以故，我们的表述也很难有什么自主性可言。这一论述的理论出发点与“决定论”的语言中心主义无异，因此看似具有十分强固的辩解力，然而问题实也出在这个所谓的“话语”的含混性上，即即便话语是理解世界的一个决定性机制，成为构建“现实”的主导性权力，我们依然可以追问的是：这个“话语”或“语言”指的是什么？是一种修辞方式呢，还是我们所使用的一批概念与术语，或是被语言组织在内的观点、立场等？难道这些层次是可以由一种一致性来打发的吗？很显然，话语的提法由于未对话语内部的多种层次及其来源加以细致的辨析，因此总是有显笼统，当其面对更具推进性的追问之时，也会显示出其内核所包裹的某种空泛。除此以外，语言中心主义事实上也回避了对言说对象属性的考虑。我们知道，任何言说或说话都是需要有内容的，仅仅具有说话的方式而没有被说的内容，不可能构成一种成型的言谈。如果在两者之间仅仅认为是由说话的方式完全决定了被说的内容，那么在理论上看，也还只是走到了某种结构主义的阶段，未达后结构主义的层次。

当然，我们也可以撇开结构主义或后结构主义这些偏于教条化的理论模式，更直接地来探讨说话的方式与被说内容之间的关系，或者将之看做是如何表达与表达什么之间的关系。这样，我们就会回到一些常识性的经验之中，如中国的那些习语“量体裁衣”、“因材施教”等，所涉及的都是如何根据对象的属性来安排一种构造性框架的问题。尤其是在面对一种巨大的文化遗产时，我们更不可能说它会因为我们的表达方式而失去自身的特征，说话者的行为就可以替代被说对象本身的意义表述了。在这样一类相关的言说中，表达方式的介入是必然的，但也取决于我们是如何处理表达方式与表达对象之间的关系的。如果能够认真地对待表达对象所提供的大量意义，那么表达方式就不会是唯一起作用的，它也会受到表达内容特征的限制，从而我们可以认识到表达什么也是可以在一定程度上重新规定如何表达的，并且对语言中心主义的逻辑会有一个观念上的祛魅。

由此再来看我们的论题，虽然毫无疑问地，在我们的表述方式或话语习惯中已经渗入了一些西方学术的成分（显然不是全部），但我们的文论研究与阐释仍然可以因表达内容所具的某种“客观性强度”而维持一定的阐述自主性。如此而言，即如果言说对象是实存在言说的过程中的，而且是多样的，那么其他解说方式的介入也总是会有限度的，并可看到对象是具有某种“抵抗性”的。这或许也是为什么在后殖民时代并没有形成西方话语一统天下，而民族的多元对话依然能够十分强盛地延续下去的主要原因之一。这当然不是指要回到现实主义或自然主义的识别模式之中，而是要估计出表达方式与表达对象之间的关系差度。重要的并不是要去再次担保阐释的透明性、“无染性”，设想一种“零度写作”的境界，而是重新起步，在话语与历史之间寻找某种必要的张力。因而，各种有关阐释如何可能的“话题”，虽然会加深我们对阐释可能性、有效性等的思考与反思，但并不就此而能取缔历史提供的固有尺度，及在此基础上所进行的各种研究与阐释的某种自主性特征。如果我们不是完全满足于在“话题”层面上的讨论与争论，而是径直返回到对历史构成的仔细观察之中，那么由历史，准确地说是两种张力所引发的自主仍然就会像涌泉一般浮出地表。

二

为什么要在中国文论的研究与阐释中提出一个心灵史维度的问题？

首先，这来自于对中国文论研究视域扩展的思考。近年来，中国文论史的研究虽然加强了对一些关联系统的考察，如联系到与之相关的意识形态模式、观念史与思想史模式等，但这些关联系统的作用是紧密地围绕着批评活动得以证实的。在这样一种研究思路的支配下，知识的增量便主要体现在文论研究领域中，并未因此而扩大与拓展对意识形态、观念史、思想史等的更新认识。这与严密的学科划分意识有很大关系，由此使得文论研究者只能围绕着自己的学科来处理课题，其他学科的知识均只能作为文论研究的一种附证而出现，因此，其他方面上的知识发掘有时也许是深入的，但因为不构成独立价值，最终也只能成为文论内容的一种语境或背景。借此我们可以看到，因各种关联域的开拓而使得文论研究出现了前所未有的新的景象，推进了学科的迅速发展，另一方面则因严密的科际意识，使得文论研究只能在学科规定的方向上徘徊或推进，难以对更为多样与宏观的历史经验方式提供认知上的贡献，无法在一个更开阔的层面上进行多学科的交流。既然如此，也就必然会影响到中国文论知识的公共有效性，以致于将文论资源的流通限定在一个非常有限的专业圈子里。

与之相关，这一学术惯性也限定了中国文论的国际面向。我们期望于中国文论能够走出本土，加入到国际多元文化的对话之中，并也曾因资源丰饶的中国文论资源在更广层面上的“失语”感到创痛，但是这仅仅是单方面的意愿。事实上，任何对话都会存在着倾听者意愿的问题，具体而言，即一个局外的“他者”为什么要对中国文论抱有如此大的兴趣，为什么要在这个层面上与我们展开必要的“对话”？应该相信，并不是具有独特性的任何东西都对他人是有意义的，也并不是民族的就必然是世界的，既然这样，倾听者对所愿意听到的内容就会在很大的程度上决定着对话的可能性与有效性。这的确是一个很实际的问题，也是我们在长期与西方学者的接触中有深切体会的（比如为什么如此丰富、深刻的中国文论内容在国际汉学界得到的却是十分有限与甚不相称的一些反应），而如果与他人的对话期待无法达成一致，中国文论的国际面向就只能是一种自许式的幻觉。

因此，中国文论之走向世界——如果此必要性是能够得以证成的，那么，既需要首先确立一独特言说的基础，同时也有赖于对对话有效性言说策略的选择。如果我们真实地关注中国文论在全球化时代的可能性遭际，那么，有两个同样是真实的问题需要引起我们的重视：一是全球化时代的文化、思想与学术将为我们自己的文论重建与阐释带来什么有益的启示；二是中国文论研究与阐释将以怎样的路径或策略切入到全球知识对话的系统之中。前一个问题的思考线路是回归式的，最终还是要归属到本土化的论域之中，这是十分必要的；而后一个问题，则与我们所提出的文论研究的心灵史维度有较大的关系，当然心灵史维度的构建也是当具有某种积极内指性的。

那么，接下去首先会涉及的便是如何看待文论史、批评史与心灵史之间的可能性关联的问题。

一个民族的心灵史首先是一种内部性的体验，以一种业已流失的历史实体而言，则为不可视之物，因此，站在历史的末端，我们只能借助于遗留的符号尤其是语言文本来回溯之。符号与文本也是我们重新进入心灵史传统的最重要介质。关于这点，英国批评家理查兹（I. A. Richards）就曾在其《实践批评》一书中论证到："文明从一开始就依赖于说话，因为字词是与过去、与他人连接的首要方式，也是与我们的精神传统连接的通道。当其他的介质比如家庭、社群等解体之后，我们就会被迫越来越依赖于语言的作用。"① 此处所说的语言当然不是上已述及的解释性的语言，而是考古学意义上的对象性的语言，因此，对心灵史的窥见首先便会依赖于尚存的语言文本。当然，过去的语言文本也是多种多样的，比如还有哲学文本、历史文本等，但按照理查兹稍后的英国批评家利维斯（F. R. Leavis）的说法，文学又是所有语言中最能够反映出及代表了一个民族的精神传统的，其中自然也包括了批评的文本（在他们那里甚至转化为以批评为中心的活动）。② 这个看法是有道理的，如果单纯地从反映一般历史经验的角度看，哲学、历史等的文本也具有很高的认知价值（或有更高的价值），但是如果我们希望了解的是一种心灵史的经验，尤其是那种紧贴于感受性生活层面上的心灵经历，那么文学文本就会是更有价值的。进而，从某种意义上看，由于文学批评体现出了一种建立在流散化的文学活动之上的判断与概括，及对分散化的文学经验的相对系统化辨认与归纳，因此而更可表现在一个心灵侧面上实现的心智力量的升华与浓缩，在切入心灵史航线这一点上，也必然会具有其他文本类型所不可替代的功用。诸如我们常见的那些概念——文气、兴会、风骨、凝神、滋味、意境、妙悟、兴趣、格调、性灵、神韵等，都属于那些具有高度概括性的"语言"，

---

① I. A. Richards, *Practical Criticism, A Study of Literary Judgment*, New York, Harcourt, Brace and Company, 1929, pp.320–321.

② 参 F. R. Leavis, "Mass Civilization and Minority Culture", *Education and The University: A Sketch For an "English School"*, Cambridge University Press, 1979, p.145.

从学科的角度看，自然可以将它们看做是一些文论概念。但是，如果我们再往下一个层次上“读”的话，就能透过这一学科表象，接触到更为深处的心灵史或心智史构成与运动的规则，透过批评史的技术性表达的外层，可以发现心灵编码的特殊方式。

这种认识，将会不同于以往的研究习则，即将文论史、文论现象作为一切知识对象所围绕的中心。对两者关系的把握，不是将心灵史视为文论史的单纯背景或语境，或将文论史单纯作为对心灵史的一种印证，而是更注重二者之间的“内在含有”关系及希望发见二者之间的“内在互证”关系。从文论史、批评史的角度来看，它作为具有某种特点的活动，自然会有自身的连续性及由之而形成的特殊语言规则等，但另一方面，它也在不断地建构着我们的观念史、心灵史等的模式，及也会处在为心智史不断建构的过程中。一方面，心灵史的建构过程会借助于文论史而表征出来，另一方面，文论史也同样会成为心灵史建构的场域与动能。也正为此，在最后的呈现中，两者便是可以互相见证的，文论史则通过这种被见证而会获得一更广阔意义上的理解与解释。

由此我们看到，文论史研究的心灵史维度的提出，最初应当是建立在一个可靠的内指性论证的基础上的（如果没有这个基础，向外的对话就是虚假的；我们也不能为对话而对话）。同时，这一维度的获得，也使文论史不再受限于一个过于狭隘的技术性讨论的区域，并为文论阐释与对话的外指性面向准备了必要的视角，触及到了不同民族共同关注的一些精神侧面。从某种意义上来说，文论史之走向心灵史维度上的研究，也就是将研究与阐述的中心定位在“文化”这一概念上，进入一种广义的“文化研究”的范畴中；不是将批评史仅仅理解为批评家所单方面从事的工作进程，而是将之视为一种文化主体的充满心智活力的活动，关注中国文论在中国文化及其精神建构这一大的历史场域中所呈现与释放出来的特征，以便在文化的层面上建立与他者讨论的共识。

三

将文论史的研究与一民族的心灵史研究挂连在一起，是一种理论上的设想，但并不意味着就此可以排斥其他多样性研究的路径，应当承认，其他的各种研究依然会有特殊的重要价值。同时需要说明的是，这种设想的提出，也不等于说是在指出一种前无跫音的路向。事实上，如果回顾文论史研究的历程，可以看到，在不同时期都已有一些接近于这一思考方式的研究。以最近的事例来看，比如有学者提出的“感悟”学研究等，便对中国文论史上的“感悟”这一命题或感知方式做了关联于文化、心态等的系统阐述，并且是置于民族精神话语构建的视野上来考察与突现的，这当然也可看做是已进入到了文论的心灵史维度的理解与研究层次了。此外，不少在这一领域上耕作的学者们的研究也多少都会涉及到文论与心灵史的关系（但一般还缺乏整体性的意识，或仅有微弱的呈现，或解释的方法属机械比较式的）。由此可见，我们目前所讨论的议题并不是凭空构设的，而是事出有据，具有一些可行性的依据。但我们更希望引起大家关注的是这样一种提出问题的方式，及如何在理论上对之作出更具学理价值与操作可能的阐述。具体地看，仍有许多方面的问题需要投入更深入的思考。

比如在批评活动中见证的心灵史样式，应当不同于在文学活动中所见证的心灵样式，不可含混而论。概要地说，批评所呈示的样式主要还是一种特殊的智性方式，如以更为感性化的文学活动与更为理性化的哲学活动作为参系的话，那么批评的智性可以说是介于这两种样式的中间，同时又融合了感性与理性的特点，属于一种直面“审美”的判断力、概括力与辨识力。中国文论的特征即与这一特有的心智方式密切相关，推而论之，即中国人如何概念化地“观想”与“思考”的方式，包含如何提炼观念与组合观念的模式，都会直接地影响到文论概念形成的特征。因此，在心灵史的角度上切入对文论史的研究，首要的一点便是确认这一心智方式的特点，而不是将之完全混同到文学活动的思维之中。

对文论史的心灵史维度研究，也不是要回到过去的文艺心理学研究模式中，或将之归为那种模糊不定的心态研究，而是更偏重在对一民族特有的集体表象（collective representation），或准确地说是以概念化方式表达的集体表象的研究。某一类的概念化表象，虽然最初总是为一批评家发见或提出的，并且也会渗入一些个性化的理解，但却是基于一些共通的经验，尤其是在使用与流传中，已经转化为一种公共性的符号，并传递出一些共享的意义，因此而成为集体性的、甚或民族性的，诸如中国文论中的文气、兴会、凝神、滋味、意境、妙悟等批评性范畴皆可做如是之观。对这一集体表象的研究，需要结合心智史的特征进行，而广义地看，也可纳入到文化分析与文化研究的范畴之中。在这种逻辑挂连中，我们将会发现更多的含义，比如一种概念化的集体表象在特定的语境中总是带有主构性的意义，从而渗透到一个时期的作家意识之中，对文学活动产生一种确定的或潜在的导引作用（批评意识对文学活动的意义应当远比我们过去想象的大得多）。如果我们采用夏蒂埃（Roger Chartier）的看法，那么，由于这一表象的经典化效果，便会形成一种所谓的“统治”性的机制[①]，比如它会以此为标准对不同类型的文学活动进行等级化的品评，厘定出文学作品的高低，借此创造一种与之标准相匹配的潮流，从而规定文学的流向（如格调说、性灵说等产生的效果）。当然，与之同时，这些概念表象也会在不断的“使用”过程中，为使用者所重塑与改造，从而产生出“延异”的效果，进而为集体表象增添更丰厚的含义，使某种集体表象在多义的竞争中得以充实与赓续。但仍然不能将之视为一种心智的自足的游戏，而是在其之下又横卧着一片富有坚执性与流动性的“社会”及与之相关的更广的观念史展开的场景。既然这样，我们也可以通过文论史与心灵史之间的关联，进而打通文论史与社会史之间的关联。

就以上两个问题的简单叙述可以看到，心灵史维度的文论研究尚存在着许多有待解决的理论难题。但无论怎样，有一点是可以明确的，即对中国文论价值的阐释不能仅仅停留在话题讨论的状态，而是需要重新回到历史的现场之中，发现文论史与更为广大的文化经验之间的关联，将微观的专业研究拓展为一种更为宏观的文化表征研究，由此方可加入到全球文化对话的行列之中。虽然我们有过话语层面上的创伤性的经历，但只有通过建设性的姿态才能有所作为，心灵史维度的研究由此而可以视为一个重要选项。

原载《清华大学学报》2009 年第 5 期

---

① Roger Chartier, “The World as Representation”, in Revel and Hunt (eds.) *Histories*, 1989, pp.544–558. 然在此处，这个“representation”似更适合翻译成“表征”，因其是带有意识形态意义的。

“淮南格物论”的构设及对《大学》的重释

明王艮《答问补遗》自述其近期所获云：“惟《大学》乃孔门经理万世的一部完书，吃紧处惟在‘止至善’及‘格物致知’四字本旨，二千年来未有定论矣。某近理会，却不用增一字解释，本义自足。”[①] 指的便是其颇负声名的“淮南格物”说，且对之自视甚高。艮子王襞后来追溯其父“学有三变”的经历，以为“格物修身立本”之言是王艮思想已至成熟的第三时期的产物，故属其定型之说。[②] 赵贞吉也曾有“越中良知，淮北格物，如车两轮，实贯一毂”[③] 的说法，取王艮之“格物”与王阳明之“良知”相提并举，并以“格物”来标示王艮思想的基本特征，鲜明地凸显出这一论说在王艮学说系统中举足轻重的地位。而归纳以上所引之词，格物说似已被视为是王艮的定型之说、标志之说及一种具有思想史里程碑意义的创论。

---

① 《王心斋先生遗集》卷一《答问补遗》，清宣统二年东台袁氏据原刻本重编校排本，以下同版本者不再赘述。

② 王襞《上昭阳太师李石翁书》，《王东崖先生遗集》，清宣统二年袁氏校排本。

③ 赵贞吉《泰州王心斋墓志铭》，《赵贞吉诗文集注》，巴蜀书社 1999 年 8 月版。

当然，王艮思想的观照点并不局限于此。如果对其学说作一较为全面的梳理与提炼，事实上可以从中发现三个最为突出的论述要点，即现成良知说、百姓日用说与淮南格物说。从概括的意义上看，三说差不多涵盖了王艮学说的主要内容，并都对后来的思想史发展，尤其是对最为就近的泰州学派思想之发展产生了重大的影响。虽然三说都很重要，并共同组构了作为王艮学说的具有连贯性与连动性的整体，但比较之下，正如以上引据所示，淮南格物论可说是其中最具核心意义的一个命题，同时，也是理解难度最大，从而在研究上体现为最为虚弱的一个命题。对之的深入研究将会涉及到多方面的问题，这包括对其所属的一些相关与近似概念的辨识，对其理论思路的深度追踪，对其与由近至远的思想史间关系的重新认识，及淮南格物论在整个王艮思想体系中所处的控摄性地位的准确把握等等。毫无疑问，这在以前的研究中都还是做得相当不够的。本文即以这些思考为线索，试图对其格物论的内在体系作一认真的、符合实际情况的分析，庶几而有望于对王艮思想的研究有真实的推进。

一、一些关键概念的识辨

王艮对格物论的论述可包括核心论述与延伸性论述两个部分，总起来约占其论学材料的半数以上。其核心论述部分主要围绕着《大学》文本展开，包括对《大学》中“三纲领”、“致知格物”等条目、及“修身为本”等文句的解释，其中“格物”被看做是全篇中具有总摄性意义，进而能提掇其他诸理论要素的一个中心概念。王艮通过对《大学》的透彻玩味，以为历来对“格物”的理解均未得要领，需要作出新的解释，根据他的理会：

> “格”如“格式”之格，即后“絜矩”之谓。吾身是个“矩”，天下国家是个“方”。絜矩则知方之不正，由矩之不正也。是以只去正矩，却不在方上求。矩正则方正矣，方正则成格矣，故曰“物格”。吾身对上下、前后、左右是“物”，絜矩是“格”也。“其本乱而末治者

否矣”一句，便见絜矩“格”字之义。[1]

由以上训释可知，王艮之解格物已与最有代表性的朱熹解为“穷理”、阳明解为“正心”大相异趣。“格物”不是一种单向求取的功夫（或求知，或去欲），而是一种“度于本末之间”，即在二个以上对象（“物”）之间的“比则推度”，以便确立其主次的关系。也不是正、诚、致、格之修身系统中的功夫之一，而是处于“八条目”竟至“修身”为本之先与之上的“学问大机括”。以王栋的解释，《大学》原只以“修身”为本，之所以要推原出“格物”一义，“只是挨寻追究出学问头脑，使学者得其要领，有下手处耳”[2]。除此之外，王艮对“格物”字词关系的训释也或正如其所说，更为客观地接近于《大学》的本意。[3] 而根据这一重新证明的、并带有总摄性意义的格物论思想，在三纲领中，王艮便确立了以“吾身”为本，以“亲民”为末的原则，将之贯穿于《大学》其后的文字中，与“壹是皆以修身为本”一句及以下的意思（“其本乱而末治者否矣”等）又恰好是可对应的，并同时可将其他的概念均贯通起来解释，使之条畅无碍。从这个意义上说，王艮的格物论也就是确定本末之次第的本末论。

当然，王艮对《大学》的解释，或其格物论的创辟之处绝不仅仅限于这些，其中最为重要的便是他对三纲领中“止至善”一语的补义，即其所谓除“格物”以外、而实际上是在格物之内的另一应当“吃紧处”。其文曰：

---

① 《答问补遗》。

② 《王一庵先生遗集》卷一《会语正集》，清宣统二年袁氏校排本。

③ 这里有两个问题：一是以本末论释“格物”，另一是进一步将本末即格物的原理扩展到对全文的涵盖。王艮的解说包含有这两部分。就对《大学》文意的整个分析来看（无论是分段看还是贯通看），我认为王艮的解释很有说服力。另据全榭山《经史问答》卷七，清卢镐以为“七十二家格物之说，令末学穷老绝气，不能尽举其异同。至于以‘物’即‘物有本末’之‘物’，此说最明了。盖物有本末，先其本，则不逐其末；后其末，则亦不遗其末，可谓尽善之说”。榭山应之曰：“心斋是说，乃其自得之言，盖心斋不甚考古也。……心斋论学，未必皆醇，而其言格物，则最不可易。蕺山先生亦主之。”（参《全祖望集汇校集注》，上海古籍出版社2000年版）刘蕺山语见《明儒学案·心斋传》，以为“后儒格物之说，当以淮南为正。第少一注脚，格致诚意之为本，而正修治平之为末，则备矣”。对于心斋为何能超越前人，而能准确、透彻地悟得《大学》之本旨的原因，除榭山所云“乃其自得之言”，另邹南皋所云也与之同：“泰州崛起田间，不事诗书一布衣，此所以得闻斯道也。”（《王心斋先生遗集》卷四《谱余·补遗》）

> “明明德”以立体，“亲民”以达用，体用一致，阳明先师辨之悉矣。此尧舜之道也。更有甚不明？但谓“至善”为心之本体，却与明德无别，恐非本旨。“明德”即言心之本体矣，三揭“在”字，自唤省得分明。孔子精蕴立极，独发“安身”之义，正在此。尧舜“执中”之传，以至孔子，无非“明明德”“亲民”之学，独未知“安身”一义。乃未有能“止至善”者。故孔子悟透此道理，却于“明明德”、“亲民”中立起一个极来，故又说个“在止于至善”。“止至善”者，安身也，安身者，立天下之大本也。本治而末治，正己而物正也，“大人之学”也。[①]

对《大学》三纲领中“在止于至善”的解释，传统一般都偏于将它作抽象的处理，以其作为前两个义项即“亲民”与“明明德”所达到的一种至高目标，并不赋予其实义。比如朱熹释之为“言明明德、亲民，皆当至于至善之地而不迁”[②]，阳明《大学问》表示的意见类同：“至善者，明德、亲民之极则也。……止至善之于明德、亲民也，犹之规矩之于方圆也，尺度之于长短也，权衡之于轻重也。”[③]而王艮将之释为“安身”，这实际上也就在三纲领或云是整个《大学》的文本系统中增入一个新的意义，并同时将格物论意指的“吾身”为本的概念更进一步明确化了，即落实到“安身”的意义上。很明显，王艮并不同意阳明的说法，以为阳明的贡献主要限于对“明德”的阐释，而他自己对“止至善”意义的发覆则属思想史上的一个独创，故此而可称为是对“二千年来未有定论”的一次突破。

虽然以上的表述已很清楚，但是在对这一重新确立的格物论所作的具体论述中，依然存在着一些至少是很容易产生歧义或有待经过解析才能明晰的问题。比如说，依据于《大学》的原始本文，过去的解释一般都将“明德”视之为“本”，而将“亲民”视之为“末”，而一旦出现了以“安身”为本的新解释，那么“明德”是否还能居有“本”的位置？如果答案是肯定的，也就自然出现了两

---

① 《答问补遗》。

② 《四书章句集注》，中华书局 1983 年版。后所引《大学》经传皆出自于此，不再另注。

③ 《王阳明全集》卷二十六《大学问》，上海古籍出版社 1992 年版。

个“本”，这应当作怎样的理解呢？再如根据上面的引文，我们事实上已经读到了“修身为本”与“安身为本”两个概念，二者之间是一个意思呢还是两个不同的意思？如果是一，那么将安身依附于修身就可以了，王艮的创意就没有什么多大意义；如果是二，那么又出现了两个“本”的问题。既然如此，二者之间又究竟是何种关系呢？又如王艮以“安身”释“止至善”，意义似明，但在其他的论述中又出现了以“仁敬孝慈信”等释“止至善”的情况，究竟何者可以算做定论呢？诸如此类的问题。在过去的王艮研究中一直未被及时地、明确地提出来，然而它们又是不容轻易绕过的，这不仅关系到对格物论思想分疏过程中诸环节的准确把握，也关系到对整个王艮学说体系论证水准的一种专业化判断。以下我们将分做几个方面来探讨这些问题。

（一）“明明德”与“安身”

将“明明德”（“明德”）视之为“本”，如果从《大学》文句的构成看，与三纲领中只有两个实义性的义项有直接关系，从而以“明明德”为本，以“亲民”为末，在条理上便是十分顺畅的。但是其中安插进了一个“安身”为本的概念，以之来释“止至善”，并将之看做是格物之行为所测度出来的一个“本”，这就导致了结构上的拥挤，以至于需要在重新确立的格物论的框架中，对“明明德”的地位作出新的安排与解释，并理顺安身与明德二者的关系。

关于“明明德”的性质，从上面的引据上可以看出，王艮将之解释为是体用论范畴上说的“心之本体”，属于一种心性特征。而新补入的“安身”作为本的意义，以王艮的意思，则是就学问下手处所要把握的一种本根而言的，因此而称之为是学术的“把柄”、学问的“头脑”等。王艮在论述尧舜与孔子的关系时提到他们间的差异，也正在于尧舜只知“明明德”与“亲民”，而孔子则更论“安身”。事实上，这也是王艮一直强调的，如云：“孟子道‘性善’，必称尧舜；道‘出处’，必称孔子。”又云：“学者但知孟子辨夷之、告子，有功于圣门，不知其辨尧舜、孔子处，极有功于圣门。”[①] 所谓的“性善”即明德的问题，而“出处”问题也就是安身问题，是否具有出处观念或云是安身观念便成了尧舜与孔、孟两

① 《遗集》卷一《语录》。

类圣人间的一大分限，同时也是不同学问间的一种分限。

从这一确定的意义上看，“明德”也就是阳明所说的“良知”，一种“虚灵不昧”的心性之体。王艮曾有一段引语对理解二者的差异有助，其谓“‘虚明之至，无物不覆’，‘反求诸身’，‘把柄在手’，合观此数语，便是宇宙在我，万化生身矣”。[①]形容的实际上便是三纲领中的三个义项，“虚明”即“明德”，也即阳明“良知”（也可见于阳明自己的解释）。“反求诸身”、“把柄在手”指的是“止至善”，或称为“安身”（另一个“无物不覆”即“亲民”之意）。由此可知二者的区别。王栋曾对二王思想之异同也有一较详的辨析，以为：“明翁（阳明）是于孟子‘不虑而知’处提出‘良知’二字，指示人心自然灵体，……良知无时而昧，不必加知，即明德无时而昏，不必加明也。……”也将“明德”等同于“良知”。进而又说：“然而特人气禀习染有偏重，见闻情识有偏长，故必有格物之学，体认而默识之，然后良知本体洁净完全，……”[②]，以为王艮提出的格物作为另一种为学方式将有助于良知的以达纯明。这样的解释虽然未必符合王艮的原义，但大致也对格物与良知进行了一定的区分，这当然也可看做是主“明德”还是主“安身”之间的一种区分。据此，我们大致已能体察出王艮在阳明之后别创新说的深远企图。

总起来看，良知与格物二学的差异主要是由于入手的角度不同，从体用的角度来看，明德/良知固然是本；而从一种更具整体性的学术策略来说（也与对过去理论所存在的学术误差的纠正有关），则应当寻求于更进一步的“本”，以达于“至善”之地。王艮将之理解为对“吾身”的返依，反身也就是反本，以至于安身。这也就是格物的意义之所在，即其所云：“格物，却正是止至善。”[③]也正因此，即按照格物学（而非体用论）的认识顺序，本的位置自然应当前移而由“安身”来担待，明德的重要性也就相应地落到了安身之后，王艮所谓“知身之为本，是以明明德而亲民也”，“不知安身，则明明德，亲民，却不曾立得天下国家

① 《语录》。
② 《会语正集》。
③ 《语录》。

的本”[①]，正是对它们次序所作的一种排列。[②]

但问题是“明明德”（心之本体）在与“安身”概念的对比中，是否就被新的结构方式排至为一种“末”了呢？从紧接于上的两段王艮言论看，虽然明德已非格物（本末论）所指的“本”之内的概念，但依然未以“末”称之。这是一个值得注意的信息。下面一段表述说明了类似的情况，如曰：“知明明德而不知亲民，遗末也，非‘万物一体之德’也；知明德、亲民而不知安身，失本也，‘其本乱而末治者否矣’，亦莫之能亲民也。”[③]与亲民相对而论时，亲民是末，但未径直称“明明德”是本；与安身相对而论时，安身是本，但又未径直称“明德”是末，只有“安身”与“亲民”有明确的本末之定位，而“明德”实际上成了处于本末之间的一种悬置性概念，其性质似将由两边的情况而决定。这样的处理方式是符合王艮的一贯思路的，至少，王艮的原义是不可能将“明德”置于末的位置上去，否则将会取消心性之学的基本原则，因此而在引入了更为重要的概念之后，只能让其处于一种居间的游移状态。只有下面一段言词有所例外，如曰：“如我不欲人之加诸于我，是安身也，立本也，明德，止至善也。吾亦欲无加诸人，是所以安人，安天下也，不遗末也，亲民，止至善也。”[④]这段演述似受到朱熹、阳明对三纲领解说的影响，以“止至善”并管“亲民”与“明德”，但根据王艮固有的想法，“止至善”依然是个实义词，只是它与其下二者——“亲民”、“明明德”均发生连动性的关系，因而可以同时往两方面挂靠，从而仍与朱、王

① 《答问补遗》。

② 良知与格物二学除了一是以心为本，一是以身为本以外，另外还存在着功夫论上的差异。以良知立论，自然首先要在性上做功夫，或率性或修道；而以格物立论，则第一步的工作便属辨识性的，即辨别孰是本孰是末。王艮也重视“修身”的功夫，但所处位置却在辨识性的格物之后，如其曰：“学问须知有个把柄，然后用功不差。”可见是知在前，功夫在后，即知先行后。这点王艮在《大学》文句中也找到了相应的证据，如《大学》有“知止而后有定……”等等，即知在前而功夫在后之意。“格物”（“物格”）原在八条目之首，阳明释为正心，则功夫在前，王艮释为知本末，则辨识在前。由此而言，王艮是主知先行后说者，与阳明的知行合一说异途，反而更接近于朱熹。但朱熹所知之物是一种“理”，而王艮所知之物是一种关系（本末关系）。其后王栋对王艮与阳明二说作了一定的调和，以为王艮之格物也含有功夫在内，但毕竟与阳明的说法仍有区别。

③ 《答问补遗》。

④ 同上。

的解说不一样。但由此我们又能见出，“明德”虽依然未明确称之为“本”，却在意义上看更接近于“本”，这点在我们对“明德”与“修身”关系的解释中，还会看得更为清楚一些。

（二）“明明德”与“修身”

“明明德”与“修身”在《大学》原文中都是具有统领意义的概念，如由“欲明明德于天下者”引出八条目，终则以“壹是皆以修身为本”，而两者意思也基本相当，历来也多是这样理解的。但是在王艮的表述中我们看到，“修身”被确定地称之为“本”，而“明德”则不再以“本”称之，显然是将二者作为有所差异的两个概念看待的，那么这在王艮又是出于怎样的一种考虑，而二概念之差异又究竟体现在何处呢？

当然即便是这样，二者也还有贯通之处，简要地说，即都含有道德心性论上的意义。“明明德”之道德含义已无须解释，对于“修身”的道德含义，可见之于王艮对之的各种表述，如谓：“修身，在正其心”[①]，“治天下有本，身之谓也，本必端。端本，诚其心而已矣”[②]等。在王艮的学说体系中，修身与安身也是有所区别的两个概念，然而正如我们看到的，对修身的解释却一直未离道德论上的确认，因此，就自然会出现一个如何分辨修身与明明德之意义差别的问题。根据分析可知，修身除了确凿无疑的道德含义以外，其有别于明明德之处，首先还是在于其另有一种反身的意义，这在王艮对修身的论述中随处可见，如在以下一些段落中：

> 知修身是天下国家之本，则以天地万物依于己，不以己依于天地万物。[③]
>
> …… 故必修身为本，然后师道立，而善人多矣。如身在一家，必修身立本，以为一家之法，是为一家之师傅矣。身在一国，必修身立本以为一国之法，是为一国之师矣。身在天下，必修身立本以为天下

---

① 《语录》。
② 《遗集》卷一《复初说》。
③ 《语录》。

之法，是为天下之师矣。故出必为帝者师，言必尊信吾修身立本之学，足以起人君之敬信，来忘者之取法，夫然后道可传，亦可行矣。庶几乎已立后，自配之于天地万物，而非"牵以相从"者也。[①]

其中所说之"身"与"天地万物"是王艮学理逻辑上的一个重要对子，身为一方，天地万物为另一方，所谓修身，也就是返回到自己身上来做修行，而非依于外物。因此，如果说，明明德是基于心性论的一种主张的话，修身便可以说是一种由身份论上的考虑而产生的意识，即带有身份论自觉的意识。一般而言，心性论关注的是心体的样式，比如"性善"等，而身份论关注的则是行为主体是谁的问题，比如是你还是我，是我还是其他事物等。当然，对此身份论还需要作点特殊的说明，这就是它属于一种对责任主体的确认，与一般的身份论是有所区别的，因而说反身也就是返回到对责任主体的一种自我认定。关于这点，王栋在谈到王艮格物论的缘起时曾有一个说法，他以为当时有一些不善学者，"只以寻常任气作用，误认良知，往往知以良知责人，而不知自己之知已先亏缺"，"故先师为人挑出古人格物真旨，说《大学》篇中'自天子至于庶人'以下，乃是申解格物要语，可见物有本末，身为本，天下国家为末，其本乱而末治者否矣"[②]。意即单纯讲良知，并不一定会落实到自己身上，而修身则明确地指出了这个为道的主体是谁。这个解释在王艮的著述中是可得到证明的，如其为诸生所撰的《勉仁方》一文中，就指出有些学者不知用力之方，"则有不能攻己过，而惟攻人过者"，产生了"爱人之道反见恶于人者"的相反效果，故此他提出："君子为己之学，自修之不暇，奚暇责人哉？自修而仁矣，自修而信矣，其有不爱我、信我者，是在我者，行之有未深，处之有未洽耳，又何责焉？故君子反求诸其身，上不怨天，下不尤人，以至于颜子之'犯而不校'者，如此之用功也。"[③]同样，在《明哲保身论》中王艮写道："君子之学，以己度人，己之所欲，则知人之所欲，己之所恶，则知人之所恶。故曰'有诸己而后求诸人，无诸己而后非诸人'，必至于'内不失己，外不失人'，'成己成物'而后已。此恕也，所谓致曲也，忠恕

① 《答问补遗》。
② 《王一庵先生遗集》卷一《会语续集》。
③ 《遗集》卷一。

之道也。”[①] 以上所论也就是王艮思想体系中十分重要的“忠恕”说，而其正是建立在反身之学的观念之上的，“忠恕”也就是宽人而责己，将道德责任的身份确定地指向自我。

“本治而末治，正己而物正”，这是王艮非常重视的另一个命题。所谓“正己”，也就是一种反身性的行为，也就是修身，故修身也就是治本，由此而又回到了格物论（本末论）的论证逻辑中了。虽然儒学对《大学》“修身”的解释一直会含有反身的意义在内，但在王艮的格物论中，这种反身之义获得了十分醒目的凸显，同时也成为其格物论的精髓之所在。王艮自己也曾谈到反身在格物中的作用：“格物然后知反己，反己是格物的工夫。反之如何？正己而已矣。反其仁、治、敬，正己也。其身正而天下归之，此‘正己而物正’也，然后身安也。”[②] 可知，没有反身、反己的作用，格物就会成为毫无实际意义的理论骨架，而修身也就失去了面对的角色主体。我们只有通过反身而找到这个角色主体即“吾身”、“己身”，才能达及这个“本”，因此，在王艮的概念系统中，只有说“修身为本”，而未有说“明明德”为本的。

但尽管这样，修身与明明德之间依然存在着密切的关系。这可以从王艮谈论二者的一段文字中得以了解。其文曰：“‘惟皇上帝，降中于民’，本无不同。‘鸢飞鱼跃’，此中也。譬之江淮河汉，此水也。万紫千红，此春也。‘保合此中’，‘无思也，无为也’，无‘意必’，无‘固我’，无‘将迎’，无‘内外’也。……学也者，学以修此中也，戒慎恐惧，未尝致纤毫之力，乃为修之之道，故曰‘合着本体是工夫，做得工夫是本体’。先知中的本体，然后好做修的工夫。”[③] 这里提到的“中”便是“性”、“明德”、“良知”，也就是引文中明确指出的“本体”，它成了“修”的施动性对象，修身故此也就是修性，而不是指向物质之身，性或明德的具体内容规定了修身的施为方向。据此，明德便可能有两种不同方向上的对待：一是未为修身所含括，可能对己，也可能对人，处在一种悬置状态；另一是确定地为修身所含括，成为吾身所直接面对的对象，即反身学所讨论的对象，后者也正是王艮所期望的。

---

① 《遗集》卷一。
② 《答问补遗》。
③ 同上。

（三）"修身"与"安身"

"修身"与"安身"可以说是王艮格物论中最容易发生歧义的。"修身为本"是《大学》原文中固有的提法，王艮沿此而多有申说，并未改变它的原义。但在王艮将"止至善"释为"安身"以后，实际上是又增加了一个"本"的概念。王艮固然有"安身者，立天下之大本也"[①]的说法，也有"修身，立本也"[②]的说法，因而，如果说安身与修身是意义不同的两个概念，那么就事实上出现了一个"本"的重叠的问题。这在一般的逻辑上是很难说得过去的，故而有必要对之加以专门的疏通与讨论。

"修身"的内涵已如上说，是较为明确的，指的是一种道德心性上的反身活动，一种道德心理实践。"安身"之义可见于王艮的一些典型说法：

> 孔子知本，故仕、止、久、速，各当其时。其称"山梁雌雉之时哉"，正以"色举"而"翔集"耳。故其《系易》曰"君子安其身而后动"，又曰"利用安身"，又曰"安身而天下国家可保也"。[③]

> 有疑先生安身之说者，问焉，曰："夷、齐虽不安其身，然而安其心矣。"先生曰："安其身而安其心者，上也；不安其身而安其心者，次之；不安其身又不安其心，斯其为下矣。"[④]

> 知安身而不知行道，知行道而不知安身，俱失一偏。故，"居仁由义"，大人之事备矣。[⑤]

第一段引文中三节引《易》之语均出自《系辞传》，指的是身体的安保，意义较为确定，而所引孔子之语，也是王艮经常用以指身体之安保的。尤其是在第二、三段引文中，王艮将安身与"安心"、"行道"置于一种对比的语义结构中加以表述，更明确地指出安身属生理之身的安保（尽管此处为一种偏义式强调）。既然这样的话，安身与修身两概念之间的差异大致上已可得到确认。但是王艮也

---

① 《答问补遗》。
② 同上。
③ 《语录》。
④ 同上。
⑤ 同上。

还有一些不太常例性的表述，是我们不能不注意到的，如：

既知吾身是个本，只是“毋自欺”，真真实实在自己身上用功夫，“如恶恶臭，如好好色”，略无纤毫假借，自是自满之心，是谓“自谦”，即《中庸》“敦厚以崇礼”也。……故“不怨天，不尤人，下学而上达。知我者其天乎！”如此而“慎独”，则“心广体胖”，身安也。[①]

该句对“身安”的解释，已偏于指心理上的安妥，即由道德上的感知而至于心安，因此似与以上表述有所不一。

总起来看，“安身”指向之“身”在王艮的理解中，有两个方面的主要意思。一是它的实存义，即所说之身是一种真实的、个体化的生命存在，是一个在物质性生理基础之上而存在的、浑然而成之“人”，而不是心性论概念单方面所规定的那样是一团道德理念。因此，它也是容易被伤害与被摧毁的（故需要“保身”），是可生与可朽的（因而“焉能系而不食”），对之的感知也是人们最基本的一种常识（以故“即事是学，即事是道”）。除此而外，在次要的意义上讲，它也具有心理上的某种要求，还不能将之完全看做是一种躯体运动，尤其是作为一个在《大学》的论证结构中存在的儒者之身，不可能将之看做单单是一种生理上的物性事实，否则就不可能占据有“止至善”这样的意义位置。[②]这些决定了对“安身”的认识，在一般性情况下王艮会着重地强调其基本的与主导性的意义，除此之外，有时也会根据语境的需要而兼及对其次属意义的陈述，甚至连带上更多的意义（比如在完善的状态上看）。要之，安身所指之身终归还是一种浑

① 《答问补遗》。

② 对于安身说（与安心关系）的理解，另可参王士纬《心斋先生学谱·学述》按语，对之有各种分辨：“先生以安身而安心者为上，身不安而心安者为次。所谓安身，即《中庸》‘君子无入而不自得’也，其以舍生杀身为背于保身之道，亦合儒行爱死有待养身有为之义。且其所谓保身，要在道尊而身不辱。尊道不尊身，不谓之尊道，尊身不尊道，不谓之尊身，道尊身尊才是至善，非求生害仁，适己自便之类也。黄梨洲曰：‘然所谓安身者，亦是安其心耳，非区区保此形骸之为安也。彼居危邦，入乱邦，见几不作者，身不安而心固不安也，不得已而杀身以成仁。文王之羑里，夷齐之饿，心安则身亦未尝不安也。乃先生又曰：安其身而安其心者上也，不安其身而安其心者次之，不安其身又不安其心，斯为下矣。而以绵蛮为安身之法，无乃开一临难苟免之隙乎？’梨洲生当季世，所云临难苟免，盖有激而发。观于先生弟子徐樾布政云南、受降殉职一事，梨洲谓为‘于尊身之道有间’，则泰山鸿毛之辨，梨洲亦固知之矣。”

然而成的实存之身。

二是它的反身义。“安身”概念的提出同样是格物的一种结果，即格物所比度出来的那个“本”，“身未安，本不立”、“不知安身，则明明德、亲民，却不曾立得天下国家的本”说的便是这个意思，因此，需要以反身之意识方能求得安身。也正是在这个意义上，我们可以说修身之身与安身之身最终指向的是同一个身，修身尽管是在道德心性上所作的一种确认，但是其“身”依然具有一个主体性存在的位置，这个位置与安身所表明的主体性位置是吻合的，在这个意义上，它们所反的是同一个身，因此，两个“为本”实际上指的是同一个本。在更为标准的对格物论的解释中我们看到，王艮只是以一个总括性的“身”的概念来与外在世界进行对称，如谓：“是故身也者，天地万物之本也”①，“吾身犹矩，天下国家犹方，天下国家不方，还是吾身不方”②，等等。无论是修身还是安身，面对的都是这个与外部世界相对而在的“吾身”、“己身”，一具有统一性意义的“本”。这个以“身”为本的概念，是王艮最具创见的一种理论发现，也是王艮学说诸多辞目中最具有基石意义的一个命题。

当然，修身与安身仍然存在着分歧，这也可以从实践的步骤上来看。王艮言论中有几段文字表示出了这种意思，如谓：“物格，知本也，知本，知之至也。故曰‘自天子以至于庶人，壹是皆以修身为本’也。修身，立本也，立本，安身也。”③又如：“物格知至，知本也。诚意、正心，修身，立本也。……格物然后知反己，……反其仁、治、敬，正己也。其身正而天下归之，此正己而物正也。然后身安也。”④这里指出了达于至善的三个步骤：对于同样的一个本，首先是“知本”，这也就是格物的工夫；然后是“立本”，这是指修身；立本之后便达到了安身的境地。同样是一个身，由于程序与工夫上的差异，则可以相应不同的概念来表示之，意义也会有所区别。而安身无疑是整个过程中最具极旨意义的，故称之为“止至善”。既然如此，也就是按照格物论的整个顺序所最终实现的那个安身，

---

① 《答问补遗》。
② 《语录》。
③ 《答问补遗》。
④ 同上。

事实上已在其中注入了格物与修身的内涵，故这个安身的概念虽依然不能过重地对之作道德论上的推估，但却不可怀疑地含有道德修行之前提或含义。同时，我们又能了解到，安身的概念在始终保持其核心意义的情况下，也还可以将之作一些分疏，即既可指简单意义上理解的生理安保，也可看做是上云“安身”与“安心”明显分离状态下的所谓安身，又可看成是经由格物与修身等程序后以达之安身等。在不同的语言环境中，“安身”一语是可以有相对不同的意义的，由此我们可以看出王艮对诸概念的一种细微把握。当然，只有经由修身等而达及之安身才是《大学》“止至善”寄予的一种真实意愿，即王艮在《送胡尚宾归省》一诗中所吟之意：“既闻尧舜道，知性即知天。又明孔孟学，继绝二千年。修身乃立本，枝叶自新鲜。诚能止至善，大成圣学全。”① 除此以外，王艮对待同样的一个“身”，还有如“敬身”、“尊身”、“保身”、“爱身”等不同说法，也都是由不同侧面对之所作的命说，它们之间存在的意义差别，也是我们在理解过程中所应当注意的。

（四）“止至善”

“止至善”原为《大学》三纲领之一，也是王艮格物论所要确立的一个“大本”，是其自诩为对儒学思想史的一个独特发明。王艮曰：“止至善者，安身也，安身者，立天下之大本也。”② 以此可见，“安身”是“止至善”的一种定性之释，这也可从王艮的许多言论中得到证明，而“安身”根据以上的解释，其最主要与最基本的意思是指一种实存性生命的安保，其含义当已明确。

但事实的情况并不完全如此。通过对王艮有关言论的较为全面的阅读，可以看到，王艮对于“止至善”的解释依然有另一方面的意思，如曰：“《中庸》‘中’字，《大学》‘止’字，本文自有明解，不消训释，……‘于止，知其所止’，‘止仁，止敬，止慈，止孝，止信’，是分明解出‘止’字来。”③ 句中引文见于《大学》传文，孔子所云“于止，知其所止”句，王艮以为主要是指实存义上的身之

① 《遗集》卷二。

② 《答问补遗》。

③ 《语录》。

安保，而“止仁，止敬，止慈，止孝，止信”句则含有明显的道德意含，已非指向实存义上的身之安保。又如其曰“爱人直到人亦爱，敬人直到人亦敬，信人直到人亦信，方是学无止法”①，显然是对上句的套用，是“止于”一种确定的道德意符。同类表述在王艮的言论中还有不少。虽然完整地看王艮的“安身”说，其中也会含有次属性的心理内涵，但这毕竟是两码事，后者不可能与安身的主导性意义形成平行关系。然而像这样以“止至善”来并指两个不同的意义单位，即时而指向实存性生命的安保，时而又意指道德实现或由之引起的心理安妥，则属明显具有歧义性的提法。“止至善”在逻辑上应当是一个唯一的“极”点，但如按照以上的解释，也就有了两个有所差异的极点了，那么怎么会出现这样的情况呢？

对之的解释，可以先从其文本来源上追寻。当有诸生问及“‘止至善’为‘安身’，则亦何所据乎”即有什么根据时，王艮回答说：“以经而知‘安身’之为‘止至善’也。《大学》说个‘止至善’，便只在‘止至善’上发挥：‘知止’，知‘安身’也，‘定、静、安、虑、得’，安身而止至善也。……后文引《诗》释‘止至善’曰：‘缗蛮黄鸟，止于丘隅’，知所以安身也。孔子叹曰：‘于止，知其所止，可以人而不如鸟乎？’要在知安身也。《易》曰‘君子安其身而后动’，又曰‘利用安身’，又曰‘身安而天下国家可保’。……”②根据其义分析，这段讲的都是生理之身的安保。

这里提到了几个文本来源，首先是《大学》。经文虽然有“定、静、安、虑、得”的概念，他处王艮也以此与“安身”对释③，但根据全文的语境来解读，则依然主要是指“修身”之事。《大学》传文中的引《诗》句及孔子语，孤立地看，

---

① 《语录》。

② 《答问补遗》。

③ 如《答问补遗》中有对之的详释：“‘知本’，‘知止’也。如是而不求于末，定也；如是而‘天地万物不挠己’，静也；如是而‘首出庶物’，‘至尊至贵’，安也；如是而‘知几先知’，‘精义入神’，‘仕、止、久、速’，‘变通趋时’，虑也；如是而身安，如‘缗蛮黄鸟，止于丘隅’，‘色斯举矣，翔而后集’，无不得。所止矣，‘止至善’也。”王艮的解释很有新意义，但多从己出。王栋后来在推广王艮思想时，也曾对这一段文字作过解释，其意义已明显偏于道德经世方面，对王艮的说法有纠正，如曰：“知止，即格物而知至也。定静即意诚而心正也。安即身之修而至善之止也。虑即齐家、治国、平天下。得即家齐、国治、天下平也。”（《会语正集》）

意义并不十分确定（似也可往“安身”的意义上靠），但如果联系前句“《诗》云：‘邦畿千里，惟民所止’”及后句“《诗》云：‘穆穆文王，于缉熙敬止’”，正好与经文中“亲民”与“明明德”二语形成对释关系，未必存有确切、独立的“安身”之意。由此我们知道，“安身”为“止至善”的解释主要还属王艮注入其中的一种增义。王艮提到的另一个主要文本是《易》，由于《周易》始出卜筮，故无论后来如何受到儒家思想的改造，始终保存着由爻卦之构成及动变所规定的“吉凶悔咎”、“利用安身”等原始初义，带有明显的利己保身的态度，因而由《易》理而推导出一种以安身立命为原则的人生哲学当是十分顺理成章之事，而这点也为王艮多次言及。再具体地看，《易》有“艮”卦，呈兼山之象，《彖》释之曰：“艮，止也。……艮其止，止其所也。上下敌应，不相与也，是以‘不获其身，行其庭，不见其人，无咎也。’”“止”在此即表示“安身”之义，故《程传》有曰：“君子观‘艮’止之象，而思安所止，不出其位也。”这应当是“止”于“安身”的一个直接的文本出处。后来王栋也运用《易》中的文词对之作过相应的解释，如谓：“知至至之，止至善也。虑善以动，故可与几。知终终之。安汝止也。动惟其时，故可存义。”[①]“汝止”同时也是阳明为王艮所改取的一个字号。如果暂不考虑其他经籍所表述意义的影响，并从文句的形成上看，那么王艮对“止至善”为“安身”的解释所依于为据的便是《易》，然后将之使用到对《大学》的理解之中，以为《大学》所云“止”与《易》之所云“止”讲的是一个意思，二者的指称若合符节。[②]

那么为何又会重出一个道德概念上的“止至善”来呢？据我的理解，这点依然与所受到的《大学》传文的羁累有关。根据前文可知，王艮以为其在《大学》本文的“止”字组构中“读出”了潜藏在文句之中的“安身”之义，但除了那些含糊之处可以利用以外，“止”字也有较为明确的指向，如《大学》传文释经文的“止于至善”句，便有“《诗》云：‘穆穆文王，于缉熙敬止’，为人君，止于

---

① 《会语正集》。

② 阳明为王艮改名“汝止”事见于正德十五年，也是王艮最早开始领解“安身”之义的时候。而王艮读《大学》并发明“止至善”之旨则更在此后，故此而知是其是由《易》而至《大学》，前后顺序当是很清楚的。

仁；为人臣，止于敬；为人子，止于孝；为人父，止于慈；与国人交，止于信”一长语，在行文中占据了十分醒目的位置，这固然是无法省略与回避的。因而这就出现了当王艮欲以《易》中所得的“止”义来套合《大学》经传中的固有的“止”义时，产生出了二种“止”义无法完全吻合的现象。

但从其他一些解释看，王艮又未将止于安身与止于仁敬等置于同一个平面上看，而是依然对之进行了不同层面上的某种分疏，如其曰：“‘止于仁，止于敬，止于孝，止于慈，止于信’，若不先晓得个‘安身’，则‘止于孝’，烹身割股有之矣；‘止于敬’者，饿死结缨有之矣。必得孔子说破此机括，始有下落，才能内不失己，外不失人。故《大学》先引《绵蛮》诗在前，然后引《文王》诗，做诚意工夫，才得完全无渗漏。”[①] 即在两个“止”之间，还是应当以止于安身为先，止于仁敬等为次，这个理解顺序与王艮他处论证“安身”在“爱人”之先，“安身”在“明明德”、“亲民”之先等的处理方式是有一致性的，否则就会破坏王艮本末观的基本立意，取消了他思想的特殊性。事实上，对止于安身与止于仁敬等，王艮是有一个参照《大学》的言述形式所作的定位的。在上面有关止于仁敬等的几段引文中，可以看到，王艮均将这一行为理解为“诚意”，这是不容忽视的。又比如在以下一段文字中，王艮说道：“《大学》工夫，惟在诚意。故‘诚意’章前后引《诗》道极详备，‘文王缉熙敬止’，‘止仁，止敬，止孝，止慈，止信’，以至‘没世不忘’，止至善也。”[②] 意即止于仁敬等的说法在原《大学》传文中便是注释“诚意”一语的。我们知道，“诚意”在《大学》中是八条目之一，与正心等并列，王艮自己也曾说过：“致知、诚意、正心，各有工夫，不可不察。”[③] 又云：“诚意、忠恕、强恕、致曲，皆是立本功夫。”[④] 可见诚意只是诸样功夫中的一种，[⑤] 还不能与带有某种统领性意义的“修身”相提并论，既然如此，当然也就不可能与“止至善”/“安身”这一极旨并置于同一个意义层面上看

① 《答问补遗》。

② 同上。

③ 《语录》。

④ 同上。

⑤ 王艮以为对致知、诚意、正心等功夫的分辨也是自己的一种重大发明，也属于一“吃紧去处”，“先儒皆不曾细看”者。对之的详释见于《答问补遗》。

待了。[①]

通过这样的梳理之后可知，王艮对“止至善”的释解仍然有其思路清晰之处，因为本末论本身也就是一个层次论，即按照层次的要求来安排不同概念的位置。但由于受到《大学》原文语句的某种羁累，王艮在表述上也存在着若干较为含糊的地方。既然“止至善”是一种极旨性意义（按照王艮自己所云），似乎就不应当以之来表示两个性质不同、层次有异的概念，或说是不应当为两个不同层次上的概念所分享，以至发生可能引起的误读。不知这是否可看做是其理论上存在的一个“微疵”。

通观王艮对格物论诸范畴的论证，对于那些叙述表面出现的各种歧义，王艮实际上是有过一个细致、复杂的疏通过程的，个别之处存在的蹇隔并不影响整个体系的畅通与舒展，这也在一个方面表明了后来的辑录者对王艮思想的把握也是十分精确的。当然更重要的是，可以借此而体察到这位悟性极高的天才思想家的非凡运思。关于这点，王艮逝后即有许多学者作过高度的评价，决非如有些新近学人假想地以为由于王艮出于田间，初通文墨，对义理之处理就可能是粗疏的。对于王艮来说，也正是通过这些心智俱到的辨识工作，才能使其增入的那些意义与原来固有的义理之间达成了一种新的、合理的缝合，并借此创构出了一个富有独特魅力、同时又能自足自洽的理解体系。

二、在本末间：出处观的论证

王艮格物论首先阐明的是一个本末的问题，被看做是把握学问的一大关捩，但要对格物论作深入的参悟，还需了解他的出处观。出处观与格物论密切相连，可看做是对格物论思想的一种延展性论证，这是因为，格物论在撇开出处观而单

---

① 那么是否可以将道德意义上的“止”理解为达到“安身”——“止至善”的一种先期途径呢？王艮固然还有如“……明德、亲民，止至善矣”，“进不失本，退不遗末，止至善之道也”等的说法，但“止于仁，止于敬……”这样的表述方式则又明显是将道德实现作为一种目标来看待的，就后者而言，依然是与“安身”/“止至善”的概念有逻辑上的冲突的。

方面存在的情况下，还仅仅是一种抽象理念、抽象话题，故仍需要将其置于一定的语境中加以辨识与确认。比如一个儒者在进入到具体的社会场域中之后，是选择出呢还是选择处，怎样出与怎样处，出、处之时究竟应该干什么，等等；这些都贯穿着一个如何处理格物论原则，即如何更好地处理本末、内外关系，以保证“本末一贯”的问题，或说是如何更好地“絜矩”的问题。

在一般性讨论的格物论中，王艮着重强调了作为“本”而存在的“身”、“己”的重要性，突出了“身”、“己”在格物论架构中的地位。但孤立的身、己的追求并非儒学原旨，及有可能滑入到异端他说之中，因此，依然需要回到“末”所提供的意义区域中来，在本末贯通的义域内来探讨身、己行为的途径，或说是“尊本”的途径。在这里，“末”是一个值得认真理会与对待的概念，这可以由两个方面来看。第一，“末”规定了“本”的意义内涵，这个在《大学》中确定的己身必然是个儒者之身，由此而也必然生存在与他人的关系中，是一个为他人的生存价值所规定的己身。第二，“末”规定了“本”的实践空间，即这个己身是处于“家国天下”的活动框架及由之伴随的各种事件冲突的网络之中的己身，因此其活动必然受到外部规定的多种限制。这些决定了对“本”的理解不能脱离“末”所提供的意义场域。全面地考察王艮对格物论的表述，我们可以看到这种本末论所含有的两种思考路向：一是分清主次，另一是本末一贯。二者是同样重要并相互联系的，关于此，王艮也曾屡有所及，如云：“知明明德而不知亲民，遗末也，非‘万物一体之德’也；知明德、亲民而不知安身，失本也，‘其本乱而末治者否矣’……”[①] 对末的重视，被看做是“万物一体之德”，这种思想在王艮的学说中同样占据着十分重要的地位，由此而体现出他与当时许多心学家之间所存在的一些差异，并赋予了其学说十分鲜明的入世情怀。同时，也就将自己的学说直接置入于一种较为确定的现世政治及其冲突的认知构型之中。因而强调“本”，即己身所具有的优先性，主要还是就一种策略上的选择而言的，并不意味着“末”就是无关紧要或可随意忽视的。恰恰相反，对末的重视，以至达成本末一贯之思路与效果，同样是王艮格物说的一个重要主题。也正因如此，在确

① 《答问补遗》。

立了以吾身为本的原则之后，依然需要再次回到与“末”所关联的义域中，来探讨尊本的规律及己身实现的方式，这也就是王艮出处观之提出的理由之所在。循此可知，除本末论以外，出处观可看做是淮南格物的又一个理论要点，其中又包含有两个重要的、更为具体化一些的解释向度：一是关于“潜龙 / 见龙 / 飞龙”的论述，二是关于“入仕”与“为师”的论述。需要一一作些概念上的疏通，并结合于此，透现出王艮寄予于中的思想特性。

（一）“潜龙 / 见龙 / 飞龙”之寓含

如上所述，王艮安身说与《周易》有密切的渊源关系。王艮平生甚喜易学，常置于口，仅据全集卷一的《语录》部分，即引《易》达 23 条之多（还不包括同条中重出的），而多数又都与其出处观有关。很显然，以格物论的标准来看，《大学》的论证还仅限于本末论的意义上，对进一步的出处观却难以提供理论的证明，因此就需要借助于其他的文本材料进行。可以说，正是通过对易学中诸概念的汲用，王艮确立了一套能够具体说明其出处观的基本语言，并借助于本末论这一津梁，成功地辅证了经由对《大学》的解释所确立的格物论思想，在两部不同的早期经籍间建立起了理论上的特殊联系。

首先是“潜 / 见”说。“潜 / 见”这一对概念出自《周易》之“乾”卦，其初九之爻曰“潜龙勿用”，《文言》托孔子之言释之为：“龙德而隐者也。不易乎世，不成乎名，遁世无闷，不见是而无闷；乐者行之，忧者违之，确乎其不可拔，潜龙也。”“见龙”说见于九二之爻：“见龙在田，利见大人”，《文言》释之曰：“龙德而正中者也。庸言之信，庸行之谨；闲邪存其诚，善世而不伐，德博而化。《易》曰‘见龙在田，利见大人’，君德也。”可见《文言》已对《周易》的原始卦爻作了合于儒家观念的阐释，并将卦爻词中原有的自上而下、由弱至强而不断生长的意义连贯性作了某种相对的分割，以潜龙喻“隐者”，而以见龙喻无位之君，即指两类不同的人。

王艮对“潜 / 见”的解释基本上依此而来，如其谓二者之区分：“见龙，可得而见之谓也；潜龙，则不可得而见。惟人皆可得而见，故‘利见大人’。”[1] 即依

① 《语录》。

照王艮的思维方式，以非常简捷的语词道出了二者的差异：关键是一有否“见”，即见世的问题。下面一段话对之有更详确的解释：

孔子谓“二三子以我为隐乎”，此“隐”字对“见”字说。孔子在当时虽不仕，而“无行不与二三子”，是修身讲学以“见”于世，未尝一日“隐”也。隐则如丈人、沮、溺之徒，绝人避世，而与鸟兽同群者是已。乾，初九，“不易乎世”，故曰“龙德而隐”，九二，“善世不伐”，故曰“见龙在田”。观桀溺曰“滔滔者天下皆是也。而谁以易之”，非“隐”而何？孔子曰“天下有道，丘不与易也”，非“见”而何？[①]

“潜/见”命题的提出涉及到一系列重大的原则性问题，比如保身与经世、安身与经世，甚至修身与经世等的关系。王艮自己有著名的“保身”说，主要是指生理上的安保，从对主体生命的保护看，与安身的含义大致相同，王艮述之备详。对之的突出强调体现了王艮特殊的理论用意。但是对之的单方面执着，也容易导致绝人避世的隐者行为，即所谓的“潜龙勿用”，这必然有背于儒者的基本旨趣，如《文言》曰：“君子以成德为行，日可见之行也。潜之为言也，隐而未见，行而未成，是以君子弗用也。”也正是在这个意义上，“见龙”的概念有其在对比之中而能呈露的独特价值。一方面，见龙位在九二，虽已出潜离隐，但毕竟仍居地上，在下卦中处中爻，阳刚渐露，未呈危象，故此而也含保身、安身之义。在《与薛中离》一信中，王艮写道：“弟近悟得阴者阳之根，屈者伸之源。孟子曰‘不得志，则修身见于世’，此便是见龙之屈，利物之源也。”[②]句中描绘了“见龙”具有“屈”的特征，主于“阴”。[③]另一方面，见龙已如阳气发出

① 《语录》。

② 《遗集》卷二《尺牍密证》。

③ 乾卦之六爻本来都属阳，王艮却以“阴”来解释二九之爻见龙的特征，实际上是从一种更综合性的视角（即阴阳结合的角度）来把握某一单卦与单爻的意义，这也符合于《易》的内在蕴义（不是单方面地看到形式上的划分）。安身、保身主要是从主“阴”的意义上来论证的，如以上释“见龙”的一方面意思。又如释“止至善”句，王艮所用的便是“坤”卦六三与六四的大意，依然是阴阳结合的思路。如《再与徐子直》一文曰：“夫阳者，阴之主也；阴者，阳之用也。一阴一阳之谓道。故坤六曰：‘阴虽有美，含之以从王

地面，“天下文明”，有善世之行，德化之功，具有一种泛人类化的倾向，即王艮所称的“一体之仁”，而非个体人身之安，由此而与儒家的经世原则相吻合。见于世的一面，当是见龙主于阳的那一个侧面，也当是见龙之有别于潜龙的要点所在。在王艮对见龙性样的阐述中，有两组概念还需要作些解释。

首先是上引孔子“无行不与二三子”之语，王艮对之有多处表述，如在《答太守任公》一文中，王艮曰：“孔子曰‘吾无隐乎尔。吾无行而不与二三子者，是丘也。’亦所谓‘修身见于世’也。修身见于世，然后能利见大人，能利见大人，然后能不负所举矣。”①“利见大人”一语见于乾卦中的九二爻辞，可知“无行不与二三子”指的便是见龙的施为，与隐者的状况相对。又如《语录》载：“曾点‘童冠舞雩’之乐，正与孔子‘无行不与二三子’之意同，故喟然与之。只以三子所言为非，便是他狂处。”而在另一段文字中我们看到：“先生问门人曰：‘孔子与点之意何如？’对曰：‘点得见龙之体，故与之也。’”② 王艮对这样的回答是默认的，因而可知这里的“无行不与二三子”讲的也是“见龙”之事，表示愿意与人群在一起，这一引据的使用以隐括的方式体现了王艮“一体之仁”的思想，从而使之与独立特行的隐者在意念上区分开来。

再就是上引“修身见于世”一语，原见于《孟子·尽心》章，与“得志，泽加于民”相对而称，指穷独避世之时的一种选择。我们知道，“修身”是《大学》所谓的“本”之所在，王艮对之十分重视，但如果仅拘限于这一单纯的行为，还只能成为一个道德自我完善之人，如《文言》中所概况的“龙德而隐者”。因而单方面所述的修身还只限于对私人空间的一种道德构筑，仅为为自我设置的一条

［续上页］事，弗感成也。地道也，妻道也，臣道也。地道无成而代有终。’此之谓也。将来或有时而近大人，察言观色，虑以下人，所谓自试也，故无咎。六四曰：‘括囊，无咎，无誉。慎不害也。’此之谓也。其余以此推之，上下无所不通。故孔子曰‘于止，知其所止，可以人而不如鸟乎！’所谓至善也。吾子其慎思之。”可知安身／止至善属主阴而自然也兼阳。

① 《尺牍密证》。

② 《遗集》卷一。当然对于曾点的“狂”处，王艮是有批评的，这就是“点见吾道之大而略，于三子事为之末”。三子事见《论语·先进》，这里王艮主要以之指经世的具体事务，即所谓“出行”者，以为也不可缺少。当然这已是另外一个层次上的问题，在此暂不论。

道德防线，而单纯的内指性从某种意义上看甚至有可能导致反人类的倾向。对之，王艮以为并不可取，如其曾谓："危其身于天地万物者，谓之失本；洁其身于天地万物者，谓之遗末。"[①] 即"世之知明德而不亲民者，固不足以与此"[②] 也，可视之为是知本而遗末者。这点也体现在他对陶渊明的评价中，以为"陶渊明丧后归辞只叹，乃欲息交绝游，此又是丧心失志。周子谓其为隐者之流，不得为中正之道"[③]。《文言》解九二爻有"龙德而中正者"，故知此文内"中正"一语是指"见龙"所处之爻位，即居下卦之中爻而取其正者。因此，必须在"修身"之后置入"见于世"的概念，以"见于世"对"修身"作出新的限定，或言打开（开放）它的单纯内指性，"见"即见龙之见，带有"万物一体"之愿，即王艮另处所说的"隐居以求其志，求'万物一体'之志也"[④]。

由此可见，对"见龙"所含意义的阐述，也就是意在表述对本末论、进而是格物论的一种完备看法。潜、见二爻均由于处于六爻之下位，修身而能获安保，无危亡侵夺之患，可谓事"本"有方，但只有在"见"于世的情况下，才能兼顾本末，不因护本而遗失对末的伸张。同时，见龙之述也对其出处观作了一个基本描述，提出了如何兼顾出处，从而解决处不遗出、出而在处的问题。在当时王学理论发展日益趋内的情况下，这种论述无疑带有明白的警示意味。

此外，在王艮的论述中，与见龙相对而称的，还有"飞龙"的概念。王艮《语录》云："飞龙在天，上治也，圣人治于上也；见龙在田，天下文明，圣人治于下也。惟此二爻，皆谓之'大人'，故在下必治，在上必治。"[⑤] 飞龙为乾卦九五之称，居上卦之中，亦为卦中最佳之位，"位乎天德"，旧称为"君位"，爻辞曰"飞龙在天，利见大人"，可看做是对之的形象说明。王艮认为在乾之六爻中只有九二见龙与九五飞龙有"利见大人"之释词，关及乎治平之事，从而指出了二者最为重要的共同之处。关于这点，王艮也曾多次借"下治"之孔子（见

① 《语录》。
② 《尺牍密证·答邹东廓先生》。
③ 《尺牍密证·与薛中离》。
④ 《语录》。
⑤ 同上。

龙）与“上治”之尧舜、文王（飞龙）的事例作了说明，如在《勉仁方》中曰：“观夫尧舜、文王、孔子之学，其同可知矣，其位分虽有上下之殊，然其为天地立心，为生民立命则一也。”[1]在《答邹东廓先生》中曰：“昔者，尧舜不得禹、皋陶为己忧，孔子不得颜曾为己忧，其位分虽有上下之殊，然其为天地立心，为生民立命，则一也。是故尧舜孔曾相传授受者，此学而已。”[2]二者同在“一体之仁”，具有深切的公共性关怀，而非单纯的独修为己之学，并由此构成了一种深长的学术渊源。

相对而言，在王艮看来，见龙与飞龙之间的差异是更值得关注的，这点可以借助其不断展开的有关孔子与尧舜等的讨论而得以进一步的印证。如王艮曰：“学者但知孟子辨夷之、告子，有功于圣门，不知其辨尧舜、孔子处，极有功于圣门。”[3]可知其是将这种分辨视若一种具有极高思想史价值的问题。可以说，以上所云孔子与尧舜的共同处，正好是前一辨所澄清的内容；而后一辨，即孔子与尧舜之差异处，统观王艮的阐述，主要有两个方面。第一即所谓的有位无位。《正义》云：“九二居中不偏，然不如九五居尊得位，故但云‘龙德而正中者也’。”这种有位无位是在爻变之中即已确定了的，虽然二者的目的一致，即都在于为仁，但由于所居之位的差异，故二者的工作及其内容也是有差异的。王艮曾谈到舜与孔子之别时说：“舜自耕稼陶渔，以至为帝，无非取诸人者；孔子则自不暇耕稼陶渔，无非与诸人者。故曰：‘吾无行而不与二三子者，是丘也’。”[4]这里指出了孔子一生工作的一个特殊之处便是以讲学、教民为主，不是居位而治，而是无位而治。然而正是这点形成了孔子对于尧舜的一种胜出，在下面的一段文字中王艮在引用了宰我、子贡、孟子盛赞孔子贤于尧舜等的话后云：“盖尧舜之治天下，以德感人者也，故民曰：‘帝力何有于我哉！’故有此位，乃有此治。孔子曰：‘吾无行不与二三子者，是丘也。’只是‘学不厌，教不倦’，便是致中和，位天地，育万物，便做了尧舜事业，以至简至易之道，视天下如家常事，随时随

---

① 《遗集》卷一。
② 《尺牍密证》。
③ 《语录》。
④ 同上。

处无歇手地，故孔子为独盛也。”[①] 孔子以无位而能做出尧舜同样的事业，完成同样的使命，开辟了一种新的践道方式与育化方式，不仅更显出其精神的皇大，而且也是众人可以仿习的。如果我们考虑到王艮自身所处的在野讲学的境况，那么对孔子经历的认同当有其独特的现实寄予，无位当然也是自己目前处境的一种写照。飞龙概念的引入并以之作为见龙概念的一种参照，同时还提出了一个成圣途径的问题，即存在着不同的成圣道路，对于无位者来说，也可以通过确立自己的工作基点而走向成圣之路。由此可知这一分辨是十分重要的。

第二，孔子与尧舜的另一个差异即尧舜主“性善”之学，而孔子承其学则又另举“出处”之要。正如《答问补遗》所云：“尧舜‘执中’之传，以至孔子，无非‘明明德’、‘亲民’之学，独未知‘安身’一义，乃未能有‘止至善’者。”可知出处问题也是安身与止至善的问题。按《易》的安排，飞龙位在九五，本身即全在“出”中，而且“先天而天弗违，后天而奉天时，天且弗违，而况于人乎？”[②] 故并不存在出处的问题。但见龙表示的则是出处选择的汇聚点或云是它的一种结果，因此而在解决心性论问题（如性善等）的同时，不能不论自身的出处，同时也不能不论保身、安身、尊身等，这既是所在境域对个人提出的一种强行性要求，也是更好地完成道德使命的规定性前提。尽管在理论上我们可能会回避它，忽视它，但却是在现实中难以躲避的，故此也应正式地、隆重其事地将之引入到学理化的讨论之中。[③] 由此再次可见分辨见/飞两概念之间差异的重要性。

（二）“入仕”与“为师”之辨解

见龙与潜龙的差异属于隐与出的问题，见龙与飞龙的差异则属于有位与无位的问题。此外，在同样是“出”的问题上也还存在着一个怎样出、出为什么的

---

① 《语录》。从宰我等盛赞孔子而至论孔子之事业为“学不厌，教不倦”，原话出自《孟子》卷三《公孙丑章句上》孟子所云。艮稍有变化，使之集中在自己所要表达的意思上。

② 《文言》。

③ 关于这点，王艮另外还有一个说明，在《语录》中王艮云：“孔子之学，惟孟子知之，韩退之谓孔子传之孟子，真是一句道着。有宋诸儒，只为见孟子粗处，所以多忽略过。学术宗源全在出处大节，气象之粗未甚害事。”这个所传之道，便是出处观。理论上看起来虽有粗糙之嫌，但却是相当重要的。

问题。比如为仕是出的一种重要方式，历来的儒者多将自己的生涯寄附其上，因而为仕而出也是最为普遍的一种儒者经验，并长期下来已经习以为常，竟至对之失去了必要的反思（或简单地弃之而去，堕入于庄老、隐者之流）。那么，究竟应当怎样评价这一路向上的选择，及这种选择在已经确认的“见龙”的认知标尺上又体现为怎样的价值可能？诸如此类的问题，都将成为一种较为完整的出处观中难以省略的部分，并会延伸至对其所寄附体制而作的基本认识与判断。相对于“见／潜”、“见／飞”之间的辩识，这一方面的思考似更多受到王艮的关注，并且有许多的分析依然是参照其对易学的体会来进行的。过去有学者曾作过一些这一方面的考察，今需将其置于与前面的论述相贯通的思路上作进一步的阐析。

先来看王艮对出仕的看法。王艮有“君子之欲仕，仁也”的说法，以为为仕是一种值得肯定的选择。艮又有“孔子知本，故仕、止、久、速，各当其时”的说法，这是在安身保本的意义上言的，同时也表明了对出仕的态度，以为可以出仕，但要充分考虑时与身的因素，而孔子本人也曾有过为官的经历。但是就总体上的判断（或云就其更愿望看到的）来看，王艮并不赞成以出仕来求道、行道，这点可以从以下的述论中得以证明。

首先是从为仕的动机上看，王艮以为无非可以两类归之：一是为获禄而仕，另一是为行道而仕。王艮对之的几处表达形成了不同的语义层次，可据此考察其真实的意图。在一节文字中，王艮曰：“有为行道而仕者，行道而仕，敬焉，信焉，尊焉可也。有为贫而仕者，为贫而仕，在乎尽职，‘会计当’，‘牛羊茁壮长’而已矣。”[①] 一是为行道而仕，王艮称“敬焉、信焉、尊焉”，“敬”、“信”见于王艮另一段言词：“出必为帝者师，言必尊信吾修身立本之学，足以起人君之敬信，来王者之取法”[②]，是指人君对仕者的重用态度。“尊”即尊身，有他人尊己之身与自己尊己之身两个方向上形成的意思，以前者言，与敬、信意同。但这只是在理想状态上所做的一种描绘，并不等于在一般情况下也能行得通。因为在王艮看来，当处于既定的体制内时，必然地会出现一个机制与理念，或云是权力与真理

---

① 《语录》。
② 同上。

不对称的问题，“行道”的主动权是掌握在君主而非为其服务的儒者手中的，因而儒者实际上是无法决定自己理念之运行方向及结果的。就这个意义上讲，儒者更佳的选择还不如“待价而沽”，并非即以出仕为好。因此，相对于在体制中行道的主意，王艮远为重视在体制外的待守。比如他举孔子的例子：“孟子曰‘惟大人为能格君子之非’，孔子曰‘沽之哉，沽之哉，我待价者也’，待价而沽，然后能格君心之非。”[①] 这也可以从王艮对易理的阐发得以更透彻的了解，如其引《易》曰：“阴者阳之根，屈者伸之源，屯卦初爻，便是圣人‘济屯’起手处。”[②] 这是指“屯”卦初九的含义，释辞有“磐桓”一语，《王注》以为“不可以进，故磐桓也”，由此而知是主张有待而反对遽进的。如又曰：“当屯难，而‘乘马班如’者，要在上有君相之明，‘求而往，明也’。‘女子贞不字，十年乃字’，相时耳。此君子出处之节也。”[③] 其中王艮所引主要是屯卦六二的说法，以女子守闺十年，不急于出嫁来阐讲守贞不进的意义，必须至六四“明也”，才可往，这样的话，儒者也就可将筹运世事的主动权相对地掌握在了自己的手中。

关于为禄而仕，因为与解决生存问题有关，故王艮对之取理解的态度，但依然以为不能将之与行道混为一谈，两种意愿是有区别的，概念上不可偷换。如其曰：“若为仕禄，则‘乘田’、‘委吏’，‘牛羊茁壮’，‘会计当’，尽其职而已矣，道在其中，而非所以行道也。”[④] 并提出了“不为禄仕，则莫之为矣”，即如果不因贫困求禄的话，就无须进入于仕途之中。在《答宗尚恩》一信中，王艮写到：“昔者孔子为禄而仕，为乘田必曰‘牛羊茁壮长’而已矣；为委吏必曰‘会计当’而已矣。牛羊不茁壮，会计不当，是不能尽其职，是为不及牛羊茁壮、会计当而不已者，是为出位之思，是为过之。过与不及，皆自取其罪过。”[⑤] 虽对此也不能一概论之（如同文后云“为禄为道，无入而不自得者，有命存焉”），但王艮还是认为两种意愿应当各行其职，既要求禄又想行道，已是出位之思，儒者不

---

① 《语录》。。
② 同上。
③ 同上。
④ 同上。
⑤ 《尺牍密证》。

为。这样，王艮基本上已经将为行道而入仕与在求禄中行道两类做法均给出了一个否定的回答。这也是王艮更真实的一种想法。

对于不赞成为行道而入仕，可能还有较为隐蔽一些的原因[①]，但主要的理由大致可归纳为两个方面：一是存在着保身的问题，二是存在着尊身的问题。关于保身，仍然可以以易之原理来印证之。王艮曾在几处提到过乾卦“九三”的含义，据《文言》“九三重刚而不中，上不在天，下不在田”，“上不在天，下不在田”指其处飞龙与见龙之间，已经离开见龙的隐伏之所，而悬于“不中”（指九三在下卦之上）之位，处境较为艰危，故《系辞下传》又有“三多凶”、“四多惧”之说。王艮为此而将之比为出仕的境况。在给宗尚恩的信中，王艮就曾谈到：“进修苟未精彻，便欲履此九三危地，某所未许。有疑，尚当过我讲破。”[②]又在给徐樾的信中曰：“今吾子直居九三危地，而为过中之爻，乃能乾乾夕惕，敬慎不败，如此是能善补过也，故无咎。”指的都是入仕的情况，并将九三视做“危地”，因此而自然存在着一保身困难的问题。当然，这也不是绝对的，王艮以为只要能做到《易》中所云之“乾乾夕惕”，依然可虽危而无咎。但从总体上看，这并不是一个上策。因为除此以外，还事实上存在着一个尊身的问题。

尊身与保身是有所差异的两个概念，不能将之简单地混为一谈。王艮有著名的《明哲保身论》，所指的欲保之身即实存之身的安保，在其他叙述中这一概念的内涵也一直是较为稳定的。相对而言，尊身虽然也有一个保身的前提，并具有一个共同指向的身体框架，但却在其中附加入了更多的意义内涵，如其曰：“‘危邦不入，乱邦不居’，道尊而身不辱，其知几乎。”[③]这个“身”已不单单是物质之身，而是包含有自尊性人格的禀赋。在与其门生徐樾的一段对话中，王艮对之有更精确的说明：“身与道原是一件，至尊者此道，至尊者此身。尊身不尊道不谓之尊身，尊道不尊身不谓之尊道。须道尊身尊，才是至善。故曰‘天下有道，

---

① 王艮曾经说过：“有心于轻功名富贵者，其流弊至于无父无君；有心于重功名富贵者，其流弊至于弑父弑君。”从后句看，入仕如果目的不纯的话，很有可能夹入一种严重的功利取向，这是王艮一贯反对的。为禄只是为解贫，行道则是为践仁，二者的目的应当是各自明确的。

② 《尺牍密证·答宗尚恩》。

③ 《语录》。

以道殉身，天下无道，以身殉道'，必'不以道殉乎人'。"[①]即尊身之身是含有道的内容，与道是一体之物。将两者分离开来，失去道，其身也无法得尊；失去了身，其道便也同样会落空。道的纯真性是建立在人生不依附性的基础上的，因而尊身的概念贯穿着儒者崇高的社会理念，进而是不可侵凌的人格品性，不单单是从身体的框架上所作的一种认证。在紧接上面的一段论述中，王艮又有更具体的解释：

> ……使有王者作，必来取法，致敬尽礼，学焉，而后臣之。然后言听计从，不劳而王。如或不可则去。"仕止久速"，"精义入神"，"见几而作，不俟终日"，"避世，避地，避言，避色"，如神龙变化，莫之能测。《易》曰"非我求童蒙，童蒙求我"，又曰"求而往，明也"，"动静不失其时，其道光明"，见险而能知止矣。或曰"君子之守身，修其身而天下平"，若"以道从人，妾妇之道"也。己不能尊信，又岂能使彼尊信哉？及"君有过"，却"从而谏"，或不听，便至于"辱且危"。故孔子曰"清斯濯缨，浊斯濯足，自取之也"。[②]

在这段文字中，应当密切注意这个尊身之儒所处的位置，即虽然他也可能暂时靠近或进入体制之中，但首先具有一种自由之身，而这个自由的身份又是以在野者而非体制的赎身者为前提的，即其立足点必在体制之外，以故一面能够出入自由，即"如或不可则去"[③]，另一面又能待价而沽，让王者来求请于他，而不是他有求于王者，即"匪我求童蒙，童蒙求我"。在此后写给徐樾的信中，王艮又一次论及于此："子直闻我至尊者道，至尊者身，然后与道合一，随时即欲解官，善道于此可见。"[④]可知尊身是与解官联系在一起的，单单的保身则在体制内也可能做到。也惟其找到这样一种位置，相对于那个在自身以外运作的强大客体来讲，这个己身才有可能是自我决定的，可以掌握自己之命运，做到身保与身尊

① 《答问补遗》。

② 同上。

③ 在其他的论述中，王艮也很注意提醒这种体制外生存的途径，如《语录》中曰："无罪而杀仕，则大夫可以去；无罪而戮民，则士可以徙。""仕以为禄也，或至于害身，仕而害身，于禄也何有？仕以行道也，或至于害身，仕而害身，于道也何有。"

④ 《尺牍密证·再与徐子直》。

的。这当然便是已为论证的“见龙”所居的位置，也就是尊身论为自己找到的那个位置。

在尊身论所述之道与身的关系中，我们也再一次与淮南格物论的表述逻辑相衔接了，即末是依赖于本而存在与实行的，没有独立的“天下国家”之事，它必然是通过一定的“身”来贯彻与反映的。同样也没有独立存在的道，道是依附于一定的身而隐显存亡的。因而身的独立，保证了道的独立，反之，身是受到奴役之身，道也自然无处寄予。

但是这个在野的位置，并不是如隐者那样是无所作为的，就儒者的使命来说他应当依然承受着儒者的职责，这样也就进入到了王艮另一重要的论题之中——关于师道的论述。以上我们看到，王艮曾多次征引“吾无行不与二三子者”一语，是为说明孔子的职业定位是在学讲，即为师之道。王艮又曰孔子“只是‘学不厌，教不倦’，便是致中和，位天地，育万物”，“孔子学不厌，而教不倦，便是位育之功”[①] 等等，这里所说的“学”与“教”也是指的为师之道。“师”的命题在王艮的学说中占有极为重要的地位，并且可以有几种不同的论证路径至达这一命题。措而论之：其一，师是由于“不忍人之心”[②]，故由己达人，己立而人立，这属于本末论的路径；其二，师是由于刑措之无助，而当以“教之有方”[③]，使达中和位育，这属于王道论的路径；其三，师是由于“经世之业，莫先于讲学以兴起人才”[④]，这属于人才论的路径；其四，师是由于出入皆能立足于自我，“匪我求童蒙，童蒙求我”，这属于出处论的路径；等等。而几种路径之间又都是完全能够接通的，或可以以一种路径的解说提起其他数种路径的意义来。

为师讲学，如以出处论的视角来看，非全出，也非全处，而是居于二者之间，立足于处，但又显示于出，这实际上也就是“见龙”的位置，而为师讲学则是见龙所为之职。这点，同样可为《易》理所明证，如《象》释见龙曰“德普施也”，意道德恩施遍及于物。《文言》释之曰“天下文明”，又曰“善世而不伐，

---

① 《语录》。
② 同上。
③ 《遗集》卷二《王道论》。
④ 《语录》。

德博而化"，"君子学以聚之，问以辩之"，均意指该位的特性是尚在田野（"在田"），未入政体，以学讲为业，善德教化，之于天下。上引王艮论述见龙，也有"九二，善世不伐"语，并云孔子"无行不与二三子"，"是修身讲学以'见'于世"，当是在职业特性上对《周易》所说内容的一种认同，即所从事的是一种以"文"、"化"之的"文化"活动，就其活动设置来说无非讲教、学辩一类。王艮又曰："圣人虽时乘六龙以御天，然必当以见龙为家舍。"[①]而后一句话应当是对之的具体解释："六阳从地起，故经世之业，莫先于讲学以兴起人才，古人'位天地育万物''不袭时位者'也。"[②]指出了乾卦六爻（尤其是九五飞龙）对九二见龙之位的依赖，见龙之讲教活动虽属"不袭时位者"，但却是经世之业的一种广泛的基础。由此我们见到，其中所用的仍是易学的原理，从而在绕了一圈之后，又回到了见龙的基本概念上来了。当然更重要的或许还是讲教活动本身也可以不依赖于体制而达到位育的实效，因为在王艮这一类儒者看来，虽然体制化的行政过程也仍然是需要的[③]，故有必要以讲教来影响体制内的行为，但天下治平的标志则是在于风俗的改造与文化的推行，而这些均是在体制之外即可进行的，即"不论有位无位，孔子学不厌，而教不倦，便是位育之功"[④]。总起来看，讲教活动的针对性便是两方面的，用王艮的话来说即是"出为帝者师，处为天下万世师"。这句话阐明了王艮师道观与出处观间的一些深刻关系。

对于此，需要征引一下王艮关于师道的那段著名言论来探视其实际的想法：

> 门人问："先生云出则为帝者师，然则天下无为人臣者矣？"曰："不然。学也者，所以学为师也，学为长也，学为君也。帝者尊信吾道，而吾道传于帝，是为帝者师也。吾道传于公卿大夫，是为公卿大夫师也。不待其尊信，而衒玉以求售，则为人役，是在我者不能自为之主宰矣，其道何由而得行哉？道既不行，虽出，徒出也。若为禄仕，则'乘田'、'委吏'，'牛羊茁壮'，'会计当'，尽其职而已矣，道在其

① 《语录》。

② 同上。

③ 这点可以从王艮对"与点之意"的评述中看到，曾点虽已得见龙之体，但仅以讲学之道来完全无视三子的"出行"则有狂者之态，而非圣人所为。

④ 《语录》。

中，而非所以行道也。不为禄仕，则莫之为矣。故吾人必须讲明此学，实有诸己，大本达道，洞然无疑，有此把握在手，随时随处，无入而非行道矣。有王者作，必来取法，是为王者师也。使天下明此学，则天下治矣。是故出不为帝者师，是漫然苟出，则反累其身，则失其本矣；处不为天下万世师，是独善其身，而不讲明此学，则遗末矣。皆小成也。故本末一贯，合内外之道也。”①

将其分析开来看，与我们当前的讨论有关，这段话表述了这样一些意思。第一，当门人问其如果将“出则为天下师”作为一种原则来看的话，那么是否就否定了出仕的途径了呢？从王艮的回答看，他以为学而有成的途径依然是多样的（如学为长，学为君），这是就一般的意义上来说，虽然王艮并没有对之作出明确的限定，但很明显，其中所说的为师之道依然是在特殊的意义上来论述的，至少他所希冀的那种人，他所希冀的那种理想状态的活动方式，是应当作为师与师道而存在的，而不是出为仕者。也正因此，当曾有人以伊尹、傅说称颂王艮时，王艮明确地答复说“伊、傅之事我不能，伊、傅之学我不由”②，并声明自己所愿学者是孔子之道。而当为帝者师这一点也同样表明了王艮的一种坚信，即师道之高于各种仕途，抽象的理念之高于体制的权威。第二，为师之道既是无位者的一种处况，也是一种待售方式，只有在遇上明君之后，前来取法，则道可行而身可尊。随意苟出，在未得到尊信的情况下即进入体制，必将造成为人役的局面，而身之被役，不仅安身之事难保，道也无以得行。不为行道（为仕禄）而进入体制尚可解释，但若是为行道，则主体是受役的，与主体联系为一体的道也必然是以屈辱的方式存在的。这种推论，从一个角度反映了王艮对现有体制的深刻洞察，对体制与生存、体制与道之间固有的一种对反关系的清醒认识。第三，为师之道也是一种有诸己的立本方式，即其所谓“修身以立本”的方式，只要本立，即确立了自我的主宰，那么无论是出还是处，均可推行自己的主张，“随时随处，无入而非行道”也。因而无论是出与处，都应当选择为师这样一种立身安命的坐

① 《语录》。
② 同上。

标，在这个意义上言，出与处所指向之“师”实际上又是同一个师，区别只在达时而可为帝者师，未达时则为天下师。当然，如果全面地看待这一问题，事实上，在“出为帝者师”与“处为天下万世师”之间，即教君主与“教民”之间，王艮还是更偏向于后者的。虽然都首先立足于在野的位置，但前者依然有个有待的问题，其主动性是受到各种规定性条件的限制的，后者则无需对外的依赖便可达到普遍化的效果。

以上，我们从出处观的角度论述了王艮对师道的主要见解。师道的确立，既是王艮出处观，也是其格物论的最后一个立脚之点，由于落实于师道，格物作为一种理论设定被现身化了。在整个演绎过程中，我们看到，王艮对现有体制化模式及权力组织形式的认识主要采取了消极理解的方式，而不是像许多儒者那样，将之作为可积极面对的成分，或将机制的问题模糊化，有意识或无意识地回避之。也正是在此理解背景之上，王艮会坚执地去索求一种民间化的立场与体制外生存的取向，及相信可以赖之而创建出一种在野而影响世界的方式，具体而言，也就是以讲学与教民的方式来改造世界。王艮以为，这也是孔子与孟子等儒家创始人当年曾选择的道路（这是被经籍所清楚论证的），在今天看来，也当是一种有别于过去儒者的新的实践方式，惟其如此，才能保证儒家原则与本末论精神的成功贯彻。或者更进一步说，民间化的非体制化生存，本来就是儒家安身立命的基础之所在，相对于体制性的功用，前者固然是本位性的，而后者只能是附属性的（如从尊道的角度看，几乎是不可取的）。由此而论，学术民间化的论证，不仅在于解答一个在古代政治环境中知识者如何寻找思想独立性、保证自身独立人格的问题，同时也是在为整个儒学的精神品格在寻找一种更为有效的担保方式。

回顾历史，再来看王艮的论述，其思考的向度的确发人深省，王艮所试图要去重新解决的是早期儒者已经尖锐提出的“道”与“势”的关系，及儒者如何在这两种价值之间进行抉择的问题。[①]而联系到当时的语境，透过这些概念化表述，我们更可感知到中晚明社会变动带来的深刻冲击。在王艮之语言展开的背后，是

---

① 关于早期儒家在这一方面思想与经历的梳理，见余英时《道统与政统之间——中国知识分子的原始型态》，载《内在超越之路——余英时新儒学论著辑要》，中国广播电视出版社1992年版。

一场思想权力外移的过程，自秦汉而至明那种只有进入体制才能作为于世的儒家政治模式在多种要素的激烈冲击下正身届衰暮之秋，与之相伴随的则是新兴的底层知识分子在边缘的崛起，并通过他们的思考酝酿着对文化主动权的积极探求。

三、另一角度的助证：仁的限度

安身说与保身说在王艮学说中占有着一个十分重要的位置，二者的共同点在于都明确地指向一个应当无可保留地在理论上予以认可的实存之身[①]，这也是王艮学说中最为引人注目的一个亮点。从刚才对出处观的讨论中我们了解到，王艮是将安身与保身作为仕途进退的重要选择依据的，但事实上，无论是在野还是入仕，即对于所有儒者来说，或说是在所有的流动空间上，都存在着一个如何安保其身的问题，因此，也需要在更为一般的层面上来阐述这一安身与保身的命题。

对王艮安身说与保身说的确切理解，同样要求将之置于格物论的论证框架之中，即要明了一方面这个所要珍保、安绥之身是格物论所确立、所追求的一个“本”，另一方面此身又是与天下国家相连通的一体之身（“身与天下国家一物也，惟一物，而有本末之谓”）。故不应当仅将安身或保身看做是对一种隔离了世间冷暖的孤立之身的维护，而是始终受到“万物一体”精神内容的牵制，与后者的意义紧相关联的。儒学的“万物一体”原则也就是“仁”，这在王艮是有明确论述的，如其所引程子之语所说的“仁者以天地万物为一体”[②]，“学者先须识仁，仁者浑然与物同体”[③]等便是对之的一个解释。因此，在更为深入的论证中，对王艮安身说或保身说的知解，也需要联系到其对仁的一些看法。

关于仁与安身 / 保身的关系，王艮最显明的论述见其《明哲保身论》一文中

---

① 如前所述，二者在意义上存在着一些差异，王艮在使用过程中也很注意不同语境中的用词选择，但二者的同一性是更明显的，这与二概念所从而出的理由，或其所指向的目的是相同的有关——都是为了同一个实存之身能够受到最为基本的关护，故在常态情况下也可将它们置于一起讨论。

② 《尺牍密证·答太守任公》。

③ 《语录》。

提出的“明哲保身”说。其文曰:“知保身者，则必爱身如宝。能爱身，则不敢不爱人。能爱人，则人必爱我。人爱我，则吾身保矣。……此仁也，万物一体之道也。……吾身保，然后能保一家矣。……吾身保，然后能保一国矣。……吾身保，然后能保天下矣。此仁也，所谓至诚不息也，一贯之道。”简言之，便是由爱人而可至于保身，由保身而后能够确保爱人。在这一论述中，王艮拟设了一个身物之间、人己之间双向互利的论证方程，即其《勉仁方》一文中所称的“感应之道”，由此而体现出其本末交利，进而是本末一贯的中心思想。这样的论述已为大家所熟知，应当是较为容易理解的，因而不在这里作更多的解释。但仁与安身、保身之间的关系，也还有另外一种论证方式，过去一直未受到学者的注意，然而，通过对王艮各种言述的梳理与分析，却能够寻绎出这样一条带有规则性的思路。相对于以上那种平面上的论述，这一思路更能从仁之特性及对这种特性的应对，甚至是由具体的操作性上出发来探索保身与安身的缘由与途径。对之的揭示，将使我们又一次看到王艮是如何通过对传统的经典性资源的利用来开掘、启引一个创新性命题的。

先来看王艮对仁之特性的认识。仁的内涵已如上述，与物同体，也就是“爱人”(“爱物”)。而仁之特性，在王艮看来，具有普泛性的特点，具体而言，表现为它的抽象性、包容性与多样性，这些在王艮的言辞中均能找到例证。抽象性、包容性、多样性为普泛性所引出，故三者在意义上是可相通的，如“人有恻隐之心”、“人心皆善”等仁之观念具有抽象的共约性与对万类的包容性，及对多样性事物的充分认可，从而体现出一种深切的博爱论意识。但这些意义之间依然是有差别的，如多样性已是从抽象的共约性下降为事实状态的产物，既具有多样包容，又具有多样自异的意思——即有人己相异、万类相异的意思在内，在王艮的仁学系统中这是一个特别重要的概念，尤其应当引起注意。而仁之多样性的确证又与王艮所论之“恕”的概念有关，故按照推理的程序，还应从了解其对于“恕”的认识开始。

恕是仁的一个别义，即仁是总名，而恕是为仁提供本质性说明的一个殊名，或称为是“求仁之方”[①]。有一个完整的说法是忠恕合说。孔子曰“吾道一以贯之”，曾子释为“忠恕而已矣”。程子以为“忠者天道，恕者人道”，“忠者体，恕者用”[②]，朱熹则曰：“夫子之理浑然而泛应曲当，譬则天地之至诚无息，而万物各得其所也。”[③]从而可知，忠与恕反映了仁的意义构成中具有的天／人、体／用、一／多之间的同异、联动等关系，而恕在单独说的时候并未弃去忠的意思，只是将重心置于人、用、多的层面上来说而已，忠的含义始终存在于恕的表义之幕后。王艮对孔子的忠恕之说极为重视，如引《论语》所语：“夫子之道，忠恕而已矣”，并阐述之曰：“忠恕，学之准则也，便是一以贯之。孔子以前无人说忠恕，孟子以后无人识忠恕。”[④]后一句话，透露出王艮对忠恕之义长期以来被掩抑的感喟，及自己试图在对之的申明上有所作为的企意。

也正因如此，王艮对之屡有赘言。如谈论对待他人的过错时，《语录》云：“若说己无过，斯过矣；若说人有过，斯亦过矣。君子则不然，攻己过，无攻人过。”在《答朱惟实》一信中云：“行有不得，反求诸己而已矣。能反求，自不怨天尤人，更有何事？”[⑤]对学生所述之《勉仁方》是王艮阐述其忠恕之说的一篇重要文章，文中谈道：“若夫讲说之不明，是己之责也；引导之不时，亦己之责也；见人有过而不能容，是己之过也；能容其过而不能使之改正，亦己之过也。欲正物而不先正己者，非大人之学也。”将责任都揽向自己，而对他人取宽怀的态度，甚至于提出了“隐恶扬善”的观点，并将这种做法看做是一种“大知”[⑥]，就方法上讲，是因为“恶者容之，则恶自化”[⑦]。这实际上是指宽容他人是无条件的，包括容纳他人的缺陷、不足，这也就是去恶的最好方式。将之看做是“大知”，则是因为要将之体现为一种亲身经历的德行，依然会存在着相当大的困难。王艮在此出示了一个典型的事例，便是北宋两贤人间的构怨一事：“伊川贤者，

① 见朱熹《四书章句集注》所引尹氏释“恕”语。
② 见朱熹《四书章句集注》。
③ 同上。
④《语录》。
⑤《尺牍密证》。
⑥《遗集》卷二《尺牍议论补遗·与林子仁·又》。
⑦《语录》。

犹因东坡门人一言，遂各成党，况其下者乎？”[①]在其心目中，只有如颜子等极少的人才有可能真正达到“犯而不校”的境地，或许也正因此，王艮才认为“孟子以后无人识忠恕”。

对王艮有关恕的论述作一综合性的分析，可以看到其思路运行的一些主要特征。首先，这个恕的概念是紧扣格物论的思路而展开的。由于“本末”相通，故可由己推人，由己度人，这与恕在《论语》中表述的意思是接近的。如《论语》曰“其恕乎！己所不欲，勿施欲人”，王艮也借此而曰：“故君子之学，以己度人，己之所欲，则知人之所欲，己之所恶，则知人之所恶。故曰有诸己而后求诸人，无诸己而后非诸人。……此恕也，所谓致曲也，忠恕之道也。”[②]由此而知，恕既是本末贯通之道，也是万物一体之道。由于修身是“本”，因此而将道德的责任都指向于本我，而非指向于末他，也即所谓的“反身”与“立本”，王艮曰“诚意，忠恕，强恕，致曲，皆是立本功夫”[③]，指出的便是恕与立本之间的关系。而修身立本与本末一贯恰好是格物论的两个要点。其次，恕的概念的确立在王艮的学说指意系统中，也是与保身、安身的理则相关的，或直接是指向后者的。这点在王艮的明哲保身观中已有明确表述，所谓爱人而使人爱，以至己身可保，讲的即是恕的道理。作为立本的功夫，无论是“忠恕”，还是“强恕”、“致曲”，都属于一种主阴之道，或云是一种退守型的方略，是基于保身与安身之基本理由而提出的，即通过反本式的修身而至于保身、安身。为此，王艮也举了一个历史上的例证即汉高祖与韩信的事例来说明之，如《语录》中的一条曰：“汉高之有天下，以纵囚、斩蛇一念之仁；韩信之杀身，以听彻、袭齐一念之不仁。故人皆有是恻隐之心，苟能充之，足以保四海；苟不充之，不足以保四体。”这里所说的“一念之仁”也就是恕，即你是否能爱人与宽人，而从“成己成物”的提法中，我们可以再次体察到保身论与格物论之间的关联。

以上是王艮对恕的一般解释，在这种论证过程中所蕴涵的一个重要思维路

① 《语录》。
② 《明哲保身论》。
③ 《语录》。

径，就是对多样性事实的认可。[①] 这种多样性包括两点：一是广义而言的一般的多样性，另一是特殊而论的仁的多样性。由于进行了道义上的自我反身，将道德上的承担均聚焦到了自己身上，从而必然会在自己以外（身后）留下一个十分广泛的多样化生存的评判空间。反过来说也一样，因为承认了外部世界在自我规定性上的多样性呈示，故而能够于道义上对之采取一种宽容的姿态。

论证于此，我们应当关注王艮对仁的多样性的论述。关于这个问题，可以先通过王艮对若干历史个案的分析来探察之，如其《语录》有两段对殷周易代事实的陈述，需要先引证如下：

问:《易》称“汤武革命，顺乎天而应乎人”,《论语》称“伯夷、叔齐饿于首阳之下，民到于今称之”，是皆孔子言也，何事异而称同邪？先生曰：汤武有救世之仁，夷齐有君臣之义，既皆善，故并美也。曰：二者必何如而能全美？曰：纣可伐，天下不可取。彼时尚有微子在，迎而立之，退居于丰，确守臣职，则救世之仁，君臣之义，两得之矣。且使武庚不至于叛，夷齐不至于死，此所谓道并行而不相悖也。《易》曰“安贞之吉，应地无疆”。

“贵戚之卿，君有大过则谏，反复之而不听，则易位。”微子、箕子，殷之贵戚卿也，当纣之恶，不可以不谏。而谏之也，当不在虐焰之后；而其去之也，当不为“俭德辟难”，已焉可也。昔陈恒弑其君，孔子去鲁，去位之臣也，且沐浴告于鲁，而倡大义以请讨。则微子、箕子者，犹当有谏行之智矣。盖三分天下，文武有其二，微子、箕子岂不知之也？周家历年仁义忠厚，微子、箕子岂不知之也？文武有天下三分之二，则周之时足以格纣也明矣，且其祖宗父子仁义忠厚，则可谅其无伐殷之念，而易位之举，亦可必其协同襄赞，而有以共济天下之难者矣。且夷齐清风高节，素抱“羞辱污君”之义，以此告之，安知其不“询谋佥同”而有以共安社稷之危？故孟子曰“民为贵，社

---

① 事实上，过去儒者在对恕加以解释时也还是注意到了这个多样性的含义，如朱熹在“夫子之道，忠恕而已矣”一句下，解释道“譬则天地之至诚无息，而万物各得其所也”,“万物各得其所者，道之用也，一本之所以万殊也”。见《四书章句集注》。

> 稷次之，君为轻”也。且不惟成汤之祀，尚可以永于无疆，而箕子不至于囚，比干不至于死，武王、夷齐无相悖之道矣。此天下本无难事，而惟学识之有未尽焉耳。

在上面两段叙述中，王艮讨论了善可“并美”与善之“全美”两个问题。善可并美，也就是承认仁有多样化的表现，尽管汤武与夷齐在当时的特定条件下处于政治上敌对的阵营，但以个人的表现而言则都属于仁者之虑，并非成者为善，败者即是不仁。在第二段叙述中，王艮指出，若时机得当，在殷一方的微、箕、夷、齐诸子，还可以联起手来，与周人“协同襄赞”，以成“易位”之事，原因即诸人均属仁者在世，只是当时各自所处的位置不一样。由此而知，仁于抽象的性质上看是一致的，但落实到具体的际遇中又是多样的。同样的意识也见之于另一段讨论：

> 问：昔者仲由、端木赐、颜回侍孔子而论学，仲由曰：“人善我者，我固善之，人不善我者，我则不善之。”端木赐曰：“人善我者，我固善之，人不善我者，我姑引之，进退之间而已。”颜渊曰：“人善我者，我固善之，人不善我者，我亦善之。”孔子曰：“我则异于是，无可无不可。”比三子之是非如何？而孔子之所以异于三子者又何如？先生曰：子路之谓，直也；子贡之谓，教也；颜渊之谓，德也。直可加之夷狄，教可行之朋友，德可行之亲属。孔子之无可无不可者，在夷狄则用子路之直，在朋友则用子贡之教，在亲属则用颜子之德，并行而不悖者也。[①]

语中王艮首先肯定了子路、子贡、颜渊三者的想法均有道理，而不是因为各自只行于一点就加以否认，其理由正在于仁是多样化的，如考虑到各自的针对性，都有其相对的合理之处，即相对的道德合理性。而对这一事实的认可则正是出于恕的原则，不轻易否认显现于世的任何一点优点，这既是出于道德理性也是出于客观理性的考虑，由此而与理学的苛厉的道德主义有别。很显然，王艮用了那么多的语词来讨论同样的一个问题，可以说决不是偶然的。然而，与前面的两

① 《语录》。

则例证一样，王艮进而提出了一个“全美”的概念。对于汤武来说，虽然其起兵伐纣可为仁人之思，但若采取迎立的方式，则可使事态朝更完备的方向发展。对于微子等来说，虽然一“谏”一“去”，已足以表现出其为仁之志，但若采取易位的做法，则必然会产生一个比固有的历史更完备的结局。同样，孔子的“无可无不可”也提出了比三子更全面的观点。这说明了，仁的多样化有其存在的根据，并需要以“同情的理智”来理解它。但既是多样化，就必然是有局限的，仁之多样性是与仁之片面性相联结的，因此而又有可能在更高的层次上对之加以把握，以便找到更为合理的针对性途径。这一思维方法应当是受到了孔、孟等早期儒者的影响[①]，另也可从理论的意义上来讨论之，如王艮所述的：

> 论道理若只见得一边，虽不可不谓之道，然非全体也。譬之一树，有见根未见枝叶者，有见枝叶未见花实者，有见枝叶花实却未见根者，须见得一株全树始得。[②]

在王艮看来，片面之仁也可称之为道，但非道之全义，故在承认前者的基础上，应当更进一步地重视于后者。这个所谓的全面性，根据以上所述，大致上包含两个方面：一是将某一整体中各部分的合理实现因素均考虑在内，以达全体之美，如适才评论的周殷易代之事；二是这种全面性是指对所有环节的把握，然后在相应的时节能够从容、准确地对特定事件作出特定的合理性反应，如孔子的“无可无不可者”，这实际上也就是一个“时中”的问题。很显然，后一方面在其中又是更为重要的。总起来看，道之全美也就是一种相对于片面之善而言的更高的合理性。要达及于此，仅仅具有仁之动机与仁之行为还是不够的，还需要一种能够把握事件过程的头颅，如以上几则例证中实际都已蕴涵的一种调节事态进展的智慧，或如王艮所称的“学识”，也正因此，王艮极为重视智的作用及仁智等之间形成的关系。

---

① 孔子的思想见于王艮所举几例。孟子在对商周易代之际几位政治家作出评论时也称：伯夷、伊尹、柳下惠“三子者不同道。其趋一也。一者何也？曰：仁也。君子亦仁而已矣，何必同？”（《孟子·告子章句下》）又曰：“伯夷，圣之清者也；伊尹，圣之任者也；柳下惠，圣之和者也；孔子，圣之时者也。孔子之谓集大成。”（《孟子·万章章句下》）以为诸人皆在仁与圣的范围内，但孔子集其大成，为能全。

② 《语录》。

先来看几则王艮的论述，如其所举孔子的事例："居是邦，不非其大夫，故敛床之问，孔子不答子路，而答子贡。以是知八佾、《雍》彻之讥，皆孔子早年事也。"[①] 语中共涉孔子二事，"敛床"又作"练床"，事见《荀子·子道》，因孔子以为子路此问有诋鲁大夫之嫌，以故未答（而子贡之问未指鲁大夫）。孔子讥八佾、《雍》彻见之于《论语·八佾》，因其事皆针对鲁大夫而发，与前例有违，所以王艮将之判为孔子早岁之事，以为不应当发生在其思想成熟之后。王艮在此引说的二事都意在证明孔子的用智。又如："孔子曰'谏有五，吾其从讽谏乎？'讽字从风，其入也微。"[②] 这也是为说明孔子为政具有智巧。再如下例："请讨陈恒，仁也；不从而遂已，智也。若知其必不从而不请，亦智也，然非全仁智者也。仁且智，所以为孔子。"[③] 孔子请讨陈恒事见于《论语·宪问》，属于仁，而王艮则在此事件中分辨出二种智，一是知其不能而不请，再一是请而不从遂罢。前者之智与仁无关，后者之智是与仁相配、与仁相关的，故也是仁者之智，这实际上是给他所意谓的"智"的活动作了一个意义上的规定。[④] 又如引孔子事："'无罪而杀士，则大夫可以去，无罪而戮民，则士可以徙。'可与几也，去，而不失其君臣之义，可与存义也。故女乐去，几也；燔肉行，存义也。"《史记》载孔子有关"不以女乐去，而以燔肉行"之事，朱子引之，而曰："其见几明决，而用意忠厚，固非众人所能识也。"[⑤] 王艮所谓可与几也，或见几而作，均是称赞其有智；不失君臣之义，可与存义，则赞其行仁，以此可知孔子做事均是仁智并行，

---

① 《语录》。

② 同上。

③ 同上。

④ 强调仁的重要性，也是给智作出他所认为的限定，在《语录》中王艮曰："依于仁，仁者善之长，义、礼、智、信皆仁也。此学之主脑也。"已设定了各意义要素间的关系。但这依然可看做是在次层面上的排定，在更上的一个层次上，则刚才列举的诸要素又都统一至"天"的概念中，如《答朱惟实》一文中曰："良知即性，性即天，天即乾也。以其无所不包故谓之仁，无所不通故谓之亨，无所不宜故谓之利，无所不正故谓之贞。"又《语录》载："或问'智者不惑，仁者不忧，勇者不惧'。曰：'我知天，何惑之有？我乐天，何忧之有？我同天，何惧之有。'"这个超于仁之上的天也就是"道"。

⑤ 《四书章句集注·孟子集注》卷十二。

所以为“全”才。①

由以上几则例证我们看到，王艮有关于智的说明，几乎都与安身、保身之事有关，又见其对智的解释，如谓：“仁者安于仁而不为物所动；智者顺乎仁而不为物所陷。”智所满足的两项条件一是顺于仁的精神，属于在仁的范围内的一种智巧，二是因于身之安保的要求，使身能最终不为物陷。故王艮所说的“明哲保身”之“哲”便是一种专门与保身相关的智慧。②因为在王艮看来，智也可以在更广泛的范围中体现③，但身是智所能达到的一个极限，比如说如果没有了身的存在，智的存在就是没有任何意义的（这也是王艮一贯的一种思路），也正是在这个意义上，安身/保身便应当成为智所投射的一个止极性的举动，故此又将安身称为“止至善”。

正是建立在这样一种立论的基础上，王艮以为，这种以安身/保身为目标的智的投入程度，或说是身之得到安保的程度，可以说是划出了“道”之高下的一个鲜明层次。如同样是对殷末诸杰的评判，王艮曰：“微子之去，知己保身，上也；箕子之为奴，庶几勉死，故次之；比干执死谏以自决，故又次之。孔子以其心皆无私，故同谓之仁，而优劣则于记者次序见之矣。”④其中存在着两个不同层面上的判断：一是从仁的方面来看，可以存在着不同的践仁方式，多样化的

---

① 关于仁智关系的处理，也需要结合王艮自己的经历与体会来了解，并非单独的是一个理论层面上的问题。如从答其弟子林春的几封信中，便可以看出他对这一问题的具体把握。嘉靖十七年，扬州守刘爱山托林春欲召见王艮，艮书信林春辞之，其中述及理由曰：“礼闻来学，未闻往教。致师而学，则学者不诚矣；往教，则教不立皆不足以知至尊者道也。……是故天子不召师，而况其下者乎？不往是不仁也，必往是不智也。于此可以观道之精也。”（《答林子仁·又》）又在得知吴疏山荐之于朝廷时而曰：“求之在我，必有一定之道。当量而后入，不可入而后量也。……前此诸儒忽于此道，至于入而后量，是以取辱者多矣。可不鉴哉！”（《答林子仁·又》）仁智的结合并作出相应的决定首先有一原则的问题，其次是需要根据具体的实况来判断，故此而云体现了“观道之精也”。

② 王艮所使“明哲保身”一语应溯至《中庸》。《中庸》曰：“……是故居上不骄，为下不倍，国有道，其言足以兴，国无道，其默足以容。《诗》曰：‘既明且哲，以保其身。’”王艮在《再与徐子直》一文中也引用了《中庸》的这段话，由此可知王艮从正面对之所作的阐扬切近于原义，当是对早期儒学传统的准确理解。

③ 孔子也广泛地论“知”，并不一定与保身有关，而王艮在讨论智的时候将之集中化了，这是王艮对孔子思想的一个选择性使用。

④ 《语录》。

方式并不影响其行为被称之为仁；另一是如果从更完备的方面看，则在加入了明哲保身即智的意识之后当能获得更高的称颂。又如曰："'乍见孺子入井而恻隐者'，众人之仁也。'无求身以害仁，有杀身以成仁'，贤人之仁也。'吾未见蹈仁而死者矣'，圣人之仁也。"[①] 在这里，仁的多样化形成了不同的等级，而此又是根据保身之智的水准来划分的。众人之仁是一种道德本能，人皆有之，这是一种预设，也是一种起点，尚未涉及智的问题；而贤人之仁已出于意识化的处理，句出《论语·卫灵公》，孔子原意为志士仁人不能以贪生害仁，而可以杀身以成仁，是一种祈使句，而王艮则对之作了否定性的使用，意即这一做法是求仁而未达于智；圣人之仁的意识化处理却能达到生存之智的高度，为仁却不危及己身，即仁智二全，而不是二者的分离，这也是最高的仁。王艮以一种平常的思维指出了单方面地突出仁的意义及对仁的担荷所造成的可悲后果，这就是"不知安身，便去干天下国家事，是之谓失本也。就此失脚，将或烹身割股、饿死结缨，且执以为是矣"。而"身不能保，又何以保天下国家哉"？[②] 这一论断与过去儒者的判断——在为仁而死上意愿越为坚定则评价越高，而贪生怕死或苟且保身者则往往受到非议与斥责——显然是针锋相对的。于孔子所云"成仁取义"过去往往被看做是一种不争之义，王艮对之的解释则是"应变之权固有之。非教人家法也"[③]，即虽然也当有之，但只是一种"权"，而不属于具有指导性意义的"法"，从而给仁的意义作了必要的限定。

仁与智的关系，也可以由仁与义的关系来说。比如王艮所云："君子之欲仕，仁也；可以仕则仕，义也。居仁由义，大人之义毕矣。"[④] "义"即"宜"也，也就是适宜，指一种现实合理性，更准确地说对"义"之确认离不开"仁"，没有可离开仁而成立的义，故可释之为适应于仁的现实合理性。[⑤] 居仁由义，则是指

---

① 《语录》。

② 《答问补遗》。

③ 《语录》。

④ 同上。

⑤ 《论语》曰："子曰：'君子之于天下也，无适也，无莫也，义之与比。"无适、无莫即孔子另处所云的"无可无不可者"，朱熹《集注》引谢氏语曰："适，可也。莫，不可也。无可无不可，苟无道以主之，不几于猖狂自恣乎？此佛老之学，所以自谓心无所住而能应变，而卒得罪于圣人也。圣人之学不然，于无可无不可之间，有义存焉。然则君子之心，果有所倚乎？"此"义"字之背后当有仁之主导或主宰。

站在仁的高度而去寻找它的现实适应性。关于这点，王艮在答他人所问时，还有个很好的说明。当有人问及“处人伦之变如何”时，王艮答曰：“处变而不失其常，善处变者也。为人君，止于仁；为人臣，止于敬；为人子，止于孝；为人父，止于慈，此常道也。故曰‘舜尽事亲之道，而瞽瞍底豫’。‘象忧亦忧，象喜亦喜’，不以其害己而或间也，此处变而不失其常也。”[①] 瞽瞍又作瞽叟，为舜之父亲，虽不辨善恶，但舜依然要根据父子之亲而使其获乐，即王艮另处而谓“舜于瞽瞍，命也，舜尽性而‘瞽瞍第豫’”[②]。象是舜之同父异母兄弟，虽曾屡次加害于舜，但舜依然待之如故。这就是处变而不失其常伦，也就是居仁而由义。在这种说法中，仁可以假定为一种原则，但仁的适应性却需要在义的引导下作出调整，因而仁并不是一成不变的。这也可以换个角度来论证，即仁是多样的，但仁的完备性是受到义的确定性制约的。无论怎样，由于对义的把握是必须经由智的通道，是由智来完成的，以故，仁与义的关系实际上也就是仁与智的关系。

进而，也可以仁与时的关系来说明仁与智的关系。王艮对时的要素一直十分重视，如曰“孔子知本，故仕、止、久、速，各当其时”，“‘山梁雌雉，时哉时哉’，叹其举止之得时也；‘三嗅而作’，是举得其时也；‘翔而后集’，是止得其时也”。[③] “孔子之时中，皆韦绝三编”[④]，“‘女子贞不字，十年乃字’，相时也”等，均是强调一个“时”的问题。这个“时”与以上所述之“义”一样，不是简单的随遇而安，而是受到道德意义支配的，因而是“时中”。对于这个“中”，王艮在另处有多种解释，它既是仁、本体、明德、良知等，即具有确定的主体性内容，又有切中时宜的意思，是主体性与时空语境的准确对位，具有因时而变的现实合适性。王艮为此举了孔子与子路在理解上差异的例子，如：“子见南子之谓中，子路不悦之谓正。中者自无不正，正者未必能中。”[⑤] “正”可看做是一种守定原则的死板做法，与单方面地突出仁的意义一样；“中”则既有原则性，故含有“正”，又具有因时而变的灵活性，故能合于世用。同样，对于这个时中的把

---

① 《语录》。
② 同上。
③ 同上。
④ 同上。
⑤ 同上。

握有赖于智的介入，所以依然可以将之看做是在演述仁智关系的问题。

通过以上的论述，我们可以清晰地看到王艮为解决安身问题而探索的另外一条思路，这是与儒者所命定的要去践行、去推扩的“仁”的意义紧密相关的。在这个层面上，仁的概念本身并非如一些人士盲目地取信的那样，不需要经由经验主义的分析而可无限恢张的，而恰恰是由于仁的多样性与有限性、片面性等特征才产生了对“智”的需求。智的概念的提出对仁既是一种限定，同时也为仁的完善实践铺下了一条畅行的道路。而在另一更大的理论构设中，仁智兼举的思路也从一个新的角度助证了格物论的原理，即以格物论所关及的《大学》三纲领而言，如果说亲民、明德代表着仁的倾向，那么智便更关涉到止至善/安身的理念，仁、智兼举也就使三要素均能得到可靠的保障，而不是以亲民或明德的理由去牺牲安身，或仅因安身而放弃亲民与明德。在这一论证过程中，王艮始终未有疏忽仁在此意义结构中的定向作用，但同时，又有力地突出了对智的强调，以此而形成了王艮学说有别于当时各派心学的特点，这就是对儒家“生存智慧”的高度重视，以此而将认识论的维度置于德性论的维度之前。在王艮的理论中，我们看到了一种由儒学固有的“仁”之学而向“智”之学转移的趋势，及由此引起的实用主义意识对儒学的渗透。

四、源自思想史的考索：以身心关系为中心

在上面二节中，无论是对出处观的论述，还是对仁智关系的解说，其所围绕与参照进行的一个理论要点，即安身/保身的问题。根据王艮的标准解释，安身即“止至善”；又谓“格物，却正是止至善”，即安身是格物的一个归旨。对于这一发现，王艮自己曾作过高度的评价，以为是孔孟以后“二千年来未有定论”，而却为其独契之知“理会得”。在另处谈到“修身见于世”这种安本之略时亦曰此是“孟氏之后，千古寥寥，鲜识此义”[①]。由此可见其是在思想史的意义上来估

① 《尺牍密证·与薛中离》。

计自己所提出的命题的。[①] 除此以外，我们看到，王艮在一般性地讨论这一问题时，不仅广为征引思想史上的各种材料，而且对不同思想家之观点多有出于己心的断评，从而表现出了思想史自觉的高度意识。既然如此，对王艮格物论与安身说的认识也应当将之移进到这一层面上，以便一是了解他对思想史脉络的深长寄意及对之的创辟意识，另一是通过其与所述思想家之间离合关系的考订，来窥探他处理思想史现象的方式。

王艮对思想史关注的焦点是身心关系的变化，这也可以看做是对仁智关系的更具理论典型意义，而在角度上也稍有差异的一种概括。在这个议题之下，王艮将思想史的过程划分为几段，首先是由尧舜文王等至孔子，他们相传授受的一个主要传统便是万物一体的思想，也就是仁、德性与明德等。然后由孔子开辟，并连接至孟子，在这个传统中加入了对身的关注，以此而形成了身心统一的理论。孟子以后为第三代，儒者对安身、保身的意义鲜有所识，“千古寥寥”，宋儒如周、程等虽然对心性之学有独见之明，贡献卓著，但对身之安保却多有疏忽，由此而在理论上造致了身与心的剥离、脱钩。再往下来，便到了其先师王阳明的时代，对心之意义的阐扬比前人有过之而无不及，同时也掺入了一些新的因素，而他自己则正好处在这一理论的重要转折点上，由此而进入了第四个阶段。

从王艮的自我声明中可知，其安身说及与之紧密关联的保身说、出处说、仁智说等均来自于孔子。对孔子在这方面的造诣，王艮称作：“孔子精神命脉具此矣”，“自生民以来，未有盛于孔子者也”，“此孔子学问精致奥深处，前此未有能知之者”[②]，等等，不唯如此，王艮还通过对孔子言行的大量征引而使以上论断能够得到具体的证实。对于孔子的安保说，应该说王艮的分析是有其理由的。通观《论语》的载录，孔子尽管有“无求生以害仁，有杀身以成仁”的提法，及对应佛肸之召而曰：“吾岂匏瓜也哉，焉能系而不食？”似愿为某种理义而去尝试一种并不安全的行为等，但像这样的事例，均还属于圣人的权宜之计，而非“常

① 关于王艮格物论在思想史上的地位，后来学者中也多有这样认为的，如韦时甫《疏传合编》序云：“格物微旨，发三千年未发之秘。”曾舜征《合编》序则云其格物说：“自宋以来，垂五百年而《大学》本旨始焕然大明于世。”均载《遗集》卷五。

② 《答问补遗》。

法”，这点是已为一些儒家所认同的。[①]贯穿整个孔子言行的主要还是仁知兼举的思想，孔子对于他所处理的几乎每一件事，总有一确定的指导性原则贯穿其中，并同时非常讲究策略的运用即方式的适宜，这或是为了事件的成效，或是与安身的意识有关。也正是从仁智并举、践仁与利身兼顾的原理出发，孔子对殷之三仁的表现给予了不同等次的评判；虽然赞赏其弟子子路的好勇，但讥其“无所取材”，即不能裁度事理，以至于常有乖于“义”；虽然称赞既死犹以尸谏的史鱼“直哉”、“如矢”，但更以为善于进退而能勉于乱世的蘧伯玉才称得上“君子”，合准于圣人之道。如此等等，均表明了孔子对于人的意志及物质之身二者固有之限度是有清晰认识的，进而要求在保证身之安全的情况下去实行仁的精神，而且将身之是否可安作为能否达圣的一个潜在标准。从《论语》的记载看，孔子的这一思想对其弟子也有影响，如其中有一条所记曾子事：曾子有疾，召门弟子曰：“启予足，启予手，诗云‘战战兢兢，如临深渊，如履薄冰’，而今而后，吾知免夫，小子！”朱子释之为：“曾子平日以为身体受于父母，不敢毁伤，故于此使弟子开其衿而视之。”[②]王艮认为曾子的表现尤可印证爱身的传统，从而在《孝箴》一诗中对之大加推阐：“……启手启足，曾子之全。敬身为大，孔圣之言。孔曾斯道，吾辈当传。一日克复，曾孔同源。”[③]而这一思想与《周易》等早期经籍所包含的有关利身保命的意识也是内在一致的。由这些可见，对生命实存的重视，对生之本身的强烈忧患，已是周代以来儒者的一种较为普遍的觉识，并以此有别于殷末政治家们那种重“道”轻“身”、不惜“以身殉道”的观念，而体现了一种观念的进步。这很可能确是早期儒家的一份特殊遗产。[④]以此来看，王艮的保身论虽看似与理学的常义相乖，也与人们一般熟知的儒学义理并不合拍，但对照以上所述看，却属于慧眼独识，是建立在对孔子原有思想的准确理解之上

---

① 关于杀身成仁属于权，王艮已有讨论，可见前面的引据。王艮《答林子仁·又》提到佛肸召孔子之事，但未涉及到这一层意义。朱熹《集注》引张敬夫语对之有释，其曰：“子路昔者之所闻，君子守身之常法。夫子今日之所言，圣人体道之大权。”

② 朱熹《四书章句集注》。

③ 《遗集》卷二。

④ 这也可以从孔子等对多位殷末政治家的更趋保守的评鉴看出。而王艮在言谈时，也不断以这些作为例证。

的，并为此而使一段淹没深久的可贵思想得以昭揭于世。

对于孟子，王艮也给了至高的评价，将之看做是孔子思想的继承者，如曰："孔子之学，惟孟子知之，韩退之谓'孔子传之孟轲'，真是一句道着。"[①]当然，在王艮的思想语境中，这是有所特指的。王艮接受孟子的影响、并引申为自己学说特征的，最主要的有两个方面。一是其反身立本的思想，如王艮常引的孟子"大人者，正己而物正者也"等。一般以为《大学》晚出于孟子，其"修身为本"的观念与孟子反本论具有必然的承继关系，而以王艮的视角看，在本末论上两者也是贯通的，因此而可以取为互证。二是其出处观，这又可分疏出若干个观点。其一是一般而言的出处，即如何选择进退的问题。如孟子对孔子该方面表现的评论，多次取其事例与伯夷、伊尹进行比较，以为伯夷"非其君不事，非其民不使，治则进，乱则退"，在为政的风格上过于廉直、刻板；伊尹"治亦进，乱亦进"，虽能坚意以天下为己任，但缺乏时机选择的意识；孔子则"可以仕则仕，可以止则止，可以久则久，可以速则速"[②]，以故孔子为"圣之时者"。王艮在言谈中，曾多次引用孟子的这一说法，表示愿以孔子为学习的范例，而不愿学伊尹等人。其二是更具体化一些的师道问题。孟子曰："有王者起，必来取法，是为王者师也。"[③]其一生之所为也正可看做是"帝者师"、"万世师"的一种最为经典的写照，这些都对王艮思想的形成有重大影响。其三，也是最为集中的一点，便是关于尊身的问题。孟子曰"天下有道，以道殉身；天下无道，以身殉道。未闻以道殉乎人者也"[④]，从而确立了其尊身论的基本原则。这与孟子一面是一个至上之"道"的信徒，另一面又需要与体制的权威发生密切的联系，因而就始终有一个在与后者交往时如何维持其"道"的理念与尊严的问题有关。而对出处作出取舍在孟子看来最需要考虑的便是尊身原则的落实，如其曰："古之人未尝不欲仕也，又恶不由其道。不由其道而往者，与钻穴隙之类也。"[⑤]同样在谈到造朝事君的问题时，孟子曰："曾子曰：'晋楚之富，不可及也。彼以其富，我以吾仁；彼

---

① 《语录》。
② 《孟子·公孙丑章句上》。
③ 《孟子·滕文公章句上》。
④ 《孟子·尽心章句上》。
⑤ 《孟子·滕文公章句下》。

以其爵，我以吾义，吾何慊乎哉？’……天下有达尊三：爵一，齿一，德一。朝廷莫如爵，乡党莫如齿，辅世长民莫如德。恶得有其一以慢其二哉？故将大有为之君，必有所不召之臣。欲有谋焉，则就之。其尊德乐道，不如是不足与有为也。”[①]不召之臣的提法数见于王艮之语，而对尊身的理由也如上所述，得到了十分充足的阐述。他如论百里奚自鬻于秦、伊尹割烹要汤、孔子之往拜阳货等等，均与其尊身问题有关，可见孟子对之的一如既往的重视。毫无疑问，孟子的这一持论与王艮正在潜心思考的问题有很大的契合之处，因此，王艮也屡屡对之加以引据，并将之融合到了自己的理论视野之中。在王艮看来，孟子的贡献并不限于人们经常注意到的性善论，更重要的还是对孔子出处观的推阐，即其谓：“学者但知孟子辨夷之、告子，有功于圣门，不知其辨尧舜、孔子处，极有功于圣门。”

但事实上对待孟子的问题要比王艮表面叙述到的更为复杂，这里主要牵扯到一个评介与史实间实际存在的差距的问题，这个差距的产生即在于王艮所意指的尊身与孟子所述的尊身二者并不统一。在已举引的例子中，我们已能看到，孟子在孔子与伯夷、伊尹之间所作的比较，主要是为阐明一个能否依据于时境而进退自如的问题，尊道当然是一共同的原则，但对三者的进退是否适宜的判断却与王艮提出的保身问题无明显联系。再比如在另一尊身的事例中，门人陈代以“枉尺而直寻”来说明学者可以屈己而见诸侯，以便实现致王霸的目的时，孟子回答曰：“昔齐景公田，招虞人以旌，不至，将杀之。志士不忘在沟壑，勇士不忘丧其元。孔子奚取焉？取非其招不往也，如不待其招而往，何哉？且夫枉尺而直寻者，以利言也。如以利，则枉寻直尺而利，亦可为与？……枉己者，未有能直人者也。”这里指出了屈己从人一是属于非原则性的行为（非“道”之原则），二亦无法达到预期的效果。而既然未在道之原则的轨道中，那么就可以如志士仁人那样弃身沟壑，亦无后憾，以保证己身之尊。在紧接后面回答景春的一段文字中，孟子又曰：“丈夫之冠也，父命之；女子之嫁也，母命之，往送之门，戒之曰：‘往之女家，必敬必戒，无违夫子！’以顺为正者，妾妇之道也。居天下之广居，立天下之正位，行天下之大道。得志与民由之，不得志独行其道，富贵不能

① 《孟子·公孙丑章句下》。

淫，贫贱不能移，威武不能屈。此之谓大丈夫。”[①] 在此强调的也是一种直道以行的尊身之道，虽然保留了独善其身的行为空间，也兼顾了进退的法则，但考虑的并不是物质之身的安保。相反，孟子倒是更推崇具有阳刚品性、甚至能以身躯之安来交换的人格路线，这点与王艮在保身、安身前提下来贯彻道之尊严的主张是有一定区别的。可以说，王艮的尊身观是道尊而身尊，身尊而道尊，两者是一体而成的，或曰“尊身不尊道不谓之尊身，尊道而不尊身不谓之尊道”。孟子的尊身论则几乎偏向于对“道”的尊崇，并未确定地含有对物质之身珍重的意思，故其尊身实是尊道，而其尊道实是尊“心”，而非真正地尊“身”。

在此，可对孟子的道 / 身说，或身 / 心说作进一步的探讨。如全面检索孟子关于身体的认识，可知孟子并非完全不提保身问题，但另一方面，这种提法又是与一定语境有关的，比如孟子说过“暴其民甚，则身弑国亡；不甚，则身危国削”，“士庶人不仁，不保四体”[②] 等，可见是在报应的意义上而论，而非说的必保之身。孟子也有“守身”的提法，如谓：“事孰为大？事亲为大；守孰为大？守身为大。不失其身而能事其亲者，吾闻之矣；失其身而能事其亲者，吾未之闻也。”[③] 但此处所指之“身”是道德意义上的身，即修身之身，同样不是指生理之身，所谓守身也就是守心。[④] 当然，孟子在另处也有提到生理之身的，如曰：“人之于身也，兼所爱。兼所爱，则兼所养也。无尺寸之肤不爱焉，则无尺寸之肤不养也。所以考其善不善者，岂有他哉？于己取之而已矣。体有贵贱，有大小。无以小害大，无以贱害贵。养其小者为小人，养其大者为大人。……饮食之人，则人贱之矣，为其养小以失大也。饮食之人无有失也，则口腹岂适为尺寸之肤哉？”[⑤] 此处孟子将“身”析分为小大之别，两者是有差异的，以物理之身为小、

---

① 《孟子·滕文公章句下》。

② 《孟子·离娄章句上》。

③ 同上。

④ 关于这点，可参朱熹《集注》之释，其曰：“守身，持守其身，使不陷于不义也。”“身正，则家齐、国治、而天下平。”同于原文之义。王艮在《明哲保身论》中也曾引用孟子此语，如谓：“……此恕也，所谓致曲也，忠恕之道也。故孔子曰‘敬身为大’，孟子曰‘守身为大’，曾子曰‘启手’‘启足’，皆此意也。”显然已非原出之义。

⑤ 《孟子·告子章句上》。

为贱，以道德之身为大、为贵，虽然其小者也当在养的范围内，但要保证不失其大者，而此道德之身实际上就是仁义之心，是一种道心。从中，我们大致可看出孟子对物质之身、饮食之身的基本态度。

这个生理性的身体及其欲求，在孟子的术语系统中，也常以“生”的概念来表示。最著名的便是与告子间的辩论，当告子称“生之谓性”时，孟子以为这等于是将人之性等同于犬牛之性，因为都是出于一种生理上的动力，即朱熹所说的“人物之所以知觉运动者也”。在孟子看来，人的这种生理表现虽然有其可欲性的理由，但却会在必然的逻辑上与道德要求产生对立，由此而使人会常常面临选择的状态。典型的说法如：“鱼，我所欲也；熊掌，亦我所欲也，二者不可得兼，舍鱼而取熊掌也。生，亦我所欲也；义，亦我所欲也，二者不可得兼，舍生而取义者也。生亦我所欲，所欲有甚于生者，故不为苟得也；死亦我所恶，所恶有甚于死者，故患有所不辟也。……一箪食，一豆羹，得之则生，弗得则死，嘑尔而与之，行道之人弗受；蹴尔而与之，乞人不屑也。”[①] 在这段文字中，“生”的概念是被推到了其意义的极限上，即生死存亡的意义上来使用的。孟子借此而表达了这样的意思——即便其重要到了这一程度，但如果与“义”的道德要求相背离，则依然可以弃之不顾。这个“义”的内容也包括人格上的自尊。甚至于从一种重大的社会担负上考虑，人应当培育敢于弃生的观念，而不是如何去从事自我性的“养生”，即其所谓“养生者不足以当大事，惟送死可以当大事”[②] 等。就此而言，或说是当我们在道德需求的天平上来看时，“生”，即那种感知性的“身”，一种基本的生命感，不仅在价值层次上是处于较低的位置上的，而且也往往是有害的。由此我们也可以明白，在孟子的尊身说中为什么没有实存之身的内容。

从孟子的以上表述中，我们还可以体察到其他一些相关的思路。一是由对身的歧视而带来的轻生意识（如杀身成仁），这点不是偶然的（非一种权宜），而是经常地成为孟子言谈中的一种措辞。这自然跟孟子所处之战国时代人生观的变化有密切的关系，从而也使孟子本人的言行带有明显的儒侠特征。二是在孟子那里，身心之间不是在一种相互需要、相互合作的逻辑中被论证的，而是经常

① 《孟子·告子章句上》。
② 《孟子·离娄章句下》。

被隔离开来看待，处于相互冲突的关系之中，具有非彼即此、此长彼消等的性质。心的意义被单方面地抽取出来并得以夸张之后，身的意义则被贬到了一个低限之上。这与孔子的思想是有某种差异的，孔子虽然也有“仁以为己任，不亦重乎？死而后已，不亦远乎”的说法，但同时不仅有十分具体与强烈的生命意识（如逝夫说、不惑说等），而且也注重于在践仁的目标下的卫生、保身意识。虽然也有“志士仁人，无求生以害仁，有杀身以成仁”的提法，但将之安排的层次并不高（如对殷之三仁的评价），处于更高层次的是身、心俱全者，如此才可称得上是至圣之地，因此又倡导仁、知的并用与互长。孔子看重的是生命与道义兼利的原则，孟子则倾向于可为道义而弃绝生命。从这点上看，尽管王艮以为孟子承续的是孔子学脉，但王艮本人的安身、保身之说却实非来源于孟子，而是直接取自孔子。他从孟子那里接受的主要还是尊身说（这点在孔子处还是不甚明显的），同时，又在其中嵌入了另外一层含义，即由孔子那里获得的安身、保身说，因而他所表述的那种身道一体、身心兼护的尊身说也已与孟子原来的尊身说不全一样。通过这些学理上的分辨，王艮思想的真确来源似已可得到如实的澄清。

毫无疑义，孟子所确定的理论格调在整个儒学思想史上具有重大的界碑意义。在儒学起步的周秦时代，以对身心关系这一对范畴的处理来看，实际上也存在着两个有所差异的系脉。后来形成的以《中庸》→《孟子》→《大学》为代表的被称做思孟学派的儒家另脉，一方面发展与提升了孔子的仁学，并偏重于对其精神与道德内容的展开，但却忽视了潜存于孔子意识中的对实存生命的深切关怀。那个在孔子与《周易》中固有的“身”的概念，即那个包含有十分具体感受，有安危、生死体验，并带有物质有限性的身体之身的概念，在思孟学派的偏向性演绎中被渐次淡化，而终至省略了。心的意义被突出地放大，对人的积极性的论证被集中地限定在了精神之人、道德之人的层面上。这种思想一直延续下来，通过程明道、陆象山，直至王阳明创立出的“心学”而被推向极致。可以说，王艮对这样一种思想史的演变过程是熟知与深有感触的，这体现在以上已经列举的多种与思想史有关的材料中。同时，其所冀望的突破也正在于此，即在连接与恢复被遮蔽的传统之后，建立一种可简捷理悟的、与人的共同性本知相沟通的、身心一贯的理解模式。但正如我们实际看到的，王艮依然希望于将早期的儒学都归入可资利用与肯定的范围之中，因此而继续推崇孟子的价值（而不顾其他的部分），将《大学》的本义加以大胆的修改，使之适于自己正在酝酿的思想构造等，如历史上各种目的不同的儒学流派一样，将原本思想并不齐一的原始经典经过取舍之后，使之成为一意义连贯的思想整体。

既然这样，对宋以后形成的理学进行批评式的检讨也就同时成为一项无法回避的工作。从现存有限的一些资料看，对于该阶段的理学家，王艮最为推崇的是周、程等几人，于言谈中牵涉最多，如谓："周茂叔'窗前草不除'，仁也。明道有觉，亦曰'自此不好猎矣'。此意不失，乃得满腔子是恻隐之心，故其言曰'学者先须学仁，仁者浑然与物同体'。"①这主要还是在仁心、道心这一条线上对宋代诸子所作贡献的一种肯定。在王艮看来，从尧舜以至孔孟，再至宋明诸儒，其间能够贯穿终始的一条思想主线，便是对仁心的体悟与维护。此外，王艮还有另外一个对待思想史的常态性标准，这就是孔子关于身的智慧。以之来尺度周程诸儒，王艮发现："宋之周、程、邵学已皆到圣人，然而未智也，故不能巧中。孔子'致知格物'而'止至善'，'安身而动'，便智巧。"②从王艮格物学的逻辑看，单纯学仁而只能做到"明明德"与"亲民"，还不能在格物的方式中至达安身/止至善，只能完成一种心之圣的道路，还不能够达及自如地运用身之尺度的时之圣的高度。从这个角度出发，他自然无法同意宋儒曾对孟子所作的批评，并对之作了反驳："……有宋诸儒，只为见孟子粗处，所以多忽略过。学术宗源全在出处大节，气象之粗，未甚害事。"③因为在王艮看来，出处选择的意识是安身、保身的一个前提。由此，我们再联系到王艮他处广泛论及的诸如："若先不晓得安身，则止于孝，烹身割股有之矣；止于敬者，饿死结缨有之矣"，"知明德、亲民而不知安身，失本也，其本乱而末治者否矣"，等等，就可以明了其理论的针对性之所在，并借此可知其格物论及其安身说产生的真正起因——正是出于对

---

① 《语录》。
② 同上。
③ 同上。

这样一种统治深久的崇心遗身之观念的批判性反思。①

接下来便到了阳明的时代。阳明学说具有二重性的特征，这是因为它所阐发的心学思想既包含有对宋儒客观理性的纠偏，同时又对宋儒已十分内在化的心性研究具有推波助澜的作用，从而在身心关系这一问题上将心的意义作了一次更偏至性的张扬，身的主体含义进一步被掏空。②王艮身当心学思潮急速推进、“心”之阐述勃然以兴的时代，而别出蹊径地提出对“身”的重视，其寄意无疑是深长的。关于这点，王艮于《答问补遗》中对“止至善”一语进行辨说时已对这种想法有所透露。他认为，阳明在对《大学》的疏解中，已较为明确地解释了“明明德”与“亲民”的概念，即以“明明德”为本体，以“亲民”为发用，但是“谓‘至善’为心之本体，却与‘明德’无别，恐非本旨”，这是从逻辑上来推论阳明对《大学》解释的不足。如从意义上来看的话，则是阳明的看法遗漏了原文中

① 但如全面地看，宋儒如朱熹等对孔子的明哲保身论、孟子的尊身论也并非不同意，这可见之朱熹《集注》中对诸有关章节的解释，还是多较准确的。只是宋儒在倡扬抽象之理、道等心性论内容时，有意忽视之，甚至贬抑之，故总体上看形成了崇心遗身的取向。

② 在此也应当相应关注阳明对“身”的看法。通过梳理阳明相关的言论，其所关注的“身”虽然也具有生物化的感知性功能，但却集中在道德控摄的意义上来看待的，如《传习录》下所载一条甚具代表性，今引于下：“《大学》之所谓身，即耳目口鼻四肢也。欲修身，便是要目非礼勿视，耳非礼勿听，口非礼勿言，四肢非礼勿动。要修这个身，身上如何用得工夫？心者身之主宰，目虽视而所以视者心也，耳虽听而所以听者心也，口与四肢虽言动而所以言动者心也，故欲修身在于体当自家心体，常令廓然大公，无有些子不正处。主宰一正，则发窍于目，自无非礼之视；发窍于耳，自无非礼之听；发窍于口与四肢，自无非礼之言动：此便是修身在正心。”由上可见，阳明之对身的关怀是因为它是“修”的对象。阳明之身虽也首先是物性的，但与王艮之物性在观察入角上并不一致，阳明更多偏向于在感知论的角度所作的确认，这与阳明学说主要是一种道德哲学有关，而王艮则更多是从一种生命论的角度来确认的，首先关注的是身的存在问题。由此，如阳明以上所论，则身在道德学上看并没有主体性的意义（虽然在理论之外他不一定会这样认为），身的意义是为心所提供的，以故阳明的身便只是心的载体，或说是一种道德载体。在心对之提供意义之前，它只能是一种空洞的物性躯壳（或是有害的躯壳）。相反，在王艮看来，道德的行为是依赖于身体来完成的，身之不保，也难以保家与国等，因此身本身便是一种意义主体、价值主体。此外，阳明对告子“生之谓性”也有一个评论，应在此附带提及。《传习录》三载：“问：‘生之谓性，告子亦说得是，孟子如何非之？’先生曰：‘固是性，但告子认得一边去了，不晓得头脑。若晓得头脑，如此说亦是。孟子亦曰形色天性也，这也是指气说。’”阳明在此处看似给了身一种实存论上的不可取消的地位，但却以为需要在更高的道德意义上补入“头脑”对之的宰控，思路仍同于前。

固有的“安身”这一最重要的概念，而“止至善”也就是“安身”，这在孔子那里是十分明确的。也正因如此，他所提出的“格物，却正是止至善”的论点，自然便成了对阳明以心性之求索为归趣的良知学说的一种重要补正，以为其所补入的正是孔子学说的“精蕴”之所在。王艮在同文下云“立教如此，故自生民以来，未有盛于孔子者也”，句中之意应当是清楚的，既表明了孔子对身的论证是空前绝后的（阳明自然未尝预流），也试图借此而说明自己的发现具有修明绝学、开宗明义之功。

但是完全将王艮之主身说看成是对阳明的一种逆动，也与事实不符，实际的情况可能还要更复杂一些，因为同样也有一些证据可以表明，王艮之保身说曾受到阳明思想的直接或间接的影响。这可从几个方面予以证实。

首先，从阳明自身的情况看，虽然阳明于理论上积极张大心之意义，并由良知的自然流行而倡扬一种“狂者胸次”；阳明的心性超越论要求儒者能够勘破生死，求得心地的洒落与无滞，也与王艮对身之安危、得失的细心关怀，讲究进退保身之道的运用大相异趣。然而这还仅是阳明的一个侧面，在另一方面，也就是在具体的处世方式上，阳明又以深于韬略而著称，在人生各重要的环节上都能见几而作，进退自如，几次面临重大险情，皆能处变不惊，幸免脱身。虽然阳明于学术上勇于开创，但于政治上却一直潜藏较深，或只是以隐晦的学术方式来表示自己的政治选择，后来有些学者也曾谈到这一特点。[①] 比如在嘉靖初的重大变故大礼议事件中，诸多故生名臣均来向其讨教机宜，咨问缘义，而阳明始终未开口表态，可见其韬晦之深。[②] 这些都反映了阳明在对待理论与处世上所选择的对策

---

① 如徐复观谈阳明在释《大学》“亲民”一语时的立场，便提到：“阳明为其勋业所累，经常处于生死的边缘，所以一生很少直接谈政治。他之所以再三反复于《大学》上的‘亲’字与‘新’字的一字之争，这是他隐而不敢发的政治思想之所寄。”（见其《中国人性论史·先秦篇》第九章，上海三联书店 2002 年版）大致反映了阳明处理政治的一些特点。

② 阳明对大议礼的态度，可参见《年谱》卷三嘉靖三年条：“是时，大议礼其，先生夜坐碧霞池，有诗曰：‘一雨秋凉入夜新，池边孤月倍精神。潜鱼水底传心诀，栖鸟枝头说道真。莫谓天机非嗜欲，须知万物是吾身。无端礼乐纷纷议，谁与青天扫旧尘？’又曰：‘独坐秋庭月色新，乾坤何处更闲人？高歌度与清风去，幽意自随流水春。千圣本无心外诀，六经须拂镜中尘。却怜扰扰周公梦，未及惺惺陋巷贫。’盖有感时事，二诗已示其微矣。四月，服阕，朝中屡疏引荐，霍兀崖、席元山、黄宗贤、黄宗明先后皆以大礼问，竟不答。”

是不同的[①]，以后者而言，可以说其确实秉有超人的生存智慧，并实际具备了时之圣的特点。王艮跟随阳明多年，对此的体会应当是很深的。如其著名的《明哲保身论》写于嘉靖五年，正值大礼议事态情急之际，“时同志在宦徒，或以谏死，或遣逐远方”，王艮为此于借送王瑶湖北上之机而阐发“保身”之义，劝同志珍视己身，以之为将来为仁的资本，这一意识便似受到了阳明对大礼议态度的直接影响。

其次，可以通过王艮的几则评述来看他对阳明这方面思想的理解。一是《语录》载有一则王艮与门人的对话，时有门人歌阳明诗句“道在险夷随地乐”，王艮解释道：“此先师当时处险时言之，学者不知，以意逆志，则安于险而失其身者有之矣。”根据阳明理论的一贯性特点，歌词应当说的是一种不畏死生的洒落心态，但王艮却紧扣语境作了解释，以为这只是阳明在身处险情之时的一种心理镇定策略，有其特殊的使用意识（圣人的机权），言下之意，即阳明在一般的实践状态下是不会这样倡导的。另一则资料见于王艮《与薛中离》一信，其云：“昔高邮舟次，歌濂溪先生‘故人若问吾何况，为道春陵只一般’之句，信即大行不加，穷居不损之意，先师良知实际正如此也。弟近悟得阴者阳之根，屈者伸之源。……”[②]周子歌词是有关询问在外平安的，王艮以“大行不加，穷居不损”对释之，该语原出于《孟子·尽心》，朱熹总结为“言君子固欲其道之大行，然其所得于天者，则不以是而有所加损也”[③]，大致合乎原意，即无论穷达而于天性无损，此天性便是阳明的良知。[④]王艮在此引用之，应有心性（良知）不受外

---

① 阳明理论举心，处世论几，是就主要的特征而言的，并不等于说阳明的言论中丝毫不及处世方式的选择，但毕竟不是重要的，甚至可以说是仅在不可避免地要言及时才说的，如《传习录》下载他人所问时答曰“诚是实理。只是一个良知。实理之妙用流行就是神，其萌动处就是几。诚、神、几曰圣人。圣人不贵前知，祸福之来，虽圣人有所不免。圣人只是知几，遇变而通耳。良知无前后，只知得见在的几，便是一了百了。若有个前知的心，就是私心，就是趋避利害的意。”虽曰圣人知几，但又将有意识的趋避利害看成是非善的，由此可见其与王艮在表述与意识上的差异。

② 《尺牍密证》。

③ 朱熹《四书章句集注》。

④ 王艮另处也有对之的解释：“良知天性。往古来今，人人具足，……，所谓大行不加，穷居不损，分定故也。”（《答朱思斋明府》）也类似于这个意思，但未引申为安身之义。

界、外物的影响而超然自乐的意义，这可以向两个方面引申：一是不惧于外在的变化甚至危险，另一是因自我保护而未有或不会受到外在变化与危险的威胁。由下句“阴者阳之根，屈者伸之源”看，后面的意思更符合于王艮信中的本意。这样的话，不管阳明的良知原意如何，王艮以为其是包含有安身、保身的意识在内的①，至少接受者在“读”出某种意义来的时候也可看做是受到了对方的影响。也正是在此理解的基础上，王艮会说“率此良知之学，保身而已”②，“明哲保身者，良知良能也”③等。

再就是可以通过材料证实，王艮的安身、保身观念的产生得到过阳明的指点。王艮之格物论产生于王艮逝世前数年，然其安身/保身的想法则发生在较早。根据王艮的思想发展经历，早年王艮意气甚高、行事过奇，如见阳明不肯屈从，奇装异制招摇讲学，作《鳅鳝赋》以伸反叛之志等，实也是在张扬心的功能，属于冒进与亢奋型的，以故阳明在一段时期里有意抑之。如王艮初见阳明时，阳明即以“君子不出其位”来限制王艮的话题，王艮拜阳明为师后阳明又将之初名改为“艮”，字“汝止”。据上释可知，“艮”、“止”二义均出自《周易》，“君子不出其位”原话也出于《周易·象传》释艮卦语“兼山，艮；君子以思不出其位”，用以诫告人们“施止得以”，“得其所，则止而安”等，包含了明确的安身避害、利用以成的思想。阳明在此的用意是至为显著的。而从王艮安身、保身说的形成看，以阴抑性的“止”于至善为逻辑论证的归趣，并时时将《周易》作为其理论的主要参考依据，很有可能是受到阳明于入道之初所予启示的影响。而在以后发生的阳明对王艮狂放性格的数次批评，也会给王艮留下较深的印象，从而再反过来作用于其理论。④但不管怎样说，从总体性的理论构成看，王艮的格物以安身

---

① 具体的说法可见其《明哲保身论》一文，就我看来，良知与保身的关系，在思辨上是经由一个转折才能够在意义上接通的。王艮自己也是这样来论证的，即良知的第一个层次是仁爱，因仁爱是要通过身来实行的，故需要在保身的前提下才能爱人，由此也就达到了良知的第二个层次即保身，并非良知就是保身。但王艮又以为于本觉的意义上看，二者又是相同的，即都出于无思无虑、不学而能，是第一性的反应，见孺子下井而生恻隐之心与欲保护己身的愿望都属于人之天性。

② 《尺牍密证·再与徐子直》。

③ 《明哲保身论》。

④ 这至少有几则材料可以证明之，一即王艮《年谱》所记嘉靖元年艮奇装出游，从京师返

之说与阳明良知说之间毕竟存在着巨大的沟濠，二者的兴趣大相径庭，因而在考虑到以上一些难以排除的因素以外，也不能将阳明的影响估计过高。相反，同样就其发生的动力看，更多地还是出于对阳明学及其影响的质疑性反馈。

由以上论述可知，王艮安身、保身理论的提出虽然在开始时可能出于一种对生命感知的领悟或一种批判性灵感，但随着思考的展开，已决不单单局限于此，而是与对整个儒学史的全面反省联系在了一起。从王艮的论述来看，其中包括有两个不可分割的理解环节：一是单方面突出实存之身的意义；二是整体地看，其意指中的身并不限于实存意义上的证明，而是一个含有道德明觉、且身心合一的即具有总摄性意义的身体。虽然因某种需要而对此常常需要分述，但王艮心里是很明确的，即这两个层次上的身实际上又只是一个身。通过这样的论证，王艮试图改变自孟子以来在儒学中形成的崇心贬身，及由此造成的身心分离的局面。若将这个问题作更深入的分析，那么身的提出就已不单单限于对一种范畴的倡导，同时也揭示了一直存在于儒学实践中，然而却被理论上的表述所掩盖了的主义与生活、道德与经验间难以调和的矛盾处况。这一层蕴义虽然没有被明确地说出来，但经过体会可以得知，它时时暗含在王艮对身心关系的表述中。当然，对这个实存之身含义的认识，王艮是有明确限定的，即指的是一种基本的生命存在状态，而不是欲望的载体，譬如王艮所说的“人有困于贫而冻馁其身者”、“吾岂匏瓜也哉，焉能系而不食”等，都是在保证生命存在的意义上说的，说的是一种生命的底线。对于超越这个限度的利益之求，王艮依然是持否定意见的，其所谓的“修身”也正是要涤除这些超出的部分（又称之为欲念）。也正因如此，这个实存之身是能与儒学的基本原则及精神等相衔接、沟通的，其所谓的“乐”、“鸢飞鱼跃”、“心之本体”、“万物一体之道”、“至简至易之道”等理义，也都是建立在这个无欲之基础上的，如王艮所云：“日用间毫厘不察，便入于功利而不自知，盖功利陷溺人心久矣。须见得自家一个真乐，直与天地万物为一体，然后能宰万物而主经纶，所谓乐则天，天则神。”① 可以说，正是通过这一理论线索，虽然他将

[续上页] 后阳明对之的批评；另一是阳明《传习录》所记王艮出游归后谈“见满街人都是圣人”，阳明对其“圭角”的抑损。

① 《语录》。

一种不和谐的音调带进了儒学的演述系统，但依然与传统的脉络包括阳明的“去欲论”等保持着深厚的联系。对于这点，想必细读王艮著作的学者是应当不会产生误解的。

五、余论：体系与地位

淮南格物论是王艮一生最为看重的一个发明，其原因于以上论述过程中已可看出，但这些还基本上属于实义层面的论证，通过进一步的探究，其重要性还应包括这一命题在王艮整个理论体系中所占据的地位。在过去的评述中，学者一般多将王艮的思想进行分类论述，由此而容易忽视各观点间的联系及它们形成体系的方式。然而，越是深入地阅读王艮的思想材料，我们越是感到其不同论点之间存在着的体系性联系，而格物论则在其中占据着一个调控诸论点的总摄性的位置。在文章结束之前，有望对这一问题再作点交代。

为此，需要先对格物论思想的形成过程有所了解。据赵贞吉所撰《泰州王心斋墓志铭》，格物论出自王艮拜见阳明以前之早年。虽然也有一些学者依仿其说[①]，但这一记载不仅难以于现存的王艮思想材料中找到确凿证据，也与艮子王襞所述情况不合。[②]王襞作为王艮思想最主要的传人与见证者，对其父思想发展轨迹的了解应当是清晰的，故其论述也当是可靠的。在《上昭阳太师李石翁书》一文中，王襞将王艮的思想过程厘定为三个主要的阶段：第一阶段在见阳明前，独有悟处，“直以圣人自任，律身极峻”；第二阶段得阳明教诲，“契良知之传，工夫易简”；第三阶段为晚岁，“明大圣人出处之义，本良知一体之怀，而妙运世之则”，“……皆《大学》格物修身立本之言，不袭时位而握主宰化育之柄，出

① 可参汪崟序袁承业所编集，曾可前、曾六德、李胤昌、蔡毅中等课传，诸课传之材料应来源于一处，即赵铭。见《遗集》卷五所附《疏传合编》。

② 关于这点，王士纬所撰《心斋先生学谱·传纂》附注也曾引贞吉语而存其疑，其注云：“按赵铭作‘先生喜曰：有是哉！虽然王公论良知，某谈格物，如其同也，是天以王公与天下后世也。如其异也，是天以某与王公也。’先生晚年始悟《大学》格物之旨，赵说待考。”

然也，处然也，是之谓大成之圣”。第三阶段对前二阶段的思想既有一变化式的超越，又有一融通式的整合，而这点最明显地体现于对《大学》格物说的新解上。王襞的这一概括是可以与现存王艮《年谱》所载的经历相印证的，因此还需要进而参照《年谱》所记作一些分析。

《年谱》记王艮见阳明以前已读《孝经》、《论语》、《大学》等经书，但无师教，多限于自得式的发明。虽具体内容并不十分清楚，但根据前后一些资料的判断，大体不出圣人之心与天地万物一体之类的，这一观念可通于“明德”、“亲民”之间，而且一直为王艮奉若圭臬，奠定了其未来从未放弃过的经世论的一个坚实基础。王艮正德十五年拜阳明为师，嘉靖二年又一次提到读《大学》，但尚未对文中的格物概念等形成新的理解，只是以为《大学》备有诚、正、修、齐等道理，集中了儒学的精华，而这些依然还是“万物一体”等儒学旧旨的重提。嘉靖四年，王艮作《复初说》，已论述到修身为“本”的思想。但我们知道，完整意义上理解的王艮格物论至少应包含几层意思：一是本末论思想（而此本末论中又当包含明确的反身与经世等数重意义）；一是安身说思想（即“止至善”者，这又须与出处观相结合），单纯的修身立本观念还离格物论的确立有较大的距离。嘉靖五年，因王瑶湖北上而作《明哲保身论》，可看做是其保身说的最初发源，也是王艮思想的一个转折，此时王艮已始授徒讲学，并逐步构筑起自己的思想体系。但同样，保身论的单独存在，即在其未进入到格物的逻辑结构之中时，也还只能说是为格物论之最终成立而准备的一个要素，不等于已有了格物论的思想。这一保身论的观念在此后几年有较频繁的阐述，并与尊道、出处等观念结合，有了丰富的发展。嘉靖十五年，《年谱》记有王艮与弟子聂静的一段言谈：“欲止至善，非明格物之学不可，盖物有本末，遗本失我，遗末失人，欲止至善难矣。”是为格物说有年代标记的最初载录。静为王艮后期最为贴近的弟子之一，又是《年谱》的主要写订者，其所录当不会有误。但据其内容看，也还不属最完整的表述，只是提出了格物论的一个基本架构——本末论架构，这点也可以从下一年的记载中得以证明。嘉靖十六年，谱载：“是年，先生玩《大学》，因悟格物之旨，曰：‘其本乱而末治者否矣’，乃叹曰：‘圣人以道济天下，是至尊者道也，人能弘道，是至尊者身也。……自天子以至于庶人，壹是皆以修身为本，其本乱而末治者否矣，故曰安其身而后动，身安而天下国家可保。其身正则天下归之，大人者正己而物正者也，此谓知本，此谓知之至也，是为物格而后知至，故出处进退，辞受取与，一切应用，失身失道，皆谓不知本而欲求末治者，未之有也。……本末，原是一物，是以有出为天下师，处为万世师云。”对格物论内容的记载已经甚为详周，依此，格物论的正式确立当在该年。在这段文字中，我们可以看到格物论涉及的各主要理论部件均已具备。而王艮其他有关于“格物”的较完整的大量叙述，从各种资料判断，也都应该始自该年。

从以上情况来看，王艮格物论的提出不是某一阶段的产物，而是像蜘蛛结网，先是不同的头绪陆续出现，最后才形成一整体性的构设。在此前曾有的万物一体说、修身立本说、保身利用说、尊身说、出处说、本末说等命题均各有其相对独立的意义（当然也有些联系），但同时都似乎是在为一更具总体性理论的出世准备条件（似乎都在潜在奔向某一目的）。而一当机会成熟（这个机会也许出现，也许不出现），即在一个契机作用之下（玩味《大学》），即整合为一高度概括力的构设或框架，形成一种一体贯通的理论，而这一理论构制又同时会返身对其他分支性观点具有后继性的总摄作用。因此，从王艮理论的最后形成模态看，格物论已不再是一个可与其他分支观点并列而存的概念（单单是嘉靖十六年的一项发明），而是一个众多论点可以集聚的概念总称，是一个体系性命题，就像我们常常可以以“良知”的命题来称呼阳明氏学说的一般体系一样。

对这个问题的进一步研究，还需要关注《大学》一书在王艮学说体系中的地位。王艮之格物说由阅读《大学》而来，在王艮看来，格物的概念之所以重要，是可以从多方面来论证的。从功能的角度看，一方面，“格物”在《大学》中是一个对全文意义具有统领作用的概念。这也可以分段察之，如其对三纲领意义的控绾（第一部分），居于八条目连动性逻辑运动之首（第二部分），对全文意义的总括（第三部分）。这在王艮的具体论述中都有涉及（不再赘引），由此推知，《大学》的中心思想也就是“格物”。另一方面，即在确立了格物是《大学》的核心要旨之后，便对其他儒家经典也起到一种提掇、甚至是统合性的作用。于此，王艮在谈到对《大学》宗旨的理会后曰：“验之《中庸》、《论》、《孟》、《周易》，洞然吻合，孔子精神命脉具此矣。”并因此而将《大学》称为“孔门经理万世的一部完书”[①]。“完”字在其中便表明了该书所具的总括性意义。

从王艮对诸经典材料的处理看，有两个特征应当提及：一是注意对不同经籍间相通或近似观点的提取，以便证明其意义的普泛性；二是不同经籍由于情况的差异，理论的体现方式等也是不一样的，因而需要区别对待。以后一方面讲，《大学》在对儒学思想的阐述上具有总纲性的意义，其格物论所绾连的三纲领即明明德、亲民、止至善，集中了儒学立本兼末与本末一贯的基本原则，其中又分疏出了如内外、身心、出处等关系合理联结的诸法则。故此，王艮对格物说的阐发也主要是以《大学》的文本材料为根据的。《语》、《孟》、《易》、《庸》等的论述则在阐发相同的主题时，存在着方式上的差异，以《论语》、《孟子》而言，就常常是以范例形式体现的。尤以《论语》为突出，相较于体系性甚强的《大学》，它更偏向属于一种日常处世哲理的记录，其思想的表达是随机生发，因事而异的，即“时中”式的，因此在王艮那里也多是作为领悟性的范例材料来使用的。《中庸》与《大学》的关系稍有不同，虽然从王艮的叙述中我们看到《中庸》也杂有格物论或其下的安身说、出处说等思想要素，如王艮曰：“《中庸》先言‘慎独’、‘中和’，说‘尽性’学问。然后言‘大本’、‘致中和’，教人以出处进退之大义也。”[②]（又如其对《中庸》“既明且哲，以保其身”文句的引用等。）但由于《中庸》一书的整体构成明显地偏向于对“中”即天命之性的重点揭示，以言“尽性”之学为首务，而非言格物、出处等，故此而难以与《大学》在意义结构上形成一种平行关系。但是，在王艮看来，它又不可能超出作为总纲而存在的《大学》之构设之外，那么它又是以怎样的方式与《大学》所呈示的义理原则相挂连的呢？

对于这一问题的解释，还是要回到《大学》的论述体系中来。我们知道，《中庸》论述的“中”、“性”等的意义，也就是《大学》的“明德”，那么，虽然它在《中庸》的结构中是意义表述的突出中心，但在《大学》的结构——比如其最

① 《答问补遗》。
② 《语录》。

主干性的三纲领结构中，便只是其中的理论构件之一。艮《谱》嘉靖二年条中记有一段王艮对二书的评价，以为《中庸》的道理已全备于《大学》之中，故只须读《大学》一书即够。虽然当时王艮还不可能有完整的格物论思想，但就此我们可以断定，他确实已看到了《大学》内容对《中庸》的涵盖。或许也正是从这一发现起步，才在后来形成了王艮对二书意义位置的安排。指出这点是非常重要的，因为这既涉及到王艮格物论与阳明良知说的关系，同时也与王艮对自己思想体系架构的设计有关。在此前的讨论中我们已知，王艮是将阳明的“良知”视为“明德”的，既然这样，“良知”或说是整个的心性问题就不再能一如既往地作为一单独的理论系统存在，而是必然地会为格物论的统序所框架与内涵的。虽然良知或心性问题的重要性依然不可否认，并且也是王艮不断要去阐讲的一个重点（及由之而产生出现成良知说等重要命义），以此表明他对阳明心学的一种认同与继承，但当有了格物这一体系性的命题之后，却受制于一个更大的理论框架，并只能在其他理论部件的关系网络中发挥作用。以《大学》而摄《中庸》，实际上也就是以格物而摄良知，借此，我们可以看出王艮对其师阳明之学术的最终态度，及对自己发明的新体系的一种刻意安排。

王艮之后，泰州学派后人对淮南格物论多有承续，由王栋、颜钧而至罗汝芳、耿定向，甚至于后期之焦竑等，都从正面肯定了王艮格物说的理论价值。当然，如作具体分析，这些学者的态度还是有所区别的，即虽然都对格物论的基本要点即本末论作了充分的肯定，而仍有一些学者对其保身说采取了回避的态度。以肯定的部分而言，正好反映出了泰州学派在一相当长时间内仍保留着的思想连贯性。以对保身说的回避来看，其原因是复杂的，若仔细探究起来，也可作些试探性的陈述：其一，保身说毕竟不属于《大学》的原义，而是王艮自己“读入”的一种意义，如果依照阐述的一般规则进行，则自然难以将之再纳入到阐释的逻辑之中；其二，保身说虽然能够在孔子时代的经籍中获得一些明证，但如置于孟子以来儒学的心性论传统中看，则显得有些乖戾与出格，或说是过于激进，因此也难以为循序渐进式改造的学术思想所接受。当然，随着中晚明思想的推进，泰州学派本身也在发生着一些变化。那些最初提出的命题，有些开始逐渐地沉匿于历史的背景之中，有些则趁势而起成为新的关注中心，这同样规定着格物论概念的沉浮升降的命运。

原载《差异》学刊 2008 年总第 5 期
此前曾分篇刊发于《中国哲学史》2004 年第 2 期
马来西亚《孔学论文集》，2004 年
《炎黄春秋》2004 年第 1 期
《中国文化研究》2006 年第 3 期

赵贞吉的经世/出世论：学渊与间架

——兼论一种思想史的线索

一

赵贞吉为明嘉靖、隆庆间著名政治家、心学家。就后一身份而言，对之的评骘也细布于诸多讲学者的文字中，如李贽《焚书》、《续焚书》中即有多篇文章对之有述，并赞许甚高，以为是“真圣人”、“巍巍泰山，学贯千古”[①]，“文章气节伟然可睹”[②]，从而亦将他视为接续阳明、心斋这一学脉而使之不坠、并具开拓的关键性的人物。然近代以来，虽然对阳明后学的研究已蔚然可观，但对赵氏思想的研究却依然颇显寂寥。有关的汉语材料，除日本学者荒木见悟所撰一概览性的《赵贞吉的思想》于近年被逐译成中文之外，便很少见有对之的专题性研究，遂使赵贞吉的思想依然无法从历史的尘封挣脱出来，进而也必然会使阳明学于纵深传播进程中的一个重要环节难获清晰的展示。

欲立足于目前已有的各种学术积累的水准上，对赵贞吉的思想作较为透彻的研究，首先有两个问题需要解决：一是赵氏思想的类属问题，即在王学这一大的统贯中其思想的具体原出和分属；二是赵氏思想的创拓性特征，这将解答其思想

---

① 《复邓石阳》，《焚书》卷一，中华书局 1963 年版。

② 《南询录叙》，《续焚书》卷二，中华书局 1959 年版。

究竟在哪些方面为心学的发展提供了刺激与推进，以致能将之忝列于王门谱系的荣者之列。而总起来看，这两个问题又是系结在一起的，需要在相互关照中对之做出合乎情理、且有一定深度的解释。

对赵贞吉思想类属的确认，自然离不开对其师承或问学经历的考察。于此，其差不多同时代学人提供的辅证资料至少有三，均以为学出于徐樾。一为颜钧《自传》所述："铎自独违家乡，奋游四方，……游入帝里，忽遇一师，徐卿波石，讳樾，字子直，贵溪人，时为礼部侍郎。当［时］有庶吉士赵贞吉，号大洲，内江人；敖铣，号梦坡，高安人，先列游夏座，引农同门，师事三年，省发活机，逢原三教，自庆际缘，何利不往，师亦钟爱，可与共学。"[①] 二为耿定向《王心斋先生传》中叙王艮系脉时所云："……徐方伯子真（当为"直"）承之（王艮），传赵文肃；罗大参惟德承之，传宫洗杨贞复，他如敖司成、张中丞尊信之者，未可殚述。"[②] 三为李贽于几处所述，其中一般征引较多的即其《为黄安二上人三首·大孝一首》中所云："心斋以后，为徐波石，为颜山农。……盖心斋真英雄，故其徒亦英雄也。波石之后为赵大洲，大洲之后为邓豁渠，……"[③] 如此而言，三人均排出了徐樾承王艮、赵贞吉又承徐樾的上下连接谱系。也正为此，黄宗羲《明儒学案》将之列入"泰州学案"中，当事有所据，时人对之似也未有明确疑义。

然观胡直所撰《少保赵文肃公传》记其早年留馆翰林时"退与同志友尹公台、徐公樾、敖公铣等切劘，不与世比"一句，却将徐樾称为"同志友"[④]，而未再另提赵贞吉的从学经历；赵氏文集中也有数篇语涉徐樾的，仅直称"徐子"，似仅以同辈视之，未明确以樾为师座。荒木为此而认为在赵贞吉的师承问题上存在资料上的缺口，或赵贞吉之师事徐樾一事未必就凿然已明。今人吴震先生在

---

① 《颜钧集》卷三，中国社会科学出版社 1996 年版，页 25。

② 《耿天台先生全书》卷十一，武昌正信印务馆 1927 年重印本。

③ 《焚书》卷二。

④ 《衡庐精舍藏稿》，《衡庐续稿》卷十一，四库全书版。然观胡直之语，将偏于江右一门的吉郡同乡尹台列于句首，其叙述倾向仍有可疑之处。又于表尹台的《宗伯尹洞山先生传》（《续稿》卷十一）列叙吉郡儒学名士，而不及永新颜钧（尹台同县）、永丰心隐，盖因其与心斋后学有隙，故李贽于《答耿司寇》中，对之有讥。

《泰州学案刍议》一文中，也主要依据以上资料，并作了更细的分辨与猜断，进而推论认为将大洲系于徐樾门下当为误判。[①]吴震的解析也自成条理，但是问题是，颜钧、耿定向均为与赵贞吉同时之人，并属有直接缔交的“同门”中人，作为亲历者的所述一般是最为可靠的，也是难以用一些测断轻易推翻的。次则胡直等于信中所使用的这一称谓也可能有特定的语境或意图，未必就可成为推断徐、赵二者关系的笃论。

对于资料上出现的龃龉，荒木随后借林东城的一个特定表述解释道：“只是心斋门下有忘记年辈前后，彼此交流的风气，如果波石的性格是‘波石之洒然，真忘情于世故者’，大洲刻意执贽入其门下亦不无可能。”[②]言下之意，仍未排除实际从学的可能，至于称名上的问题，也可能因于风气与性格等。可见，荒木还是给自己的上述存疑保留了解释的余地。与荒木所述相关，学人间以“子”相称，也并非只是王门中流行的风习。在稍前即明中期出现的前七子中，诸人实早已以“子”互称，除了同辈以外，这一称谓也含括那些具有师友关系及师承关系的“同志”，以此而显示思想盟友于精神品格上的平等（阳明最初追随梦阳已似无须赘述），为此，李东阳还曾专门生造一“子字股”来嘲讽前七子这种“时髦”的述文习惯。[③]当然，即便退一步而言，如大洲尚未“刻意贽入”波石之门，也不等于他与泰州学派就无思想上的连带或归属关系，这毕竟是有所区别的两个问题。

当然，对之系脉归属的考察，更重要的还是要扣其思想本身之特性。就此而言，赵氏于翰林期间与徐樾的交往（其时还有敖铣、颜钧等），应当依然是很关键的。贞吉《赠谢给谏序》也曾明言自己思想转化过程云：“予濡迹宦途，而学稍归一，则以京师豪杰所聚，而诲我无涯矣。”[④]而这也导致了其此后对王艮一脉的倾注。同样在翰林期间（嘉靖十七年），年轻的赵贞吉（31岁）即上《乞求真儒疏》，提出“责令内外百司庶府，博加采责，无间士民，凡有明先圣之道，蕴

---

① 见吴震《泰州学案刍议》，《浙江社会科学》2004年第2期。

② 荒木见悟《赵大洲的思想》，廖肇亨译，《中国文史研究通讯》第十三卷，第二期。原载《明末清初的思想与佛教》，廖肇亨译，台湾联经2006年版。

③ 何乔远《明山藏·臣林记·文苑》，江苏广陵古籍刻印社影印本。

④ 《赵文肃公文集》卷十五，明万历十三年赵德仲刻本。

经世之学，仁智老成之士，皆得举闻”[①]。据其文意，也据耿定向的说法，是意在推荐王艮[②]，而赵贞吉的这一动议显然不会没有确实的来历。两年后（嘉靖十九年），王艮卒，赵贞吉撰《泰州王心斋墓志铭》，语称“……先生门人贵溪徐子直氏、道州周季翰氏，谓予之向往甚勤，先生之念予亦切，义当志其墓中之石”[③]，此当与赵所上《疏》一事有密切的关系，而徐樾在其中则起到了引荐的作用。

通览赵氏所著书，因其交游范围甚广，各篇写作针对的对象、企意也不同，并还有一撰写时间差异的问题，故必然有意义漫溢之处，为此而显示出其思想的杂陈性。但仍然可在其论学诸什中，明确地感知到其中流淌与跃动着的泰州一脉的思想与精神质素。此外，正如李贽所云，泰州学派各阶段上的那些代表性人物均具有自己鲜明的意志与思想特征，不是简单地复制前辈，而是一代不同一代，所谓“大海不宿死尸，龙门不点破额”[④]。因此，赵贞吉的思想在整个泰派序列中，除了有一种“一以贯之之旨”（亦李贽言），也会表现出自身独具的特征。因而，对大洲思想的考察，也就需要将之置于由王艮而至李贽等的整个泰派思想演化的过程中，通过与这个背景的参照，来发现他思想上的承接与创辟之处。

如暂不考虑歧出的枝节，可试将赵氏思想的主要特征或转折性的意义总括为以下几点。一是直见本体论。如其《答胡庐山督学书》在对胡氏“以已立处未充，不能了天地万物也”之彷徨作出开示之后，即提出“古人不贵践履，只贵眼明；若能于此具眼，历落分明”的主见，以为“惟智者当下了即当下休矣，当下休即当下彻矣”，也就是“智”在“行”前，进而于至处入手，并将体用打并为一，“夫学至于体用一如，则达乎大觉圆顿之门矣”[⑤]云云，这自然也会导致他在功夫论上力主“易简”[⑥]。对于如何能够达及无欲之本体，王门各派中意见纷扰，

---

① 《赵文肃公文集》卷八。

② 耿定向《王心斋先生传》：“总漕刘公节、盐法吴公悌皆特疏荐闻，赵文肃曾疏请用真儒，实意在先生，俱格不报。呜呼，天亦将以先生为木铎与哉！”《耿天台先生全书》卷十一。

③ 《赵文肃公文集》卷十八。

④ 《为黄安二上人三首·大孝一首》，《焚书》卷二。

⑤ 《赵文肃公文集》卷二十二。

⑥ 大洲关于“易简”之说，可见其《经筵讲章》“所谓诚其意条”、《正学书社讲章》“吾有知乎哉”条、《送滇子出守南昌序》等，载《赵文肃公文集》卷九、卷十四、卷十五。王艮论学也多提“简易”，参诸篇，可知也一贯之旨。

王艮主现成良知之说，谓“识得此理，则现现成成，自自在在”[①]，赵贞吉的直“见”与王艮之先“识”有血脉上的关联，因而赵氏在论王艮宗趣时也将之括为“以悟性为宗，以格物为法”[②]。突出一“悟”字，可谓深得王艮要旨。[③]但赵贞吉于此又更有偏进，由于禅法的揽入，在立说上便更显直截、通彻，颇具泰派激进主义的征象。二是以佛释儒，使心学融佛有进一步的推进。王艮虽以“悟”开启后学，但思想中少有二教的痕迹，其时或稍后的学者如王龙溪、颜钧等已佛道兼蓄，却更多地偏向于对道教思想要素的吸取。世风嬗递，不久之后，学人中援佛言禅之风渐盛，压倒对道教的接受，由此而开辟出心学发展的一个新的路向，赵贞吉可谓其中最有代表性的人物之一，并对此风之倡炽有转捩的作用。此点后面再论。三是对道术多样化的辩护与贯通。赵贞吉的这种对儒学以外思想的辩护，已不限于时人一般关注的佛道二氏，而是提出了“道无千载异，言有百家私”[④]的主张，融摄的范围更为广泛。在著名的《复广西督学王敬所书》一文中，贞吉肆其雄辩之才，对孟荀以至于南北宋以来限定性过强的儒家观念模式作了系统清理，锋芒直指孟子、朱熹，批评二人所执尺度过严，而以为杨墨实均有可尊。“二子之学，要有所本也。墨子本于禹，杨子本于黄帝、老子”，即均有先王之学的根源；而朱熹之“评骘千古，说弹百家，椎击名士，剥剔群言”[⑤]，其造成的后果只能是画地为牢，无法同天下之物，济天下之用，故而力主开放学术、兼纳异说。作为这一思想的一个伴随物，便是他晚年设计与裒辑的“二通”，从其构想看，即试图突破经典儒家的框架，建立一可包容多样化学说的大体系。其中值得一提的是，在这方面，他与阳明、心斋的比较单纯的心性论取向已有较大区别，并实际上已超出了王学的基本论域与界限。这一知识论面向在嘉靖初的出现并非

① 《答问补遗》，《王心斋先生遗集》卷一，清宣统二年东台袁氏据原刻本重编校排本。

② 《泰州王心斋墓志铭》，《赵文肃公文集》卷十八。

③ 另也见之对“中”的论述，从“中”达“悟”。黄宗羲以为贞吉有所授受于徐樾，即举二人关于“中”的论述之同，见《明儒学案》卷三十三“文肃赵大洲先生贞吉”（清康熙间刻本，中国书店1990年影印版）。事实上泰派论中也为一传统，如至颜钧处发展为“大中学”，接而又有罗汝芳的论中等。

④ 《示鼎儿二首》，《赵文肃公文集》卷三。

⑤ 《赵文肃公文集》卷二十一。

偶然，比如同期如唐顺之等，也在知识学编纂上做过大量的工作。此后焦竑等的知识性整理工作从某种意义上讲，也可看做是赵、唐等思路的一个延续，由此而构成了晚明思想与学术历程中另一条潜行的线路（并进而影响清代学术）。[①]第四即他的经世/出世论。如上所述，知识学上的编纂在很大程度上属于其经世论观念的一部分，与王学理论中抽象所云的"天下一体"的提法尚有区别，经世之说也包含了对各种政治生活的具体参与，这也是赵贞吉一生挥之不去的一个情结。但另一方面，嘉隆之际，由于佛教思想的推布，心学向佛、道二教的靠拢，出世的问题也比以前更为突出，这既表现在理论的进度中，也表现在生活态度的选择中。而这两大问题又常常无法截然分处，由此而言，也便有了赵贞吉对经世、出世问题的关联性思考。

然而，这四个方面又不是截然分开的，如分着来看，就有可能导致对赵氏思想的某一单向度理解。从实际的情况来看，这四点之间或更多的理论要点之间，是交叉地重叠在一更大的思维框架之中的，这个更大的框架也就是赵贞吉提出的经世/出世论。时至晚岁，赵贞吉杜门闭讲，试图以"二通"的名义即《经世通》与《出世通》来整理、统合三千年来未折中之学，此也可看做是他对自己一生思想的一个相对整体的表述。尽管这一大的框架尚不能取代其他命题的独立意义，但其统合性也是很显明的。本文以下即试从这一论题切入，对赵贞吉的思想做一深入的研究，并借之而阐明其与王学及江左泰学展开路径的特殊关系。

二

赵贞吉《祭古圣贤文》自述其生平大端曰："贞吉夙生缘遇，幸染真熏。今出头来，不忘觉照。然身居臣子之地，每怀经世之忧，心慕道德之门，时发出世之愿，如此辗转四十余年。"[②]指明出世与经世两种愿望的纠缠是其一生的心路历程。

考其早岁事迹，其于京师结识徐樾等之前，先是"读文成公《传习录》"有

① 今人关于这一路向的考察，也可参见林庆彰著《明代考据学研究》，台湾学生书局1986年版。

② 《赵文肃公文集》卷二十三。

悟，以为有所归依。不久因太夫人逝，而开始习静于古刹之中，所谓“兼修出世业”也。于举进士以后，曾有一阶段既“锐意圣学”，又“颇惑方术”[①]，也在两个方面均有涉入[②]。应该说，前期的这些经历有充塞与形构其思想框架的作用，但尚未能将两种路径综合在一起。

与徐樾、颜钧等的交往及与王艮思想的接触，成为其一生基本思想得以奠基的一个契机。不久，赵贞吉撰心斋墓志[③]，阐述王艮的为学宗趣是“以吾性为宗，以格物为要”，又简括阳明与心斋“二王”的学术同异为“越中良知，淮北格物，如车两轮，实出一毂”[④]。这些评议颇值得玩味。在对王艮思想的概述中，赵贞吉措出的一个关键概念是“格物”，它被视为王艮学术具有核心特征的标目，同时也被看做与阳明思想分疏的一个义界。在当时学界尚未对王艮思想进行全面总结之时，赵氏即如此精辟、断然地以“格物”一语界说心斋，当不会是一件偶然之事。如果我们细考赵贞吉有关经世/出世的演述，则可发现他的思想与王艮格物说之间实际存有的一种深层关联，而对淮南格物论的接受也自然会成为其进入泰派思想逻辑的一个重要的起点。

既然如此，还需要先回到王艮。关于王艮对《大学》“格物”一语的解释，可见其《答问补遗》中一段云：

> “格”如“格式”之格，即后“絜矩”之谓。吾身是个“矩”，天下国家是个“方”。絜矩则知方之不正，由矩之不正也。是以只去正矩，却不在方上求。矩正则方正矣，方正则成格矣，故曰“物格”。吾身对上下、前后、左右是“物”，絜矩是“格”也。“其本乱而末治者否矣”一句，便见絜矩“格”字之义。修身，立本也，立本，安身也，安身以安天下而天下平也。故曰“修己以安人”，“修己以安百姓”，“修其身而天下平”。[⑤]

---

① 上引皆自胡直撰《少保赵文肃公传》，《衡庐续稿》卷十一。

② 关于贞吉前期更详细的学道经历可参曾孔恕、黄世杰所编《赵贞吉年谱》，载《赵贞吉诗文集注》后，巴蜀书社1999年版。

③《遗集·谱余》将赵氏该文系于嘉靖二十年，《王心斋先生遗集》卷四。

④《泰州王心斋墓志铭》。

⑤《王心斋先生遗集》卷一。

"格"，絜度也，絜度于本末之间，而知"本乱而末治者否矣"，此"格物"也。"物格"，"知本"也；"知本"，"知之至"也。故曰"自天子以至于庶人，壹是皆以修身为本"也。修身，立本也；立本，安身也。[①]

王艮两段对"格物"的解释，都用了一个"絜矩"、"絜度"的比方，来训"格"。而"物"有本末，指吾身与天下国家，格物也就是以吾身来絜度、格度天下国家，因此，这一论述的一个核心便是以吾身为本，从而来推比天下国家之末。尽管对"身"的理解，王艮更有从心性延伸至对物理之身的安保的意思（即所谓的"安身"/"保身"说），但格物说的基本要义，则属一种本末论。这个表述与阳明将"格物"解释为"正心"已有很大的差异，但以吾身为本的说法（在心性论层次上）与阳明以"良知"立极在逻辑取向上却是一致的，因此在立足点上，依然契于心学的基本原则。以此而论，"格物"说与"良知"说，便显示出了同构中的一种差异。以格物说来替换或补充良知说，其意图自然可有多种理解，其中之一，便是试图在"本末"论双向互为的结构中，来确定学术展开的一个新的方向，而不是单向度地偏重于对"本—良知—心性"的阐发。本末论在一定的语境中，也被表达为内外论、出处论等，出处论又关联到如何选择儒者在现实中所处位置的问题。[②] 如王艮所云，"出必为帝者师，处必为天下万世师"[③]，便是对其格物论，或更具体地而言是对其出处论的一个精辟表述。也正为此，心斋之学非限于心性的沉思与思辨，而是试图通过与"日常"话语的连接，通达一王道实践的社会化层面，并借此而补缀心学一味内观、内进的趋向。

赵贞吉《经筵讲章》释《大学》传之十章，也论及"絜矩"的概念：

曾子说道，平天下在"絜矩"，而絜矩非明德不能。即上文三诗观之，可见治乱兴丧系于德之明否，而不可不慎矣。故君子图治，他务皆所未遑，必先慎此明德，审于意念之发，谨于独知之时。意发于天

① 《王心斋先生遗集》卷一。

② 对王艮格物说的细述请参拙文《王艮"淮南格物"论概念系统的再疏释》，载《中国哲学史》2004 年第 2 期。视王艮出处观为其格物说的一个延伸部分，具体的研究参拙文《度于本末之间——王艮出处观之研究》，载《炎黄文化研究》2004 年第一辑，大象出版社。

③ 《答问补遗》。

理，即扩充之，无所碍阻；意发于人欲，即遏绝之，无所牵系。如是，则心正身修，全体之昭明自复，而大用之絜矩自行，欲平天下不难矣。所以说君子先慎乎德，德既明矣，将见有德之君，能爱其民，而民亦爱之。[①]

此处所讨论的"絜矩"处理的便是本末间的关系，以"明德"为本，也即以吾身为本，由吾身的确立，再用之于天下国家之事；絜矩，则是测度于此两端之间。虽然本条未直接用"格物"的概念，但王艮思想的印迹分明可见，其所采用的也是一种本末论的结构性思维。又如，《国学讲章》释"天命之谓性"段，赵贞吉也用了"絜矩"一语，曰："……自一身之近，以至于国家天下之政理酬酢，皆则于天命而不失其度也，其道不可胜用矣。又如平旦之好恶，充而至于絜四方上下之矩也；赤子之恻隐，推而至于四海亲长之恩也。其道不胜用矣。"[②]絜矩在这里依然是在本末论意义上使用的，此不能不推断为是受到王艮的影响，以故邓林材在其所撰《赵文肃公年谱序》中也称赵氏是以"絜矩"为学旨的。[③]

如此解释《大学》"格物"一词，在整个王学体系中的确是很特殊的。因徐樾目前所遗资料非常匮缺，似很难觅得其相关的论述。仅就黄宗羲《明儒学案》辑出的一些有限条目看，徐樾主要还是在现成良知及"简易"说的层面上来承接心斋的。[④]但泰派中如颜钧、王栋与稍后的罗汝芳、耿定向及更后的焦竑却均对"格物"有相近的解释，现仅引颜、耿二说证之。如颜钧《论大学中庸》篇云："今夫《大学》以修身为家国天下之本。身之中，涵以心、意、知、格，为时日运用之妙。是妙运也，皆心之所能在中也。此中几动森融曰意，此意拟测贯通曰知。知中自出分寸矩节曰格，格知自善乎身形显设也，为视明听聪，为言信

① 《赵文肃公文集》卷九。

② 《赵文肃公文集》卷十四。

③ 邓林材《赵文肃公年谱序》云："先是越中王先生倡明良知之学，淮北王先生阐发格物之旨，先生承二王之绪，究竟要归絜矩，使人益有所持循着力处矣。"转引自油印本《赵贞吉研究参考资料》，页53，由政协内江市文史资料委员会等编，1991年。

④ 在梨洲所撰波石小传中，也以许多篇幅记录了心斋在见性这一层面上开示波石的事例，以使波石从一"操存过苦""刻刻简默"的学人而至能破除拟议，率性以行。参《学案》卷三十二。

动礼，为孝弟慈让，以絜矩上下四旁，直不啻乎如保赤子之蒸蒸也。”[①] 又耿定向《石经大学》云：“……古之欲明明德于天下者，岂故为是阔远哉？一之贯于天下者，其体本若斯之大也。然先之国与家，而推本于身心意知，始终本末，理本一贯。格物者，格此也；知至，至之一。本诸身，则近之家，远之国暨天下，胥贯矣。……故君子慎之，一贯于身，而道得矣。”[②] 由这些引述而知，淮南格物所揭示的本末观确为泰州学派一系成员所共认，从而也可将之看做是一学派归属的标识性概念。

通过对淮南格物含义的解析，可知赵贞吉的经世／出世说实为前者的一种同构性展开，处理的目标均为内与外、本与末之间的关系。虽然内外、本末之意亦孔教中固有之旨趣，但对之双向结构的强调论述，则必然会含有特定的意义指向，及在理论上寻找突破的某种意愿。进而，则也会与其时政治活动及儒学思考的走向有密切的关系。

以王艮的情况看，其对格物论的阐述，大致包含：一是如何处理好新兴的心性之学与儒学原旨（王道政治）之间的关系；二是如何处理好作为一个统一的“吾身”，在其内部存在的心性诉求与基本生存（“安身”／“保身”）之间的关系；三是如何处理作为一个儒者在体制内的从政实践与在体制外的讲学与教民的问题，这同时也是一个如何更为有效地保持士者“尊道”原则的问题，等等。就赵贞吉而言，在绍续王艮基本主旨的基础上，其提出问题的方式要相对单纯一些，主要还是在王艮所虑的第一种意义的层面上展开的，但是由于时代与思想的趋向都已经发生了变化，因此，其所关注的要点也会携有自己较为鲜明的特征。

赵贞吉的经世／出世说，主要存于其各种书序讲章等中，并会以一些不同的

---

① 颜钧《颜钧集》卷二，页 17。

② 《耿天台先生全书》卷一。耿定向其他关于“格物”的解释也依王艮而非阳明之意，如《格物》节：“儒先格物之训多矣。按《大学》经文中格物原自有明解，曰‘物有本末’，又曰‘壹是皆以修身为本’。格物之物，故即物有本末之物。物格云者，知此身之为天下本耳。”（同上卷一）。又见《立达》等篇所释。《答唐元卿·又》以为王心斋、蒋道林皆有此论。

方式加以表达（包括其所绘的七幅“图录”[①]）；再就是其晚岁计划编撰的“内外二篇”，也是以经世/出世的构架来搭造的。在已撰成的简短序文中，赵氏对该书的宗旨与凡例做了说明，如谓“经世通”部分：“予意在备经世之法，俾愿治之主有所采择耳。……王即经世之主也，其位为统，其臣为传，其令为制，其事为志，其道为典，其德为行，其才为艺，其技为术，譬之于车轮辕辐毂轴盖厢，一不备，非完车也。”[②]其中包括了制度、德性、技艺等方面的内容，并很明显是置于知识性维度上加以理会的，又最后均将之归入儒家政治的范畴。“出世通”的内容，赵贞吉解释为“西方化人之书也”，有两大部分即说通门、宗通门。依其所述，二通虽于知识体系上按严格的分科胪列，但于实践上却不是区隔的，两者之间是可无碍相通、来往渡越的，并可在日用化的层面上并为一体。赵氏关于二通的关系所述甚详，就不在此罗举了。

以赵贞吉自身的情况看，关注于本/末、出世/经世、出/处的双向交汇，除了受到淮南格物论等思想的影响，及与其本人频繁地处于出与入的心理境域，在出与入的两个方面都有高峰般的体验有关，也与嘉靖朝的政治、学术等氛围有密切的关联。以后者言，这一思想方案的提出也自然会是一种基于语境的思考与选择，对之的深入理解也需要参照对这一语境的考察。

首先值得关注的是重视吏务的倾向，在嘉靖初开始逐渐于仕者中蔓延，并波及一些心学同仁。比如唐顺之：“为翰林，最号清华，顾尝好言民事，在职时，每欲乞一郡，自试其才以见志，而不可遂。”[③]王慎中《衢州守李克斋先生祠记》一文，记同年进士李遂由早年对州郡职务的认识为“勤于民者卑，劳于事者细，目之鄙俗不足为也”，转变为对吏务的重视及切身投入的经历，深刻反省了包括自己在内的此前仕者“藻饰有以文华，驰骤以才力”的习气[④]。慎中另有《与道原弟书（一）》也谈及中进士初年为曹官时，“只是以作文赋诗为第一义，故以

---

① 见《周南留著图录序》，《赵文肃公文集》卷二十三。荒木见悟于《赵大洲的思想》一文对之有释。

② 赵贞吉《内外二篇都序》，《赵文肃公文集》卷二十三。

③《衢州守李克斋先生祠记》，《遵岩集》卷八，四库全书文渊阁本。

④ 同上。

本朝事体、诸司职事，不甚通晓”①，而后遂有悔意的心情。虽然有些是针对弘治以降仕者耽溺文学、忽脱国事而发，但也会包含对虚谈理义、不谙政事的讲学风习的批评，由此可见当时儒者思想正在酝酿着的一种转折。

可以唐顺之的事例作进一步的说明。虽然顺之多被置于心学与文学的系列中研究，并以对王学心性论的阐发而闻世，但这仅属于他的一个侧面或于某一时期的集中表现。由上引资料可见，顺之实早有投身吏务的愿望，尽管这一意愿因遇到现实挫折而难以实现，却未曾于内心消失，并转而投射至对一种经世性知识的探究。据唐鼎元行状记顺之嘉靖初落职后事：“公去官心未尝忘天下国家，既削籍不仕，于是一意沉酣六经，百子史氏，国朝典故，律历之书。……昼夜讲究，忘寝废食，于时学射学算，学天文律历，学山川地志，学兵法站阵，下至兵家小技，一一学习。”②这些事例也都可在他的文集中窥得。《明史》本传记其各种兴趣后，还言及他所编撰的著述：“尽取古今载籍，剖裂补缀，区分部居，为《左》、《右》、《文》、《武》、《儒》、《稗》六编传于世。”③顺之于《杂编序》中曾对自己的爱好有一解释：“……然而，诸子百家之异说，农圃工贾医卜堪舆占气星历方技之小道，与夫六艺之节脉碎细，皆儒者之所宜究其说而折中之，未可以为迹而恶之也。”④句中提到的这个“儒者”的新标准，所涉及的领域已大大超出心学家与文学家的视域。而至晚岁，唐顺之虽经历了“槁形灰心”的心理历程，依然顶着舆论的压力，毅然出使东南，参加抗倭，这与他一直以来的“未尝忘天下国家”的经世愿望是密切相关的。因此，即便是从该期心学学者的身上，也能看到世风发生的一些转换：一方面是对心性之学的追究仍然沿正德以来的轨道行进；另一方面则在儒者群体中开始滋生出一种新的观念形态，有别于弘、正间仕者对审美与理学趣味的单纯猎获与沉迷，出现了对外部事务积极关注的趋向。

赵贞吉中进士稍晚于唐、王，也受及嘉靖朝仕风转换的影响，不仅表现在心性学的探究上，也在经世学的抱负上，能与唐顺之等相投契。贞吉《与姜凤阿

① 《遵岩集》卷二十四。
② 《明唐荆川先生年谱》卷二，1939年唐肯排印本。
③ 《明史》卷二〇五。
④ 《荆川先生文集》卷十，四部丛刊本。

督学书》记“往在金陵，与荆川数会，……见荆川即如见二妙，……”[①]，可知二人曾有面识。贞吉又有《与唐荆川书》一文，为唐顺之已赴浙东视师后作，札中便提到顺之近日有二信寄达，惜已不见于唐集。唐顺之所存文中涉及赵贞吉的有《与万思节主事》二篇信札，提到“吾每欲与大洲兄相会，乃欲相与证明绝学，非历数之谓也”[②]，以为欲与贞吉商讨心学，但二信却整篇都是对历数学的阐讲。唐顺之在历数学上自视颇高，以为“历数自郭氏以来，亦成三百余年绝学矣”，并“叹世无可语者”。但后从万思节处得知“复有透晓如大洲者在也”[③]，因此一面是得知贞吉对历数学有精湛的研究而十分欣喜，一面又多详述自己对历数学的看法，借与他人之信与赵贞吉展开讨论（以贞吉为潜在的对话对象）。此后二人在这一话题上的交流因无材料证明，故不得而知，但二人的兴趣结构却大有相同之处，则由此可知。也正因有此夙缘，才有贞吉晚岁决意将其平生所习辑为巨帙的想法，或也有以此而与唐氏“六编”相匹配的意愿。

这种相契也表现在赵贞吉对唐顺之出使东南这一举动的高度赞赏上。唐顺之晚年决计“出山”，受到各方谗评，世论以为其学术不纯，但赵贞吉却为之而喜，写信给他以积极的支持，谓：“不数日即得上命唐郎中经略江南之信，及南兵部抄咨，慰喜如何！正想望之间，闻以十一月廿三日过家一宿，已入浙去，举动快便，心服心服！而贼巢已空，亦省调度之劳也。”[④]对于来自于舆论的负面评价，赵贞吉也为之辩护曰：“非以媚世也，乃以善世也，乃大乘法门也。”[⑤]即应当从为“天下国家”（即大乘法门）而非其他的角度来看待唐顺之的出山一事。贞吉另有与他人信，也提到唐顺之的最末一着，实与他自己的“出处”观有密切的关系：“其出处之说，仆以语人，人皆茫然，惟门下聆之，忻然以为确论。然惟唐子可以此论，若他人则效颦矣。孟子不云乎‘有伊尹之志，则可足以此义’。”[⑥]由此表明在出处观的问题上，他与顺之也有同心之志，并有深切的了解。为此之

① 《赵文肃公文集》卷二十一。
② 《荆川先生文集》卷七。
③ 同上。
④ 《与唐荆川书》,《赵文肃公文集》卷二十一。
⑤ 同上。
⑥ 《与姜凤阿督学书·再书》,《赵文肃公文集》卷二十二。

故，当唐顺之不久病逝于御寇舟中时，贞吉在与多人的往返信中，表达了沉痛的哀念，以为知音难求。而赵贞吉自己的为政经历也与之相仿，即便是在留意禅学或论讨虚空之时，也时刻未遗经世之想，而一旦面遇国危民难，则不惜挺身践行。

当然，作为一名心学学者，其考虑问题的思路最终还是会移入到自己的理论预设中，也就是从心性论的角度对自己的行为主张作出解释。对心性的关怀，当以“立本”为首要之务，即发见本体，从而顺本心以发用，这也是阳明良知说的题中之义。在赵贞吉的论述中，我们看到，除了这一一般性的讨论以外，又偏重于对儒者本体的确立在政治活动中产生的效应的关注，因为在他看来，良知说的提出，不限于个体的去蔽存真等功效。良知一旦被现实地揭示、呈示，还会直接地关联与作用于儒者的各种政治实践，以故而曰“良知也，万事之母、百行之主也”[①]。相对于当时王门各派多偏重于对心体的单方面阐讲，赵贞吉的这一思路，则能将良知的确认与经世实践相结合，故也有其独特之处。如此而论，吏治的良好开展，就不是无条件的，而是将有赖于政治家道德本心的确立。这在他的多篇文章中均有述论，如其送谯孟龙赴南昌为守令官，谯子有为难情绪，贞吉便以“絜矩”之说启导之：“古人云‘举斯心加诸彼而已’。又云‘絜矩，矩有定，则在予絜之而已’。故曰‘予出令则若流水，未尝言难也’。今之学者皆诵习孔孟，至举孔孟之道则大笑，以为迂阔不足以应世。异哉，异哉！此事甚易知易行，而人固难之。”[②]即立本而政事便会如流水下行一般地简易可为，赵贞吉此论所依据的原则便是孔孟所谓的发于本心的如敬、仁、智等。在送王安峰为畿甸御史时，贞吉也对“世犹以君子之道难为”的说法予以了批评，而言：“君子之政，出乎其心，见诸其事，至于感乎人，久而不能忘，则必有深得于其道，而中有不易夺者存也。”[③]鼓励其以君子之道为政，并以为若此则政事必通达无乖。以赵贞吉之见，不能将经世看做一种单纯的吏务，而是应当视之为心性论主导下的一种政治行为，其成功与失败往往取决于主体性的定位，也就是是否能更好地“絜矩”，

---

① 《国学讲章》，《赵文肃公文集》卷十四。

② 《送谯子出守南昌序》，《赵文肃公文集》卷十五。

③ 《赠侍御王安峰序》，《赵文肃公文集》卷十五。

格于两端并从容有余。正是在这个意义上，他提出了一个有“觉悟”感（即见在行前）的有道之士的概念，以之作为对经世说的补充与协调。在他看来，这一有道之士或“任道君子”的最高的范例，就是伊尹与孔子[①]。虽然这些论述未离心学的基本言说路径，但却更添入了一些世用性的视角。

此外，对心性的关怀，在赵的时代也正在发生潜在的变化，这与佛、道的逐渐兴盛及对心学的浸渗有关。相对于其他心学学者的涉入佛学不同，赵氏的佛学情结源于自幼的家庭环境，因此而有更深的内在因缘。虽然其经世/出世论将出处打并一体，但这还是就整体一生而言的。事实上在具体的时间间隙中，赵的佞佛有时看起来会更像一名佛门弟子，比如会趁时去禅寺习静，与他人谈禅则“议论蜂涌”[②]，为之遽喜。或正因此，清人彭绍升于所撰《居士传》中为赵氏单辟一目，树为精进之幢。

赵氏之涉佛、倡佛见诸其多种言述，也为后人所乐道。在此话题下，我们更为关注的应当是：就一个心学家的身份定位来看，比之于前代学者，赵贞吉对佛教的态度（进而是对佛儒二教关系的看法）有什么新的特点？

可述者至少有二。一是如姜宝于序贞吉文集时指出的：“今世论学者，多阴采二氏之微妙，而阳讳其名，公于此能言之，敢言之，又讼言之，昌言之，而不少避忌，盖其所见真，所论当，人固莫得而訾议也。”[③] 比较特殊的例证有贞吉文集现存的两篇“阁试”之文，原为馆阁中的习作，应试的题目为“求放心斋铭”与“克己箴”，属于标准的儒学论题，然贞吉居然在其中信手援引自己熟悉的佛理，不忌规范性写作的限制。赵贞吉自己也曾于《与赵浚谷中丞书》中激辩道：“仆之为禅，自弱冠以来矣，敢欺人哉？……仆盖以身证之，非世儒特以口说诤

---

① 见其《送刘一岩赴浙台佥宪序》所云：“夫古之君子，或仕与处，皆以究竟其学而已也。学者，觉也。古有先觉而后仕者，伊尹是也。伊尹曰：‘予，天民之先觉者也。’有先仕而后觉者也，孔子是也。孔子盖少仕于鲁，至四十而始不惑，五十而知天命。呜呼，斯理也，涵万汇而无体，摄宇宙而无功，动作见闻、意识思维，悉于其中现见。”《赵文肃公文集》卷十五。由其几段叙述看，所谓道德明觉已经成为一种根于深心的自然流行之物，以故而简易。

② 《明儒学案》卷十五［都督万鹿园先生表］。

③ 《赵文肃公文集序》，官长驰著《赵贞吉诗文集注》，巴蜀书社 1999 年版。

论比也。”① 他这一表现显然已不同于前代王门学者的所谓“阳儒阴佛”，突破了王学长期以来在思想表述上尽可能严守的一个边线，正因如此，后人在论心学的转向时，也有将赵贞吉视为心学转捩进程中的枢纽性人物。② 或许也因为有了这一开端，赵贞吉之后王门中的直接语佛竟演化为一时风气，如与其关系比较近的万表、徐鲁源、李贽等，稍后的泰派学人如杨起元、周汝登、管治道、陶望龄等，都不回避对佛学的嗜好与崇信③，心学为之而变帜并进入一种新的轨道。

二是其晚岁所构设的二通，本是为说明经世与出世的互补与融通。其中关于二者关系与地位的认识，从他对内外篇的命名中可以看出。从佛教固有的理路看，佛为内学，儒为外业，而贞吉倒置其位，将儒教经籍称为“内篇”，将佛教经说称为“外篇”，本意当在以经世为重而以出世相对为轻，其《内外二篇都序》对之也有解释，谓：“内外者，主客之谓也。经世为主，出世为客。”④ 尽管赵氏在补偿说明中认为，以佛教为客是因为“化人之道，旅泊三界，身世如寄，其于世也，非客议乎”⑤，但这一安排依然会存在着两个问题。一是与阳明、王艮等的内外之说不甚吻合，也与他自己曾有的一些表达（如“絜矩”、“中节”诸说等）不合。就阳明来说，既然“心即理”、“良知是本体”，那么主位性就应当指的是人之心性，经世只是心性的一种向外的发用。王艮本末论虽相对加重了对外部世界原则的重视，但其所指之“本”依然为心性，由此可知赵贞吉的提法是会有乖于一般心学表述的，这或许与其有意识地突出强调经世之法，从而将儒学简化地归为经世一维有关。二是内外二篇这样的布局法，也在形式上造成经世与出世二者并置的格局，尽管儒被提到首要的位置，但却实际上也抬高了佛法的地位。从心

① 《赵文肃公文集》卷二十二。

② 如钱谦益《文恪傅公神道碑》记傅新德在史馆与黄昭素言：“人议赵大洲学禅，大洲直任不辞，腾诸奏牍，视阳明改头换面，更进一格。”又于《跋傅文恪公大事狂言》中记傅所论：“今之谈禅者，皆宗赵大洲，只贵眼明，不贵践履之说。”载《初学集》卷六十三、八十六，上海古籍出版社 1985 年版。

③ 另可见耿定向《与吴少虞》中提供的其同时代学者佞佛的名单：“近士大夫好佛者，如吴旺湖、陆平泉之修洁，近佛之清净；赵大洲、陆五台之刚简，近佛之直截；罗近溪至宽和，近佛之慈悲，皆就其质之所近入佛，语而投其所好，……”《耿天台先生全书》卷三。

④ 《赵文肃公文集》卷二十三。

⑤ 同上。

学家一方看，阳明固然有“三间屋室”之喻[①]，王畿等也对之有释[②]，但他们的最终目的是在对佛老智慧的汲用与消化之后使儒家的良知成为“范围三教之枢”[③]，以一种新的儒学姿态来统摄佛道的理说，并非以为佛道还有独立的意义。也就是在儒学的范围内，通过整合之后，已不再会有三间屋室的问题。但是赵氏二通的安排却明显地回到了各自独立的三间屋室——准确地说是儒佛二间屋室并置的概念格局中，并在解释中将心性看做佛家这一座屋室中的当家之物，以为对经世有益，而非将之系属于经世篇中，如谓“（出世篇）夫俾经世者，得此常住真心而用之于化理，其益岂小哉？”[④]云云。根据此意，儒家还只是以经世为擅长，而心性之论则源自佛家，故当使佛家单辟一门，以示其重要，以便源源不断地向儒者输送精神上的资粮。

借此而论，赵氏的经世/出世说虽暗合于并承续于王艮格物说，但至少就其二通论来看，不仅是二者的结构性布局，而且对经世与出世内容的阐论都存在着明显的差异。从经世观上看，王艮作为一名在野的学者（并鉴于嘉靖初朝政的恶化），对体制内“尊道”的可能性存有巨大的疑义，因此，他所提出的经世方式便主要是立足于体制外的传道与教化。心斋之后，后学中言格物者如颜钧、王栋、耿定向、罗汝芳等，对向外的一截的论述，也多偏向于在野的教民与化民，大体依循的是王艮的原旨。而赵贞吉所谓的经世概念，虽也包括日用常行中的伦理践行，却更偏指入为朝臣的国家政治活动。这一观念产生的背景在前文已作了交代，也与其长期以来的体制内身份及对在体制内功业的信念有关，因此走的是更为传统的入仕路线。与之相似，许多心学学者也都有宦者的身份，故需从自己所处的位置上来考虑儒家治道理念的贯彻，这一情形导致了王学在嘉靖朝以后于入世观上的分化，形成了在野与在朝两种有所差异的表述。其次，从心性观上来看，尽管王艮格物论是以“格物”摄“良知”，并提出“以悟性为宗”的主张，对阳明良知说有所修订与推进，但总起来看，其心体论还是在儒家所谓“与点”

---

① 《传习录拾遗》，《王阳明全集》卷三十二，补录，上海古籍出版社 1992 年版。

② 《三山丽泽录》，《龙溪王先生全集》卷一，明万历十五年萧良榦刻本。

③ 同上。

④ 赵贞吉《内外二篇都序》，《赵文肃公文集》卷二十三。

的意义层面上即宋代周、邵，明代陈（白沙）、王（阳明）的言说谱系中展开的，涉佛的痕迹不是十分明显，同时王艮有时也特别以"忠恕"、"孝慈"等意义来补充"善心"的概念。赵贞吉虽于经筵讲章中论及立本时也还维持着儒家道德心性解释的含义，但于更多情况下则直接以佛教言说来表述心体的状态，并将之概括为佛教的"随顺觉性"[①]。虽谓三教于心体论上有近似的论述，但在赵贞吉看来，佛教的心体论仍是最为直截与透彻的，尤其是在去欲论、体用论等上最为见效，以故可作为儒家心体构建的参资及精神上可凭附的支柱。从赵贞吉于这一问题上的种种阐述看，他的心性论表述也就会有别于前代学者，携有更多佛禅的成分。

由以上分析可见，赵贞吉的经世/出世论在与其心学前辈思想的比较中的确显示出了一些鲜明的特点。概而述之，一是更偏重于对经世维度的强调，二是同时也更偏重于对佛教心性论的强调，由此而使王学中原来固存的内外兼具的论说结构都更向两端大幅倾斜，构建出一个新的平衡模式。这也可看做是赵贞吉思想的创辟之处。

三

言述至此，还需要对赵氏以后泰州学派内部的变化作些考察，以便对赵贞吉思想于王学延伸系统中的位置有更明晰的把握。为使讨论更为集中，下文将围绕泰派后期两位著名学者耿定向与李贽对赵贞吉及其门人邓豁渠思想的评议进行。

先来看耿、李对赵贞吉的评述。耿定向曾指出他与赵贞吉思想之间并不一致，如云"昔赵大洲云，只要眼明，不贵践履。余则曰：眼孔易开，骨根难换。公所取人者眼孔，余所取人者全在骨根"[②]。由王门内部的分歧来看，意谓赵氏学问以直见本体入手，故而轻视培德的功夫；而耿氏自己则注重经验中的磨砺，为此而与易趋向于思想失禁的简易之法有别。这一区分应当是如实的。当然，就文集中的一些表述看，耿定向对赵贞吉依然还是十分赞赏的，并主要集中在两点

---

① 赵贞吉《答胡庐山督学书》，《赵文肃公文集》卷二十二。

② 耿定向《与李公书·又》，《耿天台先生全书》卷三。

上。一是对贞吉所说“休心”说的许可，这原是就赵贞吉给胡直一信中的说法而言的[①]，对这个问题的关注，与当时学者所思考的如何摆布好参与政务与安顿内心间关系的问题有关。二是，一些记录强调了赵贞吉思想中的实修成分。如记大洲早年讲学因受禅宗的影响而主用机，比如人问良知，赵便云“汝与而老婆好合是良知也”，然“中年与后生讲学又尝自悔曰：‘吾蚤有见时，尝欺前辈不解吾微言，自今观之，还只是力行要紧’。”从而在教学中让从游者“只去随班作揖打躬，歌几章诗耳”，并曰：“默识此意，便知孔门之教，只是一个礼乐便了也。”[②]赵氏此举或有事实可证，但耿定向将之归为赵贞吉中年后及晚年的定论，由此便突出了其经世学中的若干成分，同时又略去了赵氏思想的其他侧面（如主性宗、主顿悟、入佛、出世等），很明显地属于对赵氏形象的一种带有倾向性的建构，以便借此而将赵氏思想揽入到自己的理论认定框架中。

李贽对赵贞吉的敬佩常带有情感的色彩，一般语多简短，并将之置于泰派的思想系脉中予以表彰，上文已有引述。李贽对这一系脉的刻绘不仅勾勒出了一个连续性递承的谱系（从而为后人所延说），同时还将这一谱系赋予了“英雄谱”的特性，即谱中诸人均为一代雄杰之士，他们的纠集被看做是“云龙风虎”。因此，他对赵贞吉的认同也会从这一角度来加以定位，与耿定向将赵看做是礼教表范所取的是相当不同的思路。尽管贞吉尚有极为引人注目的为宦经历，但李贽的评述却几乎未涉及这点，这也透露了李贽思想的一种思维惯性。尤其值得注意的是李贽在一次讨论泰派的系谱时，以为泰派成就的获得取决于对佛学涉入的深度，为此他也会从这一角度出发来发掘赵的意义，如谓：“心斋先生之后，虽得波石，然实赖赵老笃信佛乘，超然不以见闻自累。近老多病怕死，终身与道人和尚辈为侣，日精日进，日禅日定，能为出世英雄，自作佛作祖而去，而心斋先生亦籍以有光故耳。故余尝谓赵老、罗老是为好儿孙以封赠，荣显其父祖者也。……”[③]其所谓的“出世英雄”，也就是能参透俗累，了却“大事”，敢于破除儒家常识，视生死为尘芥、功名为土苴者。借此可知，在对赵贞吉这一“本文”

---

① 可见耿定向《辑闻》、《答李宪副性甫》，《耿天台先生全书》卷一、卷四。

② 耿定向《文治以礼乐》，《耿天台先生全书》卷一。

③ 李贽《与焦漪园太史》，《续焚书》卷一。

所作的注解中，耿、李二人注入的含义是有很大差异的。在关注点上，一是偏重于赵氏的经世的表现尤其是其实修的礼教观，一是看重其出世经历与及这一经历对儒教传统观念体系的背离。

如果说两人在对赵贞吉评价上形成的思想冲突还是潜在的，并未形成言语上的直接交锋，那么在对邓豁渠的看法上却有着激烈的论争。这首先集中在邓豁渠的入佛与出世的问题上，从而也必然会再次折回到耿、李有所差异的经世观上。

邓豁渠为赵贞吉里人（均籍内江），邓自述其嘉靖乙亥（十八年）礼赵为师，“闻良知之学”[①]，不久赴青城山参禅，并后在鸡足山落发出家。他也曾赴天台依耿定理（耿定向弟）居，并至泰州安丰场访艮子东涯，为此李贽将之嵌于泰派谱系之中，并置贞吉之后，至少，他的性宗论与“百姓日用不知”论等是能与泰派思想相吻的。[②]但邓在佛儒之间明显地倾向于佛禅之教，不仅以为佛高于儒，且对儒教大有贬词，有时竟至语及阳明及其宗派。如弃贞吉而投青城，即以为对赵的学术“不解”，又言阳明“讲圣学的少向上一着，所以个个没结果。阳明透神机，故有良知之学，此是后天生灭法，未到究竟处，还可以思议”[③]。阳明曾比较儒佛之异同，认为儒佛在上一截上同，然佛之不足在于遗弃伦常，“都只是成就他一个私己的心”[④]，此论也多为心学中许多人所傍说（如胡直、耿定向）[⑤]。然邓豁渠竟斥以为陋见：“书生泥于旧见，谓佛自私自利，不如他圣人万物一体。佛者，妙觉也，乃大智之别名。世界在觉理中，大海之一浮沤也。……故其立教，以出世为宗。儒者在一浮沤中，尚且钻研不出，敢望其领斯道乎？”[⑥]邓书后来布世，遭到心学中人的激烈非议，甚至其师赵贞吉也在《答胡庐山督学书》厉责：“吾观渠书中觊望有待者多，自负张皇之甚，轻侮前训，以表己能，堕于业

---

① 邓豁渠《南询录》叶四十六，日本内阁文库藏本。

② 对邓豁渠生平思想的一般论述可见日本学者岛田虔次《异人·邓豁渠·略传》，《吉川博士退休纪念照顾文学论集》，鼠摩书房1968年版。荒木见悟《明末清初的思想与佛教》中的专章《邓豁渠的出现及其背景》。

③《南询录》叶九。

④《传习录》一，《王阳明全集》，页26。

⑤ 胡直之论见《答赵大洲先生·三》：“……某尝以为圣人能兼夫禅，禅不能兼夫圣，以其间有公私之便，此其所以成毫厘千里之异也。”（《衡庐精舍藏稿》卷二十）。

⑥《南询录》叶十五。

罪而不自觉。嗟嗟，云水瓢笠之中，何为作乞墦登垅之态耶！”[①] 此后两人的关系遂出现裂隙，当邓于晚岁往京城谒赵，赵竟“拒不容见”[②]。

耿定向在见了邓书之后，反应同于贞吉。其时，耿定向旧友吴少虞录邓书而传，耿定向知后数次发信于少虞，竟至以“行年六十”之资“破口彰人”[③]，从邓的身世历迹一直数落到其学理，谓：“余往丑其人，不欲视其言。兹于兄录本偶一摄之，撮其大旨，曰‘见性’。其见性之要曰‘了情’。念其本教然也。即其行考之，渠父老不养，有女逾笄不嫁，髡首而游四方。……此独非情念耶？彼亦自求诸心而不得也，乃又为之说，曰‘色欲之情，是造化工巧，生生不已之机’云云。（案：此语未见邓书，不知定向本之何处）夫古先圣人亦既知此，故经之以夫妇之伦，正之以婚姻之礼，谨之以同异之辨，严夫内外之防，若是其详且周者，乃所以尽人之性，而正人之情也。……如其言，将混而无别，纵而无耻，穷人欲，灭天理，致令五常尽泯，四维不张，率天下人类而胥入于夷狄禽兽矣！”[④] 语下毫不留情，而其借以论证的逻辑思路又恰与邓豁渠反，即以儒家正教为判定邓豁渠作为一个佛教徒的行为与思想的确旨，从而认为邓弃绝人伦物理，堕于虚空无归，终成大逆不道之人。其时，又有耿定向的追随者邓石阳等，也在与李贽的信中对邓豁渠的逃儒入佛多有责备。

对于以上诸人的看法，李贽均有激烈的反应。如当见到他人所转递的赵贞吉与胡直书，而“览教至此，不觉泫然，斯言毒害，实刺我心”[⑤]。同时，也对耿定向、邓石阳等的诟病予以反驳，其所论辩大致从几个方面入手：一是不能以单一的原则排斥他人的多样化选择，二是对耿定向等标示的“人伦物理”标准作了理论上的证谬，以此而瓦解耿氏等的批评基础。对于邓豁渠，李贽不仅断然为众议纷扰的《南询录》撰序，赞其一生问道“介如石，硬如铁”，甚至于以为像孔子

① 《赵文肃公文集》卷二十二。
② 耿定向《里中三异传》，《耿天台先生文集》卷十六。
③ 《与吴少虞·又》，《耿天台先生全书》卷三。
④ 同上。
⑤ 《复邓石阳》，《焚书》卷一。

那样发愤忘食，也不能有加于其上[①]；而且为邓的入佛为僧作了激烈的辩护，以为评判一个人，不能仅看其“迹”，还要视其“本”，也就是不是光看是否在家与出家，更重要还是看他是否为了进道。如此推理，那么“愿作圣者师圣，愿为佛者宗佛。不问在家出家，人知于否，随其资性，一任进道……”[②]，无须对之苛责太严。李贽以为，如果以进道作为标准的话，恰恰是所谓的儒者很难做到这一点：“堂堂天朝，行颁《四书》、《五经》于天下，欲其幼而学、壮而行，以博高爵重禄，显荣家世，不然者，有黜有罚，如此其详明也。”[③]包括如耿定向辈，表面倡讲学、教人、去欲，实际上却是“多欲”缠身，私下里则从来未忘居官求显，买田求舍，福荫子孙一类事，如此比较之下，当然反不及能够舍弃一切的入佛者更能事道、尽道。在这一论证过程中，李贽撇开了经世所可能产生的世俗价值的问题，而是将进道设为一种基本前提（包括这一行为的纯粹性、决断力、践行力），那么很自然地会得出佛教优于儒教的结论，这既是李贽的一种信念，[④]同时也是他的一种论辩技巧。以此观之，他甚至而曰：“邓豁渠志如金刚，胆如天大，学从心悟，智过于师，故所取之徒如其师，其徒孙如其徒。”[⑤]即以为邓豁渠在这一点上实有超过赵贞吉处。就某种意义上看，为邓豁渠所作的辩护，也等于是在为自己的履历辩护，如联系到该期李贽也正处在习佛的心理高峰状态，不久也随“邓和尚”之后毅然削发为僧，公开自许为儒教之“异端”的经历，那么他对邓豁渠的巨大同情也就很容易理解了。

如取后人对赵、邓二人态度来看，有一个问题尚需提出讨论，即为什么赵的佞佛并未遭及当时学者的责难，而邓的入佛却迎来如此大的争议？对之原因的解释，我想，首先是因为赵的佞佛毕竟还是以儒教为旨归的，这从二通的结构安

---

① 李贽《南询录叙》，《续焚书》卷二。另据林海权《李贽年谱考略》，李贽的《南询录叙》作于万历十三年，即恰在耿定向与邓石阳指斥邓豁渠的那段时间。福建人民出版社 1992 年版，页 152。

② 《复邓石阳》，《焚书》卷一。

③ 同上。

④ 固然依袁小修之言，李贽于经世与出世之间尚有高度的意识紧张，见《李温陵传》，载《珂雪斋集》卷十七，上海古籍出版社 1989 年版。

⑤ 《高洁说》，《焚书》卷三。

排即能看出。在《与赵浚谷中丞书》中贞吉谈到他喜佛的理由时云："吾性中有十八阴界，戕乱我灵明，贼伐我元命，即如我华旦国之北，有一部鞑靼种落，日欲蹂躏我疆土，掳杀我人民也。……今仆亦欲以明智定力，破此一身伐性阴贼，虽不能彻底一澄照睿圣聪明，如古至人，而庄孟以下，欲庶几也。"即习佛是为破心中贼，与破山中贼的施动方向是一致的，以故而可曰："试观仆之行事立身，于名教有悖谬者乎？"① 因此，赵的佞佛并未放弃儒教向外的世俗追求及经世的原则，只是将出世与经世打成一片，即其所谓"心休"："非谓休官、休世、休事也，谓休其不了之心也。"② 然而，邓豁渠作为一个曾经步入儒门（心学）的学者，却以佛门为归，以已身事佛，这等于是背弃了这一思想同盟的基本原则及认定边界，尤其是还在后来从佛教的价值立场上大胆裁说儒教，即赵贞吉所云于"云水瓢笠之中""作乞墦登垅之态"，也就很难为心学同盟中所接受。除了以"见性为宗"而不再顾及此性地的向外部延伸，只知"问道"而不问儒家的责任伦理，邓豁渠还在学旨上以虚空言性，以出三界为性命之本，说什么"如今就做得君君臣臣、父父子子、兄兄弟弟、夫夫妇妇，如唐虞熙熙皓皓也，只是下的一坪好棋子，……凡所有相皆是虚妄，离一切相即名诸佛"③。如此推论，即如以"真空"为了悟，也就在理论上消解了儒家的在世价值论，取消了经世的意义。当然，李贽的儒佛之辩及对佛理的归依，更包含有对儒学的多方面批评，视野也更为开阔，比邓豁渠走得更远，因而，他所遭受到的非议也就更为频繁与剧烈了。

从更深处看，儒佛之争，或曰用世与出世之争，涉及到多种价值观上的冲突。在中晚明的语境中，尤其值得关注的是，它涉及到两种基本观念即群体观与个体观之间的一场冲突。阳明提出"心即理"与良知说，在儒教的观念体系中强化了个体的主位性。但因于内外一体的论说结构，虽然突出了个体的责任人角色，但主要还是限定在这一区域内，其终极价值仍系于国家与社群，从理论上讲，个体仍然不是一个可从群体中分离出来证明的自我利益实体、自我存在实体，因而仍然要反对"私性"，通过去欲而达到与天地、广众的"浑然一体"。赵

① 《赵文肃公文集》卷二十二。

② 《答胡庐山督学书》,《赵文肃公文集》卷二十二。

③ 《南询录》叶十三。

贞吉尽管看到佛教在解决个人去欲与生死问题上的透彻性，因此公开主张以佛资儒，甚至身体力行，但其经世/出世论说的规划并未脱离王学既定的主要路线，个人性问题还只是隐含在其出世论话题下的一种潜在涵义。很显然，至邓豁渠处，情况已经大为不然了，从以上所引邓豁渠的言论看，他并不以儒家常说的“谓佛自私自利”为忌，反之以为儒家的教诲由于限于如父父子子、民生社稷等，未能参入生命的更深意义，关乎个体的终极去向。比如在对待对生死的问题上，儒家往往只是轻描淡写地应付过去。心学也是，如阳明遇此问询，只是认为“能于此处见得破，透得过”[①]即可，耿定向也曾有《出离生死说》一篇，大意相同。[②]由此可见，阳明学的“心”与“良知”主要还是意在解决主体与世界的关系，并非为解决个人性及生命有无等问题而设的，即邓豁渠后来悟得的“阳明良知了不得生死”[③]。因此，当个人性问题在晚明开放的语境中逐渐呈现出来之后，必然要求于在理论上寻求更为深入、透明的答案，也必然会不满足于心学原有的答案，邓豁渠等的涉佛可看做是对这一问题作进一步扣问的一种很具代表性的表现。如实地看待赵、邓之异，他们最后的思想裂隙也就发生在继续维护群体性价值还是直接奔向个体性目标的争议上。

耿、李之争，可看做是前一轮赵、邓之争的一种延续性反应。问题既已在前提出，那么耿、李之争就会主要表现出“护教”与“反护教”的二重抗拒，以再编码与再解码的方式进行。耿、李之争的具体话题有“未发之中”与“人伦之至”之对、“明德”与“亲民”之对等，这些话题对子所指向的也是另一层面上的经世与出世的关系形式，并也昭示出了群体性与个体性观念之间的某种紧张。从耿定向的整个理论体系看，其学说并未太多的创见，主要就是建立在对王学后期入佛趋势加速，个人主义、虚空论膨胀，即其所云“今天下语道语学皆混于二

---

① 《传习录》三，《王阳明全集》，页108。

② 另也可见耿氏《明道语录辑》：“佛学只有以生死恐动人，可怪二千年来无一人觉此是被他恐动也。圣贤以生死为本分事，无可惧，故不论死生。佛之学为怕死生，故只管说不休，下俗之人固多惧，易以利动。至如禅学者，虽自曰异此，然要之只是个意见，皆利心也。庄生云不怛化者，意亦如此。如杨墨之害，在今世则已无之，如道家之说，其害终小，惟佛学，今则人人谈之，弥漫滔天，其害无涯。”《耿天台先生全书》卷二。

③ 《南询录》叶二。

氏”[①]这一现象的高度焦虑之上。因此而以重申儒家世俗伦理为使命，并在心学的命题上提出了“仁”与“礼”关系的概念，即所谓“爱众亲仁”也，[②]试图通过“礼”的贯彻而维护儒学原有的社会的群体观，如其谓：“仁即太极也，礼乐即阴阳也，不有二则。无一人而不仁，如礼乐何。无礼乐，亦无以显仁。孔氏教术，全是礼乐，即《礼记》一部，肫肫言此，而《大学》《中庸》二篇，乃礼乐之匡廓与本原也。”[③]与之同时，也对佛教的“生死”、“解脱”诸论作了激烈的批评。既如此，耿定向认为“圣门言仁，便说个礼，此又是吾儒之学超逸二氏，贯彻古今机窍……”[④]，进而将礼的范畴看做是分疏儒佛二教的一条主要界线。然在李贽看来，耿定向的这一偏至性解释已经超出了心学的学理构成，使主体性为从众的要求所淹没，因而反其道而强调“未发之中”与“明德”等概念，并首先集中在对耿氏所主之“礼”的再度解构上。在李贽看来，关键点在于，儒教所代表的不只是一种群体性价值的认同（李贽并不像邓豁渠那样完全反对这一原则），更重要的是，这种价值的历史展开过程是以对个体性的遮蔽与取消为代价的，而且其所真实藏匿的仍然是另一种私欲，因此没有必要遮盖这一事实上即存在的私欲，使自己的所谓经世学说成为满足这些私欲的幌子。[⑤]从矫正因对礼的过度推崇而引起的失误出发，李贽提出再次回到心学“未发之中”、“明德”等前提上，也就是将个人主位性置于群体性之前与之上。当然，如果从更深处解释的话，这个个人主位性已不是阳明的道德主体或最终要达到的公共主体，而是具有一内在独立性的个性主体，是“天生一人，自有一人之用”[⑥]、“各务以自得而已”、“随其自性”[⑦]的主体。李贽不断引称的佛教“众生平等”观，指的也并不是一种个体一致性的总和，而是不为群体性所限制的多样化的聚合。就此意义上看，当他

---

① 《学篆》，《耿天台先生全书》卷二。

② 《爱众亲仁》，《耿天台先生全书》卷一。

③ 《文之于礼乐》，《耿天台先生全书》卷一。

④ 《克己复礼》，《耿天台先生全书》卷一。

⑤ 李贽此论甚夥，见其《答耿中丞》、《又答耿中丞》、《答耿司寇》、《答周西岩》、《答耿明府》等，不再赘引。

⑥ 《答耿中丞》，《焚书》卷一。

⑦ 《复邓石阳》，《焚书》卷一。

想要追寻个人的“最后一着”，寻找自我的“本来面目”时，便可以像邓豁渠一样求诸佛教，而当为世所不容的时候，甚至也可通过极端的、遁入佛门的方式来抵抗儒家群体性对之的侵并。李贽的这一自我中心论的主张虽不及邓豁渠的彻底，但更具对象的解构性与涉及多方面的理论问题。

从以上四位泰州学人思想变化的分析中，我们大致可以发现一种思想史运行的曲线。赵贞吉提出的经世/出世论由于变换了前期王艮的格物论，而使经世与出世两种论说向度都变得更为突出了。虽然他也在自己的论述中作了一些内部的调协，但未能阻止两端向各自方向的滑行。这首先便表现他的弟子邓豁渠的身上，将出世论在思想与行为上都做了极端的推演，心学的义界由此而被突破，并引起了王学内部的焦虑与波动。后者可以耿定向为代表，从立论的构成上看，耿的理论基本上属于防卫性的，即面对经世/出世模式在当世的断裂与出世论的滥行，力图重申经世与用世的主导性原则，谨防出世论思潮对儒家经世论统贯的冲击。耿定向的经世论主张看似与赵贞吉的倡导并行不违，但二者所注入其中的内涵却是有差异的。由于耿定向的经世论是建立在一种新的对抗性目标之上的（非对抗赵时代的吏务匮乏），因此而必然会以儒家的世俗伦理为主要的阐述标目，且对佛学出世论作出明确的否定与排斥，引起了经世说向另一个极端的演进。李贽的思想有多面性，但就以上讨论的范围看，他几乎毫无保留地是站在了邓豁渠相同的立场上，不仅深刻地揭示了儒家经世观（无论是在朝还是在野的经世）的局限性，对之做了理论上的消解，同时也将从制度与思想上的“出世”视为一种新的生活指导。在晚明的情势下，正如我们所看到的，不是耿定向，而是李贽的思想代表了“历史的意志与冲动”，从而也使原有的各种“经世/出世”论平衡模式无法在王学理论系统中延续下去，在很大程度上打破了此前流行的“三教合一”或二教合一的演述结构。

原载《明清论丛》2010 年总第 10 辑

张居正与王学关系之考辨

张居正从隆庆初年起入阁，进入万历年后独执国柄达十年之久，直至万历十年病逝，其政治隆盛的这段时间，正好也是王学发展的重要时刻。然而，他与王学的关系，在后人的眼中却一直是模糊不清的，或处于某种矛盾状态。从那些浮于表面的材料看，如他奉王学学者、前首辅徐阶为“尊师”，不仅于徐氏退职家居后，对其所遇的来自于诸如高拱、海瑞及各种乡间势力的窘扰力为排解，且以为自己之担当国纲也是“奉老师所以教督者，兢兢不敢失坠”[①] 等。然在更为明显的方面，张居正又有杀心学学者何心隐之嫌，以致一时议论纷腾；及明令禁毁天下书院、严禁聚众讲学等打击心学活动的做法，给人留下了与王学截然对立的深刻印象。究竟哪一方面是主要的，两者是否有着必然的联系，或其间有何复杂、变化之处，是需要在实际考察中予以阐明的。身当心学之世，张居正既不可能远离思想界潮浪的裹挟，同时，由于所处的特殊政治地位，如果一旦介入其中，又可能会对这一思潮产生一定的影响（或正面，或逆向），即他是有理由与

① 《答上师相徐存斋并附与诸公书》（十三），《张太岳集》卷三十四，明万历刻本。以下同版本并标出文题者，不再赘引。

心学运动互为一重要之作用背景的。不惟如此，作为一身处权力中心，并备有明确政治家角色意识的人，他在对待学术的态度上也会有别于一般儒者，以致通过这一具例，可进一步检讨传统条件下政治与学术复杂关系的某些侧面。这些自然都会使对此课题的研究显得十分重要。

一、早期的学术因缘

对张居正思想的研究，过去多限于其政府管理意识方面，而忽略其人文观念的表述；又偏于其执柄以后的状况，疏于早年求知的心路历程。事实上，这些未曾顾及的部分也仍是有线索可以追索的，并直接体现在他与当时思想界人物的交际上。

关于张居正早期思想形成的问题，首先需要注意的是两个与佛学有关的人物。其一，便是张居正的早年业师李元阳。李选有《荆州府知府中溪李先生元阳行状》，记其试诸生而得居正，及思想经历为“尝读佛书，谓格物致知之学惟此，剖析无遗，惜吾儒不究也。于宅后作默游园，郭外依三塔崇圣寺，……日处其中，与禅衲讨论真如，屡月不返，……尝静坐至宵分方就寝，鸡鸣而起，无日不然，胸次灵明洞豁，物莫能撄”，“中年大有所得，著《心性图说》，荆川唐公顺之、念庵罗公洪先皆以为卓见”。[①]唐、罗皆为当时著名的王门学者。从这段简略的文字中即可知李氏的一般兴趣，既有心学的成分，也有佛学的成分，而事实上二者的融汇也正是心学发展至中期以后的特征之一。居正自己有《答中溪李尊师论禅》一文，中云：“昔在童年，获奉教于门下，……向者奉书有衡湘太和之游，非复空言。正昔有一弘愿，今所作未办，受先皇顾托之重，忍弗能去。期以二三年后必当果此，可得仰毗庐阁，究竟大事矣。”（卷二十六）又有《答李中溪有道尊师》文，云：“正少而学道，每怀出世之想，中为时所羁绁，遂料理人间事，前年冬偶阅《华严》悲智偈，忽觉有省，即时发一弘愿，愿以身心奉尘刹，不于

① 《献征录》卷八十九，万历刻本。王学后人李贽也曾作《李中溪先生告文》，提到他檀施佛寺之事：“平生禄入，尽归梵宫；交际问遗，总资贫乞。六度所称布施忍辱精进者，公诚有之。”（《焚书》卷三）

自身求利益……。”（卷二十五）后信还附予饭僧银、禅衣等，证实了他与李元阳于习道方面的关系，并主要还是限于佛学方面。

张居正早年形成的这种兴趣，也体现在与另一人物即陆光祖的交往中。陆氏也具亦儒亦佛的面貌。他奉信佛教，参与各种与佛教有关的活动，并与王门学者保持着相当密切的关系，尽管未入《明儒学案》，却为当时的许多王门学者视若同路，比如李贽便是将其置于如罗汝芳等心学大老一起论例的。[①] 大约万历初年前，张居正与陆光祖之间有一段书信往来的经历，所谈者主要便是他们共同感兴趣的佛学。张居正此时初居显位，却依然措辞谦恭，表露了对该类“高蹈”式人物一直所具的敬慕。时值陆氏镌刻《华严合论》，张居正推此为“希有功德”，并借此而有所发挥，如云：“向曾颂《华严》，只见奔荡寥廓，使人心洸神摇，后于友人处见合论抄本，借读一过，始于此中稍有入处。……仆以宿昔颇种善根，今得闻无上甚深妙意，欢喜无量。”[②] 既属对自己早期经验的源自情感或理念上的反刍，也显示了对之所具的信心。

值得注意的是，虽然谈论的主要是佛学，但这种旨趣却不是孤立的。正如于李、陆观念结构中它是与另一层次上的心学思想巧妙联结在一起的，在晚明的学术语境中，二者之间的过渡也常常是很自然的。而且，从存世的材料看，张居正与那些更为典型的心学人物的接触还要更广泛一些。由学术派别上看，又以江右王学为主，如聂豹、罗洪先、胡直等。聂、罗持论最为接近，胡直为罗及门弟子，由此可见于学脉上的贯通性。张居正嘉靖间文《书胡氏先训卷》即为胡直所作，中云：“余与正甫论学最契，谓其出于罗念庵先生，余素所倾向者。”（卷十七）他如徐阶、耿定向等，也属在王学中相对偏于保守的人物，当然也偶有如

---

① 见《与弱侯焦太史》：“重念龙溪老没矣，近老亦又老矣，五台老未知仕止如何……。”（《续焚书》卷一）《答周二鲁》：“白下此时，五台先生在刑部，而近溪先生亦已到。……”（《焚书》增补一）《答耿司寇》：“五台与生稍相似，……。若以五台亦佛学，试以问之近溪老如何？”（《焚书》卷一）五台为陆光祖号。据阳明年谱附录，光祖于嘉靖中曾与王门弟子共学，事载《王阳明全集》，上海古籍出版社 1992 年版，页 1340。另于慎行记光祖为徐阶门人，故当为王学再传，事载《谷山笔麈》卷四，中华书局 1987 年版，页 40。光祖佞佛事可详参彭绍升《居士传》卷四十，清光绪戊寅钱塘许氏刊本。

② 《答奉常陆五台论禅》，《张太岳集》卷二十四。太岳集所载居正与光祖信六封，有两封可明确定为写于当时。因光祖前后任“奉常”之官多次，故仅凭称呼仍难以确认具体年月。

王学激进派中的罗汝芳。现存居正文集载有他给聂豹的一信及和罗洪先的二诗，聂、罗皆逝于嘉靖年内，故当确定为居正早年之作。尽管与徐阶也相识较早，并终生奉敬而无少怠，但关于二人学术传授及其相关内容方面的记载却一直匮缺，以致很难作更进一步的追究。从学脉上讲，徐阶师从聂豹，为江右之学的一种延伸，故张、徐之间当有颇为接近的思想。耿定向《观生纪》载嘉靖三十九年事已与张居正识，并于四十年向时相严嵩荐张[①]，而在张给耿的多件书信中，有一封写于耿定向任西夏直指时，也当为嘉靖末年事。另张居正在《答罗近溪宛陵夷》中语："比来同类寥落，和者甚稀。楚侗南都，庐山西蜀，公在宛陵，知己星散。"（卷三十五）明确表示耿定向（楚侗）、胡直（庐山）及罗汝芳等均是其早年讲学道友[②]，即其所谓"同类"也，实际上已自觉地将自己纳入到心学伍列之中。隆万间阁臣如徐阶、李春芳、赵贞吉、吕调阳、申时行等均属倾心于王学者[③]，故张居正的情况也并无异常之处。

另有两件事，可说明他面对来自于事功派与保守派对王学的非议，是明确站在后者立场上的。一是辨学。如当时即常有"善宦者流尝轻诋理学之士，以为不适于用，且曰为政恶用学为哉"之类事，张居正以为"欲舍学以从政，譬中流而去其楫，蔑以济矣"，以广义理学的观点看学的作用："学无间于显晦，然后其志一，志一然后其神凝，如是而畅于四肢，发于事业，则其政精核，推此以言，则居亦学也。"[④]以故反对将"学"从"政"中分离出去，造成一种无"本源"、无精神水准支持的吏治。因当时攻击讲学是有明确针对性的，因而为"学"所作

---

① 见《耿天台先生全集》卷八，1925年刊本。

② 胡直有《答张泰岳宫谕书》，中提到"别五易岁"，及"近得耿楚侗书，谓公讶弟前久任疏为不识性体……"云。张任宫谕在嘉靖朝，胡上久任疏是四十一年事，由此可确认张与胡、耿交往的时间当早于此。见《衡庐精舍藏稿》卷二十，四库全书文渊阁本。

③ 胡直《启江陵张相公》有"如相公及淮南公咸由前哲以斯学淬磨成之，故今天下食福不鲜……"语，淮南公即李春芳。居正《豫所吕公墓志铭》言吕调阳曰："尝游国学，从祭酒永康程先生谈名理，后公为祭酒，遂以永康学教授诸生……"其他论证甚多，不再赘举。

④《赠毕石庵先生宰朝邑叙》《张太岳集》卷七。另详见《贺少司寇少崖傅公三品奏最序》等篇。实际上，早年张居正对此有一整套相关的看法，散见于各篇章之中，此与嘉隆以来的社会生活的变化，及士风、吏治的日趋下坠有关，由对之的反思，即有可能采纳王学的观点。

的辩护，也就是间接地为心学辩护，或说是为自己曾有的经历辩护。二是辩王。由当时的形势看，既有王学广为流播的一面，也有来自于士夫阶层对之日增的谤毁，为此，张居正以独有的识见论曰：“昔阳明先生倡学于东南，学士大夫或颇有弃而不信，而闾巷之儒油然宗焉，如是者何哉？盖膏雨之洽润非有所择也。物则有受弗受矣，受则羊茸犹华实，弗受则芘乘之财日就槁矣。”[①] 另阳明之从祀事，从隆庆改元始即有倡言[②]，于穆宗六年至神宗二年又起一争论高潮，其间固然也有极其丑诋，至欲并褫其封爵者。谢虬峰等曾为此去信询问居正，居正当即作出反映，认为这种做法“过矣”[③]，“其言粗浅可哂，然何伤于日月乎”[④]。这些与禁学时代那种笼统排除、凶机毕呈的面貌均很难置于一起参比。

张居正前一阶段（思想蜕变之前）论学的往返信件大多仍可辨其年月[⑤]。从这批书信的内容大致可知其思想之基本状况，并可比较出前后变化之程度，比如哪些思想或行为仍受前期问学经历的影响，哪些则已构成了对此的背弃等。

由当时王学流布的情况看，其多数（主流）偏于体用不分的无内外、无寂感、无动静的观点，但也有如聂豹、罗洪先，则是首先将本体独立地确认下来，也就必然地赋予其非现世的超越性价值，即它的虚寂本性，然后再论感物妙用的功能。张居正早期思想与之最为相近，如给聂豹的信谈到受之启示：“昨者伏承高明，指未发之中，退而思之，此心有跃如者，往时薛君采先生亦有此段议论，先生复推明之，乃知人心有妙万物者，为天下之大本；无事安排，此先天无极之旨也。夫虚者，道之所居也，心虚则寂，感而遂通。故明镜不惮于屡照，其体寂也；虚谷不疲于传响，其中竅也。”[⑥] 薛君采即薛蕙，早年追随七子派，喜为古文辞，中年后受佛学与心学影响而思想转变，心学家唐顺之曾亲为之撰墓志

---

① 《书胡氏先训卷》，《张太岳集》卷十七。

② 隆庆元年倡言阳明从祀事，《明通鉴》卷六八记为徐栻，《明实录》则记有耿定向的疏请。

③ 《答南学院谢虬峰》，《张太岳集》卷二十五。

④ 《答文宗谢道长》，《张太岳集》卷二十五。当时也有胡直给张居正的信，其对朝廷久议不决深表不满，并希望如居正等能出面做主，如《启张江陵相公》篇云：“如阳明果不诡于孔子之学，即自与一二执事君子定决之耳，又焉用纷纷为也。”《衡庐精舍藏稿》卷二十。

⑤ 本文确认的前一阶段书信，一般均经年代考订，因步骤烦琐，不再于文中详介。

⑥ 《启聂司马双江》，《张太岳集》卷三十五。

铭。当时张居正与其讲学道友如耿定向、胡直在所持观点上并不完全一致。如其嘉靖末年与耿氏信，虽肯定了后者所云“虚见空谈之无益”，却着重在“但此中灵明虽缘涉事而见，不因涉事而有。倘能含摄寂照之根，融通内外之境，知此心之妙，所以成变化而行鬼神者，初非由于外得矣”①，仍坚持将虚寂本体置于涉事之上，而以此再求向外的生发。胡直在隆庆年间曾给张居正一信，也显示出在这一问题上双方的分歧。胡氏认为，在王门学者中，对阳明的理解确实存在着各种偏差，然而也需要向更恰当的方向调整。他为此特地以他们共同崇仰的先师罗洪先的思想变化来说明之，试图借此启发张居正，如谓：“昔先师罗文恭公始尝言虚寂，其后悟，遂置之，观其答蒋道林书可知已。而近时学者以喜言虚寂以为觌体，浸浸乎视己也愈峻，而视物恒二。”②认为如特意分出虚、寂，实、感，使其“有对”，也就自然有了“二之心”，已非人本来合一的心体。然而张居正的回信仍坚持了自己的观点，并作了一些理论上的辩解：“夫虚故能应，寂故能感。《易》曰君子以虚受人，寂然不动，而遂通天下之故，诚虚诚寂，何不可者。惟不务实得于己，不知事理之如一，同出之异名，而徒兀然嗒然，以求所谓虚寂者，宜其大而无当，窒而不通矣。审如此，岂惟虚寂之为病？”③即虚寂本体仍然是可独自把握，只是不可将之理解为是一种无关事务的。通过张居正的上引诸说，也可再次看到其过去的佛学经验在新的知识场域中的某种回应。虚寂论是其该期思想的主要宗趣，而此又是通过将心学与佛学进行有选择的、也是潜在对接的一种结果。④

此外，尤其不能忽视的是，在前期的书信、序记等中也透露了张居正于后来有可能大为发展的一些观念萌蘖，此即其关于务实的思想，而其中一些也是通过心学的理路来组织，或说是可与阳明学在某种意义上相贯通的。由于超越本体的引入，使阳明学兼备了向虚无论延伸的取向，但并非如一些人所认为的阳明学是单纯务虚的。从其内在构成看，阳明学的确蕴涵了向多种方面发展的可能，其中

---

① 《答西夏直指耿楚侗》，《张太岳集》卷三十五。

② 《上江陵张相公》，《衡庐精舍藏稿》卷二十。

③ 《答楚学道胡庐山论学》，《张太岳集》卷二十二。

④ 当时确有人将这种虚寂论看做佛学的，如聂豹于《赠王学正之宿迁序》中提到的，以此“为禅定，为偏内”。《双江聂先生文集》隆庆间刻本，卷四。

即有趋实的一端。如阳明学对心理实践的重视，便要比朱子学偏重经籍的路径更趋密实，这一传统也从陆九渊而至阳明一以贯之地传承下来。[①] 这方面可进而引申的内容，大致以两类论之，似均能在张居正早期思想中找到伸展的印迹。

其一是道德践行方面的。对此，张居正在上引给胡直一信中也谈道："近时学者皆不务实得于己，而独于言语名色中求之。"[②] 此即包含了躬身实修的思想，特别是他早期经常提到的"磨镜"说，即所谓"砻琢其理性，而磨莹其瑕类"[③] 等，便是将一种坚实的道德躬行作为朝向"去蔽"（去欲），再达至"虚心"的日常功课[④]，走的是一条"复性"论的道路。虽于理论的逻辑线路上未离虚寂说的径向，但实修一节毕竟被作为突出的技术要点作了充分的强调。在这一点上，心学家罗洪先等的刻苦磨砺之功在当时也是备受瞩目的。正是在这个意义上，他要求能正确区分空谈之虚与本体之虚之间的差异，以为不能将二者混为一谈。其二是事功方面的。心学一般不谈学以致用的问题，但从其"知行合一"等概念中仍可外在化地推衍出务实论的思想，道德务实与吏政务实之间既可脱离，也可相互连接。就其连接而言，比如阳明，即在事功方面有一流的造诣。张居正也数次对心学前辈陆九渊在荆州任上学政合璧、双获其效的业绩叹为观止，赞颂有加，又举其具体事例如云"虽乎屯田一事之微，必与监司反复详堪，务求便于民而后已"[⑤] 等。他之与心学伙伴间的对话似也有因人有异，如在与耿、胡的对话中力争虚寂之有，但在与罗汝芳的对话中却更多地谈"学之利用"的问题，以

① 当时象山一派学者也是以务实修身著称于世的，对此，朱熹也有褒奖，以为多"持守可观"，"躬行可观"等。在这方面，张居正的评价也是偏于心学的，如下段话明显是心学家的口吻："学者溺于见闻，支离糟粕，人持异见，各信其说，天下于是修身正心、真切笃实之学废，而训诂词章之习兴。有宋诸儒力诋其弊，然议论乃日以滋甚，虽号大儒宿学，至于白首，犹不殚其业，而独行之士往往反为世所姗笑。呜呼，学不本诸心而假诸外，以自益只见，其愈劳愈敝也。故宫室之敝必改而新之，而后可观也；学术之敝，必改而新之，而后可久也。"《宜都县重修儒学记》，《张太岳集》卷九。

② 《答楚学道胡庐山论学》，《张太岳集》卷二十二。

③ 《贺少司寇少崖傅公三品奏最序》，《张太岳集》卷八。

④ 参《送起居馆讲太宝箴记事》，《张太岳集》卷十七。

⑤ 《赠毕石庵先生宰朝邑叙》，《张太岳集》卷七。对象山的其他评论见《荆门州题名记》，《张太岳集》卷九。

为“士不徒学，而惟适用之”[1]，“学问既知头脑，须窥实际，欲见实际，非至琐细，至猥俗，至纷纠处，不得稳贴。如火力猛迫，金体乃现”[2]，以此而比较自己的情况，便希望能参与更下一层的实践：“每自恨优游散局，不曾得做外官，今于人情物理虽妄谓本觉，可以照了，然终是纱窗里看花，不如公等只从花中看也。”[3]“本觉”、“照了”的概念仍与王学有关，其他则走得更远一些。而从其嘉隆年所呈各种讨论国事的疏陈如《论时政疏》、《陈六事疏》等看，也正是努力欲去接近那种切实的活动。而且，由以后的执政情况看，其早期所体察与反映出的问题，的确是紧扣住了一国事政务之关键，及在执柄过程中取得了明显的实效。

借助以上论证，已可明确断知张居正早期的学术归属，其思想的一些基本特征也是较为清晰可现的。其中尤为引人注目的是，在其牢固信奉虚寂本体之有的同时，仍保留了坚定地锲入现实的一面，从而在思想的构成中形成了虚实两端虽具鲜明反差、却能奇妙共处的状况，并也使张氏本人大体上能在此反差中保持一种心态之平衡、平稳。但这并未一直持续下去，正如我们将要看到的，由于其于万历新政后被推上一特殊的位置，使得思想中务实的一端在极度扩张，且在含义上也发生了很大的变化，更趋向于一种在体制层面上固执进行的政治化操作，如此一来，原有的以“虚寂”为目的超然心境也就被挤迫至心理的底层。加之我们将要述及的他所务须面对的各种其他压力，都会于极大程度上改变他面对人性与世界的想法，其中自然包括对待其过去所崇奉的王学的态度。

二、断交始末

张居正与王学的离析，直至最后发生严厉打击王学的行为，并非是突如其来的。从具体材料的探寻看，有一渐次演进之线索存在其间，原因较为复杂，也并不一定都非常直接。要之，虽然也为各种情势所促，但其本人仍经历了一思想与性格上的蜕变过程。要明乎此，就首先需要对某些与之相关的行迹先作一史料上

---

① 《赠罗惟德擢守宁国叙》，《张太岳集》卷八。

② 《答罗近溪宛陵夷》，《张太岳集》卷三十五。

③ 同上。

的爬梳。

张居正于万历元年登上首辅宝座，开始了新的政治生涯。据时人李乐所提供的一条资料，该年，著名心学家罗汝芳入京师，居正仍“极加礼重先生，上坐，当大宾礼”[①]。也如以上述及的，在最初几年，他对陆光祖等学者也还保留着充分的尊敬，及支持建言阳明从祀等。变化的一个重要征兆出现于万历三年，张居正上疏言学政事，中间便提到所谓“别标门户，聚党空谈”之弊，要求“不许别创书院，群聚徒党，及号招他方游食无行之徒，空谈废业”，在科试上则“以宋儒传注为宗，行文者，以典实纯正为尚，……其有剽窃异端邪说，炫奇立异者，文虽工弗录”[②]。这看似泛泛针对一般的讲学问题而发，但由于其时讲学最盛者固然是阳明后学诸派，明眼人当很清楚此实际上是直冲王学而来，包含了抑制王学、并准备返回传统务实之学的企图。万历五年则是一个相当重要的转折点，有两件事值得一提：一是张父遽逝，遂发生“夺情”一事，此事件的意义与效果后文会有进一步分析；二是刑部尚书刘应节（应注意该职务）因出城从罗汝芳“谈禅”（表面理由为延误公务），结果造致两人皆为劾罢[③]，由此而与罗氏于五年前的隆遇形成了鲜明对比。万历七年正月，以常州知府施观民科征民力建书院事为由，诏毁天下书院，七月、十月又重申此禁[④]，开始了正式的大规模禁止书院及讲学的举措，并将禁学之事推向高潮。因当时从事（讲学式）书院活动的自然会以王门学者为主，因此也披害最剧。同年，湖广巡按郭思敬奏心学家何心隐私立书院，命捕之，人谓此由张居正所“露意”[⑤]，次年，心隐惨害身亡。九年，据核准，仅南畿一地改毁书院就达六十四所[⑥]，也包括张居正长期以来的论学好友与为政伙伴耿定向所创之正谊书院（崇正书院）[⑦]。此严紧政策一直持续到张居正去

---

① 李乐《见闻杂记》卷十，万历间刻本。

② 《请申旧章饬学政以振兴人才疏》，《张太岳集》卷三十九。

③ 《国权》神宗万历五年。又《明史》卷二百二十刘应节传。《续藏书》卷二十二也记此事，以为“江陵恶之，嗾言官疏劾致仕”。此后王门学者赵锦也为居正使人以”讲学谈禅，妄议朝政”名义弹劾。见《明史》卷二百十。

④ 《万历邸抄》，万历七年己卯卷。

⑤ 《国权》神宗万历八年。

⑥ 《国权》神宗万历九年。

⑦ 姚鼐《游故崇正书院记》，《惜抱轩诗文集》，上海古籍出版社 1992 年版。

世，至万历十二年始诏以王守仁等从祀孔庙。

以上，略示性地绘制出了张居正秉政期间与王学构隙的主要经过。如究其原因，从多方面分析看，对其禁学决策起重大影响的首先应是所谓的朝议。进而论之，这又与整个嘉隆万三朝政治风气的演变有关。嘉靖末年，由于严嵩专擅，造至言路阻塞，政体紊乱，鉴于这方面的教训，隆庆初阁臣如徐阶、陈以勤等均主张开放言路，还政于公。如徐阶在直庐示榜："以威福还主上，以政务还诸司，以用舍刑赏还公论。"[①] 陈以勤隆庆元年疏也曰："言路通塞，天下之治乱系焉。"[②] 由此，公众舆论得到了前所未有的释放。从某种意义上看，这也是开放型的王学思想向社会、政治之维逐步渗透所造成的一种效果。但从秉政者来看，如何对待与处置这种渐趋活跃的公舆，与对舆论的理解，驾驭舆论的能力、方式，及个人性格、办事风格，甚至其所处的具体政治境遇等均有关系，并不一定皆能适应。如张居正隆庆二年所上《陈政事疏》即有"省议论"一条，已与徐阶等的看法有异，也透露了其可能会以权力控制的方式施行治国之策的为政思路。而随着独立执政、并日益展示其一意孤行之为政风格时，对其的异议也纷至沓来。除了言其"专擅"，他如在推行各项重大举措如漕运、边守、平寇、丈亩等时，张居正都感到了朝议的巨大压力，也使一些他欲施行的工作难以顺利地展开。在他写给官吏与友人的各种书信中，累言不止、也最感抵触的一件事，便是议论给予的阻力（可见各种书信）。很显然，张居正对这些来自于舆论的压力很不适应，似也不能以一些更有效的方式调节之，而是从自己所取的角度出发，将之一概视为"浮议"、"谤言"、"流言"、"邪说"等。其总结隆庆政治而云："自隆庆以来，议论滋多，国是靡定，纪纲倒植，名实混淆……"[③]，这等于已是在批评其先师徐阶的治国政策。尽管多数公议还属一般政论范围，但既有可能与学术上的"清议"勾挂在一起，也都属在其把握范围之外的异己力量。既然如此，就其对这种议论的基本认识看，所有的异说都会具有某种一致性的"恶习"，甚至潜藏着"阴谋"

---

① 《明史》卷二百十三徐阶传。

② 《明实录》穆宗元年。

③ 《答奉常陆五台论治体用刚》，《张太岳集》卷二十八。陆光祖此前给居正之信写于刘台事件以后，故当为万历四年后事。光祖意在借被居正重惩的余懋学、傅应祯、刘台等事件而劝言居正，显然，两人的理解有很大差距，并从中看出过去的友好关系已出现裂隙。

等，而一旦将这些议论作污名化的处理，那么也就可以按其铁腕风格对讲学之风施行严厉的打击。

由“夺情”事件的发生，再次证明了这种议论与王学之间有难以摆脱的干系，从而也加强了他整顿讲学的决心。夺情之争，历来对其所包含的学理层面上的冲突估计不足，而如搁置其中的政治因素不论，在观念上实际上是一场道德优先还是世用优先之争。从王学的理论立足点上来看，是将先验道德命令即先天“良知”看做其立说的核心支柱，并赋予了其至高无上的地位。具体分疏地看，比如体现这种良知的如“孝”情，便是子对父不假思索、不容迟疑的自然本性流露，阳明以下的许多心学学者如王艮、罗汝芳等均很重视于对之的阐述。当然，这一理论也是会被一般儒学理论所认同，或与之沟通的，而其伦理的严正性，也总是会使持之者不顾身家危险而去据理力争。因而在夺情之议上，虽然直接站在前台抗议的并不一定是王门学者（也有如江右王门之邹元标等），但所执之理却是与心学相通的，即所谓道德优先论，并借此而判定居正的在官守制是违背了儒学的基本原则，以政务之借口而遗弃行孝的本职。很显然，这些以道义的名义现身的各方舆论对张居正构成了一种十分强大的心理迫胁，以致从自己的立场出发，他不得不重新审视、评价过去曾经信奉的教义。当时明确支持张氏夺情者如李幼滋即以“宋儒迂论”来反击反对者，从而也为张居正找到了一种开脱的借口，即以为反对派的议论只是“宋儒头巾语”，“此宋之所以不竞也。今师相不奔丧，是圣贤之道，直接揖逊征诛而得其传者，若竖儒腐生安能知之”[①]。以“迂腐”、“腐儒”之类的用词来表示对他自以为不切实际的朝议，特别是道德论清议的不满，也同样是张居正在这一阶段最常使用的措语，这也包括其评王艮孝弟说偏于“迂阔”等[②]。张居正也在此后所撰一文中，开始公开责备以道德前提为支撑的王学所具的这一弊端，如云其抽象性与事实结构的脱节：“未尝专揭一语，如近时所谓话头者概施之也”，“亦未尝独揭一语，不度其势之所宜者而强聒之

---

① 《定陵注略》卷一［江陵夺情］，北京大学出版社影印本。

② 《明儒学案》［心斋语录］后载江陵对王艮评价：“世多称王心斋，此书数千言，单言孝弟，何迂阔也。”罗近溪曰：“嘻！孝弟可谓迂阔乎？”

也”[①]。同时也明确表示与昔之“同志”间已有裂隙：“夫昔之为同志者，仆亦尝周旋其间，听其议论矣。然窥其微处，则皆以聚党贾誉行径捷举，所称道德之说，虚而无当……。而其徒侣众盛，异趋为事，大者摇撼朝廷，丧乱名实；小者匿蔽丑秽，趋利逃名，嘉隆之间，深被其祸，今犹未殄，此主世教者所深忧也。”[②]这种说法等于是将个人间的恩怨无限上纲为一种正与邪的斗争，从而为惩治异己寻得了一种学理上的借由。

从整个夺情之争的过程看，当时反对者之激烈慷慨，进而引起满朝震荡，又正值其亡亲带孝之情感波动之际等，对张居正的刺激之大是可想而知的[③]，也打破了其相对平和的心态，造成了处世态度的重大变化。谈迁《国権》记万历五年事，即云其此前可称英敏善断，然至刘台等攻之，始“志意渐恍惚”，夺情事发，“至是始知天下之不见与，思威权劫之矣”。《明史》本传也云：“居正自夺情后，益偏恣。其所黜陟，多由爱憎。”[④]不仅公开怂恿私情，而且也日益走向偏执、焦躁、专横，用一种非理性的，甚至是仇视、决绝的姿态对待公共舆论与道德学说，由此也便有了此后全面禁止讲学、打击王学的事件发生。

由对道德公议的直接抵触、反感，而至排斥王学；又由对王学的不满而至对整个儒学道德论产生怀疑，这样，也就促使他进一步地摈弃过去主张的以“学”养政的思路。[⑤]那么他又是以什么来对治他所说的嘉隆以来“人心陷溺”、“士习浇离”的社会状况呢？这也是一个理论家可以回避，而政治家却不得不去回答与面对的问题。从张居正给在外官吏们的信件不断陈述的内容看，大致可了解他对这一问题所作的疏解。如谈治理社会风气，已非过去的“化民成俗必由学”

---

① 《答南司成屠平石论为学》，《张太岳集》卷二十九。

② 同上。

③ 此可以居正当时的多次失态证之，如当着马自强、王锡爵等的数次下跪，口出胡语等，见《万历邸抄》五年事。

④ 《明史》卷二百十三张居正传。隆庆年间耿定向对其友居正的评价是“其性本简淡，而学亦因之”。见《耿天台先生全集》载《启徐存斋相公》。

⑤ 居正有《答宪长周友山明讲学》、《答宪长周友山讲学》信，为己“不喜讲学”辩，以为“大诬”。并在解释中偷换了其所谓“学”的概念，释为一种“身体力行”之学，即政治行为（以非学为学），故其又妄谓“凡今之人不如正之实好学者矣”。

等[①]，而是曰“圣王杀以止杀，刑期无刑，不闻纵释有罪以为仁也。荀子之不欲，虽赏之不窃，孔子箴病之”，“论者乃不惟舜皋之所以致理者，而偏用儒者姑息之说，哀季苟且之政……”[②]等等，通过对孔圣之学的篡释来推行一种新的政治理念，欲以“法”的概念来取代儒者的“仁政”。由此，不断鼓励官吏们以刚断持政，其他如政府管理上施行具有形式制约的“考成”诸法等，也皆与此思想直接有关。这实际也已涉及一种更宽层面上的分歧，如他稍早所作《辛未会试程策》即开始阐述自己特殊的历史观，以为相对于孟子的法先王与荀子的法后王，“荀为近焉”。尽管其理由是“惟其时之所宜与民之所安耳”，但主要还是为明初二祖已经施行、而自己也行将采用的厉政作出辩护。《杂著》则更为集中表达了这一连贯性的意念。[③]在该文中，张居正对整个国史作了与儒家意见完全相背的考察，以为周亡于靡繁多事，秦兴于严法以治，西汉治体简严也有赖于秦之扫荡，因此他赞同于秦的“老师宿儒闻见悉去”之做法，批判“后世儒者苟见扶苏之谏焚书坑儒遂以为贤，而不知乱秦者扶苏也”。在以后的朝代中，相对而言宋最“颓靡”（宋代也儒学最兴），变而为胡元，将先王的礼制一举荡灭，至明，高皇帝（包括太祖在内，即所谓二祖）继之，并效秦之所为而以严法治天下，才有二百年来的长久之安。因此，他反对“腐儒不达时变，动称三代云云，及言革除事，以非议我二祖法令……”等，不像心学家那样，把解救所谓“衰世”的希望寄予道德自新上（相反，以为此是软弱无力、甚至有害的），而是倡导法后王、严刑制、尚简实等。不仅直接攻击儒学之无用，而且欲将之剔除出去，从而将当代政治改造成一种单纯的威权操作。这些言论表明，张居正虽然对时代的基本问题具有超出常人的深刻思虑，并隐约地触及到儒学可能存在的一些积弊，但却在抛弃旧有的道德本源说之后，将自己变成了一十分偏激的强势政治论或实用政治论者。也由此可知，他与王学、进而已扩大为整个儒学的分歧已不限于一事一议，而是表现

---

① 见《宜都县重修儒学记》，此为前期之文，其中对德刑关系有较充分说明。

② 《答宪长周友山言弭盗非全在不欲》，《张太岳集》卷二十九。

③ 前所示《辛未会试程策》写于隆庆五年，胡直后来所撰《启江陵张相公》中有“某又不喜相公昔年试策中法后王之说”，即指此。但从《杂说》表述的彻底性看，当又在晚期无疑。

为整个理论的取向上。[①]

当然，这场在明后期发生的围绕着张居正事件所展开的争议，不仅仅是儒、法间的一次冲突，在进一步的分析中能够看到，还存在着一种政治权力与学术原则、专权与群意间的冲突，这点尤需解明。由宋代发展起来的理学，由于将一种道德原理（“理”）明确地确立为至上原则，因此便隐含另一基本思想，即“天理”高于皇权，只要掌握了此天理，即可为“帝者师”。而心学的人人皆具良知，进而“人人皆可为尧舜”的持论，更是以一种假拟的正义论、平等论抹平了所有人之间的心理间距，从可能性上讲，任何人都有权利对不符“天理”的权力执掌者，包括帝王，实施批评性的话语实践（从而形成制度）。隆万间活跃的朝议，其主流便是儒者在这种观念的某种启示或引导下行使自己思想权利、言论权利所作的尝试（尽管议论者未必均有这样明确的意识），从而对政治威权构成了一定的制约，甚至是行动上的压迫。从万历初那些向最高权力，包括张氏政权直接挑战的批评者来看，虽其观点未必全然允当（效果也未必都好），但却代表了一种学术理念对皇权的干预，因此均有一种大义凛然的气概。而张居正作为一段时期国家权力的直接代理人，由当时的历史条件（也从其个人秉性）言，不可能以其他更新的角度来观察这一儒家公议与政治权力之间的关系，或对这种关系进行一种可行的调适，而是直接从其已据有的，即权力者的位置上来理解公议的性质，由此也就造成了在理论与实践上与后者的直接对峙。他在《答南司成屠平石论为学》一信中曾解释了学者为什么要服从政治权力的理由，即以为可将学者之学分为两段来理解，在为官之前是学为他日之用，而“及其服官有事，即以其事为学，兢兢然求所以称职免咎者，以共上之命，未有舍其本事而别问一门以为学者也”。言下之意是十分明确的，既然学的目的最后是从政，那么事实上也就不存在有独立于政治（服从）之外的学问，同时也不存在独立于政治（服从）之外的原则。这也是张氏“实学”的重要内涵之一，即他需要听话与实干的官僚，而非掌握某种特出之学理者。既然儒者祖述孔子，那么张居正也以此为例，以为“究观其经纶大略，则惟宪章文武，志服东周以生”，“生周之世为周之臣，不

---

① 在夺情之争中反对者如心学家邹元标等便曾指责张氏“学术则偏”，从而也道出了二者间于这方面的重大差异。

敢倍也”。更有“假令孔子生今之时，为国子司成，则必遵奉我圣祖学规以教胄，而不敢失坠；为提学宪臣，则必遵奉皇上敕谕以造士，而不敢失坠；……”等等，这就明目张胆地将尊孔改写为了尊帝（其本人此时正是帝权的代表），将儒者的价值与理性完全置于政治权力之下，使学术成为政治权力的奴仆。以这样的眼光看待各种来自于廷内与廷外的公舆，也就自然会有“紫之夺朱也，莠之乱苗也”[①]之嫌，并视之为是一种“欲以抑损主威，摇乱朝政”[②]的洪水猛兽。这一观念与其后期的整个思想框架是完全一致的，并同时在不同的场合下被其作了淋漓尽致的阐扬。由此，再联系到他曾对“法”的推崇，也正由于“法”是与“权”统一的，即对法的解释权、使用权在执政者手里，属于驾驭范围之内者，而对道德原则的解释权却是公共性的（王学以为是在每个人的内心），并始终会以舆论（议论）的形式反映出来，对所有世俗权威及强权政治作出独立的评判，由此而于后者也必有其不可容忍之处。从中，我们也再次看到了作为政治家的张居正与以作为相对超然于政治之外的学术代表的王学（实际上已扩大为整个新儒学）之间的巨深隔阂。因此，尽管张居正前期也曾以一种超然的学者身份自居（甚至信奉于“虚寂”之学），然当其业已获得权柄后，即进入到一种政治操作的威权模式之中后，便会立即改弦更张，背叛其以前曾经信奉而目前则成为其行动束缚的儒者立场。

三、余论

由上，我们对张居正思想变化之始末，及与王学之间的纠纷作了大致论述。居正亡后有没世之辱，原因是多方面的，也正因为原因多多，其所遭惨祸便也在情势之中，此姑不论。有意思的是尽管居正后期已全然背弃王学宗趣，并凭借手中权力给该运动以沉重摧抑，但作为一个体形象，却依然受到一些王门后学如李贽、袁中道等的景仰与维护，这看似不合情理的做法之中又恰有其在理之处，需

① 《答宪长周友山讲学》，《张太岳集》卷三十一。
② 《答奉常陆五台论治体用刚》，《张太岳集》卷二十八。

要在下略作说明。

应该注意的是李、袁等所选取的评述角度。李贽有论张居正与何心隐关系一文，以为二者“皆英雄”[①]；又于与公安诸子的对话中论及张居正与高拱、赵贞吉关系，以为三人“俱以豪杰同时用事”[②]，可知是将居正置于“英雄”与“豪杰”的系谱中看待的。品评人物是明后期逐渐发展出来并十分流行的一种言述样式，然不同派别所据角度与标准自然有异。一般而言，王门学者们对其他角度的评判往往不甚关心，多由自己理论的视角出发来裁评人物，因而往往会集中在对心性内涵的注重，并进而推及对由此引发的精神状貌的鉴认。特别值得一提的是，王学发展至泰州学派，特别是到李贽等人，已不限于过去仅对圣贤人物的崇尚，而更多地偏喜于有“偏至”倾向的“豪杰”式人物，即不仅固然地含有对“率性以行”命题中有关廓然无执、光风霁月等“性体”含义的确认，更从中演绎为对如敢作敢为、不计毁誉等“气质”特征的赞赏。这也从某种意义上可谓发挥了阳明关于“狂狷”的思想，而此，也当与他们当时特殊的禅学兴趣及对禅宗“直性以动”思想的认同相关。就此而言，张居正恰是在这点上，被泰州后学视为是符合其理想式人物构型的。如袁中道《报伯修兄》中阐述心学关于“狂狷”说法，所举例证便是张居正：“如张江陵犹是豪杰手段，未可轻也。”[③]并在另文中又追究其禅学根底，认为：“江陵少时留心禅学，见《华严经》‘不惜头目脑髓，为世界众生，乃是大菩萨行’，故立朝时，于称讥毁誉，具有所不避……”[④]此正是泰州后学品评人物的一般口吻，而借此也揭示出了人格气质中所包蕴着的某种学术内蕴。这些当然也是可为张居正自己后期的一些言论所辅证的，如在《答藩伯周友山论学》中，其即自云：“不穀生平于学未有闻，惟是信心任真，求本元一念，则诚自信而不疑者，将谓世莫我知矣。”（卷三十一）谈及所受的仍是王学的

---

① 《答耿邓明府》,《焚书》卷一。

② 见《柞林纪谭》,《珂雪斋集》附录二，上海古籍出版社 1989 年版。

③ 《珂雪斋集》卷二十三。

④ 《游居柿录》,《珂雪斋集》卷末。但中道于另文《答钱受之》中在称颂江陵“刀刀见血，不作世间吐哺下士虚套子”后，又评其“却是脚跟下带得一种无明习气，及富贵声色情欲甚重，所以事业不光大”，用的又是心学的另一套标准，即无欲、无滞的圣贤标准。《珂雪斋集》卷二十四。

影响。又如其与陆光祖谈“不合流俗”时谓:“仆尝有言，使吾为刽子手吾亦不离法场而证菩提；又一偈云‘高岗虎方怒，深林蟒正嗔，世无迷路客，终是不伤人’。丈深于佛学者，岂不知此机乎？”[①]则是以佛学的机用证己所为，也均是对其早年为学经验的一种印可，即并非因为其力反王学，就可完全摆脱这一思潮在精神构塑上给予他的深刻影响。就某种意义上言，泰州后学之赞赏张居正又差不多与对大盗林道乾取的是同一个尺度。[②]当然，与此精神状貌相关，张居正在理论上的不泥古、反道学、倡谋术等一系列大胆提法对李贽来说也同样会有知音难觅之感，而在细致的分析中，二者之间所具的思想承续性也将会得到更为充分的展示，这也反映出了万历朝社会观念变动的一种新的趋势。同时，也只有在这一共具的开放型的思想背景下，才有可能出现敢于大胆标新，冲破单一传统儒学人性论模式的诸种意识与言行。

当然这也会牵涉到李贽对何心隐之死所作的评论。从时人的意见看，泰学后学心隐的惨死，居正当负有不可推卸的责任，此事件的发生不仅与禁学之举措直接有关，而且也有许多人推测或出于居正的“露意”或授意。关于此责任问题，近有一些当代研究者据李贽《答邓明府》中所云“何公死，不关江陵事”[③]语，以为李贽在此事上有偏袒张居正的企图，或否认居正曾涉入此事。据我所测，这种论断失之实考。本文虽然因受篇幅限制而不可能详讨原委，然仍想指出的是：其一，从李贽该文提供的信息看，除一则传闻式的进“揭贴”故事外，其他则属“原情论势”式的推断，这当然也是事后论道，但根据张居正执政后所发表的一系列言论，及他打击论敌的毫不留情看，也完全可从相反方向推断出其所为；其二，李贽确有在此事件上为张居正有意回护之处，并反而对与此关系甚远的耿定向大加指责（且在多年之后），从而很明显地冲淡了张氏在其中应担的责任，并因此而与耿氏结怨。[④]但同样在该文中，李贽又责备云“江陵此事甚错，其原起于憾吉安，而必欲杀吉安人为尤错”，还是将最初的起因归到居正身上。这样的

---

① 《答奉常陆五台论治体用刚》,《张太岳集》卷二十八。

② 李贽对万历间海盗领袖林道乾（也即张居正与当时闽粤地方官屡屡谈论、竭尽心思欲捕获者）的赞颂见其《因忆往事》，及袁中道《柞林纪谭》等篇。

③ 《焚书》卷一。

④ 此事带有较强的主观性，具体考辨当另撰文。

说法在同一个文本中出现，似已泄漏出一些其心理上的矛盾之处。后种意思也见之《何心隐论》，如云“非惟得罪于张相者，有憾于张相而云然，虽其深相信以为大有功于社稷者，亦犹然以此举为非是，而咸谓杀公以媚张相者之为非人也”。[①] 与已有的提法相对照，基本上已可判断出李贽对此事的基本判断，即他并不同意将心隐被杀的责任全部推至下属官僚，而是使居正本人也有所分担，但又似也不愿予之过重，将之视为直接的责任人。这种矛盾心理表明他尽管与张居正具有豪杰情结上的强烈认同，然于事理逻辑上则仍偏向于取另外一种标准，以保持史家当有的定见。当然，李贽所未曾预料的是，在多年以后，历史也将自己推入到与何心隐同样的困局之中，即以“讲学”之罪而遭遇来自强权的捕杀。

原载《国际汉学》1999 年总第四辑

① 《焚书》卷三。

茶山四书经学的返古主义路径

——兼论其与朱王之学的关系

1836年可谓世界史上一风雨飘摇的年代，而恰值此年，李朝大儒茶山丁若镛溘然而逝于其半岛故里。

茶山思想最为活跃的时期相当于在中国清朝的中期，如以此为时间测度的坐标，即大致历经了乾隆、嘉庆、道光三朝。对茶山思想系谱的定位，韩国学界一般将其归入“实学”一脉，如就其学说的旨归而言，这一判断大体上是准确的，并以之而可与韩国早期盛行的道学派思想界分开来。[1]然而就近期中国学术界的情况来看，由于对“实学”概念的把握一直是较为模糊并有分歧的，故以此来概说茶山思想的整个表述框架，便有时可能会遮掩其学说固有的丰厚性与广容性。今韩国所出《与犹堂全书》七集二十册，几乎涵盖了茶山的全部著述，包括其在诗文、经学、地理、经济、政治、音乐、医学、军事等诸多方面的书写，从中可以窥见到一勤勉好思、博闻强记的学者于有限的生命期限内对知识世界最大含量

① 参韩国哲学会编《韩国哲学史》（社会科学文献出版社1996年版）第五章（下册）页126中的说法，以为韩国实学派的成长，直到丁若镛“树立了经典解释的全面的新体系，可以说实学派在哲学基础上已从道学派中完全独立出来了”。

的搜讨与把握，及贯注其间的一种综合中西、融会构建的愿力。以此观之，茶山似已备具了其同时代一流学者当有的资素，并展示出了其于观念史的维度上参与近代性进程的某种思考。

关于茶山思想的研究，韩国学者已有十分丰富的著述。由于茶山思想与知识的背景与中土哲学、经学等存在着的密切关系，同时其思想形成过程也是中韩文化交流的一个成功范型，因此从中国学者的角度对茶山涉及的一些有关中土传统思想的议题作深入的研究，当有其特殊的意义。今专以茶山四书经学，尤其是其所治《大》、《中》二书为例，对其思想中与中国学术关联的方面作一探讨。

一、绕不开的朱子学

茶山与朱子学的关系，前此学者也多有研究。其中，最主要地还是从茶山与朱子学的对抗性角度上来加以论证的。毫无疑问，这样的取证方式对把握茶山学的特征是十分有益的。但是若以一种更为全面的方位上看，知晓茶山与朱子的关系，仅限于对抗性上的昭示也还是不够的。此种做法在突显了茶山思想亮点的同时，有可能会掩蔽茶山思想构成中的另外一些连接点或重要侧面，为此也难以进而对其思想的多重来源作如实的证认。

由考证可知，茶山对儒学的兴趣主要集中于其经学考据学上，因此，他与朱熹的关联也主要是从这一层面上来对接的，此可见之于茶山的经学疏证与一些诗文书信等。茶山的不少论述表明了，他对韩国思想史上曾一度把据主导地位的义辩之学十分不满，比如其《答李汝弘》（丙子九月日）一文便对理学家长期讨论的诸命题有深入的检讨：“……取本然气质两大柱曰理同气异，曰气同理异，曰心大性小，曰心小性大，曰已发未发，曰单指兼指，千头万绪，纷然混乱，又远取太极一元之圈，先天二五之妙，曰心曰性，使学者恍兮惚兮，莫知其入头下手之处，岂非枉劳乎？”[①] 茶山尤对长期以来争辩不已的“理气之辨”有清醒的抵制，以为义辩之学的关键问题即在于其凿空无益，如谓：“理气之说，可东可西，

---

① 《与犹堂全书》册三，[韩] 骊江出版社 1985 年影印本，页 267。以下统称《全书》。

可白可黑……举世相争，传之子孙，亦无究竟，人生多事，兄与我不暇为也。”[①]也正因如此，其遂抱定将自己的研究置放于实证考察的面向上，将虚语悬论放逐于研究的进程之外。由此可推，与其学术直接碰面的便主要会是中土的各种经籍考据学。茶山的这种选择，一方面与韩国国内已然出现的实学思潮比如星湖派等有密切的关系，这一支脉包括了实修、实证、实用（经世）三方面的意义；但另一方面，中国本土之学术于其时也正在经历一场由义理之学向实证、实用之学的积极转变，在经学治理领域中反映出的便是清代朴学的兴盛。以后者看，尽管跨域间的学术传播、转接尚需一定的时间，但作为一种大的氛围，中土发生的这场声势浩大的学术转型也会影响至韩国，并对茶山思想的构塑产生一定的影响[②]，具体而言，比如茶山经学所涉及的不少命题与当时中国考据学界正在讨论的议题是有相通之处的[③]。

而朱熹之进入于茶山的核心视野，并成为与茶山学紧密挂连的一个对象，可从两方面的原因加以断认：一个是以朱熹为代表的理学，包括依附其上的各种阐释在韩国儒学史上一直占据着一主导性的位置，因此而也是任何一种试图有所作为的思想立说所难以绕过的；再一就是朱熹的经学考证学中体现出的十分明显的知识主义倾向，及于其中透露出来的一些方法论与命题论的优势，对于新的考证学思潮来说也有可资参据与凭依之处。虽然在朱熹的身上，义辩性与实证性有时是统一在同一个文本之中的，但毕竟其经学考证学代表了其时儒学实证主义的最高标范之一（至少可看做是最为重要的范式之一），因此而在从义辩之学转向实据之学的过程中，仍有其值得认真重视的意义。关于这点，即便是清代朴学家在进行新的学术模式之构建时，也有一些或是从朱熹考证学入步，或是很重视于朱熹考据学方法的，比如江永、阎若璩、崔述等的情况即是。[④]就这个角度来看，

① 参《贞蕤集·答李汝弘》，转引自《韩国哲学史》第五章（下册），页126。

② 关于韩国十八、十九世纪的实学思想与中土学术思想的关系，可参见《韩国哲学史》下册第五十七篇的相关内容。

③ 关于此，Mark Setton还专门提到了茶山学术与戴震之间的相通。见其Chong Yagyong: *Korea's Challenge to Orthodox Neo-Confucianism*, State University of New York Press, 1997.

④ 关于崔述经学的问题，见邵东方《崔述与中国学术史研究》，人民出版社1998年版，页106~126，“崔述与朱熹学术之关系”。其中曰：“崔述之所以在宋代理学家中独尊朱熹，绝

朱熹之学有时便不是作为一种对抗性的障碍（与其义理学有别），而是作为一种可获启发的范例进入于学者视野之中的。

茶山对朱熹考据学所取的态度是双重的，对之赞赏的部分可见于多种文字。较为集中的见之他的一首《经义诗》，该诗共六部分，分别对“六经”研究的历史沉浮作了总结性的评判，并将最重要的赞赏归于朱子（至少是在五部经典上）。比如论《诗》云“紫阳劈破真豪快，垂二千年只眼高”，论《书》云“文体艰平判渭泾，紫阳慧眼独分明”，论《礼》云“礼记迢迢亦古经，汉儒修润本零星。勉斋分付犹疏略，细栉终难副考亭”，论《易》云“……晦庵定论照千秋”，论《春秋》而曰“陈完毕万铺张说，终被云翁慧眼分”等。[①]上引涉及到朱熹经学考辨的一些主要成就，其中，一是对众多伪证的辨识，另一是对原有经释的特殊青睐[②]，再就是对义理附会的勘正。就末一项而言，朱熹在其对群经的考辨中表现出的一个可贵的特点便是对六经本义的揭示。在朱熹看来，六经之出现首先不是为直接阐发义理的，如经其考证:《易》原为占卜之书，《诗》的原义在“感物道情”而非妄生美刺等，《春秋》只是记载当时之事的史书，《仪礼》讲仪法度数之事等。因此，六经虽与义理相通，并也可用义理释之，然其最初的样式则均带有自身功用上的定位，并不主要是为阐明（后人所为的那些）义理服务的，与“四书”的直接言述义理相比，六经实与之或隔一重，或隔两重了。[③]茶山对朱熹经学考据学的肯定，有一部分便是从这一方面出发的，可见之于他的一些叙述。而无论是重视疏证，还是伪证考识，或义理勘正，都显示出朱熹经学研究中

［续上页］非因为他集理学之大成，而是因为他代表和发展了儒家知识主义的传统。”艾尔曼《从理学到朴学——中华帝国晚期思想与社会变化面面观》（江苏人民出版社 1995 年版）页 184 注 34 中曰:“江永近乎阎若璩等人，属朱熹信徒。但是，特别重视阐发朱学的知识主义特征。”他不概举，均有同于茶山处。

① 《全书》册一，页 593~596。

② 关于这点见于其《十三经策》所云:“朱子之为《诗》、《书》集传及《论》、《孟》集注，其于义理之条路，道学之脉络，固不无以意超据，与注疏出入者，而其字义诂训、章句笺释未尝不纯用注疏，朱子之意非欲以一人一家之言武胜而易天下可知也。”《全书》册一，页 634。

③ 对朱熹这一特征的解释可见蔡方鹿著《朱熹经学与中国经学》，人民出版社 2004 年版，页 426。

业已存有的力求凿实的知识论倾向，这对于正在朝实证方向探进的茶山等学者自然会有非凡的魅力。

当然，朱熹的经学之为茶山所认同，也有另外一重企意，如此则不得不回到茶山对义理的再次肯定。在《诗经讲义序》一文中，茶山语及自己对考据学的一个基本看法，便指出经籍中的义理解释依然是有决定性作用的："若义理无所得，虽日破千卷，犹之为面墙也。虽然其字义之训诂有不明，则义理因而晦，或训东而为西，则义理为之乖反，兹所以古儒释经多以训诂为急者也。……盖诂训既明，而义理无所事矣。"[①] 该段表述已经说得十分明白，训诂考释之所以需要认真地对待，并不是由考实这一行为单方面可以证明的，而是恰在于经中的义理因文字的阻隔而难获解析，因此才需有考实一务，故目的仍当归于义理。下面一段话大意近之，但却是站在一更高的历史维度上，对中古传统经学之得失作了一个总结性的评判，其中也关涉到对朱子经学价值的某种判断。由于中国学者较难见到目前所出之茶山著作，故需稍详引之：

> 诂训之学所以发明经传之字义，以达乎道教之旨者也。秦燔之厄，师承遂绝。武帝以来，五经始有官学，门户既立，枝派以分，下逮魏晋，名儒林立，至孔颖达、贾公彦为之疏释，而天下靡然宗之，可谓盛矣。然其诂训之所传受者，未必皆本旨，虽其得本旨者，不过字义明而句绝正而已，于先王先圣道教之源，未尝窥其奥而溯之也。朱子为是之忧之，于是就汉魏诂训之外，别求正义，以为集传、本义、集注、章句之等，以中兴斯道，其丰功盛烈，又非汉儒之比。……今之所谓诂训之学，名之曰折中汉宋，而其实宗汉而已。诂宫室，训虫鱼，以之通其字，绝其句而已。于性命之理，孝弟之教，礼乐刑政之文，固昧昧也。宋未必尽是，而其必欲体行于心与身则是矣。今也，唯诂训章句其异同沿革是考，是察，曾不欲辨是非，别邪正，以求其体行

① 《全书》册二，页 377。

之术，斯又何法也。古之为学者五，与曰博学之，审问之，慎思之，明辨之，笃行之；今之为学者一，曰博学之而已，自审问而下非所意也。凡汉儒之说，不问其要领，不察其归趣唯专心志以信之，迩之不虑乎治心而缮性，远之不求乎辅世而长民，唯自炫其博闻强记、宏词豪辨，以眇一世之陋而已。……[①]

由文中看，茶山对前一汉学与后一汉学之以诂训本身为归趣的做法，均表示出极大的疑义，其原因即在于名物字句的丛林中穿梭的时候，学者往往遗忘了性命体察之学与先圣的道教之原。其中对“今之学者”一段的评论，表明茶山对清初以来滥觞的考据学情况是有大体了解的，并对之过于崇汉的心理提出了批评。而推崇朱子，也恰是在这样一个对比的坐标中能“别求正义”，通过考释而去探求修身益世的理道，这也是茶山对朱子经学特征的又一重认识。以此而论，朱熹的这种考据与义理结合的方式，也是更接近于茶山对未来经学理想模式的构设的。当然，与之相关，汉学的不足还在于散漫、琐碎等，缺乏一个可以归属的统纪，如茶山在对近期考据学的批评中提到的“今经典之说，纷纶错综，散无纲纪”。[②] 而朱熹治经的方式，则能“集大成而会通之，大一统而重并之”，相比之下是一种更具有统合性意义、同时也是更为成功的治学模式。借此，我们也可明白，为什么在清初以来即已形成的贬抑四书而提高五经的大趋势下，茶山仍将精力的一部分投入到四书的研究之中，甚至将之作为自己思想表述的一个最重要的通渠。也就是说，尽管茶山的实证主义实学的产生与清初以来中韩两国学术发展的背景有同步相生的关系，但他并未因为是在从事一种准汉学，便就抛弃了对朱子学的重视。茶山的经学理想不是唯汉以尊或唯宋为是，而是折中于汉宋，以诂训为津梁而最终还是要达到对义理的通达，朱子经学也正是在这个意义上被茶山信若圭度的。

---

① 《全书》册二，“五学论三”。

② 《十三经策》,《全书》册二，页 651。

二、返古主义思想举偶

当然，如全面地探察茶山经学的旨趣，其有别于朱熹的方面同样是很突出的。茶山对朱子学的认同，包括了在一些具体考据上赞同于朱熹的意见，及在训诂与义理兼举的大框架上与朱熹经学的路向相吻合等，但其最终的意图仍是要超越朱熹（及在韩国长期处于主导的道学统序），而确立起自己的学术方位。从后一点看，也就是为与朱熹等经学相区别，茶山提出了自己解经学的基本思路，此即所谓的返古主义。

关于返古的理由，茶山的一些论述中间有显示。比如在《十三经策》中谈及经学之意义时，茶山认为："传道授统，接洙泗之真源者，必于是归依；左笺右释，济学海之津梁者，必于是用力。"[①] 这实际上便已是将最初的经本视为其返古的唯一目标，因此进而又涉及到经典本身是否可信，及应当以怎样的方式回归原典等的一系列问题。为此，茶山也就必然地要进入到实证主义考据学兴起以后为各派纷争不休的那些有关于经学的重大问题之中。

关于茶山与当时韩中两国考据学的在认识上的异同，本文不可能一一讨论，或可暂时忽略不计。现重点考察一下茶山返古主义思路的形成及其在四书《大》、《中》学上的体现。

这里首先涉及到对经典究竟是采取尊信还是起疑态度的问题。从历史上看，学术界一直存在着疑经之风，明代亦然，而入清后又有炽然，比如阎若璩对《尚书》原貌质疑，陈确、姚际恒等对《大》、《中》二经为圣人之作提出的异论等。从茶山《与犹堂全书》提供的一些信息看，对经典的起疑在韩国当时也有影响，比如《十三经策》中"王若曰"所提的一些问题便与之相关。这既涉及到经典的整书，也涉及到经典的一些篇章及段落、文字、概念等等，内容十分广泛，由此可见当时韩国学界对中土考据学的熟稔。在对这些问题的回答中，茶山对可疑者或断然摈排，或慎谨持论，然总体上则是站在尊信的立场，对大多数经籍及其内文的可信度进行了清晰的辨识，予以了较多的肯定。大经且先勿论，比如以细小一点的问题看，"王若曰"就曾不断提及一些学者的意见，如谓："辟雍之误称学

---

① 《全书》册一，页635。

名，既有杨升庵之明徵；郊禘之不自伯禽，亦有方合山之的据，虽见于经而亦不可尽信欤？”问中所及即为疑经论的两个典范事例，然而茶山却通过一些颇有说服力的证据，确证了杨慎、方合山所论之误，与经之不足为疑。而茶山为经籍所作的一系列辩护都说明了，在茶山看来，只有经籍本身是靠得住的，才有反经复古的可能，这是一个至先的前提。而这样一种想法也会导致在具体的考据中，茶山会尽可能采取以经证经的方式，只有当经中的论据不足时，才求之于其他的材料。

再就是对待传注。虽然在具体的考信中，茶山重视于分辨，但就一般的原则而言，仍以为是近古可信。比如他论释经之法有三：一曰传闻，二曰师承，三曰意解。意解的方法如朱熹凭借自己的判断，在没有多少根据的情况下将《大学》断为经传两个部分。虽然意解也作为释经中之一法，可以超越时代，但可信度却依然是有问题的。而传闻与师承则所出时代与经典为近，自然以古为信。就时间顺序上看，汉魏要更可信于魏晋，魏晋又要更可信于隋唐。关于这点，在评价朱子考据学的时候，他批评了明兴以来独尊朱子的趋向，以为有可能会覆盖更早那些有价值的疏解，使“汉魏以来诸家之说遂不免束阁而废卷矣”①，造成重大的流弊。在谈到一些属于年代寖远、事实无征的史实，当然也是离古最近的史料时，茶山以为，即便如朱子之博学，也只能是“存信而阙疑，始甲而终乙”，因此而“惜乎其不出于汉代求书之初，而使孔、郑、刘、董之伦莫得以容其术也”②，意谓如果朱熹能生活于更为近古的时代，那么其考据学上的成就及可信度就会更大。

就以上所述，结合总体上的观览，可以说茶山为自己所确立的这个返古主义目标是一种全面性的思路。从版本而至传注，从方法而至概念等等，均是基于回复古经原始本义这一点来设计的，由此而形成了一整套反古求真的治学体系。这在茶山对《大学》、《中庸》的疏解中，尤有明显的表露，需要有所举证。

首先是关于《大学》的版本问题。其中又主要包含两项内容：一是错简的问题，另一是阙文的问题。如上所述，朱熹根据自己的“意解”而将旧本《大学》

① 《十三经策》，页651。
② 同上，页650。

断为两个部分，并补上了“格物致知”一段传文，从表面上看是恢复了《大学》的原貌，实际上却对该经作了一种近代化的处理。因为经传相分，也就可以人为地拉出一个孔子往下的“道统”（加入了一个曾子），而对“格物致知”的补文，则可融入理学当有的穷理尽性的意义。对朱子这两个部分的修改，茶山都提出了自己的疑义。在《大学公议》中，茶山认为朱子所谓曾子作经，曾子门人作传十章之说“绝无所据”[①]，原本不存在着这一类的错简问题，因此茶山对《大学》全文的通解，还是完全以旧本的排列为序，只是一经到底，未有传的部分。对阙文的问题，据茶山所述，韩国学者也有这方面的讨论，比较著名者如有晦斋李彦迪与退溪李滉等的看法（也包括错简的问题在内）。[②]茶山对之有一简明的分辨，并提到退溪所云“毁正寝而补廊庑”语，似针对更为大胆的“以经文移补传阙”的情况，这显然也是茶山所不能同意者。茶山的意见自然是倾向于保持经文的原初性的，根据他对经文的了解，由于将“格物致知”皆释作一种测度本末的功夫（具有统贯意义的），不与诚正修相并列，这样的话，从“知止而后有定”以下，一直到“此之为知之至也”，便均为对“格物致知”的解释，因而“格物致知不得更有一章”。[③]在这一思想指导下，茶山释经自然并据旧本，在“此谓知本，此谓知之至也”之后，紧跟着排列“所谓诚其意者”段（未如朱熹补入阙文），既然“格物致知章不亡者”，那么“经岂有误哉”！[④]以以上茶山对经典原始状态的维护，可以见出其返古思想所取的主要路径。一是前后一贯地依据经典。与之相关，茶山对各经主旨的解释，也不同于理学家全依后来提供的义理而作贯穿，而是以为在原初的状态下，各经是有相对独立之本义的。[⑤]二是对明清以来新的四书学思想的接受，这在下文再述。

其次是关于《大》、《中》的义理解释。茶山注经与释经的一个基本路向（同

---

① 《全书》册四，页3。

② 有关事实也可参见《韩国哲学史》中册，页156、162~164。

③ 《大学公议》，《全书》册四，页36。

④ 同上，页45、46。

⑤ 朱熹与王阳明都是将《大》、《中》二书统一起来疏解的，阳明以《中庸》统领《大学》。茶山以为诸经各有其旨，可分而视之，见其《大学公议》“在止于至善”节、《中庸自箴》“凡事豫则立”节等的注解。

时也是他的基本原则或方法）是通过详细的考订、辨识，确定经文在原初状态下的实际意义，而将后来朱熹等理学家以己之见注入其中的释解排空出去，以最终确保经籍本身的初始性。而正是在这种逐一展开的经学考辨中，其与朱子的差距开始渐次拉大，并显露为一巨大的鸿沟。由此而知，茶山的返古便已不是单纯的为了以古为训，而是含有自己特定的意图的，即其以为经典的原义与自己业已成形的社会理念是恰相吻合的，故此而有值得追索的必要。检审茶山对于《大》、《中》二经的训解，能够实际落实其返古主义意识的段落、概念等充斥其间，虽不能说是完全，也在很大程度上改写了朱熹的意见。限于本文所设定的框架，在此不可能作太多的展示，只能撮其若干重要者介述之，以窥其大意之所在，然后在文末作一简要的讨论。

甲，“大学”之解。朱熹在章句及序中，将“大学”之“大”读如今字，训之为“大人之学”，与童子之学相对而论，以为是天下人之通学。对此，茶山从审音辨字入手，以为旧音“大”字当读为“泰”，因此大学当为“太学”之义。在这个基本确认之后，茶山对本经与朱熹疏解中涉及的“大学”、“大学之道”、“大人”等概念及其意义均作了非常详实的考订。比如关于“大学”（太学），茶山释之为“国学也，居胄子以教之”，因此而推断“大学之道，教胄子之道也”，而不是朱熹所说的对成人之后所有天下公民的教育。针对这一点，茶山论证道：“古者，教人之法虽有教无类，而王公大夫之子是重是先。其在《尧典》典乐所教，只是胄子。胄子者，太子也，惟天子之子，嫡庶皆教，而三公诸侯以下，惟其嫡子之承世者，乃入太学。见于《王制》，见于《书大传》。……天子之太子将继世为天子，天子之庶子将分封为诸侯，诸侯之适子将继世为诸侯，公卿大夫之适子将继世为公卿大夫。斯皆他日御家御邦，或君临天下，或辅弼天子，道斯民而致太平者也。故入之于太学，教之以治国平天下之道，斯之谓大学之道在明明德，在亲民也，寒门贱族，古法原属之司徒，不关于太学，确分二等，不相混杂。……”[①]对题名及相关事实的考辨，首先涉及到本经在原初情况下的言说对象究竟是谁的基本问题，这也是经文中其他概念得以确立的一个基础语境，因此而

① 该节所引《大学》的讨论均见于茶山《大学公议》。茶山引文中所谓《尧典》有误，当作《舜典》，即《舜典》有曰：“帝曰：夔，命汝典乐，教胄子。”

对全文的理解具有至关重要的意义。既然如此，这个居先的意义必然也会贯穿于对全经其他段落、文字的解释，比如会影响到对“明明德”、“亲民”等概念的解释，及影响到后文所引《烈文》篇（“于戏！前王不忘”）、“贤其贤而亲其亲”等一系列文句的解释。在此种场合，茶山均会根据已经确定的意义而加以分辨，指出经文实际的话语主体是人主，而非在下之族等，由此而与朱熹的意解相区别。

这种考证方法，也见之其对《中庸》的疏解，如在释“喜怒哀乐之未发谓之中”章时，茶山曰：“此节即慎独君子存心养性之极功，非通论天下之性情也。何可知其然也？上节曰君子戒慎，曰君子慎独。下节曰君子中庸，君子时中。此节承上接下，而忽论天下人之性情，必无是理。”[①] 由此而又可推论“中庸之道”为君子成德之名，而非针对天下万民之通论。而一旦言说对象明确了，也就是我们知道了它是要干什么的，那么其下的意义就容易疏通了。茶山这些知识学层面上的分疏当然也会包含其更深的意图。

乙，“明德”之解。茶山解明德为“孝弟慈”。由其自己的回忆看，这当是其早年即已形成、并能贯穿始终的一个想法。[②] 其理由依然是依据于古之官学的教育内容，如其所曰：“《周礼》大司乐以六德教国子，曰中和祗庸孝友。中和祗庸者，中庸之教也；孝友者，大学之教也。大学者，大司乐教胄子之宫，而其目以孝友为德。经云明德，岂有他哉！”当然也可扩而言之，如曰：“孟子曰，学则三代共之，皆所以明人伦也。明人伦非明孝弟乎？原来三王教人之法有三大目，一曰德，二曰行，三曰艺。大司徒乡三物所列六德六行六艺，其细目也。大司乐教胄子亦只此三物而已。……而其本教则孝弟而已，明德非孝弟乎？”在确定了此一基本前提之后，再来看朱子对明德的解释，即将之释为“虚灵”，那么显然就会与古有的事实不符，如茶山所曰：“虚灵不昧，心统性情，曰理，曰气，曰明，曰昏，虽亦君子之所致意，而断断非古者太学教人之题目。不宁非是，并其所谓诚意、正心，亦其所以为孝弟之妙理方略而已，非设教之题目也，设教题目，孝弟慈而已。”茶山对这一问题有更为翔实的论证，而对“明德”之属性的

---

① 《中庸自箴》，《全书》册四，页 185，又页 187~189。又《中庸讲义》，《全书》册四，页 246~247。

② 《大学公议》，《全书》页 18 记乾隆辛亥内阁策问事。

解释进而也可推广至并涵盖了对最更为普遍的儒家哲学命题的认识。此外，除了以“孝弟慈”替代“虚灵”对“明德”的解释之外，我们也还需注意到茶山随后的一段表义，即将“孝弟慈”与“诚意”、“正心”在体系之功用上作出区分。这种区分在茶山的解释中大致包括几个意思。一是纲目上有别，即孝弟慈是总纲的内容，并贯通于“明明德”、“亲民”、“止至善”，而诚正等只是孝弟慈的实践方式，故也是相对次一层次上的概念。二是使用上有别，孝弟慈为立教设法的条目，而诚正格致则只是“圣门相传之密诀”，并非学校教育的条例。三是在内容上有主次之别，诚意正心虽为学者的一种“极功”，但不是向壁观心，检其虚灵之体，不是空而无归者，而是因事而诚，因事而正，这也就必然还是要以孝弟慈为内容，如其所曰“欲孝其父者，察一温必诚，察一清必诚，具一甘旨必诚，濯一衣裳必诚，斯之谓诚意也”①，即只有落实到孝弟慈上，诚正等方才实有所本。通过这些论述，我们大致可以知晓茶山举“明德”为“孝弟慈”的意图之所在。②

丙，“性（善）”之解 。朱子《章句》释《中庸》“天命之谓性”曰：“性，即理也。”这里所说的“理”自然是有明确内指的，即其后所云“五常之德”等。朱熹的解释对其后的理学发展史产生了极为重大的影响。然而茶山的解释却另辟蹊径，其《自箴》云：“此经‘天命之性’，即祖伊所言之天性也。然据性字本义而言之，则性者，心之所嗜好也。”对之，茶山依然是从“性”概念的本义开始考证，即其在原初时态中是怎样被理解的。为此，茶山征引了多种古说来证明之，比如：“《召诰》云：节性，唯日其迈;《孟子》曰：动心忍性；《王制》云：修六体，以节民性。皆以嗜好为性也。”这些表述都是指的人的自然天性，即身躯上的要求，但也有以假借的方式言之的，比如孔孟论性：“孟子论性善之理。辄以嗜好明之；孔子引秉彝好德之诗，以证人性。舍嗜好而言性者，非洙泗之旧也。”在茶山看来，古人所论的自然天性与道德天性（天命之性）之间，存在着

① 该节所引均见《大学公议》。

② 另参茶山释《论语》，曰：“孝弟即仁。仁者，总名也。孝弟者，分目也。仁至孝弟始，故曰为仁之本也。”（《自撰墓志铭》,《全书》册二，页675）由此可知，孝弟概念也是其读《论语》的一个体会。

一种异同的关系，差异当然在于其针对性不一样，但都属于一种嗜好，即求其所好。比如天命之性的“乐善而恶恶，好德而耻污”[①]，便是性之所出，或可叫做性善。既然如此，则可率以行之，而毋用拂逆、矫揉，而以身躯的嗜好来说明心性的嗜好，当然是符合古人的意思与表述的。茶山的这个看法虽然在天命之性与自然之性之间作了分疏，但是其论述的重点似在二者的可比性，这实际上是将另外一种思考方向引入了对“性”的解释中。从《答李汝弘》（丙子九月日）的信中看，茶山此说曾遭及他人的猛烈批评，但并未因此而使茶山改变观点。在对这一批评的答辩中，茶山为自己作了更为充分的辩解，其间有一段文字曰：“悦义理者，心之性也，悦刍豢者，口之性也，性非嗜好之所由名乎？谢安性好丝竹，王维性好书画，魏征性喜俭素，杜甫性耽佳句，有一非嗜好为性者乎？二千年来，恒言俗语，茶饭话头，开口便以嗜好为性，独于经学家论性处，必舍嗜好二字，乃取本然气质两大柱，曰理同气异……”[②]有籍于此，茶山遂将性之古义与自己所理解的今义进行了无缝的对接。

丁，“慎独”之解。“慎独”于《中庸》中是一很关键的概念，对之的理解与对上下文中的如“天命之谓性”、“戒慎乎其所不睹，恐惧乎其所不闻”等句子或概念的理解有密切关系。只有将如上一些概念排比出来，绾连在一起，“慎独”之意义才能获得合适的确认。朱熹《集注》释天命之性，从天人对应的结构出发，将天释为是“阴阳五行”之化生（再由气形而理赋），而人则是得天之理而表现出的“五常之德”，两两相应。因此，朱熹所说的“天理”，也就是一种符号化的逻辑形式，但下降并表现为一种伦理结构，与日常之伦理秩序相衔。既如此，《中庸》以下所云的不睹不闻，戒慎恐惧，进而是“慎独”便均是面对这个非神性化的“天理”，这在朱熹的原文中也是如此解释的。对此，茶山作了明确的驳论，一是以为阴阳五行概念之产生实际上来源于一种日常经验，即日光之照掩，隐蔽的一面称阴，映照的一面称阳，本无“体质”，故而又怎么可以作为“万物之父母”呢？而水火土石，日月星辰都属于世界之中的事物（即一些部分），也不可视之为万物之父母。这样的推论也就将朱熹的天理构成说做了物质

① 以上引证见《中庸自箴》，《全书》册四，页 178~180。

② 《全书》册三，页 267。

性的还原，既如此，“五常之德”一类由天所授的理则也就难以在推理程序中立足。因此，茶山云：“盖宋贤论性，多犯此病，虽其本意亦出于乐善求道之苦心，而其与洙泗之旧论或相抵牾者，不敢尽从。”[①] 那么破了朱熹之论以后，经中之“天命”又怎样落实，“慎独”又将从何而来呢？茶山以为在古代的情况下，在人们的心理是存在着一冥冥上苍的，或称之为“天”，或称之为“上帝”，又与“鬼神”同德。所谓经曰“不睹”者、“不闻”者，即指这个富有神性的“天”。茶山为此而又引《中庸》后面的一段经文证之，如曰：“经曰：鬼神之为德，其盛矣乎！视之而弗见，听之而弗闻，体物而不可遗。使天下之人，齐明承祭，洋洋乎如在其上，如在其左右。不睹不闻者，非天而何？”[②] 而所谓经曰“戒慎”、“恐惧”，进而能以“慎独”者，便是因为感到有一种上天的威权的存在，同时慎独也就是与天意相通的。[③] 对于这些语词的解释，因为朱熹确定的天理即由“理”、“气”、“阴阳”等一类构成，所谓的“鬼神”也为“二气”之良能，因此便不可能产生出超自然的敬畏，对此，茶山驳道：“君子处暗室之中，战战栗栗，不敢为恶，知其有上帝临女也。今以命、性、道、教悉归之于一‘理’，则理本无知，亦无威，能何所戒而慎之，何所恐而惧之乎？圣人所言皆至真至实，必不作矫伪体面之话，以自欺欺人矣。”[④] 由上所知，茶山反对以阴阳五行一类的概念解释天理，为的是使人们的认识能够回归于日常意识上，而以为古人存在着对天的敬畏，也是欲使人们的认识回归于历史心理的真实性上。

统观茶山对诸命题的疏解，其中当然也会有意解与理推之处，但随着对古经史材料的密集使用，及对古代语境的如实判断，使得对《大》、《中》等经典的解释更向原初性事实靠拢。茶山的工作大体上包含了两个方面的意向：一是在史实层面上搞清楚经典的原始含义，以此而在知识学方位上建立一个新的理解统序，并进一步将朱熹等阑入其中的假象性判断清理出去；再就是通过考据学的程序，在对经学的解释中贯彻其实行、实用、实修，及适应于人性真实生发的社会伦理

---

① 《中庸讲义》“天命之谓性”节，《全书》册四，页 240。

② 《中庸自箴》，《全书》册四，页 182。

③ 关于这点，茶山有详细的举例，见《全书》册四，页 219~220。

④ 《中庸自箴》，《全书》册四，页 183。

主张，为此而取代为理学家所长期信奉的虚幻化的意识形态理解模式。[①]而若将这些看法置于东亚近代思想展开的坐标上看，茶山的这一努力无疑是具有特殊意义的。

三、与朱王二学的交接

从中国本土思想行进的线索看，明清以来的思想家对待朱王二派的关系，多取非此即彼的姿态，虽然亦或有折中其道者，但尚属寥寥，学派之间的界限一直是较为分明的。然而读茶山之著，却不容易得出这样的感受。

茶山对于朱学的态度，已如上所述，有一个不同层次的分辨，又根据于具体情况而作出判断。茶山之于王学，很显然，无论是从知识论，还是从经世论的立场看，二者间都应当是有明显龃龉的。但是冲突并没有发生在这些方面。茶山批评王学最激进的一处表述，主要还是针对其思维方式的，在《致良知辨》中茶山以为阳明以《大学》的“致知”释“知良知”，并深信不疑，重言复言，虽然也出于贤者之愿，但问题在于“凡立一句语为宗旨者，其学皆异端也”。原因即在必然会沿这一单一的思路而走向偏至。举例而言：“为己，君子之学也，圣人尝言之矣；杨氏立为己二字为宗旨，则其敝为拔一毛不为，而成异端矣。尊德性，君子之学也，圣人尝言之矣；陆氏立尊德性三字为宗旨，则其敝为弄精神顿悟，而成异端矣。”虽然茶山的这些持论也似有所同于朱子，但其考虑的问题不是想要解决“良知”的内容是否正确，而是在于独独以此为尊的思维模式会引起怎样的后果。同样，茶山并不怀疑阳明本人的“乐善好勇”、“资质本善”等，然而却认为如果同样取这样一种理解方式，对于那些“资质不清”的后学者，其造致的效果就会正好对反。[②]茶山的这种分辨也表明了，他并不是从一种学术成见出发，泥于一派的理论来评价阳明之学的，因此而称自己的这种工作为“公议”。

---

① 据茶山的解释，这也与理学之援禅有很大的关系，见其多处判语，不再赘引。但如仅限于此，还非属于新见，茶山当有更进一步的理解。

② 以上引文出自《全书》册二，页 309~310。

茶山对《大》、《中》二书的考订，博通古近，取征甚夥。其中，对阳明学派的观念也屡有涉及，并且多所赞举。比如关于《大学》版本的问题，如上所述，茶山并不同意朱子的立论，而多倾向于阳明一系的意见，以为《大学》并未有阙，甚至也很难说存在着错简的问题，并直接引来知德《心学晦明解略》语云："王阳明以《大学》未尝错简，是矣。"① 又引罗近溪的意见云："近日，罗近溪谓《大学》只是一章，亦通儒之快论也。"② 当然从茶山的论证方式看，似又并非独尊阳明，阳明一派的意见只是作为考据所需的一种证据为其所用的。

对《大学》"格物（致知）"的解释，是宋明学术论争的一个核心要点。就明中期以来的阳明一派看，虽然修正"格物"之说主要是针对朱熹的，然其内部的观点并不一致。最著名的当是王艮所创的"淮南格物"论对阳明格物说所形成的一种突破，即将"格物"释为测度"本末"，而不是阳明所说的"正"、"意"。王艮之提法，在当时与后世产生了较大影响，至明末刘蕺山尝云"后儒格物之说，当以淮南为正"，全榭山云"心斋论学未必皆醇，而其言格物则最不可易"③。如果从这条线索上看的话，茶山的训释几同于王艮，其句云："古谓尧舜三王之时，致，至之也；格，量度也。极知其所先后，则致知也；度物有本末，则格物也。"④ 关于淮南格物论的提出，即释格物为知"本末"，因心斋读书不多，无疑属其天禀独悟的一个结果，时人也以之为破荒之论。然而茶山却对这一解释（字词）的来源作了十分详尽的考据，从李善《文选》注所引"仓颉篇"而至近人之说法，可谓齐备，并由此而可显见出其考据学之功力。以茶山之见，似阳明训"格物"为"正物"，"犹之可也"，这当然是从揣解的意义上讲的。同时茶山也注意到了王艮之说，不仅在［考订］中引用了王艮《语录》中语，并坚称："心斋之说，明白如此！世犹以姚江之学而非之，有公论乎？"⑤，认为不能因学者的某种倾向而排斥其正确的看法。另外又提到"陶石篑亦有词语"⑥，及引焦竑

---

① 《大学公议》，《全书》册四，页 17。
② 同上，页 41。
③ 引自王士纬《心斋先生学谱》民国间刊本。
④ 《大学公议》，《全书》册四，页 32。
⑤ 同上，页 38。
⑥ 同上。

语证之："焦竑云，物有本末，即物；知所先后，即格物……"[①]。石篑、弱侯，均属泰州一系后学。而在王学他派中，茶山还引了如罗念庵、蒋道林、刘蕺山等的观点，很显然，并未有讳于学派之间可能存在的界限。

如果说在对"格物"的解释中依循于王学，还主要属于知识论上的考虑，那么茶山对"孝弟"的论证则显示其在义理方面也与王学有投契之处。由上已知，茶山在对《大学》"明德"的解释中斥"虚灵"而举"孝弟"，试图将德性的倡导落实到有明确归认的实处。然而，如果从理论体系上来分辨的话，这个"虚灵"不唯是朱学的重要概念，也为阳明所认同，并有更主动的发挥，因此如果茶山对之取排斥的态度，那么这种排斥就应当包括了朱王二派的思想。但是阳明一派也同样强调"孝弟"，尽管这在阳明自己的理论中并不明显（茶山对其也有述评，如谓"阳明不以明德为孝弟，则其所言亲民之义皆无至理"[②]），但阳明之后的泰州学人则多有倡议，如王艮撰有《孝弟箴》、《孝箴》等，推崇孝弟之义，并于《与南都诸友》中对"孝弟"思想作了详尽的推演，以为"以孝弟为先，诚万世之至训也"[③]。王艮的这些论述对其后学有较大的影响，后来的不少泰州传人如颜钧、罗汝芳、刘元卿、杨起元等均对孝弟之义多有发挥，这自然与泰州学人的民间性基础密切有关，也属该派所主张的"教民"说思想的一个重要内容。其中，颜钧的提法"灵用事亲，徵乎孝矣；灵在从兄，徵乎弟矣"[④]与茶山对"灵明"（"虚灵"）与"孝弟慈"关系的处理比较接近。而更有近者，罗汝芳则直接以"孝弟慈"解释《大学》的本旨，如载曰："问《大学》宗旨。罗子曰：孔子此书却被孟子一句道尽，云'大人者，不失赤子之心者也。'夫孩提之爱亲，是孝；孩提之敬兄，是弟；未有学养子而嫁是慈。保赤子，又孩提爱敬之所自生者也。此个孝弟慈，原人人不虑而知，人人不学而自能……"[⑤]罗氏门人熊傧万历间刻其师讲学集，概括其宗旨也云："吾师以孝弟慈尽人物之性，其即孔子一贯之

---

① 《大学公议》，《全书》册四，页 38。

② 《大学公议》，《全书》册四，页 23。

③ 《王心斋先生遗集》卷二，清宣统二年东台袁氏重编校排本。

④ 《扬州同志会约》，《颜钧集》，中国社会科学出版社 1996 年版，页 30。

⑤ 罗汝芳《一贯编》，明万历间熊傧刻本，页 6。

旨乎？性一而已，一何在？一之于孝弟慈也。”[①] 在此基础上，罗汝芳又进而以为自己对《大学》一章宗趣的昭示，实有超越朱、王二者之处：“其旨趣，自孟子以后，知者甚少。宋有晦庵先生见得，当求诸六经，而未专以孝弟慈为本。明有阳明先生见得，当求诸良心，亦未先以古圣贤为法。芳自幼学即有所疑，久久乃稍见黾勉家庭，已数十年，未敢著之于篇。……”[②] 以其所言，以“孝弟慈”释《大学》之宗旨为其自身体察所得。另有来知德（矣鲜）者，也曾以“孝弟慈”释“明德”，但未有如罗汝芳之表述明切、直截。[③] 从茶山对中土思想的熟悉情况来看，其虽不一定很及时地掌握清代学术变化的许多情况，但无疑对明代学术思想史资料还是甚为熟悉的（甚至于对一般文化史的资料也有广泛知晓），因此，罗汝芳的思想应当是在其知晓范围以内的（也曾引用过罗氏之说，见前）。茶山在其对《大学》的注疏中也引用了刘元卿与来知德等的说法，如记曰：“来知德之学亦必以孝弟为明德”。又记曰：“刘元卿《大学疏略》曰：君子明其孝之德以老老，明其弟之德以长长，明其慈之德以恤孤。”[④] 在理论上重提孝弟概念的重要，在中晚明时期的确是一个引人关注的动态，分析其原因：一是与回归孔子的潜在思潮有一定关系（不能简单地认为这种思潮只生发于清代）；另一即与阳明之学对心性实践的强调密切相关，因此就道德论的一翼而言，便需要落实到一些能够“实修”的具体节目上去；再就是“教民”，这一道德启蒙的方式也被其时一些思想家（主要是泰州学人）重新提到日常的议程，为此而需要一种更贴近于日常化方式的通道，以便能够唤起众生凡俗的人心。而这些思想事实上又都是建立在王学之展开过程之中的。以此而言，茶山对明德、孝弟慈等的解释也非无从来源，并会导致他在一定程度上对阳明一派取一种积极肯定的态度。

行文至此，我正好又读到韩国学者写下的一段对阳明学在其国遭遇的解说，文中提到了：“实学派无论肯定也好否定也好，对阳明学表现出较多的关心。虽然关于韩国后期实学派是在阳明学的影响下发展起来的假设是不能成立的，但它

---

① 见《一贯编》杨起元所撰序。

② 《一贯编》，页 6。

③ 来知德的相关理论见载于《明儒学案》卷五十三，清康熙间刻本，中国书店 1990 年影印版。梨洲评其学脉与阳明有“异同者”。

④ 《大学公议》，《全书》册四，页 17。

却形成了更为开放地理解阳明学的一种特征。……”[①]我想，这样的判断也是符合丁茶山之著作所呈示出来的情况的。此外，当我们回到茶山所标举的实证主义观念中，那么，对客观性的追求也自然会在他的疏证活动中起到辨认各种思想材料的作用，加之朱学与王学也都经历了自明中期而至清初的激烈动荡与沉浮，因此而也为后来者提供在理论上突破二者划然清晰之界限的时代条件。当然，如对茶山以上涉及的这种问题作更深入的思考，那么可能我们无可避免会涉及到包含在其论争主张之中的人性论见解，有基于此，茶山即便是在批评朱、王学说之时，也会首先肯定这些道义之士固有的为仁之愿、一念之心，并要求于将他们的学术动机与理论阐述区分开来看待。这看起来似乎并不是太大的一件事，也可视为是其文中的一个细节，却反映出了茶山在人性论问题上的开放姿态，并以此而去与东亚近代性的诉求相衔接。

原载《茶山的四书经学》
韩国茶山学术文化财团编
商务印书馆，2008 年

① 《韩国哲学史》下册，页 86。

时文与古文的交涉：晚明时文批评的向路

一

时文与古文之分制由来已久。明洪武年间诏定科试之法，时文始有尊轨，而二体之分制也借此愈显，此可从几个方面证实之。一是明宦者自永乐后虽然多由科试以入，并至闻达，但至嘉靖前仍甚少有人言述自己的制义经验，或以时文写作自珍，即便身跻元灯也不例外。检其文集，必于编次中弃去当年艺文，而仅存古文辞之作，以示二者不可相淆之畛域。二是从文类学上看，嘉隆前专论文体者如吴文恪《文章辨体》、徐师曾《文体明辨》等均未为时文设目，可知在他们的心目中，古文辞乃是与时文不相干之文类[①]。而明自宋景濂以垂，解说文章流别者夥矣，也几乎未见有将二者并置于文章学之大框架中判说的。

① 虽徐师曾《文体明辨》中列“策问”、“策”二目，似与射策有关，但也主要为溯其体制源流，并未将之单作时文体例对待。见《文体明辨序说》“策问”、“策”，人民文学出版社1962年版。

二体之分制也因于文体上有尊卑之别。由体式上看，时文（一般主要指经义与四书义）虽亦综合诸体文章的特点以成[①]，但究其实，毕竟只是一种应考的“试卷”，非文心独造之语，难入传统的文章范畴。也有谓时文之不存，因其为一“时”之需，故时过则泯。[②]当然，对时文的态度也与明前期“儒者”的概念定位及习尚有关。虽然政府也鼓励举业，以待俊贤，但仕宦仍重在德行、涵养与事功，老成耆年之臣居上，有休然春容之态，士子登庸之后，也均以修己明德、政成治美为尚。文章虽事关国运，但属相对次要之事或被看做道德政治的衍生物，如弘正间李东阳即云：“古之论学者有三，其上为道德，其次则为事功，又其次则文章，凡以为世道计者，挟此以仕，虽其所施不同，然皆足以泽天下。及后世，其弊也，则专事进取，不知其所以仕。乃或因而假之若刍狗，既有所得，则委置不复顾。而古之所谓学者，荡乎无有矣。”[③]句中所云古之“学者”当含有对明初以来仕者状态的概述，其事于前后史料中多有可征，由此而可窥昔日士风之高亮浑朴。“刍狗”之论虽为针砭时况，但也透露了科场之逐中必不可免的一种难言之“隐情”，即以时文为钓饵也，当常有之。既然“关乎时运”、“华国足物”之古文尚位在次等，时艺之作便更流为剩技，不足与论了。

时文之不为词林挂齿，也与成化以来思想界的三波抗流有关。第一波以放归在野的理学家如罗伦、章懋、庄昶等为代表，从理学去欲论的角度重新观察官场的运制，便以为科试实为满足“利禄”之需而设，与圣人之旨有背，罪有可

---

① 时文也谓制义等，实有广狭二义，所指并不一致，需有所辨明。广义包含三场之试，如黄汝亨《论衡序》曰：“今制举，首经义，与策表论皆试而用之，皆时文也。”《寓林集》卷七，天启四年吴敬等刻本。狭义则专指首场的四书义与经义，即时云之八股。朱舜水《答安东守约问八条》云：“大明试士，八月初九日第一场，文七篇，四书义三篇，经义四篇，谓之制义，亦谓之举子业。”《朱舜水集》卷十，中华书局 1981 年版，页 372。虽所举为乡试例，会试内容也同，此为狭义之说，而本文所论时文亦主要指此。

② 商衍鎏谓：“唐之官韵诗赋，宋之应试经义，无专书著录以传后世，实以科举取士之文，原在一时也。八股谓之时文，亦以时过则迁，违时之旧文已去，合时是新文代兴，自明至清，八股之选本、稿本，记不胜记，而流传者绝少，职是之故。”《清代科举考试述录及有关著作》，百花文艺出版社 2004 年重刊本，页 257。

③ 李东阳《祁阳县学重修记》，《李东阳集》卷二，岳麓书社 1985 年版，页 139。

咎。[1]此一言说传统也为后来的理学之士所接续，于道学之压力之下，时文故难以成为一种公共的谈资。第二波即成弘间吴中文人如吴宽、祝允明等对时文体式的抗诉，如吴宽论时文之鄙陋："今之世号为时文者，拘之以格律，限之以对偶，率腐烂浅陋可厌之言。甚者指摘一字一句以立说，谓之主意。其说穿凿牵缀，若隐语然，使人殆不可测识。……"[2]从而使古文之学难以通行于世，豪杰出群之士无法脱臼以出。吴中多擅古文辞之士，因而也多会从古文与时文对立的角度来申诉时文之非。第三波为李梦阳、何景明等于弘正间所倡言的文复秦汉之说。虽然前七子论文主要还是针对古文内部长期因循的唐宋文格套，以此对抗理学对书写活动的控摄，但因其以古为倡，以多样化、人性化的写作为鹄的，也必然会于意识中包含了于大的文体框架中对时文的蔑弃。关于此点，万历间袁宏道即有述陈："而卑今之士，反以为文不类古，至摈斥之，不见齿于词林。"[3]近人陈柱于《中国散文史》中也在论及复古宗趣时指出二者的抵牾："盖自成化以后，八股文盛行之际，文士于四子书与八股文之外，可以不读他书。凡所谓散文骈文，无非空疏饾饤，故李何辈思有以矫之，使人知《四书》外尚有古书，八股外尚有古文。"[4]复古派为明文大宗，其思想导向自然会影响一代操觚之士，在乡校间热衷于制义以外形成另一种更为正大的声浪。

后人述明代制义之文，以为至成弘而发达，至正嘉而极盛[5]，并有所谓"王

---

① 具体论证可见拙著《明永乐至嘉靖初诗文观研究》章二，北京师范大学出版社 2001 年版，页 79~80。

② 吴宽《送周仲瞻应举诗序》,《家藏集》卷三十九，四库全书文渊阁本。

③ 袁宏道《诸大家时文序》,《袁宏道集笺校》卷四，上海古籍出版社 2008 年版，页 185。

④ 陈柱《中国散文史》，凤凰出版传媒集团 2008 年重印本，页 209。

⑤ 论明时义之迁变、兴衰，见诸多家，持论稍异。明有冯开之、袁宏道、黄贞父等。冯文见其《皇明四书文纪序》,《快雪堂集》卷三，万历四十四年刻本。袁文见《陕西乡试录序》,《袁宏道集笺校》卷五十四，页 1530。黄文见《范光父程文选序》,《寓林集》卷七。清人所论更夥，方苞《进四书文选表·凡例》谓："明人制义，凡体屡变。……至正嘉作者，……为明文之极盛。"《方望溪全集·集外文》卷二，清咸丰年间版。苏翔凤《甲癸集》序云："洪、宣之文，初唐也；成、弘、正、嘉之文，盛唐也；隆、万之文，中唐也，皆参苓也。启、祯则晚唐矣。" 转引自梁章钜《制义丛话》卷二，上海书店出版社 2001 年重印版。商衍鎏则述之为："然则八股之法，实肇于宋绍兴、淳祐，定于明至洪武，而盛于成化以后者。"《清代科举考试述录及有关著作》，页 247。其盛期或有定在成弘，或有定在正嘉。诸说中以方望溪影响为大。

钱唐瞿”、“王唐瞿薛”、“王唐归胡”等目，世称时文巨手，场屋尊为尸祝。然检之如王鏊、唐顺之、归有光等执论，却并不曾以之为荣身之资，津津挂齿，而依然以古文是崇。[①] 其中缘故或也在于上述观念与舆论压力之下，场屋之作的成就意识只能沉潜于“隐情”状态。钟惺曾剖析过这种心理：“诗如李、杜，可以布衣终其世；时义如王、唐，而不得科名，则退而无以自处。时义如王、唐而不得科名者，诚未尝确然见其人；然其得者，固已有不可言者矣。”[②] 意谓在制度规定的程序中，时文之习与作实乃不得已、不得不之行为，而既已得隽，则不可以之矜世。虽然俗传唐顺之有三种时文编集[③]，然其却于《答茅鹿门知县·二》中明言述之，当“茅鹿门所疑于我本是欲工文字之人，而不语人以求工文字者”时，顺之辩道：“鹿门所见于吾者，殆故吾也，而未尝见夫槁形灰心之吾乎？……”[④] 即以为对时文与文法“绳墨转折”等的兴趣不过早期故事而已。文中甚至将“唐宋而下，文人莫不语性命，谈治道”也看做是“影响剿说，盖头窃尾”之鄙习，而力荐秦汉以前的百家“本色”[⑤]，为此可见前七子思想对他的某种影响，由此而自然会将此前所习之执律森严、以宋经义为步趋的时文旧式置于排斥之列。至如王鏊、归有光，也在著述中明确表示出对制义的不满，王鏊之论见于《时事疏》，意谓时文限于“谀闻”，无法容纳博学好古之士[⑥]；归有光之论见于《史论序》等，以为“今科举之学，日趋简便。当世相嗤笑以通经学古为时文之蠹”[⑦]，以致使秦

---

① 启功所撰《说八股》中也提及此事，云“明代中叶有些自命会作‘古文’的人，不屑以八股自居，而标榜能以古文笔法做八股”。《说八股》，中华书局2000年版，页38。后又引阮元的两段话证之，阮元语中有：“明人号唐宋八家为古文，为其别于四书文也，为其别于骈偶文也。”

② 钟惺《沈雨若时义序》，《隐秀轩集》卷一八，上海古籍出版社1992年版，页285。

③ 见余长城《百二十名家制义》（康熙刊本）题《唐荆川稿》曰：“唐荆川先生教学里中时有教学文，为吏部时有吏部文，为中丞时有中丞文。好学深思，至老不倦，文之传也宜哉。”然余氏所本尚有可疑。《制义丛话》也曾辑《书香堂笔记》、《四勿斋随笔》等语，指摘余著中的一些文献阙疑。况荆川后文已明示自己舍弃文字教法，“至老不倦”一语当无从与其制义之事顺衔。

④《答茅鹿门知县·二》，《荆川先生文集》卷七，四部丛刊本。

⑤ 同上。

⑥ 王鏊《震泽集》卷十九，四库全书文渊阁本。另对制义之窄陋的指摘也见其《东原诗集序》、《瓜泾集序》等。

⑦ 归有光《震川先生集》卷二，上海古籍出版社2007年版，页34。

汉史学无闻于世。鏊身处李何稍前与同时，有光则在李何等后习文，以故其思想均在文复秦汉的披泽之下（虽然顺之更有递进），所论如此，不足为怪。

时文虽然也称为一种“文”，然自洪武设科以迄嘉靖，基本上被看做是一种与古文截然有异的别体，这也是由时文的设置所规定的，其中包括了它的体式、目的等的特殊性，而文体上的自我封闭性亦阻止了它于其他文类的交涉，并为文士所忌言。然至嘉靖后期以来，情况却有变化，与本论文的视角相关，有两点值得一提。

一是文体的封闭性开始逐渐涣解，出现了向外绽开的切口，即世所谓“以古文入时文”。后人论及这一变化一般都会将之归于唐顺之、归有光、茅坤等唐宋派古文运动的领袖，然就言述来看，则如成弘间吴宽实在更早即已揭之。吴宽《容庵集序》曾云：“乡校间士人以举子业为事，或为古文词，众辄非笑之，曰‘是妨其业矣’。噫，彼盖不知其资于场屋者多也。故为古文词而不治经学，于理也必隔；为举子业而不习古作，于文也不扬。二者适相为用者也。”[①] 由其提及的内容看，似当时已有如此习例，而其自身的经历也可为征。此外，唐宋派古文家中则有茅坤于《文诀五条训缙儿辈》论及此理，其文曰：“吾为举业，往往以古调行今文。……个中风采，须于六经及先秦、两汉书疏与韩、苏诸大家之文涵濡磅礴于胸中，将吾所为文打得一片凑泊处，则格自高古典雅。”[②] 茅坤所谓行古调的特点，包含有扩大阅读范围至各种古文，及同时融液于自心，此于复古派、心学派的主张均有汲纳，也与唐宋派为古文的见解一致。但如细察之下，其所谓的“古调”似还不是单纯援入古文的内容，而是偏重融液于心之后化出的“风神”。因其明言这些经验由自己得来，为此而可证得“以古文为时文”一说无误，非只为后人所追认的一段口实。鉴于唐宋派古文家以古文为时文的情况已为古今诸家论及，此不详述。然可以此见出，时至嘉万之际，时文与古文二体之间原有的断裂已被有意识地开始缝接，遂使时文进入一新的变体状态，并引发了所谓时

① 《家藏集》，卷四十三。

② 《茅坤集·茅鹿门先生文集》卷三十二，浙江古籍出版社 1993 年版，页 875。此为其子国缙尚未及第时文，国缙为万历十一年三甲进士（考见于《明清进士题名碑录索引》），可知为坤中期所撰。

文的“极盛”。

二是对时文的言说开始摆脱文体论上的缄默，成为一种公开的知识话题。这点在茅坤身上已有体现，其所撰《文诀五条》既以讲论技法为主，也含有变革论的思维，又有对时文弊病的评骘，论者有谓此为首次较为系统地对时文进行理论评述者。[①]然茅坤论时文并不限于此篇，而是随事有出。其中有应酬之什，也有精见之作，并将其为乡试所撰策及乡试课考诸什也一并收入集中，并不计较文集之杂芜。其比较精粹的意见大致与《文诀五条》近似，如倡为时文当以“治心”为先[②]、“炼心”为本[③]，使古文之思助进于时文之撰云云。如此看来，茅坤之敢于言说，故因多种外部条件的变化，同时也基于对自己言说基础的某种确信，即其时文观与文界主流（于古文批评领域）的复古以延拓视界、自得以主宰文词的观念是相接榫的，由此也为时文的言说合法性觅得了某种支持。隆万以降，时文评说有迅速的展开，与世风之转变，公开言利不再成为羞口之事（所谓的隐情因曝光而稀释），科举在民间发展为一种次产业等有密切的关系；其次，出版业之发达，也造致程墨、房稿、行卷、社稿等的大量梓行，每有裒辑，必乞达人赐言，以弁其首，或随文分解，以示钥键；及至出现如武之望所著《新刻官版举业卮言》等论时文之作的专书。一时，于古文批评之外，形成时文评说的盛况。

对时文的言述，也可尝试作些分类。凡陈讲时文均可称之为“时文评说”，而“时文批评”（criticism）则属时文评说中之一特殊类别，有时在同一文本中不一定有那么清晰的分辨，于义界处也会存在着交叠与过渡。但能称为时文批评者，其旨趣却不当以技法为核心，视其言说为科场攻略的一种指迷（instruction, guidebook），而是超出其外的对事件与文本等的评判，或基于文体的反思与建言

---

① 见龚笃清《八股文鉴赏》，岳麓书社 2006 年版，页 180。

② 茅坤《顾进士刻稿题辞》，《茅坤集·茅鹿门先生文集》卷三十一，页 844。

③ 茅坤《顾侍御课余草题辞》，《茅坤集·茅鹿门先生文集》卷三十二，页 857。另《与胡举人论举业书》亦云：“举子业一节，浅视之，似属儒者末技；苟于中极其深而研其几，古文所谓非六经之旨，不以存于心而措于辞，非吾所蕴之为心而吐之为辞，粹然得圣人之至者，则亦不能如百川之流行浩荡而注之海。予故曰：‘圣学以洗心为功，而举子业，亦当以炼心为案。’吾辈能炼其心如百炼之金之在冶，斯之谓自得而资深逢原也。”《茅坤集·茅鹿门先生文集》卷六，页 315。

等，有一种“审思”包含于内，此固非泥于程艺者可拟也。也正因如此，它能入批评史的范围。如上所述，时文批评之产生，有一确切的以古文为时文的背景，而这一背景又会放射出更多与更大的问题，因此，多数批评都会与古文书写系统中的问题有或明或暗的对比，并直接或间接地映衬出其于整个文章批评史上的一些意义，可见二体的互涉性仍为时文批评的内在根由，同时也意味着二体的碰撞也将刻录至文章批评史的年轮之中。自万历伊始，纵观明清两代，批评家之关注时文者多矣，时文批评也可谓盛矣，由此而造致了文章批评的一大变局。虽尚不宜将时文的意义做过度的放大[①]，但如忽疏之，如多数批评史研究仅以古文概念笼罩明清二代之批评，抹去二者间差异，或不顾古文与时文之间的文类间性，也必造成视野上的局隘及对二体皆无法作深入的探析。

二

“以古文为时文”的提法，在文体观念上也有高低之别，即以古文为高，时文为低，故古文之风调、神气、理致、章法、视野等可补时文之僵化、刻板，这也是此间时文批评的一般性认识。但至晚明，却出现了另外一种看法，颠倒了二者高低的位置，以为时文书写实在古文之上。此论昉于李贽，至袁宏道而得扩张，由此而使对时文的赞誉推向一极致，并再次将二体之关联间离开来，置其于一种对峙的状态中。此论虽难脱矫激之嫌，然也事出有因，需要对之作一专门的考察。

此论之发，当与时文发展的进程有关。以清人方苞的梳理为准，明时文之演变可描述如下：

> 明人制义，凡体屡变。自洪、永至化、治百余年中，皆恪遵传注，体会语气，谨守绳墨，尺寸不逾。至正、嘉作者，始能以古文为时文，融液经史，使题之义蕴，隐显曲扬，为明文之极盛。隆、万间，兼讲

---

① 如陈柱《中国散文史》第五编论明清两代散文，“以八股为文化时代之散文”，则所用概念有失宽泛。

机法，务为灵变，虽巧密有加，而气体苶然矣。至启、祯诸家，则穷思毕精，务为奇特，包络载籍，刻雕物情，凡胸中所欲言者，皆借题以发之。①

文中方苞将明时文之变步括为四个时期，简明有理。其中，隆万后之特点为讲机法、讲灵变，也与批评史之倡导相为表里。然观从正嘉而至启祯的时文进程，仍可见有内在的逻辑所支配。明初由太祖与刘基所规划之时文，其体式至为慎密，可谓密不透风，这种内闭性是由文体规则与意识形态理念及其监视共同完成的。至王鏊，内部的空间则已用尽，余长城谓“理至守溪而实，气至守溪而舒，神之守溪而完，法至守溪而备”②，当出于一种极赞，但也可视之为一种危机的症候。正嘉以后，唐宋派古文家始生变意，“以古文为时文”之目的即为改造原有的文本装置，借以扩大文体内部的周旋空间；茅坤等也初步提出了以“自心”驱使的概念。但这两点都因其受到横向行进之“理”的限制，所运演之理并未有变，仍在中心起着控制行文的作用，虽心之融液已达其极，而心之骋骛则仍落理窟。而唐宋派古文家于后被尊为时文之“正宗”、“正体”云云，也正由其与洪武之创制未离太远。再则，就其与嘉隆前时文对比看，其援古入时固有拓辟之功，然以后来者之眼光看，古文之法度仍为有限，古文所运之思与所载之义也均有适度之规定③，故唐、归、茅等提供的空间亦难容纳更多接踵而至的步武。然唐宋派古文家的作用仍不可小觑，既然文体之切口已为打开，则进一步的变制便有不可阻挡之势，装置的可移动性在后期变为对“机法”的崇尚，自心的要求衍化为对“灵变”的索求，或二者兼而据之，此也制义之体变化的内在机轴。隆庆时德清胡友信即制法尚奇，至万历中后，时义之作更是以奇崛为崇，人各有面，

---

① 方苞《进四书文选表·凡例》。

② 《百二十名家制义》，题《王守溪稿》。

③ 古文的内容固然有所限制，如茅坤《文诀五条》中倡“以古调行今文”，然却不以庄老、游侠策士之文为古文，如谓“今举子业家绝不知考究，甚且窃《庄》、《老》、《左传》、《战国策》之言以搀入之。诚所谓侠邪优伶而诵佛经道篆也，有识者览之，拊掌一笑耳”。而明末诸家所倡古文入时文也有此明确规认，由此可知“古文”一语在此多有意义上的限定，甚或非七子派之古文概念。

有谓之曰“岁化月迁，一唱百和，东下之流，既倒之澜”[①]，“狂澜既倒，不能复回”[②]云云，不一而足。

此也可从万历中的时文批评中见得。更重要的是，批评也在其中起到了推波助澜的作用。其时，继茅坤等以后，文坛新锐对时文批评多有涉足，并富有所撰，如汤显祖、袁宏道、黄汝亨、王思任、陶望龄、钟惺、谭元春等皆是。近时对晚明诸家的研究多聚集在其古文之论，而对其时文批评多有失见，或淆其时、古之述，今需重理旧籍，有所考订。当然，由于诸人或有一思想转型的经历，即前期主突破，后期主收敛；或阐论各有偏重，即在变与返的兼顾中或主变，或主于返，因此很难将之置于同一话题下论述，故主要还是依据本文的思路，并参其主要的思想偏向，使之在论述上有所分疏。

汤显祖之时文批评于茅坤之后最为特立，为晚明新锐批评之魁，其多种重要篇什如《义墨斋近稿序》、《朱懋忠制义叙》、《王季重小题文字序》、《揽秀楼文选序》、《合奇序》、《张元长嘘云轩文字序》、《萧伯玉制义题词》、《汤徐二会元制义点阅》等实均属时义（而非古文）之评，故唯有置于其时文批评的序列与范畴中方可有切实的理解。其因教子而编《汤徐二会元制义点阅》，并撰《题词》，言自己对时文的看法。虽谓此选为不得已（因为规制所限），但也语中透露出一些对时文看法的信息，其一即时文写作是处于变动状态的。既如此，成弘间“钱王远矣”，已不足效；如欲适近日之变，并为教习故，则需以新近的典范（如汤许新科元灯）为参。其二，时文写作不过“尽于法与机耳”。“法”为时文的基本装置，并可再行配置，却不可弃去不顾。但由汤氏看来，对待二者仍有区别，即所谓“文字，起伏离合断接而已。极其变，自熟而自知之”[③]。变化之机在其中起到更重要的作用。总之，变被提举为一更为根本性的要素，是一种更高的、并由自悟而得的境界。于《朱懋忠制义叙》中，汤显祖更是以“气机”言时文之变，曰：“通天地之化者在气机，夺天地之化者亦在气机。化之所至，气必至焉。气至所

---

① 冯梦祯《皇明四书文纪序》。

② 《百二十名家制义》题《胡思泉稿》。

③ 汤显祖《汤徐二会元制义点阅题词》，《汤显祖诗文集》卷三十三，上海古籍出版社 1982 年版，页 1099~1100。

至，机必至焉。”分而视之，则有二，而“二者莫先乎养气”[①]。养气，也就与茅坤所谓“治心”、“炼心”联系到了一起，不是离开心性之外还有个机或气，因此又归之可曰“足以吐纳性情，通极天下之变”[②]。此处所谓“养气”说，尚有涉旧说，然在另文《张元长嘘云轩文字序》中，却径直将心性视做是“自然”天成的“灵性”，灵性尚流动，故能百变不已。由此续推，程墨或体式（“法”）固然难舍，然于一般的情况下，却是有阻于此灵性之展开的，因此，极端论之，也可谓：“观物之动者，自龙至极微，莫不有体。文之大小类是。独有灵性者自为龙耳。”[③]此段文字，世有以为针对复古主义而言，但复古主义一般并不言体，言体者实为制义之常例，可知是专就时文而发。“灵性”为此而成了驱使变化的一张内在动因，其所谓“机”，固也非人为制作的机法（如瞿景淳、董其昌等），而是一种“天机”。循此以下，则“奇”与“狂”等便成为义仍时文批评中的主要价值导向。[④]

就上所证，汤显祖论时文之不同于前辈如茅坤处便依稀可见。茅坤论时文，虽也提出了心的概念，但对时文成规犹有很强的依赖，还是处于体式之内而谈体式，“融液”也在其内。汤显祖论时文，则体式的意义已降解到最低的限度，似已不依赖于程文的体式。制义言说系统中尚有“凌驾”之说，是从否定的角度而论自心的作用，并以之为破体、侵体之忌，然汤氏却明显将凌驾甚至是过度的凌驾视为时文撰写的奥诀，一种圭皋。茅坤等“以古文为时文”是试图以后返式的系统化路径改变时文体式的坚闭，复古（秦汉或唐宋）仍是其题中之要义。汤氏虽也赞同援古文以入时文，并对之重要性累有所述，但已不是在原有的复古及其统绪的意义上（而是在能扩展胸臆、激荡情感，即有助灵性发挥的意义上）肯定古文辞[⑤]，而且，其所谓古文辞也须为凌驾之心所驱使。

---

① 汤显祖《朱懋忠制义叙》，《汤显祖诗文集》卷三十一，页1068。

② 同上。

③ 汤显祖《张元长嘘云轩文字序》，《汤显祖诗文集》卷三十二，页1079。

④ 对“奇”之论述，可见《合奇序》；对“狂”之论述可见《揽秀楼文选序》。因诸种材料为学界所稔，不复赘引。

⑤ 汤显祖对古文辞之肯定，见之于其多文，如《义墨斋近稿序》将古文辞之作与制义之程墨置于对立中看待，感叹今之有材力志意者，皆于制义中“巧质之相乘，玄思之相倾”，以致“古文词不可作矣”。由此而赏石首王天根能于攻制义之余，坚持“纵观旁薄今昔”，

然从总体上看汤氏之论，其虽力主时文的变革，但意图却是通过对“变”的倡导而消解时文的固有装置，使时文最终消融到一种新的古文之体之中，此也为汤氏文本论的一种话语策略，虽保留了对古文的肯定，但也能与李贽、袁宏道等的另一种更为矫激之论相链接。

李贽论时文，其一段羼于《童心说》中：“苟童心常存，则道理不行，闻见不立，无时不文，无人不文，无一样创制体格文字而非文者。诗何必古选，文何必先秦。降而为六朝，……，为今之举子业，大贤言圣人之道，皆古今至文，不可得而时势先后论。”① 述中明确地将复古之论置于否定位置，将之看做性灵（童心）之赘物，而时文反成为一种正面的价值。虽嘉靖始对复古旨趣的责难如缕于耳，然罕见有取之与时文为对者。另文《时文后序》则对之有更详阐论，如云：“时文者，今时取士之文也。非古也。然以今视古，古固非今，由后观今，今复为古。故曰，文章与时高下。……古五言兴，则四言为古；唐律兴，则五言又为古。今之近体既以唐为古，则知万世而下当复以我为唐无疑也，而况取士之文乎？彼谓时文可以取士，不可以行远，非但不知文，亦不知时矣。国家名臣辈出，道德功业，文章气节，于今灿然，非时文之选欤！”② 虽然此文为“代作”，或有一些意思似非李贽所自出，并有曲承官方意志之嫌，但由于其意可与《童心说》相阐发，则知非为孤论。文中在对复古主义历史取向执以否定的同时，也提出了一新的衡文之则，即以往后推移（而非前返）的“时”为确定文之高下的准尺，并将“时”与“古”在一相对的逻辑中对立起来，从而也为今之时文作了不容置疑的辩护。

宏道曾执爨于李贽之门，故其持论有跬步于贽并更有递进。其论时文的特

［续上页］以故其时文之作能有“音外之音，致中之致”。（《汤显祖诗文集》卷三十一，页1066~1067）又《王季重小题文字序》言天下文章不成，因于“儿时多慧，裁识书名，父师迷之以传注括帖，不得见古人纵横浩渺之书。一食其尘，不复可鲜。一也。乃幸为诸生，困未敏达，蹭蹬出没于校试之场。久之，气色渐落，何暇议尺幅之外哉。二也。……”由此而赞王思任能不为科试程文所限，因此而“灵心洞脱”，不仅为小题文能“高旷其心神，亮浏其音节”，而“其为古文词诗歌又何如也”。（《汤显祖诗文集》卷三十二，页1074~1075）

①《焚书》卷三，中华书局1961年版，页98。

② 同上，页114。

点，一如李贽，均紧扣“时”之单一概念进行。如《张茂才时义小引》篇提及自己不敢面对以举业质者，即因时文前后变化之速，故无法以“故机老锦”，翻成“入样花缬”[①]。此与汤显祖教子篇中所说例证相似，时实于中起到了汰旧择新的作用。《叙四子稿》论朝廷禁文体事，进而以为时文之变欲禁而不能，在于时文作为一种竞争性的文体，必然“平不取胜，不得不求其异者”，后新之替，实乃“势为之也”[②]。《时文叙》对这一文体属性作了更详的论述，如谓：“举业之用，在乎得隽，不时则不隽，不穷新而极变，则不时。是故三令五督，而文之趋不可止也，时为之也。才江之僻也，长吉之幽也，《锦瑟》之荡也，《丁卯》之丽也，非独其才然也。体不更则不艳，虽李杜复生，其道不得不出于此也，时为之也。”[③]在此，文体的变化不赖人之才性，而取决于冥冥之中为客观化意志所支配的时间之流，“时”之概念既昭示出了时文称名上的特征，也作为一强迫性律令判定着文之起衰。正是在这一思想指导之下，袁宏道提出了与李贽相同的命题：时文胜逾古文。其《诸大家时文序》云：

> 今代以文取士，谓之举业，士虽借以取世资，弗贵也，厌其时也。夫以后视今，今犹古也，以文取士，文犹诗也。后千百年，安知不瞿、唐而卢、骆之，顾奚必古文词而后不朽哉？且所谓古文者，至今日而敝极矣。何也？优于汉谓之文，不文矣；奴于唐谓之诗，不诗矣。取宋、元诸公之余沫而润色之，谓之词曲诸家，不词曲诸家矣。大约愈古愈近，愈似愈赝，天地间真文澌灭殆尽。独博士家言，犹有可取。其体无沿袭，其词必极才之所至，其调年变而月不同，手眼各出，机轴亦异，二百年来，上之所以取士，与士子之伸其独往者，仅有此文。而卑今之士，反以为文不类古，至摈斥之，不见齿于词林。嗟夫，彼不知有时也，安知有文！[④]

此篇有一些句子、说法实化出于李贽之文，但更突出了与七子派的论辩性、

① 《袁宏道集笺校》卷三十五，页1115。
② 《袁宏道集笺校》卷十八，页967。
③ 同上，页703。
④ 《袁宏道集笺校》卷四，页184~185。

对抗性。比如在李贽之处，虽然否定复古的建言，但并不以此就完全否定其时的古文书写，举荐时文主要是将新的文类纳入到认可体系之中。然宏道则更有甚者，以为古文已死，而时文常新，以今之时文而贬今之古文。虽未明言过去的古文如何，但由其所执定的"时"的标尺看，则古文的地位当已屈居时文之下，在以上论述中（也由于仅拘泥于对一些简单概念的辨识），古文是不处在变化之流中的。

据此，并再从文体论上看，汤显祖主"变"，李、袁主"时"，从而均对万历后时文的不断趋新取拥趸之态，为之趋新而鼓动，其中之意也在消解时文的常式与装置。此实不难费解，如袁宏道在其《叙竹林稿》中又曰："（时文）驱天下而不为新奇不可得者，不新则不中程故也。"① 此"程式"既然是以"新"为标准来看待的，因此也必会于时间之流中被不断涣解与重置，被不停地推向一种更替之波，由此而导致无"法"可寻，即其所谓"以无法为法，不古为古"②。于此，也可以清晰地窥得于汤、袁之论中所潜置的意识形态意图。然汤显祖与李、袁，尤其是汤、袁之间，在对待时文与古文关系上仍存在某种差异。汤显祖论变是有层次分别的，即将时文与古文置于不同的层次上，故在时文之变中也可容纳进另一层次上古文的书写经验，二体之交涉并未断裂。而袁宏道的"时"却几乎是单线行进的，也是一种单一的坐标，在时的流动中可划分出古与今的区别，因此，古始终落在今之后面，时文之与古文也就成了一种文体上的征服与遗弃的关系。这不仅颠倒了二体既有的尊卑秩序，撼动了人们对古文神圣性的习常感知，也使二体之关系变得极为紧张，原为唐宋派古文家所拉近与缝合的文体间距，再一次被袁宏道等扯开。

当然，新锐批评家之涉入时文批评，并非表明他们对时文（尤其写作）真有事实上的兴趣，以他们发表的一些自述来看，这种兴趣无疑是很有限的③，这与

---

① 《袁宏道集笺校》卷十八，页 701。

② 同上。

③ 汤显祖多处谈到其与制义之学的龃龉，如《汤徐二会元制义点阅题词》自云习时文经历："予弱冠举于乡，颇引先正钱王之法，自异其伍。已辄流宕词赋间。所知多谓予，何不用法更一幸为南宫首士最，而好自溃败为。予心感其言，不能用也。庚壬二午间，制义不能盈十。……"（《汤显祖诗文集》卷三十三，页 1099）袁宏道《张茂才时艺小引》也谈

他们早年得隽、边缘化身份、观念位置等均有关，也可于其实施的解构策略得以证实。然而此与他们对时文批评的涉入并不矛盾，除一些酬世之需，也因为围绕着时文，在晚明已形成一新的巨大的话语场域，关注、阐论或推助时文之变，不仅关系到时文内的一些问题，也与反观古文的进程，进而催动古文的变革相关。以后一点而言，一是可通过文体间的对比，反证古文之学于今日的停滞与落伍，抵消复古话语的权威性假象于文坛的影响。此于李、袁的论述中最有鲜明的表呈。二是为一种新文体的出现而酿势。因时文虽于新变中已居气机之先①，走到了古文的前面，但毕竟仍为一种程试之文，不可能成为社会化与公共化的文体，即便如袁宏道、汤显祖等所撰写的时文批评中所使用的依然还是一种古文；但另则，原来的古文也处在悄然变化之中，并逐渐蜕化为一种新的文体，于此，汤显祖曾对之有述，以为“盖十余年间，而天下始好为才士之文”②，即以为约于万历中期，文的书写已出现新的风貌，而汤、袁等论当时一些才隽之文的篇什也已对之三致礼也。这种新体散文与晚明时文或源于同一种“势”，并于尚变、纵性、骋才、掠奇等方面上有以趋近。故论时文之变，也必会含有对此新的古文之体的某种期许。③

[续上页] 到自己平时并不关心时艺一门，如谓：“僧冷云过柳浪，出茂才张君时艺若干求评。余笑曰：‘少而习之，今忘去久矣。’余每见坊间时刻，辄昏然如酲者之在枕也。闻儿辈读，如闻三韩语，了不辨。……”（《袁宏道集笺校》卷三十五，页1115）。

① “居先”之论，见于宏道《郝公琰诗序》、《陕西乡试录序》等，《袁宏道集笺校》卷三十五、五十四。前文还以为时文之变亦居先于诗。

② 《张元长嘘云轩文字序》。该文中有“山东王公又新为常郡理，得其文，爱重之，驰以示予”句，当此文写于此间。据载籍“笺”释王公又新乃万历三十八年以四川巡按御史谪常州推官，未之任而次年改户部主事。故可推得所谓“十余年间”当以约万历中为风气之始。

③ 按：此可看做是原两种主要文体范畴以外的第三种文体，即晚明新文体。从系谱上看，当是从原古文之体中演化而来，因此权且称其为新的古文之体。其体式有别于旧的古文，特点在尚新变，富灵动，有才情。“小品文”也属之，但非其全部，也有谓小品文与时文中之小题文接近，此为文类间性的又一表现。

三

晚明时文批评的下一节，即到了艾南英、张溥等的时代。时文写作也在转制之中，而批评的主导倾向则表现为对时文“滥觞”的抵拒，以拯文体的过度涣解，由此而倡言一种循返的路径，即以古文行于时文，或以唐宋派时文套式为敬仰之格，或以七子派秦汉说为亢宗之本，使二体的关联于新的语境中再度接通。关于艾、张等说，迩来学者已有述及，不再敷说。然有几种情况仍需提出注意。一是若置于更大的背景上看，明末诸子的复旧之说可看做是在朝廷于体制内的“禁文体”屡申无效的情况下，试图从时文写作内部入手所做的一种补救性工作，因此其批评的独立性尚有待论定。二是就批评谱系上看，明末诸子倡言以古文为时文，并非直接上承嘉隆间唐、茅，而是中间已有一言述上的断裂，并乃出于对此断裂的抗论，故是在一“理论回路”中展开的。对此中间环节不可疏漏，上文对此已有交代。三是由激进的新锐批评转入守成的复古之论，也并非一蹴而就，其间实有一渐次的过渡。此种状态的出现当在所难免，或因时代之变化，曩时所语与今日所思已非一事；或因同时为两种相反的观念掣肘，又各取其倾心处合而用之，以致杂糅出之，等。由此，既可将此过渡视为新锐之论之嗣响，也可看做是守成、复古之论的一种先声，而非后来者独造之见，旷无前迹，一发即振世无双。

下述即有望对这一过渡的情况有所探知。事实上，即以前述几位新锐批评家看，至其晚岁也会有一转折。当然更重要的还是其后一些相关人物，既曾出入于新锐批评家，以才隽之文鸣世，又年齿居后，所感已有所不同，故会对转折的意义有更多的思考，比如黄汝亨、钟惺、谭元春等，可借之而观万历后时文批评变故之一斑，及其是如何在一总体的视野下重提时文与古文关系之话题的。

黄汝亨初即以乡先辈如茅坤、冯梦祯等制义名家为尊长，也与新锐之士如其乡屠隆、陶望龄、王思任、虞淳熙，外乡汤显祖、袁宏道、钟惺颉颃其间，为学甚杂。其自述云“六经而下文嗜庄周、司马迁及韩欧苏子瞻氏，诗嗜陶谢王孟韦岑之流，理学嗜程明道、陆子静、王伯安诸公，而与禅书亦津津好之”[①]，此亦

---

① 《寓林集自序》,《寓林集》卷首。

为晚明士子的一般知识学状态。黄汝亨也涉入制义甚深，这与其早年精力多耗其中，并以教授生徒为谋生业有关，设坛立教，操选程稿，以致在制义一门中声名鹊起，有誉为“艺文之长”者[①]。其所为时艺批评之文仅《寓林集》卷七所载序文即达56篇之多，更勿论他类所涉，可谓同时才情之士中难有与其仲伯者。

黄汝亨的时文宗趣可见于其与茅坤往复之牍及相关文章。此时坤当已在高岁（坤逝于万历二十九年），汝亨尚未登仕版。由二人信中可见，二家早有通谊，然茅坤对黄汝亨时义之作则颇有责言，以为：“尔向年之文，其为庄蒙乎？今之文，其为语录乎？”[②]此语载于黄汝亨之信，为此而见黄氏时文于前后存在的两种趣向：一是所谓的骋才恣性，入于庄周之虚蹈；二是为遵旧惯，合于题旨，便在未做“融液”之后即径直以“语录”入文。后王夫之也曾以“语录”之敝，视汝亨时文以才情驭文而间未融，徒为新奇，由此可证其事为实。[③]然观茅坤之文，则并未提及汝亨以语录入时文事，仅择其“摹画庄周”者论之，或更在意于其好为新变一面。茅坤以为，虽然黄氏于来信中申言其近为四书义（即汝亨所献之《寓庸集》）已刊落庄周之语，却只是表面现象，故对之谓：“窃叹君之文，其言虽质，而其旨则已近于玄。……岂君近所鑱去者，特庄周眉睫之外见者耳，而中固有深入其肌理肾腠之间而不自知与？”[④]考之茅坤他文，其对此种以庄周之文为才情的做法，显然是执否定态度的，[⑤]并未将庄周之文视为其心目中之古文。然此也是问题的一个方面，就黄汝亨自己而言，他以为自己已改旧辙。汝亨集中载有与坤所复信数札，其首信即云：“不肖以为庄之本旨既与吾儒相轧，必不当参而附之。孔孟之调而语录者，其精为茧丝，其词为葛藤。径其词得其精，亦举子

① 《吴伯霖稿序》，《寓林集》卷七。

② 黄汝亨《启鹿门先生》，《寓林集》卷二十三。

③ 船山之论曰：“……隆、万之际，一变而愈之于弱靡。以语录代古文，以填词为实讲，以杜撰为清新，以俚语为调度，以挑撮为工巧。若黄贞父、许子逊之流，吟舌娇涩，如鸲鹆学语，古今来无此文字，遂以湮塞文人之心者数十年。”《夕堂永日绪论外编》十五，《薑斋诗话笺注》，人民文学出版社1981年版，页208。

④ 茅坤《黄贞父近刻〈寓林集〉题辞》，《茅坤集·茅鹿门先生文集》卷三十一，页848。

⑤ 如茅坤《题范光甫所刻举业引》即谓：“国家设科，并按经术以收天下之士。……近年来，隽茂之材往往各务炫奇钓异，甚且剽蒙庄以下及战国游侠百家异同之音以相矜诩，其于道也日以轧。”当也指贞父之文。《茅坤集·茅鹿门先生文集》卷三十一，页848。

业之法门真谛也。而近世好奇之士，以为陈年秽物，厌其糟粕，而弃其精华者，诞也。故窃于所刻拙稿，僭题之曰《寓庸集》。庸，平也，常也，又先儒谓不易之为庸。”① 比较二人所论，茅坤似以更高的标准求之，而汝亨则以为其已据坤意而由诞奇转为平易，并更靠近于儒家原旨。

此种转变也可由黄汝亨与茅坤又一信中见出。其文曰：“不肖时有师心之僻，每怪世之经生家，露才吊诡，暗于文章宗匠之旨，深悔曩者刻意之误，而务思折中于道。……当以醇静心体为第一义，即次明白经术，即次博秦汉间之粹而近道者。与夫苏之流畅，程朱之真实，而就其才之所近以自求其志。”② 段中提到了几个问题。一是师心之说，此原为茅坤时文批评的题中之意，也为汤、袁时文批评中的基本思想。从黄汝亨至为核心的“三章之法”（即“素业”论的宗旨③），即所谓“在心为神，在题为旨，在文为体”④ 看，也为其所秉承。然茅坤上文既对恣性为文已有不满，可知对此“心”仍有确定的限制，汝亨至此也表示虽当以师心为宗，却也需有所设防，而其三章之法中所述的后二项，也属对置于前项师心论所做的一种规约，故又谓己说乃“折中”之论。⑤

二是，信中所谓博通秦汉间文，则又提出了以古文入时文的议题。当然，“秦汉”说只是一种概约之词，在黄汝亨处，当也包括唐宋古文等，从其对古文的

---

① 《启鹿门先生》。

② 《答鹿门先生》，《寓林集》卷二十三。

③ 汝亨之教习时义，梓有以“素业”为名墨稿六种之多，并于其所撰诸序中阐发有关制义的思想。其《灵鹫山素业序》论所谓“素业”：“业言习也，素者质也，以言其本始也。大辂肇于锥轮，醴酒造于玄水，黼黻备于纯白，去俗远，去道近，诎文伸志，受成者不移，吾与二三子所守也。”（《寓林集》卷七）故素既有守朴的意思，亦有守其故有而不变的意思。此因汝亨出于对制义之怀疑，然于不得已而须面对时，则以为当守己素，不为时动。然具体落实至日常所习，则又提出三章之法。素业论当可看做黄汝亨制义批评最为核心的一个命题。

④ 《灵鹫山素业序》。

⑤ 此就一种完整的命题而言，如分而视之，则汝亨评文，仍有两种倾向存在其间。既多见有对以才隽为时文者的激赏，如《王逸季门人稿序》赞王思任之流“各纵其才情之所极，以凌轶天下之茂隽”，《白社草序》赞晚近社稿能“缘题起意，驾乎题之上，而不为题缚；缘章命格，超乎格之表，而不为格囿”（均载《寓林集》卷七）等；也常见有对骋为新奇者之痛斥，至云为“洪水猛兽”（《西江校士录序》，载《寓林集》卷一），从而显示出一种矛盾的姿态。此可不论。

表述中也可获证。其《素业五编序》曾从文章效果上论之:“今文亦不必尽如古文,然读古人书多,时而吞吐于笔,即寻常字句自与凡语迥绝。至于灵心通道,无古文句而有古人之神,即作者不自知,抑又难矣。”[①]言下之意,以为古文入时文包含了两个层次,一是语句的层次,再一是行之有神,与茅坤之论差近。而由时文当时的进度看,古文之入时文之说,实已为更新的变化所超越。关于这点,黄汝亨当有所知,如其于《茅孝若书义序》中云:“惟俗士不务通经学古,务媚时人眼,而媚时者往往得意。去于是,好古者辄变以殉人。”[②]即谓尚古已非时文之尊则,故而明确提出,以古文入时文,或云“古今文无二法”,非仅从时文技艺的角度而论,而是于“文之破坏甚矣”[③]背景下选取的一种匡世之略、救世之具。就时文批评的谱系上言,如此而论,也就等于是返于唐宋派古文家之法脉之中。[④]尤其是其所谓“古今文无二法”之说,更为特别,已有逾此前二体有限交涉的主张,似试将时文之体归并至古文之体之中[⑤],并与李贽、袁宏道等反古之论正相冲对。

总起来看,黄汝亨之时文批评以“折中”一语断之为最当。然正因为其绪论中数种成分俱有,以故,后人观之,便有仁智之别,如王夫之见之谓“弱靡”,余长城见之谓“力挽时澜”[⑥]云云,虽皆张大之言,也均言有所据。

钟惺、谭元春论诗与文为世所重,其时艺之评则或为所掩。然若将其作为此际诗文批评的坐标之一,二人之对时文的看法,仍将大有可取观之处。

钟惺论时艺之文不少,但在态度上似显不够稳定,此与在一变动的时代中,尚未条贯好自己的思考方向有关。最为典型者,即其对时文尚奇的反应。其所撰《李生时义序》所面对者是一“怪才僻骨”、“嵚寄历落”之奇士,钟惺虽未如

---

① 《寓林集》卷七。
② 同上。
③ 《茅孝若书义序》,《寓林集》卷七。
④ 黄汝亨云时文典则,多推成弘间作手,可见其《正始编序》、《昭代文通序》。对嘉靖后人则不全然之,虽也以为唐顺之文不可及,然又云其或动之过及,或沦落理径,见其《丘毛伯制义小序》与《胡休仲稿小引》二篇,可知大体取向。然若云以古文入时文,则不知以何为尊,似并不十分明确。
⑤ 此固又与他在三章之法中所述“在文为体”的概念有出入。
⑥ 《百二十名家制义》题《黄贞父稿》。

汤、袁辈会称其独步当前，历块过都，有破获之功云云，然也为“奇”之概念作了较为周密的辩护。并云对待李生之文“当别有一副心眼对之”；不能容取李生者，“大底皆周慎君子”。[①] 从而于退而求其次的策略中，也维护了从汤显祖、袁宏道等传递以下的思想取向。在另文《萧伯玉时义序》中情况稍有差别。萧伯玉之时文尚奇，汤显祖也有评，对之可谓赞叹有加，直颂其“奇发颖竖，离群独绝，绳墨之外，粲然能有所言”，“委弃绳墨，纵心横意，力成一致之言者”[②]。然至钟惺处，虽对萧氏之尚奇也有肯定，但却是置之于一种更为平衡的评价结构中，不是独举其“奇于其格”，也云其“精于其理”、“厚于其气”、“奥于其词”诸方面，为此也削减了奇于综合状态中的特出性。尤其是“厚”之一说，原为竟陵派调整公安过于偏至的一种纠过之词，用之于此，当有寄意在焉。如再结合其于他文所虑近来时文之衰及所“思目前补救之道”等，则其措辞之变化也非为无故。

如于竟陵内部作一比较，钟、谭二子实有境界高低之分，即谭高于钟，而其时文之评也更有稳定之思路。以境界言，可以二人对待举业的姿态观之，此也分别见于各自所撰的制义自序。钟惺《隐秀轩时义自序》云已由制义得隽，喜不自禁，将时文之装置视为当然，并为之而有辩。谭元春文见于《自订制义序》，也谈自己对举业文的看法，则断然能超出其外观之，以为自己为时义实非从心之愿，因时文之程式约束心性，有时“技将成而精光退”，故往往“纵心一往，耻为教束”[③]。序中言撰作时文当顺心以往，评骘时文须“明孤往之怀”，也皆合于谭氏论古文词之贯旨，即其所谓“性灵”、“性情”之说。此种持论于谭元春的时文批评中并非偶见，如于《金正希文稿序》中，也备责时文之矩程致“不暇自伸其才力精魄，以争奇人魁士之所不能致”，而赞金子能不为所拘，“自尊其性灵骨体，以冒乎纸墨之上，任其所往而不欲收也”[④] 云云。要之，性灵既在时义之外，又可行于时文之中，而又多存于奇人之中，是比中式与不中式、售与弗售更为重

---

① 《隐秀轩集》卷十八，页 281。

② 《汤显祖诗文集》卷三十三，页 1100~1101。

③ 《谭元春集》卷二十三，上海古籍出版社 1998 年版，页 636~637。

④ 同上，页 630。

要的身心命根。他文所及，也多此意。于此，亦可见得谭氏与汤、袁等新锐之士于理论根蒂上的牵连。

然谭元春论时文，也兼重于“厚”，此则与钟惺同调。关于厚，也可作为对灵与奇的一种补充，如其《九峰静业序》中论为时文“世旧目予文为奇，常恐厉一二偏嗜之士。及遍睹时贤所称大手笔者，挟灵气者多读古书者”[1]，此或也属对自己以前态度的一种反思。然这一观点却贯穿其论时文的多种篇什中，以为若养成其“厚”则须多读古书、古文，以期能达灵与厚的融会，即“奇情别眼”与“上下古今”的交会[2]。而“约在古学”、“期为必厚”[3]、“贵真古文”[4]云云，也是其古文词批评中的一般意见，并与其自许一生唯古文是嗜相的观念一致。袁、汤诸前辈所极论之“时”、“变”等显然自然已非其所关注的重点，并尝欲以其所“厚”而补正过度之“轻”。正在此前提下，谭元春提出了以古文入时文的主张。在《金正希文稿序》中，此论得以最为显明的强调。对金氏之时文，谭元春不但欣赏其能以性情独往，也同样重视其能以古文之思运之，故而阅其文“犹之乎读汉注疏尔，犹之乎读史论尔，犹之乎上下诸子尔，犹之乎名臣奏、大家集,……”，因此而曰“不敢题为制科义也，直题之曰‘文稿’”[5]，即金子之作虽为时义，但却大幅度地突破了文体间的限制，并更向古文之体靠近。谭氏之提法之极端处，甚至超出了对时文装置的一般认同，而谓“使其欲为古文字，则将舍此而别有古文；苟真有志性命也，不舍此将无以学道”[6]，此与其所谓身心命根在时文以外的看法是相通的，也与宏道无法、性灵诸说相吻。然正是因其引入了古文的概念，又在此岔道上与其前辈公安诸子摩臂而过，厚之入于灵中，非矫情之说，而是为对时文过度新变中之“妖媚”、“浮浪”、“诘曲”等有以对治、有以惩戒。[7]

---

① 《谭元春集》卷二十三，页640。
② 谭元春《积烟楼近稿序》,《谭元春集》卷三十一，页832。
③ 《诗归序》,《谭元春集》卷二十二，页593。
④ 《求母氏五十文说》,《谭元春集》卷二十三，页587。
⑤ 《谭元春集》卷三十三，页629。
⑥ 同上，页630。
⑦ 见谭元春《积烟楼近稿序》。

过渡时期的时文批评当不限于以上所述，但已可窥得于艾南英、张溥、陈友夏、黄淳耀等出现以前，时文批评已成转折之势，以古文为时文即此批评回路中的策略之一。总结上文，有以下几点可予补叙：一是，自嘉靖以降，诸家所为时文批评多非限于制义一体，而是与其古文批评思想之间有不同程度的关联，即便其间仍存在着文体上的阻隔，甚至于有将二体直接对立者。二，时文与古文之关系，表面看为一种文体问题，但实于其中包含有意识形态之冲突与拉锯。古文入于时文之概念，因其既为文体与意义之开放提供了契机，同时又未超出儒家判文的界限，因此而表现出一种相对而言的意识形态的中间性。然其经历仍有前后之差异，如在初始时大致可视之为一种放松的配置，入明末却转化为了一种内敛的配置。如此而论，借助对时文批评过程的统观，也可多少觅得一些思想史滑行的踪迹。

本文部分内容载于圣彼得堡大学亚非研究学院

Issues of Far Eastern Literature，2010 年

全文另载于《北京大学中国古文献研究中心集刊》

2011 年总第十一期

摆渡于破立之间：重显颂古的文本策略

一

考察重显为自己禅学所取的姿态与方向，首先可以溯自早他几十年于雪窦驻足的永明延寿的思想状态。虽然，延寿出自法眼血脉，后又由雪窦而趋住于永明道场，与重显并无明显的承印关系，但毕竟是在大致相同的历史与地缘处境中，作为新的途径的探索者，两者的思想仍有了一些通汇之处。延寿最为著名的造诣即甚为繁复而达一百卷帙的《宗镜录》，作为一个禅者，这似有悖于达摩、慧能等所辟的“不立文字，教外别传”之旨，但对此，延寿却有自己的看法。在此之前，由于禅学激进派的临济、德山诸支的偈行，“一切无着，放旷任缘”被视为禅学的正路，“无作无修”、“本来无事”代替了修行践道，或者拨弄机语，巧舌漫言，甚者呵祖骂佛，拳棒交施，演成风习。延寿为此而指出，“今日学者，既无智眼，又缺多闻，偏重遮非之词，不见圆常之理”[①]，如此下去，一代丛林遂

① 《宗镜录》卷二五，光绪二十五年江北刻经处刊本。

成理行浅薄、真谛交臂之渊薮。这显然涉及对文字的基本看法，如以文字作为色相及系缚，那么禅学的流通就只是被看做“心”的传递过程，而单纯的此心终究是难以确认的，这就又会在外发中引起“妄有指陈”。然而在延寿看来，无论是“西天上人二十八祖”，还是“此土六祖，乃至洪州马祖大师，及南阳忠国师、鹅湖大义禅师、思空山本净禅师等”，莫不是“并博通经论，圆悟自心，所有示徒，皆引诚证”①，并未放弃文字之教。述其原理，即在“森罗万象，一法之所印。凡所见色，皆是见心。心不自心，因色故心。色不自色，因心故色”。就语言讲，“今语即是心语，故云佛语心为宗”②。此已确切地表明了，延寿于临济、德山后学取消一切依凭的狂澜之中，仍望重新肯定名相与语言的意义，同样也为的是能够“兼引诸佛菩萨言教，以为指南”，“以圣言为量，邪伪难移；用至教为指南，依凭有据”③。即以为经典当立、标准当设，使游方众生有所凭据并真实参入。延寿的思想代表了当时禅学变动的一种新的动向，并不久于重显处获得了某种程度上的响应。关于他们之间的相通关系，明法藏即于其语录中谈及，以为“圆悟所作《碧岩录》（以重显颂古为参本）伤于刳剔，……《宗镜录》亦然”④。

但更直接的影响则来自于汾阳善昭。从存世年代看，善昭是延寿与重显之间的人物，同时又是宋初改革与推动临济宗发展的重要宗师，这与他倡导“代别”与“颂古”二种文字之禅的史绩有关。“代别”是因古人公案“未尽善者”（未作答词）或“语不格者”（答有另义）而作进一步的连释或发挥。⑤颂古则是以诗体形式对古人公案予以诵赞并作新的提示。这两种形式后来均成了重显禅学教学的最主要部分。重显现存《瀑泉集》即属代别体文字，而《颂古集》则依其名目为颂古体载本。无论代别还是颂古，都是建立在古人公案文本基础上的，这样，

① 《宗镜录》卷一。

② 同上。

③ 同上。

④ 《三峰藏和尚语录》，《嘉兴大藏经》卷十三。

⑤ 见善昭云：“室中请益，古人公案未尽善者，请以代之；语不格者，请以别之，目之为代、别。”《汾阳无德禅师语录》，《大正藏》卷四七。代别实已盛于云门，如圆悟曾言：“云门大师………见底明白，机境迅速，大凡垂语、别语、代语，直下孤峻。”《碧岩录》，《续藏经》辑一，以下版本同。

便又涉及对无数遗留公案加以有效遴选及商录诸技术性问题。而以公案展开自己思想方式的禅派，不管其属哪一家门，自然又称为公案禅。

公案是禅师以机缘开悟后学的录记，其源起，三教老人以为“倡于唐而盛于宋”[①]。作为祖师的授法经验一旦被载入文字，当然也便有了范型意义。历来有关的各种说法都十分强调这一特征，如中峰所云：“或问：佛祖机缘，世称公案者何耶？幻曰：公案乃喻乎公府之案牍也。法之所在，而王道之治乱实系焉。公者，乃圣贤一其辙，天下同其途之至理也。案，乃记圣贤为理之正文也。凡有天下者，未尝无公府；有公府者，未尝无案牍。盖欲取以为法。而断天下之不正者也。公案行，则理法用；理法用，则天下正；天下正，则王道治矣。夫佛祖机缘目之曰公案亦尔。”[②]三教老人则分疏解释了公案的三方面作用：“面壁而成，行脚事了，定盘之星难明，野狐之趋易堕，具眼为之勘辨，一呵一喝，要见实诣，如老吏据狱谳罪，底里悉见，情款不遗，一也。其次则岭南初来，西江未吸，亡羊之歧易泣，指海之针必南，悲心为之接引，一棒一痕要令证悟，如廷尉执法平反，出人于死，二也。又其次则犯稼忧深，系驴事重，学弈之志须专，染丝之色易悲，大善知识为之咐嘱，俾之心死蒲团，一动一参，如官府颁示条令，令人读律知法，恶念才生，旋即寝灭，三也。”[③]以上之说法已甚详确，总起来看，就修道之深浅言，公案对未得道者有启悟、借鉴作用，对已得道者，则有某种规范作用。就心法之传承言，则上可显列祖之机用，下可开后学之心源。但都不离其法典性、公理性的基础定性。

如此而言，就某种意义上看，公案的提掇也与永明延寿的“禅教合一”论具有动机上的相似之处。我们从为重显颂古拈评的圆悟克勤于《碧岩录》的议论中，可以看到重显这一派禅者对当时浮夸禅风的警惕意识，及试图树立公案范型以救此弊的想法。时弊之一即胡乱棒喝。颂古第十则先举睦州问僧事，接着重显颂云：“两喝与三喝，作者知机变，若谓骑虎头，二俱成瞎汉。”即针砭僧之回答睦州时不识机变而只是仿效吆喝，圆悟注曰：“雷声浩大，雨点全无，自古至今，

---

① 《碧岩录·序》。

② 《山房夜话》卷上，《天目中峰和尚广录》，姑苏刻经处本。

③ 《碧岩录·序》。

罕有人惩么？”又评曰：“雪窦不妨有为人处，若不是作者，只是胡喝乱喝。……兴化道：我见尔诸人，东廊下也喝，西廓下也喝，直饶喝得兴化，上三十三天，却扑下来，气息一点也无。……临济道：我闻汝等，总学我喝，我且向东堂有僧出，西堂有僧出，两个齐下喝，那个是宾，那个是主？尔若分宾主不得，已后不得学老僧。所以雪窦颂道：作者知机变。”[①] 可见单纯的棒喝之下掩盖的往往是一种无知，宾主既无法分清，更与真实悟入了无交涉。时弊之二是坐在无事禅中。无事是入道后的境界，又所谓“平常心”也，但宗师对之都有所限定，如大珠慧海云：“是以解道者，行住坐卧无非是道；悟法者，纵横自在无非是法。”[②] 重点提示了“解道”、“悟法”的前提。希运所云“山是山，水是水”也是一种透后境界，其意不可谬解。故颂古第九则评拈中圆悟指出：“人多错会，打在无事界里，佛也不礼，香也不烧，似则也似，争奈脱体不是，才问着，却是极则相似，才锣着，七花八裂，坐在空腹高心处。”又云：“有般底人道，本来无一星事，但只遇茶吃茶，遇饭吃饭。此是大妄语，谓之未得谓得，未证谓证，原来不曾参得透。见人说心说性说玄说妙，便道只是狂言。本来无事，可谓一盲引众盲。”[③] 要之，南禅所提供的行持方式虽有其简便之处，但也最易造就诸种流弊，当是很自然的事，故其流播而至宋初，便引起诸如延寿、善昭、重显等人的共同警觉。

分析以上原因，除了从公案禅角度认识到限于心传的狂禅作派实缺乏参悟之机用及有关的修养外，更重要的还是其对文字媒体简单化否定的倾向，在后一层上，公案禅派中人的意见也有与延寿接近之处。在南禅兴起以前，佛教诸流派并不一定否认文字，尽管认为与文字的交涉非关目的，也不可执着，但如有意抛弃文字，也等于是又生一种意见。同时，南禅也有陷入悖论之处，一方面讲“触类是道”、“触事而真”，另一方面却将文字排斥于“触类”、“触事”之外，如其推论，难道文字就不是事或不载事吗？由于理论上的缺乏疏通，其极端者便将一切文字经论及祖师言行皆作为悟障而扫除出门，进而引起棒喝禅、痴木禅等的滥行。相较之下，公案派则试以折中的立场重新估定文字的意义。如善昭便云：

---

① 《碧岩录》。
② 《景德传灯录》卷六，《大正藏》第五十一册。
③ 《碧岩录》。

“心明则言垂展示，智达则语必投机。了万法于一言，截众流于四海。”[①] 重显散体论禅处不见，但可见于后人对其使用文字的解释，如允诚等释重显之拈提抑扬的初衷，是因“至像不形，无以应群动；圆音非扣，无以发异闻。苟称谓之迹速明，必佛祖之机旷达”[②]。出于“老婆心切”及“慈悲之故，恐人坐在无事界中”，“更恐后人向法眼言句下，错作解会，所以颂出”等等，这些都是从文字的启道、闻道作用上而言的。在圆悟那里，他甚至以为关键词语的启悟功效还“过于德山棒、临济喝”[③]，直到清凉慧洪，则从理论上为公案文字禅作了最为大胆的辩护。

但仅仅停留在为文字正名上仍是不够的。因为一方面，前代留下的公案在数量上实在太大，后来者又自造出了更多的公案。[④] 其中，哪些是最具典范意义，哪些最为洞彻地反映了禅师的高超机用，便有个拣择选认的问题，否则公案的法典性便会淹没在这种超量的文字载录之中，无从论及。再一方面，由于缺乏规范指引，后学们或于参间盲无头绪，如重显于颂古第七十七则所云，“超谈禅客问偏多，缝罅披离见也么”；或满处空参，无由着落，如颂古第九十八则云“禅家流，爱轻薄，满肚参来用不着”，只是“参皮壳漏子禅而已”；或只在语句上打滚，自作高明，如圆悟于第九则评说中所云：“又不见云门道：如今禅和子，三个五个聚头，口喃喃地，便道这个是上才语句，那个是就身处打出语。”[⑤] 只是寻章逐句，而实为如猿捕影。这些均对以后的禅师提出了新的要求，即首先需要经过汰删拣择而确定一些有限的样本，作为参禅的典范依据，使公案真正备有经典之意义；其次需对公案要义给予必要的提示性诠释，指明其究竟好在哪里，妙存何处，应作怎样的透入与怎样的把握，即使“一切公案语言，举得将来，便知落处”，使人能“承言须会宗，勿自立规矩”[⑥] 等。在此前，这些都还是处于无序之

① 《汾阳无德禅师语录》。
② 《雪窦拈古集序》，《四部丛刊续编》。
③ 以上三则均出自《碧岩录》。
④ 法应于淳熙二年编成《禅宗颂古连珠集》时规模已大，有所谓“采摭机缘三百二十五则，颂二千一百首，宗师一百二十二人”。集载《大藏经》诸宗部，频伽精舍本。
⑤ 以上均引自《碧岩录》。
⑥ 《碧岩录》圆悟语。

中的，宋初诸禅师的工作正在补其缺漏，救其滥流，促使参禅的系统化与相关指令的权威性设立，因此便有了对公案的择定和颂说这些更具操作性质工作的施行。

这股思潮大致包括了由公案—颂古—评拈三阶段的展开，于此，清道霈曾回顾云："古公案无颂，颂自汾阳始，阳之后，雪窦继之，号称颂古之圣。嗣是，诸家皆有颂。洞上颂名最著者三人：投子青、丹霞淳、天童觉是已。颂无评，评自圆悟始，悟之后，万松、林泉继之。悟评雪窦，松评天童，林泉评丹霞与投子是已，后人合之，目为四家颂古，禅者倚为指南。"① 并指出其于时代的意义是"救末流之乾慧，起狂学之病疾"②。的确，公案派是在棒喝交驰、群盲摸象以致禅道衰微已露出明显征候的世况下，要求有新的拓展、新的振作，为之注入新的发展动力，由此而言，它的兴起也是一件合乎逻辑进展的必然之事。其中，雪窦重显虽非始作俑者，却无疑地是整个过程的核心人物，进而，最重要的一位推波助澜者则是圆悟克勤。由于公案颂古与评唱的流行，禅学及参禅遂有了不同于其他教派的经典，并使得前代大师的经验能借助文本的形式为人接受及长久传承，在广大的丛林普及开来。

二

当然，对雪窦重显及后继者圆悟的活动并非就此而没有异议了。反对者们的主要理由是禅宗本是讲一切无执的，包括不立文字、不立教法、不立本体等；而建树经典，事实上就是将禅的活跃、自明的本体转换为一种被说之物、可说之物，并使其凝固于文字与教法之中了，因此而又落入了义教的案穴，失却了禅应有的本性。这种抗拒最为鲜明地体现在圆悟弟子大慧的身上，以致取《碧岩录》一书付之一炬，此种反经典的极端行为跟当年丹霞天然劈焚木佛如出一辙。那么，应如何看待重显等的禅学思想，是否可以说颂古一派就已背叛了禅学祖训，

---

① 《四家颂古序》，载《餐香录》，《续藏经》辑一。

② 《刻佛果圆悟禅师法语序》，载《餐香录》。

随入了禅外说禅的“野道”之中？

要证明重显禅学与临济宗系主体精神上的那种内在联系，需要对其禅学内容及话语策略有个具体的了解。就对文字的看法言，虽然重显等人对之表示了某种程度的信赖，但又以为：“古有焦桐音，听寡不在弹；古有阳春声，和寡不在言。言兮牙齿寒，未极离微根；弹兮岁月阑，未尽升沉源”①，指出了文字功能的有限性及意义的非归属性。正如圆悟对此的解释，是“古人方便门中，为初机后学，未明心地，未见本性，不得已而立个方便语句。如祖师西来，单传心印，直指人心，见性成佛，那里如此葛藤，须是斩断语言，格外见谛，透脱得去，……其实此事不在言句上，所以云门道：此事若在言句上，三乘十二分数，岂是无言句，何须达摩西来”②。总起来看，言语文字虽或有其一定意义，但无论如何也只能看做筌蹄而已。

但这样的认识仍过于简单，无法解释重显禅学活动的复杂性。至少义教也是言得月忘指、得鱼忘筌的，结果却仍使人黏滞于言说之中，而成了言说展开过程中借以组织言说的理性逻辑的奴仆。在义教那里，达到目的的理解过程是被安排好的，甚至目的也是被明确亮相的，这样，经典也就是自我维护的，并带有理解的规范性或一致性，无法使受者于根本上超越它。因此，仅说“不得已而为”，从某种意义上而言，还属塞责之词。重显作为临济、云门一系的精神传人，其本愿是与前人一样，意在破除人们对文字、教法、本体等的执定。因而自然会去彻底地反对义教，但又恐后人为浅薄的风气引导，结果反使南禅品质坠落无遗，因此一方面要为这一系宗门树立经典规范，另一方面又需自觉地再次破除对经典规范的崇信，回到对禅之真谛的领会之中，这种似乎强烈矛盾的二种倾向一齐纠缠在他的身上。前者，通过他的选定公案及对公案的阐扬应该是已达到，但文字一经成立，就常会有一种引导性效能存在，特别是有了取舍、肯定等倾向，进而使肯定的一面突显出来，成为本体理解的对象并给出理解的标准，以致陷入无法摆脱的法执。再就是公案本是为启悟学人而立，但对之的再度诠释，其中稍有知解渗入，就会失去它原有的直觉感悟及个人体验的成分，这都是有背于其后一目的

① 雪窦重显《祖英集·送文政禅者》，《四部丛刊续编》。

② 《碧岩录》。

之实行的。那么重显又是如何于颂古中来达到其后一目的，即在树立经典之后又如何自行使其消解，不致再次给人言荃之累的呢？这当然不可能在其颂古文本之外进行，否则一切仍将落空，因此，便涉及他对自己文本策略的一系列考虑，或可说这里最为关键的不是文字有否作用，而是如何使用文字的问题。为对之有个详切的认识，以下我们通过具体分析他的颂古方式来揭示其中包含的良苦用心。

（一）一句截断

圆悟在评说重显颂古时曾指出："雪窦颂古，偏能如此，当头以金刚王宝剑挥一下了，然后略露些风规。"[①] 此中点出了重显惯用的二种话语使用方式，即"一句截断"与"略露风规"。"一句截断"可看做是临济"活杀法"的沿用，如当学者问及"如何是祖师西来意"这类问题时，临济派禅师便施以一棒或一喝，当时夺其承此往下的思维途径。此外，又有如学僧问及"如何是佛？"洞山以"麻三斤"应之，问及"如何是超祖越佛之说？"云门以"糊饼"应之等，都是在语言层面上阻截思维，起到与棒喝相似的作用。因此，言说虽不可表诠本体，却可阻止对本体的直接举说，以致言下直悟，顿获超脱。在这方面，云门宗可说是继承了临济的传统，又进一步将其工夫简化，提出所谓"涵盖乾坤，截断众流，随波逐浪"的"三句教"。其中"截断众流"应是一句横断，而不是多舌多嘴，以致麻藤缠道，这样，"一言半句"、"声前一句"便作为醒目的禅学标眉提示出来，而从其夺杀诸口的气势看，也兼含"涵盖乾坤"的意义。圆悟后来极赞这种"一句下便见，当阳便透"的作派，并以为比之"五位君臣"、"四料简"等作茧自缚之法显然来得直截淋漓得多。

重显禀承云门而来，他的颂古当然首先会依云门家风进行。在此以前的解说公案，有所谓的"绕路说禅"与"据款结案"等，重显均不取，而往往是夺门而入，破面即来，如第六则公案："举云门垂语云：十五日已前不问汝，十五日已后道将一句来。自代云：日日是好日。"重显颂此："去却一，拈得七，上下四维无等区。徐行踏断流水声，纵观写出飞禽迹。草茸茸，烟幂幂，空生岩畔花狼藉，弹指堪悲舜若多。莫动着，动着三十棒。"此颂在下还要作更详解释，而第

---

① 《碧岩录》。

一句便属劈头横截句，看似与原案完全无关，然后接着再颂，到末了又冒出“莫动着，动着三十棒”，也差似截断众流的用法，不过是用在句尾罢了。又如第五则公案：“举雪峰示众云：尽大地撮来如粟米粒大，抛向面前，添桶不会，打鼓普请。”重显颂此，也开句便出“牛头没，马头回”。第十二则公案举洞山“麻三斤”事，重显颂此：“金乌急，玉兔速”。这就如同云门用糊饼塞住了知解的缝隙（重显颂此：“缝罅披离见也么？”），赵州以东南西北门夺其人境（重显颂此：“句里呈机劈面来”）一样，不是沿正常思路对公案作正面诠释，而是以突兀的意象挡在前行的路口，使人凑泊不得，钻锁不入，近之则焚，遇之则伤。但如果是机悟超越者，则语下便会，即所谓一句透便全体透，一句不透则打入知解魔窟之中。[①]一句截断方式的运用充分体现了重显作为云门中人凶杀猛奇、孤峭洗炼的禅风，并借此消解了所立公案及颂古文本的可知解性。

（二）略露风规

禅学的启悟方式是因人、因时、因地等不同而灵活多样的，若只限于一种，便必然会成为死法，这是禅宗的高明之处。“略露风规”即属不同一句截断那种大用现前而更委婉的启悟手段。它是通一线天，给人以突围的余地，因此而与临济“临机一曲”有异曲同工之妙。圆悟以为这也应属云门家法之一：“云门不同别人，有时把定壁立万仞，无尔凑泊处。有时与尔开一线道，同生同死。”[②]如前引重显于第六则颂中所云“徐行踏断流水声，纵观写出飞禽迹”，圆悟释为：“徐行踏断流水声：徐徐行动时，浩浩流水声也应踏断。纵观写出飞禽迹：纵目一观，直饶是飞禽迹亦如写出相似。”以为是对前一截断句的解释，即讲明为何使用截断句及不可执定禅机的道理，但事实上也包含有开出另一意境而让人再行自度的意图。又如重显于第五则颂出“牛头没，马头回”的句后，紧跟上“打鼓看来君不见，百花春至为谁开？”，提问是留给受者的，而不是全部将其思路堵死。第四十则先颂出“闻见觉知非一一，山河不在镜中观”，属否定句式，断然否决

① 关于此，圆悟也有另述，如谓：“具大根大器，大机大用，一闻千悟，彻骨彻髓，疼将领去，才一蹉却毫发，便入解会理路，言诠意识根尘中去，……”《示达道人》，《佛果克勤禅师心要》，《续藏经》辑一。

② 《碧岩录》。

了镜中观物的日常知见，紧接又颂出“霜无日落夜将半，谁其澄潭照影寒”，另外新辟一可供展望的前景。两句合起来讲，便是所谓“这也与尔打并了也，那边尔自相度”，不仅机变通畅，而能使意义起死回生。

但另行开辟的风规句也只是一种启示式作法，其中有两点值得注意：一是跟一般言禅说理不同，始终未供给正面的结论，所借用的意象及其包含的意义都是不确定的，既非对性质的直接说明也非间接喻示，只起着某种引向性质的前导作用，而后的思路则完全留下空白。二是如果截断句的重心仍在颂者身上，显示了颂者的力度的话，那么风规句则是将理会推向了受者，即受者在颂者那里完全无获时，“转出”而朝向自己的经验。从句式上看，转出是该颂提供的，而从领会上说，转出则是要求于受者的。这样，本颂便就是无法于接受时执定的了，或只给人一虚设的扶持，因此，“若是未了的人，扶篱摸壁，依草附木，或教他放下，又打入莽莽荡荡荒然处去”[①]。与那种忒杀孤危的禅风相比，这种方式在启悟时显得更温婉、宽和与神秘一些。

（三）景语借用

颂古虽然是为参禅服务的，但所取之形式却是诗体，因而优秀的颂偈往往能借助诗歌的一些特殊表现手段，向诗歌艺术靠拢。另一方面，正如许多论者所言，禅意本来就与诗意有原始相通之处，这就为僧者借助诗歌表达禅意提供了十分广阔的前景。在宋以前，僧人之咏禅诗与文人之禅理诗的创作已有很多范例，甚至也有公案颂偈体诗产生，这种传统为重显选择颂古演述其禅学意图无疑有很大影响。在重显颂古百则中，诗歌艺术的借用突出地表现在对景语的借用上，而若仔细地予以观察，又有不同于一般咏禅诗与禅理诗的地方。这不仅由于其颂古是在整个公案演述系统中进行，故受其系统制约并据此系统要求而有所安排，而且也在首先还得受制于撰者独特的禅学思想，不能离开所属的宗门作用而作一般化的处理。既如上言，那么它也必然会产生一些意想不到且不可替代的效果。当然，重显颂古在借用景语上是有多方面用心，而且甚为频繁，以下我们只举较特殊的几例予以说明。

---

① 《碧岩录》。

首先是旁叉景语。这种景语不是按诗歌表达的逻辑而循序展开，而是突然旁叉而入，使本文面貌发生很大变换，起到转移视觉的效果。仍如颂古第六则为例，在“徐行踏断流水声，纵观写出飞禽迹”之后，重显兀自颂出一句“草茸茸，烟幂幂”的景语，这景语来得有点没有头绪，给人强行插入感，或说跳跃太大。是解释公案中“日是好日”句吗？还是解释颂中“徐行踏断流水声”句？似乎都不是。它完全是孤自独立的吗？那么诗歌还有整体感吗？因而也不是。这也不是，那也不是，那么它又有何种意义或作用呢？就禅学“隔断二句头”言，意义当然是难以追寻的，正因为难以追寻，它才起到了自己的作用。又如三十四则颂云：“出草入草，谁解寻讨？白云重重，红日杲杲。左顾无暇，右盼已老……”其中的“白云重重，红日杲杲”即前义之后旁叉而入的景语，圆悟评其：“大似草茸茸，烟幂幂，到这里，无一丝毫属凡，无一丝毫属圣，遍界不曾藏，一一盖覆不得，所谓无心境界。”[①] 评语的解释似有意义在，但也难通，宁可看做机用更当。由于该类旁叉景语的意象表述节奏感很强（往往是三字句或四字句），状物鲜明，故造成一种不可推卸的强烈接受感。再如第十二则举洞山“麻三斤”公案后，重显颂曰：“金乌急，玉兔速。展事投机见洞山，跛鳖盲龟入空谷。花簇簇，锦簇簇，南地竹兮北地木。因思长庆陆大夫，解道合笑不合哭。咦！”虽然“花簇簇，锦簇簇”是套用智门答僧问麻三斤的出典，但无论智门还是重显都是将其作旁叉景语来使用的。而从中也可看出，这个景语的作用跟洞山所答“麻三斤”是一样的，并无直接的对应义，而是用来堵塞日常思维延伸的，因而有类似截断句处，或可称为“无所依之句”，不依前也不依后，不可简单作物象看，也不能由此物象而指出某种日常蕴义。禅家有所谓“机不离位，堕在毒海，语不惊人，陷于流俗”之说，是指用机要离开预想中的位移，出语要有别一般而兀自奇警，都是由破坏自然过程以获顿然超悟的要求提出的。因此旁叉语总难以在言句上去知解卜度，否则便会错会重显原意，导致相反效果，即为语句黏滞而无法脱身。

另一是结句景语。它跟旁叉景语在位置上的差别是使用于颂诗之结尾。因为一般写作的结论总在末句，故结尾作怎样的处理，究竟是据款结案还是另有企

① 《碧岩录》。

意，自然显得十分重要。如第二十则重显颂云："卢公付了亦何凭，坐倚休将继祖灯。堪对暮云归来合，远山无限碧层层。"前一句是复评公案的，后一句另行起笔，顺势而下，以一苍茫的景语作结。这当然也可看做是略露风规，另展示一片天地。但正如圆悟所答"且道雪窦意在什么处？暮云归欲合未合之时，尔道作么生远山无限碧层层？且道是文殊境界耶？是普贤境界耶？是观音境界耶？"，[①]不得而知，只有留给受者去领会了。又如第三十七则重显颂云："三界无法，何处求心。白云为盖，流泉作琴。一曲两曲无人会，雨过夜塘秋水深。""一曲两曲"句似有知音难觅意，但"雨过夜塘"这一意境甚美的景句，则难以意释，有意味无穷之处。这样，诗歌所包含的意义的逻辑便在未了之处，由这类景句带向渺茫与未测。正如重显在另处所颂："落花流水太茫茫，剔起眉毛何处去？"这大致应归于禅的意义本来就是无法尽，也不可住的。如果说旁叉景语是难以某种意义会通的，那么结句景语则属有"言外之意"在的，但无论何者，它们既非实指，也非指向可认的意义，故有不落言荃、不伤锋犯手之妙。

由上可知，重显不仅重视诗句的起始、中段，也重视尾部的处理，让各部件都体现他的禅学用意。除了结句景语外，值得一提的是他还或用否定语结尾，以避免正面定论（如第九则颂"东西南北门相对，无限轮锤击不开"）；或以戒训语结尾，也不作正面表述（如第十五则颂"别别，扰扰匆匆水里月"）；或以问句形式结尾，这在诗中用得相当频繁，如第二十四则颂："犹握金鞭问归客，夜深谁共御街行？"，第四十则颂"霜天月落夜将半，谁共澄潭照影寒？"等，这就将原来应当是答颂的变成了问颂，对前引公案不仅未予解答，还给出了进一步的难题，虽有启悟的成分在，却始终没有落定之处。

（四）不拘常格

禅家答话有时以一种悖理的形式出现，东指西迎，不知所向。如僧问法眼："慧超咨和尚，如何是佛？"法眼答："汝是慧超。"又如《五家宗旨纂要》云："如张公吃酒李公醉，前三三，后三三，六六三十六，其中无意路。"[②]进而释

① 《碧岩录》。

② 《五家宗旨纂要》，《续藏经》二编。

曰："此一句不拘于体故。"这种"君向西秦我之东鲁"及不拘常格、巧言巧舌的自由言说完全扰乱了正常的思维线路，使人无从情猜与拟议，以致受者不得从句中撤退，被打回到自己的体悟处。而在上机之人那里，就如同是一镞辽空，只在刹那间便能直悟透入，临济中人也称此为"句中玄"。

重显颂古也充分借助了这一机用，如第十七则公案："举僧问香林：如何是祖师西来意？林云：坐久成劳。"重显颂此，也不正面解释，而是云："一个两个千万个，脱却笼头卸角驮。左转右转随后来，紫胡要打刘铁磨。"其中"一个两个千万个""左转右转随后来"，都是一种玄妙用法，从数字与方向上把人的思路搅混，以致不知所措。又如第十四、十五二颂，重显直接引用公案中云门对僧的答语，"对一说，太孤绝……"，"倒一说，分一节……"，既是杀人之机，又是活人之机。又如第八十三则，重显颂："南山云，北山雨，四七二三面相观。"另外一些截断句如"去却一，拈得七""牛头没，马头回""金乌急，玉兔速"等也有此功效。既然举事的两边都对不上号，因此也就无法使理性思维由此切入。

以上例举了重显颂古中几种具有代表性的表达手法，虽然只是其中的一部分，但已大致可窥撰主的禅学思想与接引方式。总起来看，无论哪种手法的使用，都明显地受到临济、云门一系禅路的影响，即违避本体的言说，而文字的意义和功效又全由此而定，这就自然便与延寿分道扬镳了。一百首颂的写作，在一个禅师来说不算太多，也不算太少，但就一般的思路看，却等于什么也没有说出，因为并不能借此而知道什么是佛，什么是禅，什么是意义，什么是目的。相反它还在努力排斥人们对此的徒劳追逐，这也正是重显所希望达到的。道霈在对之作出解释时曾云："予以为，道本离言，言莫之及，古尊宿为物作则，临时拈出，如石火电光，苟非眼辨于亲，早是白云万里，所以颂之者，犹写鸟迹于空中，数鱼踪于涧底，但仿佛想象之间而已，况又从而评之哉？"[①]这既是一种解释，也是对重显、圆悟等人活动的辩护。因此，与其说重显颂古是想说点什么，还不如说是借此诗章而施以机用。除那些明显赞颂的语句外，其余自出之句均可看做是机用的动施，如上所言四种表述方式，实际上也是禅家机用中的所谓截流

---

① 《四家颂古序》，载《餐香录》。

法、启悟法、旁叉法、转身法、夺机法、互换法，另又有本文未作分析的一字句法、照用法等等。这些机用的灵活施用，意在根据场境的变化而破除一切对文字及其本体言说的执定，甚至破除对临济、曹洞等主流禅系在流行中既成规矩的执定，当然也包括防止学人对重显自己禅学方法的执定。

这样，雪窦重显一面是通过对公案的遴选与拈颂树立起适应时代发展的经典样式，另一面又以自己的表述瓦解、颠覆了任何可能成立的经典。这种冲突存于一体之中，因此，他的文本既属树立性的，又属消解性的，是自行树立与自行消解的同步存在与进行。他似乎提供了某种知解的对象与知解的机遇，但目的决非是要将对象凝固在文本之中，以使知解有畅行的可能，故紧接着就从内部掀起了一场反抗，并将一切迅速化归乌有。同时，如若无有这个树立的对象，消解也是无法进行的，因而树立也是必需的，即所谓没有系缚又何有解缚？此也正是重显禅学的精髓所在。

原载《佛学研究》1995 年总第四辑
中国佛教文化研究所编

后儒学之途：转向与谱系

一

大陆儒学自上世纪 80 年代重新复炽以后，迅速成为知识界的一种言说主题与思想趣味，并得到了长足的发展。其中，与之相关，最值得回忆的事件有二：一是为儒学价值作出激烈声辩的“反激进主义”思潮，二是对“新儒学”的介引与探讨。以后者而言，最主要的意义还在于学理系脉上的补课，以便与历史及海外的研究进程相衔接，这也使大陆儒学能够以新的气象重新返回于创新性阐释的轨道。然而，从国际的范围来看，新儒学实于 80 年代中后期即已出现危兆，被称为新儒学最后一位大儒的牟宗三宾天以后，更加速了这一曾主导约一个世纪的思想潮流的衰退。与之相随，各种新的话语纷杂以出，竞相争执，儒学研究遂进入了一中心匮乏的多元言说时代。

时至今日，情况似乎并没有多大的改变，但并不等于说，在这众多的声音中无法寻找到一些基本的线索（或问题解答模式），以便对新儒学之后的思想变动作出一种有相对规则性与谱系性的描述，并借之而构建出一些新的理解性范型，从而将儒学的“世系”延续下去。其中，儒学与后现代关系的论说及由此构成的言述系统，将成为值得关切的一脉。

儒学与“后现代”能放在一个平面上来言说吗？这个提法乍看起来有些新奇，但如果考虑到后现代体验与知识场域的业已形成及对我们当代生活、观念等带来的重大影响，那么这种关联就会是事实存在的。从一种学术与思想形态构成看，可将之看做是来源于两个方面的冲动。一是由后现代的视角产生的对儒学的期望。“期望”这个词，源自郝大维（David L. Hall）与安乐哲（Roger T. Ames）二教授前几年出版的一本著作《期望中国》（*Anticipating China*）的译名，但显然不限于西方对中国的期望，也是渐次展开中的中国当代化境况与思想实践对儒学的一种期望，以期儒学能够在新的召唤方式下更生，对合理世界的重建有所裨益。尽管这一开始就是一个多义性的问题，但却表明了无论是后现代还是儒学都具有自己的开放性，从而使儒学与后现代这两种原来在时空上看起来毫无关联的事件或学说之间产生一种新的“接合”（articulate）。再一是从儒学位置出发的向后现代的切入，在这种情况下，儒学不再被单纯地看做是一种既往的传统，而是作为一种有自觉、活跃意识的思想与行为的连续体而存在着。这个连续体在宋明以来是以理学（心学）的名义出现的，在上一个世纪则是以“新儒学”的名义出现的。然而在一种已经迅速展开的后现代语境中，儒学如果还希望保持自身这一连续体的创构性活力，即不单单是视之为过去的思想，而是主要作为今天的思想，介入到时代的有效性对话之中，那么就需要站立在这个逐日浮升的后现代的地平线上，来组织自己的学说，构建出新的理论语态，这同样造致了儒学与后现代之间的一种关联。

从目前来看，对二者关联的理论性表述，大致已经形成一种潜隐的趋势。言其“潜隐”，是因为虽然这一思想潮流已经处在一种有力的生成状态，但由于缺乏学术史层面的关注与刻画，及对之的必要的概念化命名，其真实的流脉依然被遮蔽在杂多的言述之中。因此而有必要将之作一相对完整的梳理与疏解，以便使其能从潜隐的状态中走出，于众多儒学言说中清晰地凸显出来，提升为一种可以明确感知的话语趋势，进而有助于对“新儒学之后”整个国际儒学研究走向的把握——此即本文的意图之所在。鉴于儒学研究长期以来的“国际互系性”及地域化差异，可将目前全球范围内与之相关的论述划分为三大板块，即以中国大陆、海外中国学者、海外汉学家为主的三个新的儒学话语圈，与之相应，也就会在对待后现代的态度上存在着三条同中有异的话语路径。

二

最初开始从后现代的视角关注儒学，从而将两种思想系统黏连在一起阐论的是西方汉学家。这种敏感性取决于西方后现代思想本身的前置性。郝大维曾经在 1989 年的一篇文章中就曾明白无误地指出，在古代中国的思想中可以发现“非常真实意义上的”“后现代”要素。[①] 甚至更早一些，即 1987 年，郝大维与安乐哲合著的《通过孔子而思》（*Thinking Through Confucius*）一书的结语部分，就宣布“赞同西方思想文化属后现代的主张”[②]，并指出他们的研究实际上处于两种思想（后现代与儒学）的交汇之处。同时，英国著名汉学家葛瑞汉（Angus C. Graham）等也在上一世纪的 80 年代就开始从相近的视野探索中国古代的早期思想。1986 年，葛瑞汉在对史华兹（Benjamin Schwartz）所著《中国古代的思想世界》（*The World of Thought in Ancient China*，1985）一书的评论中，对汉学界以中西间的“相通性”来看待中国思维的权威观点提出了挑战，突出强调了中国古代思维与西方近代思维之间存在的差异[③]，可看做是西方汉学界思想转折的一个重要信号。葛瑞汉对先秦思想的多家文献甚稔，在 1989 年所著的《论道者：中国古代哲学论辩》（*Disputers of the Tao: Philosophical Argument in Ancient China*）一书中，用德里达对西方理性传统中对立链条的解构方案来分析与老子的相似性，而他所谓的孔子强调的不是人性的本质（“性善”）而是人性的可塑性；孔子并没有一个宇宙论的兴趣或通过对抽象概念的沉思建立一个完整的人生观，而主要关

① 郝大维《现代中国与后现代西方》，冯若春译文，《差异》第一辑，河南大学出版社 2003 年版，页 43。

② 郝大维、安乐哲《通过孔子而思》，何金莉译，北京大学出版社 2005 年版，页 408。

③ Review of Benjamin I. Schwartz's *The World of Thought in Ancient China*, In *Times Literary Supplement*, July, 1986, p.18.

注的是人事的协调；宇宙论的沉思虽然源于古希腊哲学，但在中国只是到了汉代以后才成为思想的主流，直到250年以前，它仍属于在各种哲学流派以外的宫廷史学家、天文学家、占卜者、医师与乐师等的兴趣领域——凡此历史的证断之后均暗含着一种不同以往中国研究的解构论思维。

当然，在此之际，如果从更为贴近的西方儒学研究史的脉络来追溯的话，还必须着重注意到另一人物即赫伯特 · 芬格莱特（Herbert Fingarette）的创辟性工作。芬格莱特也是葛瑞汉《论道者》一书在阐述孔子思想时引述最多的一个学者，被看做是专业哲学家中最早意识到“孔子对当代哲学的可能性的意义关联”的第一人[①]。在其富有卓识的著作《孔子：即凡入圣》（*Confucius: The Secular as Sacred*，1972）及继后发表的一些论文中，芬格莱特认为西学在一个时期所处的强势性地位，不仅使西方学者，也包括中国学者在内，在对孔子的研究中羼入了一种迎合这种强势方式的理解。比如现存的对《论语》的翻译，所引入的并不是孔了原有的思考方式，而如真实地来看，孔子的观点则具有某种鲜明的非欧洲人的特征。从恢复孔子的原貌入手，芬格莱特从多方面对孔子关于“礼”、“仁”、“道”等的说法作了独特的理解，并指出其与西方传统思想的根本区别。比如西方哲学倾向于将个体及其自由与理性的意义本质化与普遍化，但孔子的看法不是这样。对于孔子来说，个体既不是真正人性的终极单位，也不是人的价值的终极依据，任何生命都没有超越价值，与之相反，正是与一个人的生活或死亡的情境和方式有关的某些东西，才可望具有终极的价值。“我的生活”实质上是由你和我、我的妻子和我、我的孩子和我，以及我的学生和我等等的生活关系所构成的；当“我”被从我们共同的生活中抽象出来之后，作为人的“我的生活”就失去了其实质的内容，于是“我”就成了一个空洞的抽象物，至少就人的本质而言是这样。因此“我”与人的本性只能是被人与人之间的生活关系所确认的，其中如人类经验的“礼义化”便是一种最重要的方式。在孔子那里，也不存在西方思想中长期依赖的事实—价值、内—外等二分逻辑以及将某种概念，比如“仁”等加以心理化的倾向，应当更合适地“把它（仁）设想成为作用于公共时空行为中

① 葛瑞汉《论道者：中国古代哲学论辩》，张海晏译，中国社会科学出版社2003年版，页30。

的一种有方向的力量”，是各种不同向量（the separate vectors）的一种集合[①]。与葛瑞汉后来阐述的一样，芬格莱特以为，将孔子思想作心性论、本体论等的解释，以致使孔子失去了他原来的面貌，这来源于中西两个方面的多个阶段的多种原因，从而历史地将孔子塑造成了我们现在所理解的样式。而对之的再次重读，尽管芬格莱特没有直接措用后现代的理论概念，但他承认“孔子思想中有着十分重大的类似于西方新思想的成分”，“在精神实质上接近于这种西方哲学最新发展的一些最显著的特征”[②]，以此而表明了他对西方新近思潮的认同及这些思想对之可能发生的影响。而他将中国思想与当代西方问题关联一起，及在《论语》研究中生发的诸多新见，均激发了后继者在同一领域所展开的研究。

根据安乐哲回忆，他早年在香港学习中国哲学，并曾受教于在新亚书院讲学的唐君毅与牟宗三等，在伦敦大学接触到葛瑞汉的“关联性思维”的观点，至夏威夷大学后与著名哲学家郝大维开始了卓有成效的合作，并合著有六种著作。[③]郝、安二人的研究基始于对西方思想的反思，他们认为西方哲学存在着两个不同的传统。一是形而上学的“唯一论”哲学，以为人的生命中有一唯一设定的前提，这也是西方思想的主流，从柏拉图到基督教，并深刻地影响到现代性思想的确立。另一是过程论哲学（这是一个简约性的说法），大致发端于达尔文，下传于尼采、怀特海、杜威，再至当代的罗蒂，这也是一个在西方被长期边缘化了的传统，需要在新的时代中重新发掘以使之光大于世。在郝、安二人的论述中，“过程”（process）是最为重要的概念之一。过程不同于一个命定的单一本体，而是一种连续性的创生活动（creativity），这差不多等同于后结构主义者德里达所描述的“延异”。与之相关的第二个概念是“关联”（connectivity）。关联的基础是个体（“多”），而不是整体（“一”），个体总是处于过程与场景之中，因此是一个未定义的成分，它只有为关联所定义，这样，个体与个体就都是不一样的。在此基础上，他们又提出了一个“协同创造”（co-creativity）的概念，即将创造与

---

① 赫伯特·芬格莱特《孔子：即凡入圣》，彭国翔、张华译，江苏人民出版社 2002 年版，页 48。

② 同上，序言。

③ 安乐哲《自我的圆成：中西互镜下的古典儒学与道家》，彭国翔编译，附录一“我的哲学之路”，河北人民出版社 2006 年版。

关联并置于一起，为此也可以说，意义，包括了人性的意义等，从来就不是预先给定的，而是协同创造出来的。他们重视的第三个概念是“美学秩序”（aesthetic order），以此而与“逻辑秩序”相对，美学和谐也是与关联性思维相关并表现出独一无二的与场景化的等特征。在安乐哲与郝大维看来，以上阐述，与当代哲学中众多的诠释学、后现代主义、新实用主义、新马克思主义、解构主义、女性主义哲学等一起（当然这些都可归入到大的后现代主义理论范畴中），起到了对本质论哲学持续批判的功能，从而保证了西方思想的活力。如此而再来观察中国古代尤其是以孔子为代表的思维方式，安乐哲与郝大维以为，后者恰巧表现出了与过程论哲学相吻合的某种倾向，“像怀特海和杜威一样，古代中国的宇宙论赞成这样一种观点：‘唯一的创造性是一种境域性的共同创造性’”[①]。这也可引申到对政治领域比如“民主”等问题的考察，比如可以通过杜威而重新发现他与孔子在社群观上存在的异同点，进而也可以延伸到对后来的唐君毅等一些观点的考察。因此，中国哲学在目前这个特定的历史时刻，可以在西方哲学的叙事中提供一种有益的涉入，形成对欧洲中心论及其超越论哲学的批评。与之同时，中国思想也将会在这一关照的光亮中得以复兴，走向一条与西方哲学进行创造性互惠的道路。

要想全面评价安乐哲与郝大维已建立起来的体系庞大的理论工程，涉及到许多方面的知识，也包括史实论证与语境对位等的问题，不属本文的任务。现仅以其关于“一”与“多”的关系之说来看，其思想很显然是站在后现代的立场上，试图消解唯一论哲学的超越性设定（作为宇宙万物之上的实体），从而为个体性、具体性松绑，其中自然包含了对积弊已深的现代性意义模式的一种反思。根据郝、安的观点，西方由古典发展而来的主导倾向，是将一与多捆绑在一起，现在则可使多脱离一。但是在多于脱离了一的制约之后，我们所要求的秩序又何在呢？郝、安提出的一个方案就是“关联”，或称之为“互系”，即多与多之间在特定时空或场域中的关联，由此而形成更合理的秩序。既然这个在互系中呈现的多已不同于在一所支配下存有的多，因此又表现出了其创生的延续性，这也就是解

① 安乐哲《自我的圆成：中西互镜下的古典儒学与道家》。序言，页9。

构与重构的并置、共生，而没有导致对解构之局的沉迷难返，由此，也就将普遍性与反普遍性同时屏蔽了，体现出了一种建设性的后现代姿态。

在今天，在北美的学术范围中，借助由后现代的问题视角出发来考量儒学已逐渐成为一个热点，关注的要点也包括儒家在内的多元对话、儒学思维的社会学与政治学运用意义等。如曾与史华兹、安乐哲均有合作的著名儒学思想家的罗思文（Henry Rosemont）教授近来对西方政治与社群问题的关注，就是从对一具有核心意义的价值观的重新考量开始的。他以为西方意义上的第一代人权主张是建立在抽象的与本质化的个人自由的定义上的，虽然有其重要的价值，但也包含着道德上的阴暗面，即忽视了社会公平与正义的地位。为了克服这个定义的盲目性，就有必要引入传统儒家对人的认识。他以为，在儒家看来，自我不是指一个自由、自治的个人，而是在各种关系中所表现的自我，我们也只能通过与其他人的相互作用来达到幸福等的目标，这种思想将有助于纠正西方政治活动中的不良原则。自芬格莱特对儒家之“礼义”之说作了新的阐释，即将之看做一种在广义上而言，及与生活经验密切关联的公共交往系统之后，如安乐哲等人更从互系论的角度对之作了接续性的研究。罗斯文的研究也指出了，对孔子来说，社会调节是十分重要的，而不是交由政府来承担，更好的做法是让传统（“礼”）来承担作为一种民众活动的约束性力量。贝淡宁（Daniel A. Bell）教授则细致地考察了中国古代的礼对公民社会尤其是底层民众在维持实用主义的公正性中所起的作用。在这样一个论述平台上，我们应当看到正是导入的一种对人性关系的新解释，从而为后现代公正论提供了理论上的支援。[①]

在欧洲大陆，儒学的探讨虽然相对滞后一些，但也有如著名法国汉学家、哲学家弗朗索瓦·于连（François Jullien）表现出的与北美汉学界相近的旨趣。从其1989年出版的《过程还是创造》（*Process or Creation*），至后来的《迂回和进入：中国和希腊的意义策略》（*Detour and Access: Strategies of Meaning in China and Greece*，1995）、《圣人无意》（*A Sage Has No Ideas*，1989）等一系列著作看，弗朗索瓦·于连一直持续探讨的一个中心问题便是中国思想尤其是儒学与西方形而上

---

① 参贝淡宁《为弱势者而设计的礼：从荀子到现代社会》，《求是学刊》，2007年第2期。

哲学之间的差异，这也是与史华兹等的思考路径正好逆行的。借助于比较的方式，于连发现中西方之间存在的主要差异就在于中国思想家之把握世界与生活，是用面对现实的“智慧”的方式，而非像西方哲学家使用的是抽象的理论或云“观点”（idea）。中国古代圣人的文本均带有一种不确定性，因而也就融合了多种可能性，成为一种开放的体系，不同于西方哲学所热衷的一元本质主义。如作进一步的分析，于连的看法与法国本土的后结构主义具有学理上的深层联系，但就保守的欧洲汉学界来说，则容易视其为一种叛逆性的异端，因此于连的研究在近年来遭到了旧汉学的非议，这种看似儒学或汉学内部的争论，实际上与各自对待后现代的姿态是有甚为密切的关系的。

三

现在我们可以将目光转向大陆以外中国学者的研究。与西方学者的研究主要是从西方本身的问题出发，即在西方思想进展的逻辑延长线上切入儒学的后现代思考有所区别，海外中国学者的儒学面向有其自身根基的背景。这个背景包含了他们所处的位置与身份等，如作更细致的观察则各区域之间也有差异。比如北美与东南亚华人所具有的“流散化”（diaspora）特征，台湾知识界则面临一个本土的现代化、民主化问题，这都会在一定程度上规定着他们融入到其思想中去的方式与特色，然而从一种学术的系脉上来看，则又几乎都与新儒学有着很深的渊源。虽然早期新儒学发端于中国大陆，但上个世纪 50 年代以来，由于政治的原因，儒学飘零于海外，香港、台湾与海外华人世界成了中国传统思想的“灵根再植”之地。后期新儒学即主要是在这些地区延续与发展，并在唐君毅、牟宗三、徐复观等的创建性工作中开拓出一开阔的局面，形成了一条渊源深厚的学术思想血脉。近些年来，海外新儒学一系出现了一些蜕变，这些变化，有称之为“儒学第三期发展”或“第三代新儒家”的，也有命名为“新新儒学”、“后新儒学”的。在相对年长一些的学者中，代表性的人物有杜维明、刘述先、成中英等，他们目前依然活跃在儒学路向的开拓上，并在思想特征上显现出与唐、牟、徐等前辈的一些差异，在全球化与后现代浪潮的冲击下有相应的调适，这体现在他们所关心的问题对象、处理问题的方式等多个方面，进而表呈为向新的学术形态过渡的征况。

这一蜕变，首先表现在他们对儒学参与多元对话的热切关心上。关于这个问题，直接关系到儒学的应世与创新的可能，因此，即便是新儒学早期的代表人物，也将中西之间的比较与融汇作为其努力的一个方向，或者可以说，新儒学正是在与西方思想的碰撞与吸收中，形成有别于传统儒学之思想特性的。如张东荪等以其所擅长的德国思想来论述其本体论的观念，唐君毅以一种康德“先验推论”和胡塞尔想象学的方法来推演一个有道德意识的宇宙存在，冯友兰受到了罗素新实在论的影响，牟宗三则经由康德哲学建构出“两层存有论”的学说体系等，在他们的学术构型中都传递出了与西方对话的声音。但由于历史的原因，他们的对话是建立在中西（或西方与西方以外世界）绝对二分、及西方一元现代化论的思维模式下的，因此所选择的拯救路径也多是以更早的传统性来批判、弥补或融合现代性。相比之下，新近出现的儒学对话论则有一个多元文化的观念背景，并是在这一弥散的框架中进行的。这与后现代主义对一元基础主义、单线进化论、西方中心主义所作的理论消解有密切的关系，因此而新的儒学对话便能够在一个更为广阔与多样文化并存的概念界面上、及在对多种现代化途径认可的前提下展开。依我所见，既然对话永远只是一个过程，那么，也就等于默认了所有的方案都只是一种局部性的、处于进行式状态的建议。与之同时，新近的儒学对话论，也更多表现出解决整个人类共同问题的视野，这个思路与当代西方后儒学所表达的想法具有相通性，即儒学不限于“本土之用”，也同样承载“全球之用”，由此而可建立起一种新的“有全球意义的地方知识”与“局部知识的全球意义”之间的辩证关系。①

向新的话语形态的过渡，也体现在对现代性的反思，及要求能够结合考虑后现代的语境与思维，以重新调整儒学的进路等一系列相关的申论上。前一代新儒家因面遇从传统向现代转变的机轴，因此而试图从内外两个进路上回应这一挑

① 参杜维明《儒家与自由主义——和杜维明教授的对话》，《儒家与自由主义》，生活·读书·新知三联书店 2001 年版，页 60。

战：即在对外的一面，引入西方的民主与科学，开出一个“新外王”的格局；在对内的一面，依据于传统儒家言述而构建出一个“内在性超越”的道德心性本体，以此抗衡现代化于精神秩序上的紊乱（对应于西方古典哲学的先验论模式），并最终实现传统与现代的良性对接。然而第三代新儒学却对西方的现代性理念本身（而不单是现代性引起的现象）及其所包含的单线进化论等有不同程度的反思，如刘述先所述，“不只黑格尔的绝对唯心一元论早已被扬弃，乃至康德所继承的启蒙理性，在现代走向后现代之际，也受到了严厉的批判”[①]，由此而反观第二代新儒家，无疑，牟、唐等所构建的观念化体系也已经在时代的嬗变中渐显落伍。也正是在此意义上，第三代新儒家提出参考性地关注后现代诸思想趋势的意见。在近来的论述中，成中英即认为儒学的转化应当直面后现代到来这一事实，对现代性进程中出现的弊端提出解救的方案，利用后现代所提供能动作用“使其自身和现代性创造性地转化为一个服务于人类社会和人类自我的统一体”[②]。杜维明在反思现代性及提出“超越启蒙心态”的同时，以为应当正视“为我们提供了继承启蒙精神和超越启蒙心态的新思维和新契机”的当代西方四种思潮，即生态意识、女性主义、宗教多元以及全球伦理[③]，并在此迎受中推进儒学话语的更新。

但这并不等于说，当代新儒家已经完全接受了后现代的主张，与后现代思想并步以趋了。事实上，正如我们所看到的，当代新儒家中的一些主要人物对后现代也同样会持有一种慎谨的保留，甚至批评。更重要的是，由于与前代新儒家的密切渊源关系，在一些哲学的基本立足点上，他们仍然很难超出前辈的设论。其中，最为重要的一点便是本体超越的主张。无论是杜维明还是成中英、刘述先，虽然他们各自向后现代观念开放的程度不一，以及对心性回归的论证究竟是一种最初的根据还是末了的归属意见也不一致，但最终都不约而同地是会回到牟、唐等所确立的那个作为内在超越之精神本体的“第一逻辑起点”上，这似无须再多作引证的。就此而言，也就难以突破儒家固有的心理本质主义，“多”的呈示依

① 刘述先《从典范转移的角度看当代中国哲学思想之变局》，《哲思》，1998 年第 1 卷第 1 期。

② 成中英《后现代语境中的儒家本体伦理学发展》，《中国文化研究》2007 年第 1 期。

③ 杜维明《新轴心时代的文明对话——兼论二十一世纪新儒家的新使命》，《南洋商报》（马来西亚）2000 年 1 月 1 日。

然要回归于一个以“一”为标志的“理一分疏”的潜在结构之中。尽管在他们的论述中已更多地注意到社群的功能，但这种“关系”或“关联”却不是“接合”（articulate）性的，而是依然要从决定性的心体或主体启程的；依然不是美学式关联的，而是因果逻辑式关联的。由此，我们再次看到其理论与西方后儒学之间的差异。因此，如果说第三代新儒学有一个趋向于后现代视野的转移，毋宁将之看做一种过渡与试探。

言及于此，还应当提及在台湾更年轻一些学者中所发生的变化，比如林安梧与高柏园，在思维上有更超出所谓“第三代新儒学”之处。林安梧受教于港台新儒学的前辈，然近年来则以“后新儒学”命说其思考的取向，这表明了其在“新”儒学的承接上向“后”形态渡越的明确意识。在肯定新儒学历史贡献的前提下，林安梧对儒学的心性本质主义有一系统的症断，以为从“内圣”到“外王”的进路，不唯虚设，而且也易落入以“心性修养”为中心，终至将儒学玄学化，而遗弃儒学的社会实践与“社会公正”的面向。为此，林安梧提出，可将旧儒坚持的由内圣而至外王的路径，反转过来调节为以社会公义为中心的由外王而至内圣的路向，以达以自为主体的对象化活动为启点，以整个生活世界为场域，以历史社会总体为依归的新境地[①]，由此突破新儒学面遇的困境。高柏园所撰《后儒学的文化面向》，已明确以“后儒学”的概念来指认当代儒学发展的特征，并借助“异质”与“非连续性”等概念来阐述时代进程的特点，而以为后儒学的重点即在于关注这种异质与断裂的状况。就儒学的范式转型而言，高教授以为“后儒学并不是后牟宗三哲学，而是有着完全异质性的发展可能”，是“新范式与旧范式的不兼容性”[②]。具体又表现为不再局限于过去的以统一和判教为前提的思路，而是表现出对“实践之知”的重视，能够回应急剧变化的时代问题与挑战，在全球化场域中设定自己的对话位置与问题意识，走出儒学“哲学”化的单向定位，获取一种跨学科、跨文化的综合性视野等。就以上这些简单的描述来看，台湾的当代儒学探讨已开始摆脱新儒学投下的巨大身影，而走向一种更具时

---

① 林安梧《从“外王”到“内圣”：以“社会公义”论为核心的儒学——后新儒学的崭新思考》，《浙江社会科学》2004年第1期。

② 高柏园《后儒学的文化面向》，《中国文化研究》2007年第4期，页13、15。

代品性的重构之路。此外，再一需要注意的是有些长期旅居北美的华人学者，其学术上的渊源比较复杂，在身份确认上也有异于港台的学者，因而相对难以归类，比如梁燕城、田辰山等，于近年来在对儒学转向问题的探讨上也表现得十分活跃。以田辰山为例，他早年从大陆赴美，后长期在夏威夷大学中国研究中心工作，同时又穿插往返于大陆学界，因此，既有中国本土的生活与学术根基，又受到北美儒学的较深影响，也有将之思想归为“夏威夷学派”中的。田教授主张以后儒学的视野平议中西，但同时认为即便是儒学与后现代之间存在着契合，也依然应当注意到其间的结构性差异，像二元论、本体论、实质论、普遍主义等哲学思维工具，是西方的特定产物，仍被裹挟在后现代主义之中，因此需要诉诸不间断的对话，以此来重建本土自身的话语思想体系。而如早期儒家中所包含的通变、互系等思想即可纳入到后儒学的论说系统之中。

四

在中国大陆，自上一世纪 80 年代重新认可儒学的价值以来，对儒学意义的探讨呈现出十分杂多的面貌。大体而言，在 20 世纪末以前，学术思想界的工作依然主要以续宗为主，也可将之看做是一种“补课”性的工作，其表现一是对传统儒学价值的阐发（包括对激进主义的反思），二是引入与接续新儒家的话题，并偏重回返性的思路及对儒学与“现代性”、“现代化”关系的泛论式的、重复性探讨，因此比之于海外的前两方面研究有明显的滞后。直到目前为止，也尚未见出一种成型的思想与理论体系或学脉的出现。但这并不等于说，补课性的工作是不必要的，也不等于说不存在创新性的见解与模式创新的意识。然而就后一点而言，即对模式创新的期待，却似依然还停留在一种比较空泛与不甚确定的吁求状态。

最近一些年来，随着全球化进程的加速，中国大陆以城市为主导的后现代生活场景的迅速铺展，后现代理论在知识界的大范围流通，也使得从后现代视角来思考儒学的价值与前景成为一种渐趋中的必然，尽管这一言述还是以一种比较边缘化的、零星不整的方式出现在整个儒学商讨的氛围之中的。将一些零散的现象综合起来看，大致表现为：一是从平行比较的思路出发，将西方的后现代主义与传统儒学、新儒学作形态与价值上的比较或辨析。取后现代主义与传统儒学进行比较并产生一定影响的是张世英 1994 年发表的《中国传统哲学与西方后现代主义》一文，以为中国传统哲学以天人合一为主导，西方传统哲学以主客二分为主导，后来则各自又发展出变异的形式，中国明清以来出现了主客二分的主体性原则，西方则在当代出现了反主客二分的思潮。他的主要观点是：中国哲学未来的走向应融合后现代的思想，走主客二分与天人合一的道路。[①] 在此以后，结合式的议论断续有见，多不成篇。2001 年，较早于中国大陆介绍与研究西方后现代思潮的代表人物之一王岳川综合了中国哲学界对待后现代的一些散见看法，指出在中国传统哲学与后现代主义之间存在着一种内在的紧张，并对张世英一文作了高度评价，以为是“代表了中国哲学界在后现代语境中的理论觉醒”[②]，从而冀望学界在这一方向上有实质性的推进。将新儒学与西方的后现代主义所作的比较研究，最有影响的是李翔海教授从 90 年代后期以来发表的系列评述（此后也有一些他人的论文出现，如程志华、陈延庆、黄海瑛等），以为新儒学与后现代思潮之间存在着一种对反与趋同的双重倾向，事实上也隐含了二者在理论上可作进一步关联的潜在可能。二是从后现代发生之后的一些更为广泛的视角如全球化、后殖民话语、生态主义等观念出发，发掘儒学中的相似性要素或将儒学置于这些场域中予以新的考察，以期传统儒学的相关资源得到有效的开发。值得关注是文学、美学界在近年来对生态美学的热切关注（见于多种会议、专栏及博士论文），并对儒学的生态观作了高度的评价，而这一思维取向的获得又多与对现代性的反思及受到了后现代理论的直接启发有关。三是从后现代理论或视野出发，由中国现当代思想历程上来批判性地反思儒学研究中的关键性差误，从而明确提出超越新儒学模式的主张，可予列举的有金惠敏所作的“主体性”反思与黄卓越所作的“整体性”反思。金惠敏在 2003 年《差异》第一期上发表的三万多字的长文《孔子思想与后现代主义》结合 20 世纪以来中国思想界对主体性问题的表

① 载《社会科学战线》1994 年第 2 期。
② 王岳川《后现代与当代中国思想的内在紧张》，《四川外国语学院学报》2001 年第 4 期。

述，对新儒学牟宗三等以主体性概念重塑儒家原则的歧误作了文献与逻辑两个层面的症断；以为如果返回到孔子来看，则可以见出，与西方将主客体二分化，从而突现主体的位置，在对自然征服的无限欲望中建构主体性的方式不同，孔子指出了一条别开生面的主体建构之路，即克己、虚我、爱人，也就是使主体在对他异的承认、参与和责任中完成其自身的建构。而这同时意味着不绝对化自我，不绝对化、神圣化和本体化自我所认定的目标，而是在一个永远没有完结的与他者的相互作用中趋向一个不能预先确定的主体性。即此而言，孔子的思想与后现代对主体性解构与批判之间便有了清晰的勾连。黄卓越于自 2004 年以来的相关论文，多对新儒学的“整体主义”建构有所检讨，并明确地提出了“后儒学”的概念，及将之视为突破当前儒学研究困境的一个必由之径。他以为新儒家学说体系的形成受到德国古典哲学的激发，而热衷于本体论的建构，并由此本体论的规定上衍生出整体主义的话语，从而又于下贯于现实的层面时导致了至少两个方面的问题：一是将本土文化普适化，以为以儒家为代表的内在超越论可以解决包括东西方在内的普遍存在的现代性弊病，在今天看来，则已不适应多元价值与多元对话的认知；二是以为本体通过外推的方式可以涵盖对其他诸领域所有问题的解决，由此为儒学赋予了一种整体化的意识形态功能，这也无法适应于当代中国已形成的多元文化格局。

当然，由于大陆思想文化氛围的特殊性，因此儒学所经历的遭遇及知识界对儒学的理解，也会有所区别于域外各地区。正如有学者所指出的，大陆的儒学研究与进展是处在与马克思主义、自由主义并存的格局之中的。大陆既是儒学的发源地，也是传统儒学政治化独尊及“五四”以后激进主义清算儒学影响的实验地，大陆现代性展开的程度也依然还是一个悬念（与西方不同），这决定了知识界态度的复杂性，及有更多的思想分层。大陆知识分子对儒学的负面性及因对之批判所造成的负面性，都会有更深入的体验，因此而必然也会担当更多，需要对二者都保持高度的敏感与警惕。就此而言，儒学于中国大陆的后现代展开自然要首先兼顾历史的经验，在贴近于历史肌肤的自觉性中进行扬汰与重铸的工作，使自己处于一种与多重关系链接的张力性疲惫中。另外一点差异是大陆没有一个持续延伸的新儒学传统，这也决定了其在学渊上的相对单薄，及在向未来迈步时会更少一些学术上的包袱。

五

以上对儒学与后现代接榫的几条思想线索作了一粗略的梳理，鉴于学识与篇幅两个方面的局限，我不可能将所有已经发生的事实都陈述出来。但无论如何，通过这些描述，我们大致还是勾勒出了近些年来关于儒学思想进展中的一个向度。最后，我想借助于这个机会，对这一趋势的命名方式作一尝试性的探索，及对相关的问题再作些说明。

学术界对儒学自古入今以来的思想发展阶段有不同的概述，但都同意将 20 世纪以来的儒学思想形态称为“新儒学”。牟宗三以后，新儒学内部有了一个变化，对此后的发展，学界有将之称为“新儒学第三期”（“第三代新儒家”）的，也有称命为“新新儒学”、“后新儒学”的。这些称呼虽有差异，但都仍冠以“新儒学”的名号，以之表明是对新儒学的一种继续与开创。但这里也存在着几个问题，比如，既然有新儒学第三期的概念，那么在此之后出现的与杜、刘、成诸贤有别的新兴研究，是否能称得上是新儒学的第四期，或还有第五期等呢？这里显然出现了一个命名上的逻辑空缺。再比如，正如我们在以上描绘中看到的，有许多学者的研究尽管承认新儒学的历史贡献，但并不经意于从新儒学的线路上入手，而是直接由后现代的视角切入于儒学的言述中，及对新儒学保持一种自觉的离异。对于这一逐渐扩展的趋势，我们当然无法用添加式的概念使其依然作为新儒学的一个附庸，这里显然又出现了另一个命名上的空缺。

在这里，我们可以尝试性地用“后儒学”的概念来概述后面一种情况，并以为是恰当的。当然，如果从字源上来看，后儒学的命说还可追溯到更早一些时候，1980 年美国哈佛大学的 R. MacFarquhar，在其论文《后儒学的挑战》（*The Post-Confucian Challenge*）中就提到“后儒学假设”（Post-Confucian Hypothesis）这一语词[1]，后来又得到一些海外学者的响应，主要是指在东亚发展出的不同于西方国家的工业资本主义或现代化模式下残存的儒学传统。尽管它也是一个相当重要的概念，指出了后工业社会中儒学存在一种结构状况，但与我们意指中的理论表述还不太一样。我们这里所用的“后”缀，不唯有遗存的意思，更主要地还

---

① R. MacFarquhar “The Post-Confucian Challenge”, in *The Economist*, 9, Feb, 1980.

是后现代的意思，含义更为广泛，因此，我们所说的后儒学也就是一种后现代儒学，当然这也含有新儒学之“后”的意思。如果这一称号能被得到认可，那么，在前已述及的“新儒学第三代”、“新新儒学”、“后新儒学”无论就时间还是就逻辑看，就都可以看做是一种朝向于后儒学的过渡。这自然也意谓在“新儒学第三代”、“新新儒学”、“后新儒学”那里已经出现了不同程度的后儒学的思想因素，备有了某种虽然并不清晰，然却开始呈露的向后儒学语域滑进的趋势，因此而在宽泛的意义上看，至少也可将之纳入于后儒学的经验历程中。

如此而言，在范式的意义上告别典型的新儒学也将成为一种历史的必然，也就是说以后儒学替代新儒学（暂时不考虑中介性的这些过渡）是一种不可逆转的趋势。这使我再次想起刘述先于 1997 年在香港中文大学宣读的那篇论文中引用库恩“范式”转型所认识到的儒学变革正处在一个关键的、呼之欲出的时刻[①]，而且，这种范式的更替最终将以“断裂”的方式表现出来。一方面是现代性的局限在后现代场域中、在后现代思想的关照之下愈益暴露出来，另一方面是新儒学在汲用现代性资源过程中也愈益陷入自身的困境，难以加入时代的有效性对话。正是在这样一种情况下，儒学如果还想继续前行并成为当代的一种言述方式，那么就必须重创出一种解释与介入的模式，导入于与后现代相适应的思想轨道，不管它是会以承应还是会以批判的形式出现的。

后儒学的出现，将提供出一种解释世界与生活的新样式，包含有相当丰富的理论意义，这些不是本文所能详细解说的。需要在此澄清的几个细节问题是：首先，后儒学与现代儒学思想的断裂只是就模式意义上来说的，并不等于没有任何联系（这点在一些平行比较研究中已经有明确表示），就如同我们所认定的后现代社会一方面也是现代社会的一种延伸，必然会存在着一部分与现代社会结构性相通的地方（现代社会的特点也会在一些层次上延续），另一方面，后现代性的观念（至少是在中国）也裹挟着一些现代性未完成的主题，只是对这些主题的理解方式发生了变化。第二，确立一种新的后现代思想，并不等于要给予一种思想唯我独尊的地位，否则它将陷入自己所力图挣脱的陷阱之中，因此，在其逻辑的

---

① 此指刘述先《从典范转移的角度看当代中国哲学思想之变局》一文，载《哲思》，1998 年第 1 卷第 1 期。

展开过程中，不可能取消其他思想向度甚至也包括本体论言述等存在的意义，只是反对本体论等的整体主义、单一主义独尊。后儒学不像新儒学那样将自己看做人类的救护神，它最终还是一种对话性的语体，而不是一种决定论模式，这也是它对自身理论的一种基本定位。第三，后现代之与儒学关系的再次建立，表明后现代并不是与传统不相兼容的。后现代恰恰是要通过对一元进化模式的批判，进而构造出一种多元并存与多元对话的框架，从而也使传统有一真实容纳的空间。在此同时，后现代思想也会与传统发生一种语境性的接合，再次激活传统中的一部分（而不是全部的）成分，在这个方面，兼容也属于一种选择，不是绝对的取纳。第四。虽然后现代思想最早发生于西方，但我们并不将之仅看做是一种西方的东西。由于语境的差异。中西后现代的实践也存在着很大的差异，这也导致思想与观念上的差异。我们既然承认有多种多样的现代性，也必然会认同有多种多样的后现代性，如此而论，中国的后现代思想也将呈现出自身的独特性。特别是像后儒学这样一种思想形态，不可能成为西方后现代 + 儒学这样一种简单的方程，锁定在一个西学东渐的单一路向上，而是体现出了“西方的影响始终与本国 / 民族的抵抗和文化重建并存”的样态。它既与本土化的实践密切关联，也同时会作为一种反抗西方化收编的独特声音活跃于全球的对话中。总起来看，“后现代”是一个综合性很强的复杂概念，这也会使后儒学的理论表述带上某些含混性，因此后儒学本身也将使自己处在一种不断误解与申辩的过程中，此也可作为后儒学演进的一种真实状况。

原载《清华大学学报》2009 年第 3 期

儒家整体主义话语的后现代反思*

对儒学既有的整体主义立场或倾向的反思，多多少少在以前的一些述论中有所涉及，本文试图作一个更为集中的讨论。而在讨论之前，我想先作一个说明、提出两个前提。一个说明，是要申明这一讨论的本意与此前发生的各种相关论述一样，都是旨在更有效地促进儒学价值的展开，属于一种建设性的意见。然而这种展开又不会是任意的，一方面它要立足于现时代的语境，另一方面则需要遵循历史与逻辑的脉络，为此而又必须提出讨论的两个基本前提，也可将之解释为是我们的讨论所不可缺少的两个视角。

其一，是后现代的视角。后现代的视角之不可匮缺，在于于当今的世界中，后现代业已成为一种改变世界的力量，不管是正面的还是负面的，它的演变趋势却是能够在实证的层面上明确测知的。以当代中国而言，虽然我们尚不能以任何一种单一的概念来描述它的属性，而是应当充分地考虑到它的多重“混杂性”，以免落入简单化的判断之中，但一个所谓的“东方后现代”或“中国后现代”已

---

* 本文为2006年北京语言大学汉学研究所与美国夏威夷大学中国研究中心合办“儒学与后现代视域”国际学术研讨会提交论文。

不是推测出来的意象，而是弥漫于整个社会的空间，并实际上构成了我们思考任何宏观问题的一个必不可缺的背景。在思维的层面上，后现代也开始从一种消解性力量，部分转化为一种建设性的力量，以后一种情况看，它也在不断地为人们提供更具启发性与包容性的视野，以便改变一些从前现代一直延续下来的因循不变的思维守则。尽管如有的学者认为的那样，有多种多样的现代性（现代性有多副“面孔”），现代性依然存活在我们的生活中，但有的问题则是在这个现代性的论域范围之内无法揭示与解决的（即用现代性的思路来解决现代性引起的问题），故而需要引入更具跨越性的思路（若此，我们自然也可以说后现代是现代的一种断裂性延续）。

其二，是新儒学的视角，更准确地说是对新儒学的认知前提。儒学至近代，受到新的时代风暴的袭击，其综合性已开始被驳落，问学一翼遂单径发展，处于前所未有的寂寥状态，此即后来被称为“新儒学”的一派。但新儒学并不是简单地可以“保守”二字概括尽之的，新儒学因忧患于传统的坠落而兴起，也包含了它对时代的特殊敏感（从而一定程度上融入了“新知”及要求于儒学能够适应于时代的变化），其中渗透了新儒学思想家对时代的复杂反应，以及他们融传统资源与现代化要求为一体的深切思虑。其中，整体主义也是他们所作出的这种反应与思虑的一个潜在的或显在的视角。新儒学主要地还不是一种学术史的探询，而是更多地表现出思想重建的强烈诉求，因此而成为儒学重建的一个现代性表达的重要环节。既然这样，对儒学当代命运的再思考，尤其是在知识分子话语范围内，就无法越过这个必要的历史路径（去直接与传统儒学接榫），凭空开出一片理论的境域；而是应当尊重历史固有的线索及已有的表述，以之作为价值商讨的一个起点，通过反思它的局限与不足，来进一步索求儒学面向当代与未来的可能。

由以上可知，将后现代与新儒学的视野引入我们的话题，实出必然，只有在这个有所落实的基点上，才能更有效地展开对儒学当代性的思索。

一

整体性言说的方式，在儒学思想发展史上具有悠久的历史，从传统儒学而至现代新儒学，多习惯于以整体性的方式来解说、把握世界，并形成一种牢固的学术思想传统。这一方面是因于早期的地理观想，比如“九服”、“天下”、“中国”等概念，常常是围绕着一个中心而向边缘展开的完整空间，这个完整空间既是儒家政治活动达及的范围，也是自然论思考的相应对象。除此之外，构成整体性言说的另外一个线索也值得注意，这就是儒家对“本体”论问题的思考。传统儒学所言本体的情况，已有大量的研究证明，姑且不论。在新儒学那里，传统的本体论观念得到了更为突出的强调，从思维形成看，与受到西方“哲学”概念的激发与启示有不容回避的影响（虽然不是所有的新儒家都能坦然地承认这点）。即在西学系统中，“哲学”被看做是一种研究“形而上”问题，也即本体论（ontology）与实在论（substantialism）的学问，形而上的问题或“第一哲学问题”是其他一切问题的根源，由此而可覆盖对所有现象的解释，在各学科中处于至上的地位。新儒学的思想家出于对当时中西冲突的危机意识，试图借助于传统资源，建立一套可与西方并肩而立、甚至又逾于西方的文化阐释系统，而其中最为重要的便是首先建立起自己的形而上或本体论体系，以此而证明中国固然而有自己的更富精神价值的“哲学”传统。当然，在新儒学那里，所谓的对西方哲学的参照是有选择的，比如杜威一派的实用主义便不会为他们所感兴趣（虽然当时也已引入中国）。他们所引以为参比的主要的对象，便是以康德、黑格尔等为代表的德国古典哲学，后者被看成是构建中国本体论哲学的一个最重要的参照坐系。墨子刻曾经在其著作中论述过新儒学的一些主要人物与德国哲学之间的这种联系：

> 正如贺麟所指出的：有些譬如像欧阳竟无和熊十力，就主要依靠佛学思想传统和新儒学中陆王唯心主义传统来解决本体论问题。其他一些人，如像王静安、张颐、张东荪主要以其擅长的德国思想研究来讨论这个问题。……唐君毅则属于那种同时对中国与德国思想传统都有所继承的知识分子，通过一种使人联想起康德“先验推论”和胡塞尔想象学的方法，他从道德经验的具体事实中推演出一个有道德意识

的宇宙存在。……[①]

而他如冯友兰、牟宗三等，不管其是否公开地引据德国哲学的言述，但似乎都在做同一件事情，即将儒学证成为一种以本体论理解为基础及展开方式的哲学或形而上学，是有一种为本体论规定的“哲学”。如果仅限于学理上看（即按其设定目标），新儒学的这一努力应当说是成功的，从而通过对现代性话语修辞方式的使用，集体性地完成了一次对传统儒学的超越性建构。

当然，如果将传统儒学完全概述为本体论哲学，并不是就没有问题的。如在梁、熊之争中，梁漱溟即认为熊氏所高谈阔论之本体论哲学，与重视人生实践的儒学并不是一回事，将西方独有的“哲学”概念强加到儒学之上，也实际上是模糊了儒学的特征。[②]至少就孔子的言论来说，我们很难寻觅到本体论建构的痕迹，即子贡所云：“夫子之文章，可得而闻也；夫子之言性与天道，不可得而闻也。”然而对于这个问题，牟宗三以为，孔子与后来直接言说“性体”的孟子、《中庸》等不同，他的思维是属于“浑然天成”的，不是“分解逆显”的，因此他不用直接以“性”这样的概念来表示一种先验、纯一的本体，但是“我们不能说在这具体浑沦中不藏有仁道之为道德理性、之为道德的普遍法则之意，因而亦不能说这混融隐含于其中的普遍法则不是先验的”。就牟氏看来，如孔子所说的“仁”已是一个暗含的绝对本体，与康德所述的先验道德律实际上是一个东西，其区别在于：“它的先验性与超越性也不是反显地孤悬在那里的先验性与超越性，而是混融于真实生命中的内在先验性，具体的超越性。”[③]关于牟宗三在孔子思想解释上存在的问题，国内学者如金惠敏在其长文《孔子思想与后现代》中已据文就实地

---

① 墨子刻《摆脱困境——新儒学与中国政治文化的演进》，颜世安等译，江苏人民出版社1995年版，页7。

② 梁漱溟的态度是个例外，在他看来，爱智的“哲学”是西方的产物，中国无之，因此批评熊十力将儒家身心性命之学“随俗漫然亦以哲学称之”，梁的论述见其《读熊著各书书后》，《勉仁斋读书录》，人民日报出版社1988年版。而熊氏也在与梁氏的答信中承认了这点：“我喜用西洋旧学宇宙论、本体论等的论调来谈东方古人身心性命切实受用之学，你自声明不赞成……”《论文书札》《熊十力全集》卷八，湖北教育出版社2001年版，页758。

③ 牟宗三《心体与性体》册一，上海古籍出版社1999年版，页100。

作了多方面的、有说服力的甄别[1]，从而指出了其以西解中的方法论歧误，此已无须赘述。另外，比较哲学家郝大维（David L. Hall）、安乐哲（Roger T. Ames）的一系列研究孔子与儒学的著作，也意在揭示盎格鲁—欧洲哲学家与新儒学在解说孔子时所产生的误读，对我们重新理解孔子的初始性思想具有很大的参考价值。[2]（有意思的是，以上二例都是从后现代哲学与思维的角度出发来发现问题的。[3]）于此，我们也可以进一步窥得新儒学本体论构建中的一些更潜在的意图：其一是通过将孔子思想本体化之后，使儒学获得哲学上的“合法化”地位（自然是在古典哲学意义上的）；其二，惟其如此，儒学的本体论才能获得历史的“圆成”性，因为“合格”的哲学的首要任务是追寻“开端”（beginnings）及能够周延的。而新儒家的这些意图与所使用的方法又是一致的。[4]

从逻辑上看，从本体论至整体主义是一种必然。以两个原理各自的情况来看，本体自然是纯一的（唯一），不可能是两个或多个，你只能承认一个本体，而世界则围绕着这个本体而发生与运动。整体也是一样，必然有一个决定性、控摄万有的“本质”即“本体”，否则这个整体就是分裂的、破碎的，便不可以称其为整体，故此，整体性的概念也可能从其角度出发导致本体性概念的建立。从新儒学对本体的解释中可以看到其对二者关系的理解，如牟宗三论述儒学与孔子的道德理性即将“先验性”与“普遍性”并举，孟子的“性”也是“普遍的，先

---

① 金惠敏《孔子与后现代》，见《差异》第一期，河南大学出版社 2003 年版。

② 见郝大维、安乐哲著《通过孔子而思》，北京大学出版社 1995 年版。如该书在清理孔子关于“天与超验”的思想时，即指出“牟宗三显然想把一个绝对的超验归之于早期中国传统，这恰恰是我们所要反对的”（页 254）。其有所总结的评语如“我们重建孔子思想宇宙论含义的尝试，正是针对后来新儒学的误读，以及当代盎格鲁—欧洲哲学家们的潜在误读”。（页 305）。

③ 对郝大维、安乐哲这一思想的评论也可见葛瑞汉《论道者：中国古代哲学论辩》所述：“他们在《通过孔子而思》一书中把孔子树立为为摆脱西方人对超验的长期依赖的后现代主义的楷模。”中国社会科学出版社 2003 年版，页 39。

④ 借此，关于中国有没有“哲学”的问题，我们认为：一、哲学没有一个“合法性”的问题，因为存在着不同的哲学理解及哲学概念的边界本身就是模糊的；“合法性”还涉及到谁是立法者的问题，而这个问题又是一个不可能提供本质性回答的问题。二、如果中国有本体论意义上的哲学——以儒学而言，那么它也是一个逐步构建的过程，至宋明理学才基本臻于成熟。

验的，而且是纯一的，并不像气性那样多姿多彩，个个人不同的"[1]。在冯友兰的演述系统中，"理"与"大全"是表示最高共相的一体两面的两个概念。由此，在新儒学那里，便形成了一套本体论/整体论相生发与相配套的话语模式。这点，在西方的思想体系中也是一致的，比如基督教的"实体"便是普世性的，所以那些明清时期到中国与东方来传教的耶稣会士，正是基于他们坚信自己的理念可以普救世界。[2]

整体性观念在新儒学中的具体展开有种种的表现，最为明显的是在两个方面：

一是整体论向文化类型观的扩延。如上所述，既然本体是纯一的，那么新儒学所推崇的儒家学说，无论其是道德理性、关系理性或"心性实体"等，在预设性的结构中都将具有普遍的涵盖性（并不设定只涵盖中国人）。如作分辨，这里固然还存在一与传统儒学的区别。传统儒学虽然也会面对文化的多样性问题，比如面对来自于汉族地区的佛、道文化，及汉族以外区域的多民族文化，但由于其以相对周延的政治统一体为文化构建的参照系，因此很容易将这些多样性依然纳入到一个整体中来思考（对此多样性可采取或忽略不计、或视为异端、或援入主体等方式）。尤其是儒学长期以来在传统社会中所占据的主流意识形态的地位，也巩固了其以整体性概念方式来处理文化等问题的特点。然而新儒学在当时面对的则是一个非由自身的政治统一体所能够"括入"的西方文化对之的冲击（即已经历了一个从"王天下"至"万国"的心理震荡过程），而且这种外来文化在一般的意识中还处于比较中的优势，这就给新儒学所推崇的以民族道德文化为内核的整体主义叙述带来事实层面与逻辑层面上的质疑。新儒学如果承认这个作为"他者"的文化自立性（这个他者的文化也是含有一个明确的本体论立场的，尽管西方文化的本体论解说已经不是统一的），那就等于说是否定了自己学说的普遍合理性，从而也是普遍有效性，进而也潜在地否定了儒学对自身先验本体性的逻辑确认（这显然是新儒家们所不愿承认的）。这点不一定是被新儒学思想家们作着清晰梳理的，但却是具有重大挑战性的一个问题。

---

① 牟宗三《心体与性体》册一，页105。

② 至于中西本体论的差异，新儒家对其有详细的辩明，言之甚彻，无须复论。

在本文有限的篇幅中，我们不可能对新儒学处理这一问题的各种方案或技艺作细致的分析（具体的人物前后也常有言之不一的）。如作不完整的概括，新儒学采取的对策：一是将西方文化视为“有病”的文明，因此其本体论设计尽管也是纯一的，但却是不合理的，这样就似乎可以不再造成两个本体间在存在之“合理”性上的冲突；二是将西方文化分成两截，主要是承认它的工具理性即“民主”与“科学”的合理性（属于现代化的成分），对其文化上的特征则或忽略之，或相对地贬低之（可不再本体性地并立），由此则可以我之文化本体去吸融西方之工具理性（尽管抽象而至超验也属于一种先验原理[①]）。这与“中体西用”的理路相关，如梁漱溟、牟宗三等的意见即是。在牟宗三看来，既然我之内在道德本体是最为优胜的，因此在未来不断的发展过程中，必然会经过对工具理性之再融会成为全球之唯一尊途。[②] 墨子刻解读冯友兰所得出的认识也是“……中国哲学的全部历史是逐渐朝着这种本体论理解发展的，于是他就能够以这种本体论理解为基础，提出一种可以施用于当代中国和世界其他地区混乱环境的道德的和政治的哲学”。[③] 其三，当然也有自说自的，即只云我文化之本体存在与优势，而在

---

① 具体论述可见牟宗三《历史哲学·自序》：“一哲学系统之完成，须将人性全部领域内各种‘先验原理’予以系统的陈述。自纯哲学言，人性中，心之活动，首先表现为‘理解形态’。依此，乃有理解之先验原理之显露。在此，逻辑、数学，俱依先验主义，而有超越之安立。而科学知识亦得以说明。其次，则表现为‘实践形态’。依此，乃有实践之先验原理之显露。在此，‘内在道德性’之骨干一立，则道德形上学，美的欣趣，乃至综合形态之宗教意识，俱得其真实无妄，圆满无缺之证成。……此两主体乃一心之二形，而由道德形上的心如何转化而为‘认识的心’，则是心自身内在贯通之枢纽。”《道德理想主义之重建》，中国广播电视出版社 1992 年版，页 129~130。

② 如谓：“西方文化生命一往是‘分解的尽理之精神’（在此有科学、民主，与偏至之宗教）。中国文化生命一往是‘综合的尽理之精神’与‘综合的尽气之精神’，然此所谓‘一往’是有时间性。从精神之所以为精神之‘内在的有机发展’言，必在各民族之发展途程中一一逐步实现而无遗漏。唯如此，方可说人类之前途，精神之大通。亦唯如此，方可说：历史之精神表现即是一部在发展途程中企求完成之哲学系统。”（《历史哲学 · 自序》）可注意以上两段引文中所云之“哲学”概念，实际上也是完满性、完整性之最高原理的代名词。但在他处的表达中，牟宗三又有不一致的说法，至认为：“吾人不固不愿耶教化，同样亦希望西方耶教民族必放弃其所信而信仰孔教。但可以相融相即以各充实改进其自己。”（《略论道统、学统、政统》，《道德理想主义的重建》，页 97）如果这样的话，由本体论出发的普遍性便已难以成立。由此可见，其在意识汇总上也存在着矛盾的状况。

③《摆脱困境——新儒学与中国政治文化的演进》，页 8。

论述中不考虑其他文化是否有一本体观念（或是否这一本体观念会与中国的本体概念有逻辑上的不容之处），或在本体讨论中将固有的时空整体性事实悬置起来（在许多情况下会这样），以此也可假想性地担保自身本体论证的自足。由上似可测知，不管在这方面选取怎样的表述，由旧儒学的普遍主义言述模式建立起来的文化与地理政治想象，依然潜在地，也是牢固地支配着新儒学所呈示出的现代性叙述。

二是整体论向实践性分支领域的扩延。依据以上牟宗三的表述，本体统摄一切，然后可以下贯或外推，那么就可以“开”出或“转”出一个涵盖外部各领域的实践世界（相似于黑格尔的精神实体的外显化过程），此即他著名的“内圣外王”说，“内圣”之客观化的过程，便是“外王”的显豁。关于这个问题，刘述先《论儒家“内圣外王”的理想》一文，对传统儒家的相关思路有一较完整的梳理，以为孔子虽然没有“内圣外王”的词语表述，但他反对用严刑酷法，主张德治礼教，实际上已是将政治作为道德的延长。《大学》更明确地以本末之说而确定了内圣与外王的不可分割。至宋明儒学将儒家的这一学说作了淋漓尽致的发挥，从而可以表明，内圣外王是儒家的一贯之统。[①] 以此而论，牟宗三的这一思想的确是渊源有自，并及时地加入了时代的诉求（“新外王”的概念改造了这一结构包含的成分）。牟氏此说，包括大体相同的几个解说侧面：一是由道统而下贯政统与学统（学统又自然含有内圣与外王），另一是由道德理性之本性，往外转出而成就代表知识的科学与表现正义公道的民主政治。刘述先也大体持有此论，并以他的“致曲”说来作为对牟宗山“曲通”、“坎陷”说的呼应。如实地看，在传统的语境中，儒教的各种实践在一定程度上具有内外相贯性，即意识形态所具的统一的符号性对其他领域的渗透[②]，因此其言说的综合性也不必受到太多的怀疑。然而，正如我们所见到的，由于时代浪潮的冲击，这种综合性在进

① 参刘述先《论儒家“内圣外王”的理想》，载《儒家思想与现代化——刘述先新儒学论著辑要》，中国广播电视出版社 1992 年版。

② 言其为统一的符号性是指儒家思想对实践领域的渗透并不是全面的，而主要是在观念符号层面上。即便在传统语境中，其政治机制的建构、经济与军事等活动的性质等所主要依据的依然是实用的原则，与儒学意识形态有相对的驳离，这是可以付诸实证的。

入 20 世纪以后已经被剥离与驳落了，因此而才有新儒家力图恢复此种整体性的积极努力。

在以上的梳理中，我们描绘出了新儒学整体主义话语的基本路径，即由本体论的确定而构成整体主义的致思模式，然后又从一般的整体论中分化出对文化类型与实践类型等整体涵盖的思维定向。对于本体论 / 整体论模式的讨论，除了会涉及到逻辑与实证方面的问题以外，也会涉及到它对当时社会与当代社会的适用性两个方面的问题。由于篇幅的问题，不可能将这些都一一展开论述，在后面的讨论中，我们试图将话题集中在整体论分化后的两个侧面上，即从下一个层面入手，作一基于当代性关联的反思与展望。

二

首先是对待不同文化类型的问题。

由于不同的民族文化类型之构成一般都与由历史造就的相对确定的地域性及其边界密切相关，因此，它实际上也涉及到一全球地域文化与传统之间的关系问题。从目前思想发展的情况看，这一问题应当是更容易讨论一些了。但是一旦将之置入“哲学”的层次，而哲学又被视为一种有关“本体”或“实体”的言说，也就自然会增加了对此问题处理的难度，正如我们已经看到的前期本体论新儒家在论述此一问题时遇到的一些逻辑上的纠缠与困境（有些未必是他们明确意识的）。然而，多数新儒家的理论意图还是明确的，即至少在中国的这片土地上，作为一个中国人的族群，当以中国的文化——实际上是他们所构设出来的这一具有儒家特性的“内在超越”之本体——为归属（这也被称为“文化本位主义”的立场），同时也有必要汲取西方现代化等的长处。很明显，如果作为一个哲学家，尤其是本体论哲学家（以论证本体之存在为职业及最高目标的）来看的话，如上所述，他是必须要去解决我们（中国）这个本体是否具有普遍性（当然是周延于全球的普遍性），也就是整一性的问题；与之同时，也要解决西方的本体论（或其他地域思想的本体论）还有没有意义，或怎样安置，有没有普遍性等的问题。如果在这些方面含糊其词，那么其建构的哲学体系就会出现逻辑上的漏洞或裂隙等。

当然，从更长的视野来看，新儒学也是处于不断的视野变换之中的。比如在整体性问题与文化、文明间的对话问题上，牟、唐以后的新一代儒家信奉者，如刘述先、杜维明等，其态度就显得更为灵活与开放，而有所区别于前代学者，尤其是在进入全球化时代以后，他们更多地会考虑到多元文化的融会。对于后起的这些学者的姿态也需要关注，因为这里涉及到新儒学究竟还能走得多远的问题。

刘述先的思想发展有自身的连续性，也有变化。作为一新成长的学者，他在其早期的著作《新时代哲学的信念与方法》中，表现了其对当代世界学术趋势的一种纵览，及对中西诸文化特征与关系的深思。然根据我们对之思路的仔细寻绎，可知其目的仍是要建立一种具有"普遍的法则"[①]，能够"结合（东西）两种形态达到一种人性最高贵的造就"的全新的"意义哲学"[②]，在一个"统一的意义哲学概念的方法学基础"上[③]，"以构成世界性的文化"[④]。尽管这种意义哲学是多文化成就综合的一种结果，及"需要无数的才智来共同通力合作"[⑤]，"吸纳异民族的智慧与观念"等[⑥]，但经其多方的论证，最后的结论还是东胜于西，即会归于中国哲学的这一根源上（这一说法很多，不一一举证了），"从一种真正统一的基础上销融东西文化的贡献而形成一套统一健康（西方是病态的）的现代世界观"[⑦]，由此，最后可以宣称"未来是一东方哲学的时代"[⑧]。刘述先后期也接触到

① 刘述先《新时代哲学的信念与方法》，湖北教育出版社2005年版，据1966年台湾商务版所排，页73。
② 同上，页77。
③ 同上，页115。
④ 同上，页169。另外需要指出的是，这个普遍主义的欲求模式当时在海外与台港等的中国学界有甚大的影响，从而也成为一般的治学路径。比如在中国文论研究界，就有美籍学者刘若愚试图从"文学本体论"的视点出发，建立一种能够"将中国（尤其是形而上学观的）与西方（尤其是现象学论的）的文学理论的要素综合起来"的论说模式。参刘若愚《中国文学理论》，江苏教育出版社2006年版，页215。原书出版于1975年。
⑤ 刘述先《新时代哲学的信念与方法》，页113。
⑥ 同上，页169。
⑦ 同上，页221。
⑧ 同上，页220。

罗蒂等后现代哲学家的思想，并屡有述及，在对待外文化的态度上愈趋宽放，然构成其新儒学思想的中心理路似改变不大，比如在其2004年为上书作的序中，依然强调了基于本体论的“内在超越”的思路。

由以上的表白看，刘述先是力主不同文化具有多元性特征的，然而还是有一个统一的归属在（经过新的综合之后），也就是还是有一已经预设或可预望的终极“真理”存在，并且是体现在一定的理论类型及其根源中的。这与他的“理一而分殊”的一贯主张也是相通的。刘述先从程朱理学处据来的“理一分殊”的概念，固然包含有强调文化是多元、变动的意图（即“分殊”），以便使思想的构建能够适用于时代的变化；但是至高之理总还是“一”，即“超越的理是同一的”，“从天道的观点看，一定要超越相对的是非，道通为一，这是‘理一’的角度”①，而此“一”，从哲学（或其意义哲学）上来解释，当然就是本体论的。也正因此，其言述中会不可控制地充斥着一种整体主义的话语逻辑，以为有“普遍”的“真理”可以寻得，一种综合得来的思想（或仍将以一种文明为主导）将会整体地覆盖对所有不同民族文化问题的解答等②。据此，可以见到在其思维的深层发生的由一种地方主义向整体主义的潜渡，及由整体主义再向地方主义的回溯。③

杜维明后期思想的确立由于受到后现代与全球化进程的启发，在检讨与反思西方“一元现代性”的基础上，提出了文明对话、多元现代化、新轴心时代文

---

① 刘述先《“理一分殊”的现代解释》，载《儒家思想与现代化——刘述先新儒学论著辑要》，页549。

② 当然，文中也提到“当前世界思想的主流是宗教交流、多元互济。各不同传统都愿意支持一低限度的‘全球伦理’”。（《“理一分殊”的现代解释》）这一点尤其是在其后来出版的《全球伦理与宗教会话》（2001）中有更进一步的展开，提出以“分殊”为前提的“理一”，也就是遵循人类共有的“极小式”普遍伦理。很显然，这个最低限度的“一”与其以前所述理一分殊论中一贯解释的那个“一”并不处在同一个意义层次上，前此的“一”是一个至高的原则（也是哲学的原则），而最低限度的“一”则是一个维系最低价值共存的底线。这两种概念是大相差别而不可混同的，由于新儒学预设与坚执的这个先验、超越本体，它对多元性的容纳空间是有限的，因此在试图作更开放性的解释时就常常会出现逻辑上的脱节。在此暂不就其展开讨论。

③ 关于对中国儒教所具的地方主义思维的解释，也可参见郝大维、安乐哲所著《通过孔子而思》，页400~402。

明、全球伦理等一系列超越前期新儒学的话题，显示了更为阔大的理论视野，从某种意义上说，兼备了向后儒学过渡的思维趋势，这一倾向是值得关注的。比如其曾云“想从一种文明（希腊、儒家、佛教或基督教）导引出普世伦理绝无可能”①，因此实际上已经避免了前期新儒学以文化本位涵盖他种文化的预设性意图。但这主要是在“文化”学层面上的论讨，还不等于其哲学上的建构，从而也潜藏或透露了这一论讨与原有的哲学建构可能发生的断裂。然而，毫无疑问，儒家的哲学本体论建构，也是杜维明学说体系的重要部分。杜氏自己也说过，“我们应当继续熊、牟做的路”②，以表明其与早期新儒学领袖人物共同具有的学术路径，这又最显明地体现在其对“内在超越”这一新儒家本体论述的延续性阐述上。在杜维明看来，这种内在超越基于自我的本体，然后推向家族、社会、人类、世界、宇宙，即宋儒“人与天地万物为一体”的境界，进而使宇宙之“体”全面完整地呈现在人的主体性之中。然而，正如有学者存疑的：“他以身、心、灵、神极度提升与‘开放的同心圆’无限推扩作为人的规定性，如何可能具有普遍性而不致于陷于一种寡头的人文主义？”③而我们在目前话题下提出的再一个存疑是，这种本体论的普遍学说，与其讨论全球未来文化时的多元主义文化观，如何可能在逻辑上联系起来，而不致于造成各说各的局面（即在这个层次上用的是本质主义的思维，在另一个层次上用的又是非本质主义的思维），或终致走向自我的相悖（难道整体论与本体论是可以产生断裂的）？由此可见，新儒学在哲学（德国古典哲学意义）层面上为自己设定的这个本体重建的、进而是整体主义的话语方式，必然很难与在新的世界形势下发展出的与全球化与后现代语境相伴随的多元文化意识走向相协调（尽管也采取了一些回避性的技巧），原因即在其本体论的基本意识即是现代一元主义哲学的一种衍生物。

除此以外，在直面中国本土文化的处境时，整体主义话语模式也同样会遇到一些难以协调的窘况，如果我们愿意认真地面对的话。新儒学作为学术上的一个

---

① 《全球伦理的儒家诠释——东亚现代性的儒家含义》，“儒家思想在现代东亚”研讨会论文，台北中研院文哲所筹备初 1999 年刊，页 257。

② 《康桥清夏访硕儒——杜维明教授访谈录》（胡治洪），载《哲学评论》第一辑，湖北人民出版社 2000 年版。

③ 胡治洪《全球语境中的儒家论说》，生活·读书·新知三联书店 2004 年版，页 134。

流脉或流派，其所作的探索无疑都是正当的，有重大意义的。然而，我们看到，新儒学从一开始即存在着一种将自己的信念对象视为中国文化之代表、代言人的意识情结。从主要的方面来看，由于儒学具有的民族本根性及其在中国传统语境中的主导性地位，在向外呈示中国文化的基本特征及进行民族差异的比较时，将之视为一个有代表性的符号，是没有太大问题的。但并不是等于说，就可以忽视中国固有的多民族传统、多文化形态存在的情况（也远不简单地仅仅是几个宗教——比如三教并存的问题，偏重于在“宗教”——宗教哲学的意义上看文化而不在“文化”的意义上看文化，本来就是新儒学的一个盲点），以为传统儒学具有以“天下”为一体（“仁覆天下”）的理论品格，就可以不加疑义地以之为理论的决定性构架，来设想一种规定性“心性”原则的全面“推扩”，进而是文化与思想的一体化实践。如果是这样，这与新儒学所反对的西方一元现代化的深层思维模式并没有太大的区别。尤其是在当代，中国社会正在逐渐或已经形成了一个多元文化良性互动的人格局，除了与传统联系较深的不同的宗教文化、多样化的民间文化等以外，还有各种形态的文化思潮如国家社会主义、现代主义、后现代主义、实用主义、市场自由主义、启蒙主义、消费主义、人文主义等的存在。有些思想要素尚可并存于同一个人的身上，比如在处理社会事务的时候他可能是一个国家社会主义者，而在家庭中遵循的是儒家的原则，在日常生活中则又是一个消费主义者，如此等等，它们是可以并行不悖的。单一化的、只是单方面突出一种价值取向，而不兼顾对其他文化形态意义思考的整体主义哲学，已经很难适应于当前中国社会生活的变动，同时也很难对当代社会生活做出有效的概括与合理的指导。在理论上，我们似乎并没有必要，也很难做到将不同的文化元素整合到一个“综合”性的模式之中，同样，更没有必要由一种文化霸权的立场出发，以一种文化思想来替代或取代其他文化思想的存在，以致导致文化多元化格局的萎缩或偏塌。如实而言，目前中国发生的这一文化态势，并不是新儒家或新儒家的继承者们当年在演绎他们的宏大叙事时所能周虑的。由于时代（有时也包括地域等）的差异，新儒学的学者们更多地还是执定在一个自我哲学本体的构建及这种理论尽可能产生的涵盖面等上（包括证实有一种普遍“合法”的哲学），但是一旦多元文化的态势在当代生活中日益突显出来，并且业已成为各种理论创新所据以参照的一个必要性背景的时候，仅仅局限于一种单一理论的本位与自足，而忽略其他文化及其思想方式建立的可能性与自立性，就会使自己的视野失之狭窄，不利于理论的创新与对实践的作用。

其次是对待不同领域分支的问题。

与之相关，一直以来最遭质疑的是牟宗三提出的由内圣开出“新外王”的论题。应该注意到，后期的新儒家对这个说法还是有所解释、反思或调整的，如杜维明对儒家政治化所导致的事实上的被扭曲状况有深入的检讨，刘述先曾指出不应当简单地将政治看做是伦理的延长，“不可以太过唱高调，否则一定会产生反效果”[①]，但他们最终还是没能走出“三统”贯一的基本路线。关于这个问题，长期以来学术界有许多的质疑与批评，主要集中在它的可能性上（并基本上已经推翻了这一设论），有的学者还提出了应当对本体的性质也加以改造（即不能以旧内圣开出一个新外王）[②]等。然而，对之的反思，还需更进一步地思考这一模式产生的原因，以便从更深的方面揭示其存在的问题。根据已有的分析，我们知道，决定这一思路的依然是一种本体论/整体论的意识，即本体的属性是至高、一贯的，故此，也必然要去贯通所有其所涉及的活动类型。一元论“哲学”观包含着对一切人类活动的根本性理解，因此也可以包办代替对其他诸领域基本问题的解决。而既然其论题中关涉的是一整体的社会实践活动，那么，可想而知，在其道德心性论掩蔽之下所欲呼之而出的实际上是一个具有统摄性功能的意识形态模式。对待儒学与各实践领域之间的关系是一个值得重新探讨的严肃问题，比如其与国家政治、行政体制、法律构成等究竟能够形成怎样的合适关系，似更需要作一些非笼统化（非历史决定论）的也就是微观政治学意义上的研讨。

三

如上所述，整体论与本体论之间具有一种深邃的意义连带关系，它们彼此形

---

① 刘述先《论儒家“内圣外王”的理想》,《儒家思想与现代化》，页 14。

② 郑家栋《当代新儒学史论》，广西教育出版社 1997 年版，页 79、166~167。

构，以成主体论/整体论的一个基本互含结构。也正因如此，要放弃此一，就意味着要放弃彼一，坚持的意义也如是，要将二者作分割与分层的理解，则似还难以找到更好的处理方式。从今天的角度来评述过去的新儒学之局限，并不是一件难事，当然也不是要因此苛求前贤。我想，大多数这一领域学者的想法都还是在于有盼于儒学会有一个新的未来。为此，在最近一些年的论讨中，已经有了对新儒学的多种多样的反思与对其未来的多种多样的构想，并实际上已构成了导向于未来的一个趋向，或许可以说，一切尚处于过渡之中。但从以上的分析中可以看到并指出的一点是：要走出新儒学的基本理路（不能永远是新儒学！）而为儒学的发展开拓一新的境界，最关键的一点，就是要放弃它的本体论建构的思路，顺此，它的整体论话语模式也会随之而消解。这不仅因为在新儒学那里，儒学本体论建构的工作已经基本完成，更重要的是它从一开始就面临着与历史境域的某种实际上的不协，一直只能局限在有限的知识分子范围内被重复叙述，并且难以向其他的（或邻近的）知识建构区域输送真实的资粮。在新的全球化时代到来之际，尽管借助于多元文化的认同趋势及华人世界力量的加强，儒学的价值受到更多的重视（儒学不同于新儒学，也不同于儒学的理论建构），儒学理论也出现了一些更具有时代气息的探索（也包括一些具体研究），但是许多讨论因为受到新儒学所设定的基本模式的牵制，即便是前瞻性的研究，也存在着某种逻辑与语义上的错位，进一步的研究有待于思路上的有效疏通。因此，从根本上探讨新儒学所面临的困境与出路，将有助于思路的深入与全面的开拓。在我们现有的话题中，除了如上涉及到的这些问题，我想最后再补充两点。

一是新儒学的本体论/整体论一致的话语模式，或更具体地说，他们所提出的“内在超越”的本体论构成，包含了一个与之伴随的“普遍”的心性预设，即人人都有一先验的道德本体，有一共享性的本体论构造，似乎关联到每一个体的自我感知。但是这种理念与社会应答之间并没有必然的关系，被有些学者定义的“后儒学”积层一般是在其自身延伸中存留下来的。[①] 新儒学对儒学属性的确认，主要是基于一种元哲学的而不是社会学上的论证，因此注重的便是本体的圆满性、充足性，而不是社会化的庸常性、世用性、多变性；其核心理念被看做是一种至高的法则，而不是日常生活的实用性智慧，为此，新儒家的论证也就常会以步步拔高的方式趋进，不断地使之处于“超越”的进程中。正因如是，其所谓的“普遍性”的原则便只能驻足于一个狭窄的“顶端”，难以返落至民间日常生活的一般性层面。虽然二者均有一个“普遍性”范畴，然新儒学所预设的普遍性与真实的普遍性之间只有一种假象性的吻合，与现实生活的普遍性并没有实际的指涉与衔接。由此，也事实上向我们提出了一个儒学如何从过度阐释的哲学/宗教形态中返回到“儒学”本身的实践形态，及使儒学的知识分子话语更贴近于民间生活的问题，这也就是一种从向“上”的视角如何改变为向“下”的视角的问题。

二是对新儒学整体主义话语的解构，必然同时涉及到对儒学社会地位重新定位的问题。这种定位，可分疏为作为理论的儒学与作为实践的儒学两个部分，两者并不是完全一致的（作为实践的儒学，当前的话题也涉及到儒学是否能成为国教——民族符号等一系列问题，在此无须展开讨论）。作为理论的儒学，随着中国本土多元文化格局的形成，及新儒学本体/整体一元论话语的退位，儒学探讨与儒学创新都将在这多元文化的格局中进行。与之相应，儒学内部的构建性工作，也将容纳多种声音与不同的探索可能。尽管我们主张告别以本体论/整体论建构为主导的一元主义新儒学，但并不等于说能够简单排斥这方面的言述（否则也将堕入排斥论的思维），于此所作的探索当然可以继续进行，在我们的时代对话中起到相应的重要作用。但由于其所存在的理论局限及与当代语境的隔阂，因此，创造性的探索似应寻求更宽广的路径。罗蒂曾经区分过了两种话语形式：一

① 这一“后儒学”的提法也可参见夏光所著《东亚现代性与西方现代性：从文化的角度看》，章五、章六，生活·读书·新知三联书店2005年版。“后儒学”被解释为一种残存于现代社会心理层面上的儒学传统，并以为在与西方的对话中，“儒学传统作为东亚现代性的文化层面中的一个核心因素以‘后儒学价值’的形式复兴了”（页228）。由此看来，此“后儒学”的概念与另外一种作为知识分子话语的“后儒学”概念是有很大区别的，但若分析地看，或许还有一些意识方向上的联系。

是属于私人话语系统的探索，另一是属于公共话语系统的探索。如果将一种理论过于主观化、精神化、超世化，那么它就会变成一种私人话语，尽管可能还是以公共问题的面貌出现的。当然，在很多情况下，两种话语的边界并不是十分清晰的。但对于那些具有广泛社会意义的话题，及以社会之改造为宗旨的理论，还是应当更有意识地寻求能够成为公共话语的解说方式。这不是再次走向整体主义的话语模式，而是意在表明，在多元文化的格局中（全球的与本土的），任何言述都需要自觉地明确话语的边界、明确自己的功能范围，如此这般，才不会无限地扩大自我的抱负与理论的霸权主义意识，以致于有损于对话的机制与守则。

在告别一种规定性过强、拘束在元哲学框架中的主流派新儒学以后，儒学的探讨将迎来一个后儒学的时代。儒学研究不但不会因此而衰落，而是因为撤除了本原上的规定，其原有的各种资源会得到一种新的释放。儒学这一重要的传统资源会以一种新的方式被继续调动起来，并被作着更切近实际、切近生活、切近语境的阐释。这既是儒学之所需，也是时代之所需。

原载《中国文化研究》2007 年第 4 期

扩域与限界：儒学的意识形态之维 *

一、问题的提出

儒学与意识形态之间的关系由来已久，并经历了一个正位与去位的过程。儒学在 20 世纪以前的漫长历史中居于“王官之学”的位置，属于统治思想中的核心部分，在很大程度上主导了体制设计、知识话语、社会风尚与士人的人生规划目标等，集多种功能为一体，具有很强的综合性。正因如此，在哲学上，它也必然会被演绎为本质论与整体论；在政治上则通过与最高权力的结合，将其思想原则下贯之实践的诸多方面。然而自进入 20 世纪以来，由于众所周知的原因，儒学的合理性遭到了强烈的质疑，并被定位在“封建主义传统”的概念层次上受到严厉的批评，被看做是阻碍中国社会进步的负面价值。从理论体系的角度来看，它与后来居于主导地位的马克思主义同样是格格不入的，儒学的等级制、历史倒退论、道德中心主义等与马克思主义的阶级论、社会进化论、经济决定论等都是

---

* 本文为 2009 年参加美国亚洲研究学会会议所提交论文，也为 *Contemporary Chinese Thought*（M. E. Charpe）所约稿，待刊。

相抵牾与相背离的，这些都决定了儒学在以现代性话语为主导的民主运动与共产主义运动中所必然遭受的不幸命运。

但儒学并没有因此而永久性地退出历史舞台，自中国大陆实施改革开放政策以后，儒学又重新回到了人们的知识与观念生活中，并得到了官方思想的某种认同。关于此方面的原因随后我们还会解释，但毫无疑问的是，自进入90年代以来，尤其是在目前，在人们的观感世界中，似乎儒学不但处于复苏之中，而是俨然已逐渐演化成一种强势性的声音，甚至有人借此而提出了欲将之融合进主导意识形态或僭位为主导意识形态的提议。这引起了儒学圈内外的高度关注，也影响到了海外一些汉学家对这一趋势的判断。当然，儒学复苏的现象也并非由来无据，这既源于政府最近一个阶段来提出的一些从儒学处借来的口号，包括在海外推广“孔子学院”等的举措，同时也与地方、民间所开展的尊孔、祭孔、读经活动，及学界一小部分学者在这一过程中的高调竞说等密切有关。如将这类现象收聚到一个平面上看，而又忽略其间的差异及其他现象与思路的存在，的确似会给人一种儒学复兴拭目可待、甚至而有渐复“正位”的迹象。

这无疑是一个值得关瞩的事实，为此，有必要在当代的语境中重新审视儒学的政治取向，即它与意识形态之间关系的问题。围绕着这点，许多人可能更多地会关心：一是，儒学或儒学的复兴在与当代意识形态的交涉中究竟提出了哪些值得反思与批评的意见；二是儒学对政治的涉入，比如在实际政治及学理等方面究竟走到了哪一步，能够据此而判断出它在未来的真实走向吗？我们的探讨也将由此入手。当然，这既需要在学理上契入儒学话语的内部，同时又更需要兼及对与之相关的外部思想、包括主导意识形态趋势等的检省，从而能够在一个更大的当代社会背景上给儒学的诉求作一切实的定位。

二、官方与民间的姿态

对当代儒学的讨论，首先要搞清楚的是我们正在言说的是“谁的儒学”。为此而需要对目前十分庞大的儒学表述进行必要的分疏。为方便起见，我们先提出一个分类的意见，即将当代儒学初步划分为官方叙述、民间叙述、知识精英的叙述三大类型。这种分类是根据社会群体之间存在的客观差异得出的，理由在于不同群体间的需求乃是有区别的，为此而对待儒学的态度也会依据这些不同的需求来集结，从而形成一些可予辨识的观念类型。

比如最近一个时期以来，在中国中央电视台《百家讲坛》中于丹讲说的《论语》，即明显地表现出“去政治化”的倾向。按照贝淡宁教授的分析，在遇到《论语》中出现的政治叙述的段落（这些在原始文本中是大量存在的），于丹都会有意无意地省略之或改说之，而偏重在一些心理伦理的阐述上，由此而将一个作为激进政治家的孔子打造成了一个与人们内心幸福生活相关的心理安慰师。① 可能也正是因为这一原因，孔子获得了大众的普遍接受，使大众看到了一个虽隔几千年，但却与自己内心可以沟通，能帮助解决一个变化社会中个人现实生活问题的、同时也必是令人亲近的孔子。同时，于丹也回避了孔子思想中固有的对等级观念的强调及对精英教育的推崇，以向观众显示出一种平民主义的姿态。虽然于丹的演讲是在国家电视台上进行的，但她的这种“去政治化”或说是对意识形态主动规避的姿态，也包括了她对平民主义立场的选择与认同，却是更与部分民间思想相吻合的，因此我们可以将之归为民间儒学中某种有代表性的言述模式。不管他人如何反对于丹的这种当代性阐释，它却牢固地印证了民间对孔子认同的一个主要向度。当然，民间对儒学的偏好也还会包含其他的一些意识特征，比如通过让自己的孩子读经而增加古典文化修养，通过祭孔而寻求与遥远祖先的神秘亲近（与祭黄帝、伏羲等是一个意义，而不一定将儒学视为一个思想史的条脉）。②

民间儒学的这些诉求与官方儒学的表述及在其中内含的意识是有区别的。就官方对儒学汲用看，从早期的“精神文明建设”到前几年的“和谐文化”无疑都

① 贝淡宁（Daniel A. Bell）《〈论语〉的去政治化:〈于丹〈论语〉心得〉简评》，载《孔子与当代中国》，生活·读书·新知三联书店 2008 年版。

② 虽然对目前个别地方政府（如山东省）所组织的大规模的祭孔、尊孔等活动的归类比较困难，在理论上讲，“地方”与“民间”两概念间的区别似应注意（见 W. A. Christian: *Local Religion in 16th Century Spain*, Pronceton,1981），但可以看到这些活动确已日趋功利化、形式主义，孔子固有的，也是积极的文化政治批判精神似已荡然无存。

从儒学中获取了很大的启发。如作深入的分析，这些提法都因之于一个宏观区域内的“危机感”，是为解决重大社会危机而取用的一个权宜性策略，因此，从总体上看主要地还属于一种“治术”，而不是像民间儒学那样主要黏着在日常生活中的各种需求之上，关注的是小我精神的寄寓与满足等。民间儒学时常还会小心地绕开与传统政治威权或当代政治标签之间的勾连，并规避与政治的直接关系，而官方儒学则在对儒学思想的抽象化叙述中显示出了意识形态的整合性功能。

尽管我们能够举出许多的例子，来证明儒学被主导意识形态认同及主导意识形态正在逐渐加强对儒学资源的措用的事实，但是，限于这个单一面向上的思考仍然还是不够的。如果我们能够换一个方向，即从当代主导意识形态的构成着眼来看其对待儒学的态度，那么就可能会更清楚地认识到儒学是怎样被“结构”其中，及其在国家意识形态中被安置的位置，这也在一个方面规定了儒学在未来国家生活中可能备有的意义。

有必要对本文所述的意识形态在概念上作点解释。在中国，意识形态不等同于政体（一党领导下的行政管理机制）、政党或政府的思想标识（马克思主义），它是指组织广泛的社会活动的一种基础性、规导性概念。这一不同层次相互牵涉与相对独立的政治构成方式，在置于与其他许多国家的政治构成方式的对比中，是能够体现出中国自有的一些特征的。如果我们不明白这一点，将一切都置于同一个层面上来处理的话，就无法解释中国现有政治构成样式的复杂性、多面性。因此，本文不打算不加分析地将一些现成标签（如“马克思主义”、“社会主义”）贴到我们的解释对象即主导性意识形态的身上，从而将自己陷于概念错乱的迷区。

如从实际的情况出发，我们看到，自上世纪80年代以来逐渐发展出来的中国主导意识形态，更可合适地将之看做一种“发展意识形态”。如果早期中国领导人所提出“实事求是”的概念还属于实体性一个范畴，那么自从明确地提升出“发展”的观念之后，则使这种“求是”观获得了时间性、动态性的属性。这一发展的观念涵盖了80年代后中国三代领导人的思想，即在邓小平时代是“发展是硬道理”，到江泽民时代是“与时俱进”、“可持续发展性”，而到胡锦涛时代则提出了“科学发展观”，由此形成了一种指导思想上的连贯性、递进性，这也是可由中国近几十年来社会生活重组的基本事实得到印证的。发展的观念既是对外而言的，基于一种国际比较的视野，因此而从某种角度看，也可称之为一种“竞争意识形态”；同时，这种竞争意识也深植于本土的经验中，因此而有“效益优先”的准则（这也体现在“一个中心，两个基本点”的口号中）。但自近年中国领导人提出“科学发展观”（“综合发展”）以后，则使“竞争”的意识至少在表述层面趋于相对淡化，由此可见发展的内涵也是处于某种变化之中的。

发展的概念的一个最主要特征是具有时空上的开放性，并也借此逐渐增加着一个社会维持平衡的“厚度”，而非限定于一个实践阶段或某种单一预设的理念与体系中。因此，这一“发展”观在话语的基本逻辑上是明显地与正在世界范围内展开的全球化（以及多元化、后现代）语境相契合的，与后者具有同步性的。发展意识形态的开放性，使之能够包容多种实践模式与思想形态，这就是为什么在中国社会中可以同时并存有资本主义、社会主义、甚至于封建主义等多种经济模式，诸如自由主义、保守主义、社群主义、消费主义、民族主义、各种宗教观与文化观等都能在这一框架中找到生存与活跃的空间。作为一个整体的社会与国家，它自然有自己相对比较确定的统治与统筹方式，但就广义而言的“发展”观来看，则既可容受多种思想的并置，也可随时将不同的思想要素组合、“结构”进自己的观念体系中，由此而造成意识形态的“杂交性”（hybridization）。对这种杂交性的确认，首先还是应当依据于其实践上展示出的效果，在实践这一层次上，它是可以不去过多关注各种思想体系间在原有理论原则上的抵牾与冲突的，而儒学也正是在这样一种观念构局中被容纳其中的。

鉴于此，我们便可看到当代中国主流意识形态与儒学的切实关系。通过这一描绘，我们希望只专注于儒学单一思想的人应当看到在儒学之外也存在着十分广泛、甚至于更为强劲的观念诉求与生活实践。与之相关，对当代儒学复兴的认识便不应有过高的期许，即便是目前政府已表现出一些对待儒学的积极态度，及推行一些有利于儒学发展的措施。从积极的角度来评估官方对儒学的态度是有一定道理的，但更为关键的，还是应当考虑儒学是在怎样的层次需求上融入到国家意识形态中去的。后面这点之所以是重要的，在于它也同时规定了儒学在这一“结构”中所受的限定。如果“发展意识形态”这一判断是成立的，同时也可将之看做为目前人们赖以活动与思想的一个基本构架，那么，它尽管不会排斥多元化的思想形态的存在及与之的交汇，却必然不会允许某种单一思想形态的独行其道，将独断的意志强加到一个相对开放与动态的社会模式之上，由此而使一种良性运行的张力性结构遭受毁坏，使“发展”的意义最终被绑定在一个凝固的教条上。

三、知识精英的话语取向

再回到另一层面即知识话语层面上，目前对儒学的关注主要还是限于一些从事传统文化的学者圈内。从这个“圈子”的近况看，学者们的兴趣呈现出较大的差异：有将儒学作为一种客观性知识，而主要是将之置于历史语境中进行研究的，对其价值取向则保持比较冷静的态度，这些学者所占的比重最大；也有将对儒学的主观阐释即以价值重建作为自己主要工作目标的，此即所谓一般而言的“当代中国儒学”。然在后者内部，观点与立场上的差异也同样是很突出的，从提出的各种口号看，比如有所谓的儒学自由主义、儒学保守主义、新新儒学、后现代儒学、马克思主义与儒学汇通论、儒学社群主义、王道政治论、儒学社会主义等等，不一而足。这种情况既显示了儒学具有的高度阐释潜能及它作为当代知识话语生产环节之一的充沛活力，同时也可借此窥知儒学在当代的发展已经高度零散化与部落化了，失去了统一的计划与目标，也不可能再产生一个具有领导力量的群体来规划与主导儒学在未来的发展。儒学的分化已成定局，不像新儒家时代尚还保有一思路与学脉上的大致一致，这固然也可看做是后现代语境所造成的一种结果。

在中国当代儒学的多元声音中，前期出现的一个倾向是对儒学的政治取向的关注似在日益加强，并引起了一些争议。其实，关于儒学与政治的关系也非什么很新鲜的话题。儒家言“仁”是由己及人，并云我与万物一体，此也为“本末论”或“格物论”也，其核心在于从人格构建的意义上将德性之知扩充而至社会，由此也与国家的治理等相联系，此在先秦儒书中皆有明证，也可看做是儒学对自身的一种规定。新儒学虽偏向于德性之知的提扬，但依然禀承传统儒学之宗旨，而希冀于这种内在提扬能够同时延伸至与有为于国家政治的改造。这一思想鲜明地体现在由唐君毅、牟宗三、张君劢、徐复观四人联名发表的《为中国文化敬告世界人士宣言》中："我们说中国文化依其本身之要求，应当伸展出之文化理想，是要使中国人不仅由其心性之学，以自觉其自我之为一'道德实践的主体'，同时当求在政治上，能自觉为一'政治的主体'"。[①] 此后，牟宗三又专以"良知之自我坎陷"阐述了这个由德性之知向政治主体转化的机轴，从而在形式论上坚持了、在内容上转化了传统儒学"内圣外王"的思想间架。鉴于前二代新儒学在这一问题上并未及作细致的梳理，因此而在当时与后来也引起了学界的诸种争议。新儒学后人在这个问题曾为其前辈作过更具条理的辩解，如台湾学者李明辉即以为，事实上，新儒学如牟宗三并未认为儒家的德性之知就能开出民主政治制度，而是强调了"德性之知与民主政治的内在关联"[②]，即儒学能在"人格"构建的层面上对民主政治的基础提供保障。也有学者引申其意而认为儒家对道德指令的强调，将有助于对政治权力的制约。[③]

在新儒学于台湾发展时期，也发生过它与自由主义之间的激烈论争。自由主义凭借"消极自由"的原理而断言儒家在政治参与上的有害性，以为这已是被过去的历史所证实，而自由主义的这一论断等于是切断了儒学向国家政治延伸的可能。而新儒学则主张以性善论为基础的儒学是可与民主政治的精神接榫的，以此而强调儒家政治取向的合理性与必要性，传达出了一种从心性论而扩展为政治论的意识形态冲动。以此而言，我们尚可得到新儒家在将自己挂连于当代政治时所呈示出的两个重要的理论特征。一是以启蒙主义为儒学功能向外转换的一个基本的参考性坐系，将民主政治作为儒家政治设计的鹄的，然又以为借此（心性论）而能超越西方民主思想的固有逻辑。二是新儒家对儒学涉政的论证是建立在人格主义起点之上的。这点尤在后人的析论中得以明晰展示，以此表明这一扩展并不包含有对政体、制度的直接涉入，虽然也在精神上可以贯通到政体与制度的改造上，因此，至少这一叙述尚保留了对儒学涉政的必要限定。也正是后面一点，尽

① 载于唐君毅《说中华民族之花果飘零》，台北三民书局 1974 年版，页 158。

② 李明辉《阳明学与民主政治》，原刊于台湾《国立政治大学哲学学报》1997 年第 4 期，又载于其撰《儒家视野下的政治思想》，北京大学出版社 2005 年版。

③ 参见陈弘毅《儒家与民主宪政》一文，载《儒家社会与道统复兴》，华东师范大学出版社 2008 年版。

管新儒学在一定程度上为自己试图扩展的整体性作了辩解，但即便是在他们那里，由于儒学的作用被限定在了某种范围内，即主要是心性与文化的区域中，因此也自然造成了其原有整体性的分化与缩减。可以说，这样的设想是有一定合理性的，毕竟中国的发展需要借助更多有效的资源，同时也应当看到，现代世界的组织方式也已大为不同于过去小农经济与封建体制时代的模式，因此对儒学政治取向的再设计也应作出思路上的调整。

大陆重新开放以来，对儒学政治取向的关注时有所见，多数则偏重在对儒学自由主义、民主主义价值的开发上，也有学者从威权主义的角度论证了重新发挥儒家政治作用的意义。如蒋庆在90年代后期发表《政治儒学中的责任伦理资源》、《再论政治儒学》等文，以为中国儒学实存在着两个传统：一是“心性儒学”传统，另一是“政治儒学”也即“制度儒学传统”，“但是，宋明以降，心性儒学偏盛，政治儒学式微，其结果内圣有余外王不足，外王开不出而内圣亦终将走向枯寂”[①]。蒋庆以为现代新儒学承宋明理学之绪，将理论重点置于心性一系，因而使“外王”问题至今未得妥善解决，为此而有必要作换位思考，将以公羊学为代表的政治儒家的价值提到一个重要的位置上，“因为中国今后的政治形态当主要从政治儒学中转出，而非主要从生命儒学中转出”[②]。此论显然是以为新儒家提出的从心性与文化层面向当代政治的扩展是虚弱的、不足的，因此希望能作更为刚性的挺进，从而推动儒家回到当代政治生活的中心。

最近一些年来，蒋庆、康晓光等少数几人进一步发展了以上的思想，提出了一个更为激进的“王道政治”论的施政纲领。这包括将孔孟之道提升为一种国家的宪政原则，恢复儒家的“王官之学”的地位，将儒教的义理价值尊奉为中国的占主导地位的统治思想，确立“儒教宪政制度”，最终而建立起一个以儒教为国教的“政教合一”的国家等一系列大纲大法，及与这些宗旨相配套的一系列政治措施。与之相应，在他们的论述中，也就必然包含了对目前存在于中国政治生活中的马克思主义、民主主义等取一种排斥的态度，意在通过儒学的“正位”而将

---

① 蒋庆《再论政治儒学》，《公共论丛》第3辑，生活·读书·新知三联书店1997年版，页306。

② 蒋庆《政治儒学中的责任伦理资源》，《公共论丛》第2辑。生活·读书·新知三联书店1996年版，页278。

马克思主义、民主主义等逐到历史进程的边缘，这同时也意味着欲以一种单一的整体论、单一维度的意识形态来置换目前主导中国社会并兼容了多元化思想要素的"发展意识形态"。[①] 这种想法有些像是倡议由中世纪的罗马教会来重新全面接管当代德国、英国、意大利等国家事务，在俄罗斯恢复东正教对国家事务与社会事务的统辖，虽然这样的比喻会有些跛脚。对于这样一种或可称为复辟主义的思想怪胎（在辛亥以后似也见过），有的学者已从多个方面如其对历史的曲解、无视当代社会之变化及其合理性、逻辑上之扭曲、叙述语言之浮夸，甚至于炒作上的动机等提出了质疑与批判，似无须再对之赘言。[②] 在我看来，尽管蒋庆之论也包含有若干可资启发的观点，但却易为其总体上的谬见所损害。更其甚者，从论证方式上看，由于他所采取的基本思路是独断论、封闭式与排他式的，因此他人几乎是无法与之展开正常、有效的对话，进而达成所谓"视野融合"的，在此搁下不议。

此外，儒学涉政的明显话题，还有来自于马克思主义与儒学结合论及最近有人提出的儒家社会主义论。相比于上述的王道政治论，这些理论是承认马克思主义的基本价值的，并为此而试图将"两种意识形态"调配在一起。关于"结合论"，其初衷或是为马克思主义体系的开放寻求一种本土化的根据，并主要是在一种主次关系的预设性结构中进行的，即设定目前为中国领导人所坚持的马克思主义为主导的一方，并取一种相对开放的姿态，将儒学的相关思想纳入其体系之中，以充实或改善主导"意识形态"即马克思主义的内涵。"结合论"的讨论始于上一世纪 80 年代，而升温于 90 年代，据有学者统计，其间大约举办过十数次"马克思主义与儒学"的讨论会，并发表了一些论文、专著等。[③] 当然这些讨论

---

① 蒋庆的这些观点散布多处，可参其《政治儒学——当代儒学的转向、特质与发展》，生活·读书·新知三联书店 2003 年版；《关于重建中国儒教的构想》，《中国儒教研究通讯》第 1 期，中国社科院宗教研究所儒教研究中心编。

② 对蒋庆的批评，也可参见以下二书中的一些文章：张世保编《大陆新儒学评论》，线装书局 2007 年版；范瑞平主编《儒家社会与道统复兴》。

③ 见贾红莲《马克思主义与儒学研究的现状》，《求是学刊》2003 年 4 期。会议中比较重要的有 1995 年由中央党校与孔子基金会联合举办的"马克思主义与儒学"学术研讨会，1999 年由中国社会科学院哲学研究所与中国孔子基金会联合举办的"马克思主义与儒学"的研讨会。对这两次会议的综述分见《孔子研究》1996 年第 1 期乔清举文、《哲学动态》1999 年第 8 期贾红莲文。

主要还是在“文化”与哲学等层面上进行的，因此所取的是一种从文化嵌入政治的路向，这一话题的出现与中国特殊的思想境况有密切的关系，所以也还是会持续地被人关心。

但是结合论也面遇着至少两个问题：一是如果从主从关系上来看，两者的结合自然是容易的、可能的，几乎所有不同理论间的近似点也总是能够被发现的。但不能由此看做或推演出两个体系在根本上是可以归并的，而忽视不同体系自身最为基本的内在规定。如前述已经提到的，马克思主义社会理论的基本点有经济基础决定论（或相对决定论）、阶级关系论（平等主义）、社会进步论等，并在逻辑论证环节上相互递进与环扣，取消其一就有可能出离马克思主义的基本设定框架。而儒家则是建立在道德心性主义、阶层等差论、复古循环论等理论立足点上的，这也是为孟子等儒学思想家在判教时再三强调的（如对告子、墨家等的分判），忽视这些规定性也就溢出了儒家为自己设定的边界。一个庞大的理论体系中总会存在着核心命题与延伸命题、附庸命题等的不同分布，它们在体系中的重要性上是有差别的，不能因为有些要素在不同的体系中有兼容性，就不顾核心要素之间存在的根本差异。为此，如果是进行上述体系之归并的话，就自然会遇到在两个都是以“整体论”构建起来的话语体系之间，如何处理其逻辑起点上即有的分叉的问题，而不是只见其同而不见其异，在表面和稀泥。然而，至今我们尚未见到学术界对这一问题的切实重视与解决。其次，要认识到马克思主义并非就简单等同于当代中国的主导意识形态，虽然它过去曾经是，当然也无法否认它的一些思想要素（尤其是一些哲学观）也会被组合进当代主导意识形态当中去。的确，马克思主义被明确地规定为“指导思想”，但它在实际上更多地还属于一种象征体系，不是20世纪后期以来思想家们所说意义上的是组织整个社会活动与世俗生活、调配具体社会关系结构的“行动话语体系”。[①]就此而言，我们所说的

---

① 关于这个问题，约翰·汤普森曾也有明晰的分辨，如其就指出不应当“把意识形态视为某种象征形式或象征体系本身（保守主义、共产主义等等）的特点或特征”。“象征形式或象征体系本身并不是意识形态的；它们是不是意识形态的，以及在多大程度上是意识形态的，取决于它们在具体社会背景下被使用和被理解的方式”。也就是说，是否判断为意识形态是由应当由“社会运用”程度来决定的，而不是看符码标记。与之同时，汤普森还论述了意识形态与行政建制之间的区别，因此提出“避免把意识形态视为完全甚或有关国家中体制化了的权力形式”。《意识形态与现代文化》中文版，译林出版社2005年版，页9。

“发展意识形态”或许更切合于担当所谓的中国主导“意识形态”的功能。不然我们很难解释诸多非马克思主义的因素（如资本主义、消费主义等等）在对中国当代的社会生活组织中所起到的重要作用。即便用“马克思主义是发展的”这一说法，也很难对如上所说的脱节现象进行通达的解释，而马克思主义也不是什么都可以盛装的万宝盒。“发展意识形态”是从中国几十年的经济、政治、文化等演变过程中逐渐蜕化而来并相对定型化的一套观念体系，虽然可远距离地与毛泽东时代的国家意识形态相衔接，但目前却远非马克思主义这样一种单一理念所能概括，而是已经演化为一种新的思想体系（而如马克思主义理论事实上自 20 世纪以后也发生了巨大的变迁）。不然，如果不去分析政治符码与社会普遍意识之间存在的裂隙，只借助某些符号标识来理解中国的社会与思想现状，就必然会犯严重教条主义的毛病，即俗语所云的会“找不到北”。既然如此的话，我们更应关注的实际上还是儒学与“发展意识形态”之间的关系，而不是在两个选定的、模式化的思想范畴间做抽象化的概念比附。也正为此，恰如我们所看到的，这一话题的流通也终究只能局限在很小一部分专家当中。

关于所谓的“儒家社会主义”是甘阳近年提出的一个概念，这个名词乍听起来还是有些怪异，超出了一般的学理想象，然却是甘阳在自身设计出的一套思路上推断出来的，因此需要借助于他所构想的“通三统”假说才能理解之。“通三统”原为甘阳 2005 年一次讲座的主题，后在 2007 年收入结集出版的一个同名书籍中。按照甘阳的解释，中国历史上出现过三种传统，即孔夫子的传统、毛泽东的传统与邓小平的传统，三种传统共同构成了中华文明的一个历史连续体，三者之间存在着一种递承关系。在今天，我们要将之重新贯通起来，由此而缔建一个新时代的“新三统”，以对抗全球化时代中国人的空间焦虑。[①]然在另外一个文本中，甘阳又将自己的观点概括为“儒家与社会主义”，用此来证明中国的“软实力”[②]，此即所谓“儒家社会主义”论的由来。

甘阳此说还包括其他一些推论，在此不能一一提及，但即便先不论其立场，

---

① 以上叙述具见甘阳著《通三统》，生活·读书·新知三联书店 2007 年版。

② 甘阳《中国的软实力在于儒家与社会主义》，这个表述中实际上还涉及到民族主义的问题，在此暂不作讨论，留待以后清理。

也能见出其论证中存在着大量的疑点、漏洞、论述不清与知识歧误等。且举几例说明之。比如，甘阳所说的“儒家”究竟是指哪个儒家或儒家的哪些方面？对于包容庞杂、历史漫长、甚至内部冲突多端的儒家来说，这是不能不有所表明的。即便全体也可以言说，那么儒家中种种为前人（并非仅20世纪）指出的局限与弊端又如何看待？然读其谈到儒家属性的几段有限文字，知道他所说的儒家只是“注重人情和乡情”，“这在中国现代许多电视剧特别是家庭生活剧以及讲结婚离婚的日常伦理剧中可以看得非常清楚”①。如此来概括儒家显然过于肤浅，也肯定不会为一般的儒学研究者所认可，可知甘阳对儒家的认识还是相当有限与模糊不清的，既如此，如何又能用之支撑自己的整个言说体系？同样，在言说“社会主义”的概念时，也至少应当有一个初步的厘定。一方面中国的社会主义是一个复杂意义的组构体，再一方面世界上也有多种多样的社会主义，许多资本主义国家也未必承认它们的社会主义因素比中国要少，可见“社会主义”是大不同的。但无论怎样，在使用这一概念时是有必要指出你心目中确定的意义指向是什么，以便让他人明白你在主张什么有价值、有特点的新鲜东西。然根据甘阳的简单描绘，他说的社会主义就是“平等”，即便先无论此一概念的空泛，也存在着这个平等究竟指的过去中国曾有的意义，还是在今天所谓的“初级阶段的社会主义”中还存在的意义呢？很显然，甘阳在这方面的表述，也是含糊不定的，似乎又只有过去曾经有过，既然这样，那么三统中后面两统又怎样能够在最核心的意义上贯通得起来呢（甘阳论证后两统的贯通主要的依据是毛、邓时代的“地方分治”，这只是经济现象中的一小部分，还不足提供有说服力的证据）？再就是，以前两统看，儒家的社会观首先是建立在等级制基础上的，而社会主义按照甘阳之说则是以平等为其宗趣的，就此而论，那么这两个矛盾的原理或体系又是在怎样的逻辑条件下才可兼容，又是如何在甘阳所说的文明连续体中承递与转化过来的，也未获必要的说明。与上述相关，甘阳以为中国的历史传统只有三大块，他并没有将近代百年以来的启蒙主义、民主主义传统包括在内，这等于说将中国看做是从封建社会传统一下子跳跃与进位到毛主义的社会主义中的，这如不是无知，就是

① 甘阳《通三统》，页3~4。

有意地要抹去整个中国的现代化进程，其措论之大胆可见一斑。实际上，也仅就后来的情况而言，凡对改革开放进程有所知晓的人都会承认，即便是邓时代形成的新的社会变革模式，也是在很大程度上建立在直接承接早期启蒙主义、民主主义理念基础上的，单单是毛时代的思想传统是不可能必然地开出邓时代的花果的。进而言之，甚至于毛所缔构的模式也是以民主主义运动为前提的，这点在毛泽东本人的新民主主义论中是有明确阐述的，取消这一渊源，就无法认清毛泽东的社会主义实践与中国早期民主运动及世界共产主义运动的内在关联。甘阳以一种罕有的高调赞美了毛时代的政策，倡言要赓续毛时代的意识形态，而缄口未云毛时代的平等主义业已造成的诸多负面问题，这与他在论述儒家的概念中所使用的思维路数是一样的，这给人的印象便是邓小平以后时代的拨乱反正与思想解放是偏于过度的、甚至是错误的（以故在他的标志性口号中只有儒家与社会主义）。而仅仅是只择其对之有利者而全然不顾对之无利的证据，同时又将有价值区分的历史完全“客观化”与“美学化”（当然在甘阳那里新近的历史却不是），这种思考方式对于有所学理训练的人是难以从信的。

分析甘阳的言述，他通过三统论或二统论所强调的主要还是两个重点：一是平等，一是传统。其实这两个论点如放到目前中国的问题结构中看，仍是有其积极针对性的，也无什么不是，并也是学界许多人所一直在关注的。甘阳的特殊性是在于将这样的命题提升到了压倒一切的高度，并作为未来国家主导意识形态的一种期盼，企图建立起所谓的“儒家社会主义共和国”[①]，由此而将这些补充性或防御性的概念强加到基础性、主导功能性的概念之上，将以伦理关系为核心的思想体系置于社会的生存性概念之上，由此而混淆了主次之间的关系，也与目前多样化诉求中的中国现实相背。而将两种几乎在历史的实践中均导向于威权主义的体系并置在同一个句式中，则明示或暗示出了一种集权主义的意识，后面一种取向实际上也可从他所倡导的精英政治与文化的论述中明确见出。事实上，三种统绪也好，两种统绪也好，这种用几个单一原素来概述无论是过去中国还是当代中

① 甘阳在《中国的软实力在于儒家与社会主义》一文中，对各种主义有一价值顺序上的排列，其所主张的价值顺序是“社会主义、保守主义、自由主义”，并以为“中华人民共和国”的含义是儒家加社会主义。

国或未来中国及其思想状态的做法，从证明的角度看都是很不科学的。记得本尼迪克特多年前在论及其所研究的几个原始部落时即得出，“要削足适履地强使每一种文化都去适应‘一言以蔽之’的特点是再蠢不过了”，经验表明，“对于文化整合轻而易举地作出一些概括，在田野考察中是最危险的事”①，这个见解的确很有警示性。何况本氏所面对的还是若干微小、变化不大的地区单位，更勿论我们眼前这个如此巨型与变化急速、综合能力极强的中国社会了。相比较而言，就思想模式而言，发展意识形态的确立总还是比一些确定的教条式解释更具包容性，它也是可在往下的层次上再作细化式的分析的。甘阳在表述环节中存在的问题实在是太多了，不可能在此有限的篇幅中一一指摘。然而一旦一个论说在学理上尚有如此诸多的漏洞，那么可以想见其思想的拼凑性与浮夸性了，又如何能够对中国社会思想之发展提供有价值的建言？

四、后论

以上，我们比较全面地概述了最近一个阶段以来儒学涉入当代政治及其与意识形态之间的纠葛。由此可以证实，儒家在当代中国的复苏确已成为一个不可更改的事实，儒学对中国未来的意义同样也不可低估。如果回到整个儒学研究与儒学思想的状况看，在主要的方面，无论是知识界还是国家意识形态，都还是将儒学看做一种有限选择的价值。儒学实际上也已被多种言说所分据，各自都希望从这一传统形态中寻找到有利于自己的资源，由此而使儒学的发展呈现为一种多元蔓延的趋势，或说是儒学被“碎片化”了。这些都与后现代语境及其价值流向有关，单线式的思想模式很难笼罩一切，故此，也难以再找到统一儒学的动力与机遇。在正常的情况下，儒学的多种话语通过对话，是能够形成一些相对关联的“结”或聚点，然后再进一步向新的意义构造趋进，而话语的有效性也将在不断变动的语境生成与被证明。

当然，诚如我们所见，多样化言说中也会出现一些绝对化思维的表达。比

---

① 露丝·本尼迪克特《文化模式》，社会科学文献出版社2009年版，页149。

如试图将儒学转化为一种主导意识形态，虽然此说拥趸寥寥，但也正是因为这些声音的出现，使我们看到儒学不是一种可以轻易稀释与化解的资源，而是能够在特定的解释模式下被扩延与放大的。儒学是否能摆脱它的相对边缘化的、也是作为“百家言”的处境，借以构建出一个覆盖更广的意义世界与权力模式，取决于中国各社会阶层在面向于未来时的真实需求。然而，就目前中国的现状来看，再重复强调一遍，正是由于后现代语境的强盛及未完成的现代化目的等的驱动，绝大多数的中国人还是宁可接受具有开放性的“发展意识形态”。这个道理很简单，除了语境是不可更改的，还在于在这样一种意识形态框架中，人们能够保留更多尝试的机会（政治的与人生的），而不是让一种或两种既定的“主义”来管辖自己尝试的权利。人们宁可在行动的“关系”与“过程”中逐渐地调节与他人的伦理与利益关系，也不会愿意让一个统摄的理论系统即单一化的意识形态样式来规定出一切价值守则，哪怕这个新的、梦幻般的意识形态言说会以香饽饽式的词语如“平等”等作为诱饵。

当然，我们所说的这个发展意识形态指的是组织社会活动的一套思想与观念，并且是以“全球资本主义”运行模式为其构建的基本参考框架的。就后面一点来看，也就必然会如马克思所说的，它“本能地”也会存在着一种“资本”积累或利益化的过度冲动，遂将一切都纳入到一种“无所不在的计算”（ubiquitous computing）原则之中；尤其是在一个政治建制相对滞后的情况下，必然地还会引发出资本与权力的高度结合，从而使贫富差异迅速加大，阶级（阶层）冲突日趋突显等，这的确已经成为当今中国维持社会公正、社会协调的一个重大难题。在中国经济迅速发展、社会资本总量大大提升的外表之下，中国社会结构也在发生重大的变化，已非十年前所能想象，这同时也使原有的关系伦理正面临新的解体、人文话语日陷困窘等。有鉴于此，中国社会、知识界都需要有更多的思想资源对发展过程中的盲目性形成批判性的制约，这个批判的资源不是说已经多了，而是仍然很匮乏。在这样一种情形中，重提儒学的价值自然是很重要的，儒学的意义虽然不完全局限于此，但它之介入政治所可能产生的作用同样是不可低估的，以此而将会大大增强批判主义、文化主义一方的能量。当然，因儒学面向于政治的维度也是受早期自身体系设计限定的（而且从政治程序的角度来解决平等、公正等问题也非儒学的专长），为此，相对来说，前期新儒学提出的某些建议或许是更有参考价值的，即从自己的角度上有为于政治，并与其他的思想一起有为于当代政治，但又需要给自己在政治行为上设定出必要的边界。而一旦越过边界，即从多元政治的角色转换为正统意识形态、一学独大，那么不仅其政治批判性会急速消遁，原有资源的多方面可阐释性路径会被阻断，而且也会使目前已存在于中国社会与思想界的多元化政治生态面临一种前置性的窒息。正是在这样一种思考之下，我们更期待于儒学持一种低调政治的姿态，而不是超越自身局限而膨胀为绝对主义的高调政治。

后　记

本集选入的是我这些年来发表在各期刊上，但却未正式纳入已梓著作中的一些散篇论文。以研究对象而言，都会涉及到"古学"的内容，或为考论，或为今绎，并依据话题分为四个大项：一是批评学上的宏观论讨，旨在从当代性的视野出发评述批评史或文论史的几大议题；二是我陆续研究中国近世思想史的一组专题性论文，主要触及明后期若干人物的思想构型、学术渊源，尤其是他们与王学的纠葛，也包含一篇考认李朝后期学者丁茶山思想与中土学说之关系的旧章；三是对二种特殊文类——时文体与颂古体的研究，然非限于纯粹的体式辨析，而是更多地将其挂连到观念史生发与变动的系脉之中，以考察观念史与文类书写之间的关系；四是有关"后儒学"的论述，重点聚焦于儒学在后现代语境中的一些向路选择，可借此以窥我对当代思想史涉入的一点微愿。我要感谢北京语言大学给予我的这个出版机会，使得这些不成统绪的论文得以在一种特殊的组合中与读者见面。

选辑与编订这些文章，也使我有可能稍加安静地回眸自己这些年的治学经历。大致而言，先是入得某专业门道，此也由年轻时之喜好所驱使，热衷于读诗与小说，及艺术史、康德的几大批判等，故集合这些兴趣而选择了文艺理论专业。然不久又总觉世界之大，物事之众，以为鹪鹩一枝、鼹鼠满腹，不足以解大知之渴，于是贪多图广，落入一知识欲的扩张时期，颇及于国史之多个方面，诸如思想史、佛教史、社会史、方舆史、目录学等，无不津津搜讨，披览订驳；西学方面则偏爱于西哲与文化理论，并念想能于此基础上构制出一庞大的研究规划。然过知天命之年以后，则情态又变，顿感已是行走在时光之坡的下行道上，光阴所剩可数，回眸往日之勇，倍感疏阔无当，多数计划未能付诸实施，只是在思想史上稍有探入而已。于是只能给原来的计划瘦身，重整局盘，修剪繁枝，大致限于几个相对小一些的知识端点上，也好比是从一开阔的河道再次返回于狭隘的支流。以上则大致为我求学的一个轨迹，也就是经历了由窄至宽、再由宽返窄的三折之路，这或许与一般生命的荣谢过程可作比拟。曾记得数年前与美国汉学家安乐哲谈学，其云自己能达今日之成就，是因为一生只骑一匹马，然我之禀慧不及诸贤，却自不量力地想同时骑几匹马，此大约也正是自己学而无成的归因所在。然也无须多悔，毕竟以我之性地而言，最以求知、明理、育人为乐，至于是否能多涂写出几篇锦缎之文，赢多少喝彩之声，则不计可矣。细数岁日，我在北语叨职已有十七载余，虽然其间也有一些招引之诱，但终于未动移栈之心。或也正是因为北语给了我一个能够满足自由处置自己学术嗜好、可以不限于严格的专业、从而能在知识旷野上信马由缰的宽松空间，以故可守定自若，不斜睨，不空骛。

集中所收的十三篇论文在遴选出后也作了一些校订，有些篇章修改了若干不适的文字。其中有二篇为早期所撰，当时的注释仍为随文，版本也不详，现重新核对了出处，并作了一些规范性的处理。

按照出版的常例，也应当在书成之际，对曾经帮助我发表论文的杂志与集刊以示谢意，然因均在各篇论文之末作了标注，就不一一鸣示了，仅在此一并作谢。需要专门提及的是有几篇论文的成因实源于海外一些会议的邀请，如果没有这些契机，这些论文很有可能难以成形，因此也需专致说明并表谢忱。它们是2009年于芝加哥召开的美国亚洲学会会议，2010年在圣彼得堡大学亚非研究学院召开的“Issues of Far Eastern Literature”国际研讨会，2012年在荷兰代尔夫特召开的“中西文化文学国际研讨会”，其他尚有一些为参加海外学术会议而提交的论文，因属另外的专题，当有待寻时再编入新的论集。

黄卓越

2012年6月5日